아라리 난장

아라리 난₃장

김주영 장편소설

문이당

작가의 말

로키 산맥 정상 부근에 군락을 이루고 있는 자작나무들은 한결같이 무릎을 꿇은 상태로 엎드려 살고 있다. 가까스로 싹이 트고부터 낮은 키 높이로 성장하기까지 쉴새없이 몰아치는 지악스러운 찬 서리와 거친 비바람을 마주 서서 이겨내려면, 무릎 꿇고 엎드린 모습으로 살지 않으면 안되기 때문이다. 그런데 악기를 만드는 사람들은 이들 무릎 꿇은 자작나무를 베어내어 바이올린을 제작한다. 세상의 어떤 나무보다 공명 (共鳴)이 탁월하기 때문이다.

세상의 어느 작가가 로키 산맥 정상 부근의 자작나무가 되기를 바라지 않을까.

2000년 5월

김 주 영

차 례 · 아라리 난장

제 3 권

차 례·아라리 난장

제 1 권

제 2 권

개 펄

창범이네 일행이 전라도 내륙 깊숙이 들어가 유심히 살펴본 장터는 월출산 산록 아래에 자리잡은 영암장과 나주의 들머리이면서 영산강 하구에 자리잡은 영산포장이었다. 2일과 7일에 서는 여느 읍내장과는 달리 영암과 영산포의 장날은 같은 날짜인 5일과 10일에 섰다. 게다가 이들 두 장날은 같은 날에 서면서도 차로 불과 20분 거리에 있었다. 두 장터의 난전을 살펴보면, 어물전이 장시의 활기를 주도하고 있다는 것을 손쉽게 발견할 수 있었다. 어물전에는 홍어, 숭어, 상어, 병어, 조기같이 다른 장에서 흔하게 볼 수 없는 어물들이 좌판에 쌓여 있었고, 어패류 역시 종류의 다양함과 신선도에서 다른 읍내장들이 따르지 못했다.

군산의 옥서면에 있는 하제 포구의 조업은 스크루로 조개를 잡기 때문에 우리나라에서 조개가 가장 많이 잡히는 곳으로 소문나 있지만, 고흥 여자만에서 출하되어 이들 두 장시에서 팔리고 있는 어패류 역시 다양함에는 하제 포구에 버금갈 만했다. 백합, 소라, 피조

개, 개조개, 흰조개, 바지락, 개량조개까지 좌판에는 조개치고 없
는 것이 없었다. 5일장에는 노점상이든 장꾼이든 간에 8할이 여
성들이게 마련인데, 영암장과 영산포장의 어물난전 상인들은 대부
분 목소리가 걸쭉하고 허우대가 껑충한 남정네들이었다.

  그들이 취급하고 있는 어물은 대개 홍어와 숭어 그리고 상어였
다. 그러나 영암의 어물 좌판이든 영산포의 어물 좌판이든 눈을 씻
고 찾아봐도 보이지 않는 어물이 있었다. 그것이 바로 창범이네 일
행이 팔고 있는 간고등어였다. 물론 간고등어가 없는 까닭은 전통
적으로 신선한 어물을 선호해 온 이 고장 사람들의 입맛을 거스르
지 않으려는 것이겠지만, 에스키모들에게 냉장고를 팔았다는 말이
흰소리 아닌 현실로 증명된 이상, 간고등어로 배짱껏 매상을 노려
볼 만도 하였다. 이빨이 빠지면 잇몸이 대신하더라고, 참빗의 고장
이었지만 요즘 들어선 어란과 무화과, 단감, 영암배, 수박, 짱뚱
어, 토하젓, 세발낙지의 산지로 유명한 영암장터 변두리 어디선가
태호 아닌 창범의 코타령 소리가 들려오고 있었다.

    주정뱅이 딸기코
    바퀴벌레 집게코
    이리저리 다니다가
    아무코나 깨물코
    만년둘째 허무코
    알쏭달쏭 내각제
    선문답에 분주코
    주가올라 신명코
    장사잘돼 히쭉코

건설경기 호전코
오대재벌 막막코
빚진장사 그물코
요리조리 빠져도
못당하니 한심코
쉬리영화 대박코
두서너편 더찍어
세계만방 흥행코
강원동강 유유코
산천어가 살지만
댐만들어 잘룩코
섬진강변 벌꿀장
팡팡다방 짜짜루
백합조개 보신코
여성상위 희한코
잔뜩안고 뒹굴어
푸른하늘 노란코
따불따불 따따불
통과통과 날렵코
주는대로 먹을코
냉장고에 돈봉투
김치그릇 무안코
아랫목에 돈많아
군대가지 않을코
디스크는 꾀병코
윗목사람 시름코

슬픈이유 모를코
백수건달 빈둥코
삼디업종 결석코
되는대로 살다가
가난세습 불러서
패가망신 부를코
천세났다 고등어
신토불이 별미라
동해바다 간재미
제자리간 고등어
짜지않아 뱃자반
편두통에 효험코
뒤집어도 뱃자반
엎어봐도 뱃자반
안드시면 후회코……

　채소전과 맞물려 있는 어물전 턱밑으로는 범접할 수 없었다. 그래서 채소전과 어물전이 갈리는 골목 들머리에서 좌판을 벌였다. 그나마 영암장에 오랜 안면을 트고 있는 꼬막 장수 방극섭의 훈수 덕택이었다.
　규모가 그토록 큰 장시였음에도 노점상들끼리 벌이는 자리다툼 한 가지는 영암장터에서도 예외가 아니었다. 가까스로 좌판자리를 잡아준 방극섭은 자신의 바지락 장사는 제쳐두고, 벌써 다섯 차례나 되풀이되고 있는 창범의 코타령을 지켜보고 있었다.
　창범이네 일행의 간고등어도 주문진의 재고품이 바닥나 가고 있었다. 다가오는 9월이 되어야 고등어가 잡히기 시작하기 때문에 벌써 작년 재고가 바닥나 버린 것이었다. 본전만 건지면 처분하고 방극섭의 권유대로 갯것 (어패류)으로 방향을 전환할 때가 온 것이었다. 주문진의 변씨로부터는 빨리 처분하라는 독촉이 성화 같았다. 마음이 바쁘니 코타령 가락도 덩달아 빨라졌다. 간이의자를 좌판 앞에 바싹 붙이고 삼엄한 표정으로 창범의 코타령을 지켜보고 있던 방극섭은 사뭇 곤혹스러운 표정을 짓고 있었다.

「나가 여그 앉어서 들어보자니 그만하면 좋긴 좋은디, 하찮은 코타령이지만 삼켰다가 내쏟는 가락이 숨차선 안돼야. 섣부른 박자넣을 요량부터 하면 근력만 부치고 되는 게 없지라. 긍께로 소리는 들숨 날숨에 맞춰 호흡으로 부르는 게지, 발걸음도 못 뗀 주제에 박자부터 맞출라고 해뿔지는 말아야제. 가차분 소리로 가야지 먼 노래로 가면 숨만 차서 소리는 간데없고 핏대만 곤두서서 발악만 남제이. 그래선 안되지라. 처음에는 고약하고 버겁드라도 들숨 날숨을 천연덕스럽게 따라가야 가사가 알타리무처럼 태글태글 살아남제이. 옛날야그지만, 쩌그 뭣이냐…… 순천 가서 인물자랑 말고, 여수 가서 돈자랑 말고, 벌교 가서 주먹자랑 말고, 진도 가서 글씨자랑 말고, 강진 가서 양반자랑 말고, 고흥 가서 노래자랑 말라는 야그 못 들었는가 보네이? 나가 바로 노래자랑하지 말라는 고흥 토산이랑게. 말하자면 나가 한씨보단 고순디, 그런 나가 여러 번 말했으면 기분은 쪼까 껄쩍지근하더라도 귀담아들어야제. 쩌그 뭣이냐, 가사내용도 그래서 쓰겄는가? 코타령이라지만 근본은 장타령이 분명한디, '만년둘째 허무코 알쏭달쏭 내각제 선문답에 분주코' 같은 씨알 없는 소리는 뭣 땜시 집어넣었는지 모르겠네. 안 그라도 속 터질 판국일 텐디 당사자들이 들으면 성질나 죽겠다는 소리 안 나올랑가 모르겠네. 들어서 신명나라고 부르는 타령인디, 신명은 고사하고 껄쩍지근하게 들리면, 자는 범 코 찌른다고 그게 성질만 건드리는 꼴이지라.」

「하찮은 장타령은 한 번 듣고 잊어버릴 것인데, 뭘 그렇게 가타부타 따지고 들어요?」

「워메, 저걸 어쩌까이. 코타령에 돈 나오는 줄 알어? 돈 나오는 구멍은 코타령 아닌 간고등어랑게. 장타령이든 코타령이든 궁합이 맞어야 물건도 팔리제. 어쩔라고 고집을 부려쌓는당가이? 쩌 그 바지락 쬐깐 담아와서 팔던 노친네들 보랑게. 다 폴고(팔고) 따땃한 아랫목 찾어갔것다. 한씨는 죙일 코타령만 고쳐 부르며 하루 해 다 보낼 작정이당가?」

「길들인 장타령도 아닌데, 서툰 것은 당연하죠. 하지만 되풀이하다 보면, 나름대로 감이 잡힐 것이고 방형 말처럼 들숨 날숨에 맞춰 부를 수 있지 않겠어요? 나도 서툴다는 건 알고 있는데 고비마다 면박만 주면, 아니래도 열없는 판국에 배포가 생기겠소?」

「내가 뭐라고 했당가? 쬐깐 간섭한 걸 가지고 핏대 세울 건 없지라. 꿩 잡는 게 매더라고 코타령이야 서투를망정 간고등어 몽땅 털고 일어서면 되지라. 요량대로 해보랑게.」

그의 참견에 머쓱했던 창범이 참다 못해 쏘아붙이자, 위풍당당했던 방극섭도 금방 시무룩해져서 출출하다며 곁에 있는 선술집으로 모습을 감춰버렸다. 남의 일에도 애성바르게 굴었던 사람을 몰아붙인 것 같아 선술집으로 뒤따라가려는데, 마침 좌관으로 다가서는 장꾼이 있어 그를 달래줄 기회를 놓치고 말았다.

이튿날 오후, 방극섭은 남양 면소재지까지 나와서 일행을 기다리고 있었다. 그들 일행은 방극섭의 초대로 고흥의 대곡리 마을을 찾기로 약속되어 있었다. 해질녘의 바람을 타고 마당까지 갯내가 밀려드는 여자만 개펄이 시야가 모라잘 정도로 가없이 펼쳐진 대곡리는 면소재지에선 엎어지면 코 닿을 곳이었다.

그의 집에 당도하고 보니 개펄 관광을 위해 간혹 찾아드는 관광객들의 민박을 위해 마련한 빈방이 셋이나 있었다. 식구들과 함께 한 저녁식사 뒤에 방극섭은 마당가에다 화톳불을 피웠다. 익은 장작에서 피어오른 보기 좋은 불땀 속으로 마당가를 맴돌던 갯내가 씻겨지고 있었다. 화톳불 앞으로 맨 처음 달려가 자리잡은 사람은 승희였다.

「개펄에서는 낙지도 난다지요? 거기가 어디더라?」

「목포 낙자(낙지)연포탕이 유명해진 것은 코앞에 보이는 압해도 들머리에 개펄이라는 습지(濕地)가 있기 때문이랑게. 압해도가 있었기 땜시 목포의 낙자연포가 생겨나서 전국적으로다가 유명해질 수 있었고, 목포라는 소비도시가 코앞에 있었기 땜시 압해도 뻘낙자란 먹거리가 제 값 받고 팔릴 수 있게 되었제. 세상 이치가 다 그런 것이랑게. 서로서로 기대 사는 겨. 니가 있어야 내가 있을 명분이 있고, 내가 있어야 니가 있을 명분도 있는 겨. 지 혼자 잘났다고 활개치고 떠들어쌓는 놈치고 정말 잘난 놈은 없지라. 그건 그렇고……, 압해도 중에도 복룡리나 가룡리 아지마시들은 맨손으로 개펄에 구멍을 파고 일같잖게 낙자를 잡아낸당게. 들물 날물의 차가 가장 큰 한사리 때에 압해도 가면 환장하게 장관이라. 사리 때는 개펄 바깥쪽에 있던 낙자들이 들물 때를 맞이하려고 앞다퉈 물골로 내려가는디, 그때는 연대장 사열 받으려고 연병장에 늘어선 졸병들처럼 머리를 쳐들고 좍 줄을 서 있당게. 그때를 진득하니 기다리고 있다가 횃불을 들고 나가서 주섬주섬 어망에 주워담으면 그게 바로 유명한 압해도 뻘낙자랑게. 큰 파하고 무시랑 고추를 힘들이지 않고 설근설근 썰어 넣고 낙자를 통째로 넣어 연포탕을 끓여놓으면, 그 달고 구수한 맛이 바위낙자는 발 벗고 달려와도 못 따라온당게. 음식이란 게 원래 달면 구수한 맛이 신통치 못하고 구수하면 단맛이 따르지 못하는 법인디, 압해도 뻘낙자는 달고 구수하고 개운한 맛이 신통하게 어우러져서, 그야말로 삼위일체여. 사월 중순부터 시작되는 산란기가 되면, 알에서 깨어난 새끼낙자들이 개펄을 개미떼처럼 새까맣게 뒤덮을 정도가 되는디, 그 새끼낙자들이 두어 달 자라면 바로 세발낙자가 되지라. 그 갯것이 생긴 것은 뼈 없이 흐물흐물해도 폴다리 쑤시고 아픈 데 좋고, 정력 보신에는 겁나게 좋아뿌러. 나가 엽때꺼정 두 마누라에게 시달림을 받으면서도 형용이 찌그러지지 않고 배겨내고 있는 까닭이 바로 낙자 때문이랑게. 어디 나뿐이당가. 여자만이란 텃밭이 없었다면, 우리 동네 사람들 농사구 뭐구 죄 집어치우고 대처로 나가서, 쩌그 뭣인가 도시 빈민층인가 그게 돼뿔고 고향땅이란 게 잡초만 무성하고 인적이 없었을 텐디, 그나마 썩은 냄새 나는 개펄에 의지해서 그럭저럭 살고 있지라.」

그는 부지깽이로 불땀을 일궈가며 여자만 아닌 압해도 낙지를 들먹이느라 입에 거품을 물 지경이었다. 그날 밤 일행에게 끓여 대접한 것이 그가 자랑했던 고흥 딱돔구이가 아니라, 낙지연포였기 때문이었다. 창범이 거들었다.

「그런데 요사이엔 연안 개발이다 매립 간척사업이다 해서 개펄

파괴만 일삼고 있잖아요. 맨몸으로 나가서 돈을 벌 수 있는 유일한 곳은 개펄과 바다뿐인데, 섣부른 정치논리가 우리의 생존권과 행복권을 침해하고 모든 것을 망치고 있어요.」

「개펄이 뭔지 모르는 사람들은 쓰레기 매립장쯤 되는 줄 알어. 그래서 그까짓 바지락이나 망둥이 몇 마리 죽는 걸 가지고 호떡집에 불난 것처럼 법석들 떠느냐고 타박이여. 하지만 갯것들이 죽고 없으면 물새 한 마리 날아들지 않을 것이고, 물새도 날지 않는 땅에 인종은 무슨 보람으로 살 겨? 사람의 형용을 하고 살 수 있간디? 지 가슴에 지 손으로 칼 들이대고 협박하는 꼴인디, 사나운 인종들이 그걸 몰러. 토지공사 멕여살리려고 망둥이 죽이는 일을 수월하게 저지르다 보면, 망둥이 귀신이 토지공사 잡아 먹는 변고가 당장 들이닥칠 텐디, 인종들은 개간이면 덮어놓고 살판난 줄 알어. 말은, 개펄이 생태계의 콩팥이니 허파니 나라가 들썩하도록 떠들어쌓지만, 죄 탁상공론 아니고 뭣이당가. 사람은 콩팥 두 개 중에 하나만 있어도 살 수 있고, 이식받아서 살 수도 있지라. 그러나 우리가 의지하고 살아가는 개펄은 이식받을 콩팥이 없어. 내가 이렇게 말하면 저 자식 꼬막 캐 처먹고 살라고 입에 거품을 물고 소리질러 댄다고 할 겨. 그런 싸가지없는 놈들 중에 태반은 지가 뭘 처먹고 살고 있는지도 몰러.」

「그런 말 할 사람 없어요.」

「나가 어릴 적만 해도 봄철에 갈대 덮인 갯골로 나가면 실뱀장어, 모시조개, 바지락, 죽합(맛조개)이 지천으로 널려 있었지라. 뻘을 쪼까 뒤집기만 해도 낙자가 꿈틀거렸제. 들물때면 팔뚝만한 숭어가 사방에서 맨땅에 새우 뛰듯 뛰었고, 오리떼와 갈매기떼가 하늘을 새까맣게 뒤덮었지라. 자지에 뻘흙이 안 묻는 날

이 없었던 그런 어린 시절을 보냈기 땜시 마누라 둘 데불고 산다
는 것 외에는 남의 손가락질 안 받고 사는 번듯한 어른이 된 겨.
발걸음을 떼놓을 줄 알 때부터 개펄에서만 뒹굴며 살어서 하찮은
미물도 모두가 살아가는 명분이 있다는 이치 또한 남 먼저 터득
했지라. 개펄 수익이 농사 소득에 비해 열 배나 높고, 개펄에 살
고 있는 갈대는 짠물 단물 가리지 않는 식물이고, 무성하게 되면
뿌리가 얽히고설켜서 한여름에 장대비가 내려도 개흙이 쓸려 내
려가지 않게 막아준다는 것을 알았고, 쇠뜨기도 줄기를 모으면
그릇 닦는 수세미가 될 뿐 아니라, 당뇨에도 좋다는 사실은 사람
들이 하찮게 여기는 개펄에서 살지 않았더라면 어떻게 깨달았을
겨. 나가 공직에 있었다면, 퇴출 영순위 딱지 받고 진작에 고흥
으로 낙향해서 남의 집 담구멍이나 삐꿈거리며 빈둥거리고 있었
을 건 뻔하지라. 그러나 나가 그렇게 될 줄 진작 알고 소싯적부
터 공직이라면 하찮은 어촌계장 직책이 돌아와도 겁나게 내빼뿔
고 근방에는 코빼기도 내밀지 않았어라. 그러나 사람 사는 꼴을
쪼까 들여다보면, 나가 큰 죄 지은 놈도 아니드랑게. 대처에 나
가면 한 집에서 남부럽잖은 부부로 살면서, 니는 내 남편 니는
내 아내랍시고 깨 쏟아지게 살긴 사는디, 문밖으로 나서기만 하
면 사내놈이고 기집년이고 할 것 없이 제 뿔뿔이 흩어져서 애인
을 끼고 물 좋고 산 좋은 데는 안 간 데 없이 쏘다닌다는 말을 나
가 숱하게 듣고 있응게. 그게 바로 타락, 사기, 비굴, 기만, 파
렴치가 아니당가. 그 다섯을 합쳐서 사람들은 대강 부도덕으로
부르제이. 나가 그런 말 듣기 싫기도 하지만, 애틋하게 그리운
사람들끼리 헤어지고 보면 서로가 불쌍하고 측은한 처지라, 마누
라하고 애인이 서로 합의하에 같이 살기로 했어라. 나가 원래 성

품이 모질지 못해서 딱 잡아떼고 안면을 싹 바꾸기는 죽어도 못할 짓이어라. 그런디 모여 살고 봉께 또 그럭저럭 견딜 만하당게. 딱 좋기는 인생이란 게 나같이 그럭저럭 사는 방법도 찾아보면 있다는 겨.」

한마디 거들었던 승희는 방극섭의 말이 흡사 자신과 창범 사이를 싸잡아 빗대는 것 같아서 아니래도 화톳불로 뜨거워진 얼굴이 후끈 달아오르는 것을 느꼈다. 형식은 못 들은 척하고 방극섭이 들고 긁적거리던 부지깽이를 집어 장작의 불땀을 고르고 있었다.

허공으로 피어오르는 불너울을 따라 하늘로 시선을 주던 승희는 문득 소스라쳤다. 가없이 펼쳐진 밤하늘엔 영롱하게 살아 있는 별빛 천지였다. 밤이면 별천지였던 화개장터에 숙소를 잡고 태호와 같이 하동장과 구례장을 번갈아 드나들었던 때가 떠올랐다.

동쪽으로는 여수와 여천시를 두고, 서쪽으로는 득량만을 사이에 두면서 보성과 장흥, 완도를 이웃하고 있는 고흥은 삼면이 바다에 잇닿아 있는 까닭에 예로부터 생선과 갯것이 지천이던 고장이었다. 고흥반도 동쪽인 여자만과 서쪽인 득량만의 바다와 개펄에서는 피조개, 새조개, 꼬막과 바지락이 흔전이었다.

옛말에는 벌교의 꼬막이고 고흥의 석화라 했다지만, 고흥 개펄의 꼬막도 알아주는 특산품이었다. 석화가 많아 진석화젓으로 명성을 날렸던 곳이 바로 여자만 아래쪽인 해창만이었다. 지금은 득량만 안쪽의 고흥만과 함께 해창만도 간척지로 변하고 말았지만, 아직 수하식 알굴로 진석화젓을 담고 있어 옛 명성이 깡그리 지워진 것은 아니었다. 뿐만 아니라, 여자만 안쪽에 있는 장도와 백일도에선 꼬막, 동일면으로 부르는 남쪽 내나로도에선 바지락, 대전과 수

락도에선 새우, 득량도와 소록도 사이에선 키조개, 남양면 고역 개펄에선 굴, 과역면 풍양과 녹동의 오마 간척지에선 김과 미역이 대대적으로 생산되고 있었다.

이튿날은 공교롭게도 새벽녘부터 추적추적 비가 내리기 시작했다. 비가 내리기 시작하면, 지난밤부터 벼르고 있던 고흥 읍내 남계리 5일장 구경은 단념하는 게 옳았다. 궂은 날씨 때문에 심사도 덩달아 울적해서 낮잠이나 늘어지게 자두자는 심산으로 아침밥을 먹는 둥 마는 둥하고 곧장 제각기 자던 방으로 흩어지려는데, 채비를 갖춘 방극섭이 어느새 마당으로 나서고 있었다. 고흥반도 끝머리에 있는 녹동 포구까지 구경시키겠다는 방극섭의 성화를 뿌리칠 재간이 없었던 일행은 결국 그를 따라나서기로 하였다.

포구는 비가 내리는데도 사람들로 북적거렸다. 포구의 선착장을 따라 횟집들이 늘어서 있었는데, 과연 키만한 크기의 키조개들을 구경할 수 있었다. 그나마 고흥반도의 개펄은 아직 살아 있다는 증거였다.

일행은 횟집 2층방을 통째로 차지하고 앉았다. 방극섭의 말마따나 형식은 벌써 어디로 내빼뿔고 보이지 않았다. 방극섭의 입에서 뜻밖의 말이 흘러나온 것은 푸짐한 횟거리 안주에 소주를 두 병째 딸 때였다.

「나가 한씨 속도 모르면서 이런 말 해서 실례가 안될랑가 모르겠네……. 어쩌꺼나 내 딴에는 벼르고 있었던 말이니 해뿌러야 속이 시원하제. 나는 두 사람이 내외간인 줄 알았는디, 어젯밤에 서로 각방자리하는 걸 보고 쬐까 놀라버렸당게. 두 사람이 내외간 아니당가?」

「난 무슨 말인지 모르겠네요.」

승희는 애매하게 웃었다.

「나가 눈썰미 한 가지는 쓸찮은 사람이란 말은 진작 해뒀지라? 두 사람 사이에 뭐가 걸려 혼례를 못 치렀는지 알 만하당게. 나 같은 중신아비가 없었던 탓이어라. 겉궁합 속궁합이 모두 찰떡궁합이어서 혼례 올릴 맘은 진작에 굴뚝 같았는데, 그 뭣인가 자존심이당가 그것 땜시 엽때 결혼식을 못 올리고 있었던 겨. 내 말 맞제? 그렇다면 두 사람은 늙바탕까지 그깟 곰살궂은 자존심 등쳐먹고 살아갈 작정이당가? 자존심은 무슨 쎄빠질 자존심이어라? 자존심 내세우는 쪽은 둘 중에 누군가?」

그 순간 방극섭은 승희의 표정을 재빨리 읽었다. 눈 가장자리에 술기운이 돌고 있는 그녀는 물안개만 자욱한 녹동 포구의 모습을 창 너머로 바라보고 있었다. 창범이 잠깐 자리를 뜬 사이에 승희가 독백을 늘어놓았다.

「저분을 뒤따라 떠돌이 생활을 하는 동안 내 나름대로는 고통스럽고 슬플 때도 많았어요. 그런데 한 번도 도와달라는 말을 한 적이 없었어요. 자존심 때문이 아니고 그렇게 하면 저분에게 거치적거리는 존재로 보일까 봐 두려웠기 때문이에요. 그렇기 때문에 내가 원하는 일보다 저분이 소망하고 있는 일이 무엇인가를 항상 찾아보고 골똘하게 생각하는 데 길들어버렸어요. 곰곰이 생각해 보면 내 인생의 주인은 분명 난데, 훈련 잘된 사냥개처럼 내 시선에는 항상 저분만 보이는 거예요. 저분이 행복하면 나도 덩달아 행복했고, 저분이 울적한 모습을 보일 때는 나도 싸잡아 우울했어요. 저분과 나 사이에 남다른 관계가 맺어지고 난 뒤부터 그 특별한 관계에 눈곱만치의 틈이 생기거나 그럴 낌새만 보여도 관계가 흔들린다고 단정했고, 가슴속에 구멍이 뚫린 것처럼 허전하고 불안해서 잠도 오지 않았지요. 사소한 언쟁이라도 벌인 날이면, 쉽게 상처를 입고 죄책감이 느껴져 그날 하루는 장사가 잘되어도 개떡 같은 기분에 맑은 날도 구름 낀 날처럼 생각되었어요. 온통 잿빛이었지요. 동업이 된 것도 내 잇속을 차리겠다는 속셈이 아니라, 내게 소중한 사람이 하는 일이니까 따라하지 않으면 내 스스로 견딜 수 없을 것 같아서 자청한 일이었어요. 끊임없이 저분의 시선만 따라다니며 표정이 어떻게 달라지고 있는 것일까, 저분과의 관계가 흔들리지 않을까 오직 그것만 살피는 거예요.」

「그렇다면 결혼해야 쓰지라.」

「그런데 막상 결혼하자는 말을 듣고 나니까, 정신이 번쩍 들었어요. 저분이 내 과거에 대해서 화가 난 것은 아닐까, 나를 떠보기 위한 것이지 진정으로 한 말은 아니겠지, 정작 결혼하자면 멀리로 도망할 사람이 저런 말을 하는 것은 아닐까, 턱없이 그런 생각이 드는 거예요. 그런데 문득 이런 생각도 들었어요. 한 번이라도 내 생각을 저분처럼 진지하게 표현했던 적이 있었던가. 없었어요. 내 시선이나 생각이나 모든 것이 오직 저분에게만 쏠려 있었으니까 내 생각이나 계획 따위는 우선 내 스스로 안중에 둘 수 없었지요. 그게 바로 나예요. 그처럼 내가 없는데 어떻게 저분과 결혼을 하겠어요. 그런데 또 곰곰이 생각하면 간절하게 결혼하고 싶어요. 모순이지요. 결혼하자는 말이 싫지 않아요. 자꾸자꾸 듣고 싶은걸요. 왜냐하면 그 말을 들을 때 비로소 내가 존재하고 있다는 느낌이 뚜렷해지니까요. 저분이 두렵게 생각되지 않고 내 주장을 떳떳하게 말하고 고집도 부릴 수 있는 배짱이 생길 때까진 결혼식 않고 싶어요. 보나마나 불행해질 테니까요.

지금 당장 결혼한다면 미꾸라지를 잡으려다가 뱀이 들어 있는 자루에 손을 집어넣는 꼴이나 다름없을 거예요. 내 생각 어때요? 내가 남성 우월주의에 중독된 여자가 아닌지 모르겠어요.」

「워메, 이 사람들 보까이? 외로운 사람들끼리 결혼하고 살자는데, 싸가지없는 남성 우월은 뭣 땜시 찾아쌓고, 여성 우월은 또 무슨 귀신 씻나락 까먹는 소리당가? 미우나 고우나 서로 몸까지 줘뿌렀으면 팔자소관으로 알고 서로 역성들면서 살다 보면 니가 나고 나가 넌디, 남성이든 여성이든 우월할 것이 뭣이 있당가? 금실 좋게 살면 됐제, 우월은 무신 곰살궂은 말이당가? 한씨도 분명 속 쓰린 과거가 있는 사람이고 승희 씨도 나이가 삼십 훌쩍 넘어뿌렀으면 과거가 맹물처럼 깨끗하지는 않겠지요이? 나 짐작이 아다리돼 뿌렀다면, 그게 바로 피장파장 아니겠소. 임자 아다리됐을 때 물건 안 폴고 어떻게 하게라? 환갑 먹을 때까지 버텨볼라카요? 아니어라. 허벅지에 핏기 돌 때 눈 딱 감고 식 올리는 게 상책이지라.」

창범이네 일행과 만나자마자 중매를 자청하게 된 꼴이 되었으나 피차간 속시원하게 결판난 것은 한 가지도 없었다.

해질 무렵 녹동 포구를 나섰다. 그리고 곧장 돌아와 하룻밤을 묵은 다음날 새벽에 창범은 방극섭을 따라 개펄 구경을 나섰다.

「여그 이렇게 가만 서서 얼핏 바라보면 개펄은 시꺼먼 개흙으로 덮여서 비린내만 났지 아무짝에 쓸모없는 땅이란 생각이 들지라. 그려도 개흙 속으로 한 발짝만 들여놓으면 딴 세상이 있다는 것을 금방 알아챌 수 있어라. 기어다니는 망둥이 한 마리, 구멍마다 제 집인 농게 한 마리조차, 없어서 좋은 생물은 한 가지도 없어라. 저마다 살 필요가 있어서 승희 씨 말마따나 존재하고 있는 겨. 여그도 약한 놈이 센 놈한테 잡아먹히는 생존경쟁도 숱하고, 니 없으면 내 못 사는 공동체가 있게 마련이랑게. 한 가지 다행인 것은 남해안이고 서해안이고 간에 해마다 적조현상이 일어나 시름을 겪고 있지만, 아직 여자만에서는 적조현상이 보이지 않는다는 것이지라. 왜 그런지 모를 게여. 들물때나 날물때에 개흙이 씻기기 때문이기도 하겠지만, 개펄이 스스로 하수처리장 구실을 하고 있기 때문이지라. 유식한 놈들은 정화작용이라고 하더구먼. 그러나 간척 좋아하다 보면, 오염을 막아주는 개펄이 사라지게 되고 여자만도 언제 죽은 땅이 될지 알 수 없제. 전라도에 있는 개펄 아니고라도 동죽조개로 유명했던 송도 개펄, 가리맛조개로 유명했던 남양 개펄, 바지락이며 굴양식으로 유명했던 가로림만 개펄도 그렇고, 우리나라에서 규모가 가장 크고 수산물이 많이 났던 곰소만 개펄도 간척공사가 한창이란 소식을 들었제. 평생을 개펄에 의지하고 살던 사람들도 놀고 있는 꼴을 보면 가슴을 쥐어뜯고 싶지라. 간척사업으로 보상금 받아 어깨에 힘주고 대처로 나가지만, 태반이 일 년도 못 배기고 고향으로 돌아와 아는 사람 만나면 지 먼저 외면하며 빈둥거리고 있당게. 고향 떠날때는 돈 꿔달랄까 봐 그런지 이웃에는 인사도 않고 솔권해서 좆빠지게 내빼뿔던 것들이 고향으로 돌아올 적엔 좀도둑처럼 야밤에 사내 따로 기집 따로 야금야금 기어들어와서, 어느 날 보면 뒷집 건넛방 빌려서 접방살이하고 있어라. 어디 그뿐이당가. 대처의 싸가지없는 풍속에 잽싸게 물들어와서 마누라는 쩌그 머신가, 낯빤대기에 햇볕크림 처바르고 수건 씌워서 개펄로 내보내고 지는 땡전도 없는 주제에 벌건 대낮에 레지들 똥 묻은 허벅지 볼라고 다방 출입이고, 그것도 고단하면 노름방이나 기웃거리제.

그런 싸가지없는 놈들일수록 몇만 원쯤은 돈으로 취급도 안한당
게. 거짓말 아니어라. 내 사촌 중에도 그런 놈 있어서 우리집에
는 얼씬도 못하게 한당게. 빛 좋은 개살구라고 보상금 좋아하다
보면, 사람 구실 갈 곳 없고 패가망신하는 겨.」
「갯바람 그만 쐬고 얼른 공판장에나 가봅시다. 멀리서 누가 보면
외지에서 땅장사들 몰려왔나 하겠어요.」
그때 방극섭은 뒤따라오는 승희와 형식을 힐끔 뒤돌아보며 귓속
말을 하였다.
「어젯밤에 승희 씨하고 결혼문제 야그 해봤어라?」

결혼이라면, 박봉환이 한발 앞선 셈이었다. 창범이네가 영암장
과 영산포장의 장꾼들과 안면을 익혀 조개류를 팔아 가까스로 체면
이나마 갖춰가고 있을 무렵, 안면도 백사장 포구의 서문식당에서는
조촐한 결혼식이 치러지고 있었다.
서문식당에서 결혼식을 올리기로 결정한 것은 봉환과 은실의 합
의에 따른 것이었다. 하객들을 불러 떠벌일 입장도 아니었고, 게다
가 예식을 올리자마자 봉환은 은실을 남기고 곧장 떠나야 할 처지
였다. 그래서 뱃사람 20여 명이 모여 좁은 식당 안에서 치른 조촐
한 결혼식은, 처음부터 쓸쓸하고 울적했다. 배완호 내외를 제외하
면, 하객들 대부분이 신부측 일가 친척이었다. 그들 역시 신부에게
과거가 있다는 것을 익히 알고 있었기 때문에 한갓진 곳에서의 조
용한 예식을 다행으로 여겼다.
하객들의 시선이 집중되어 있는 신부의 표정은 시종 평온해 보였
다. 정신과에 입원까지 했던 혼란의 흔적은 그녀의 표정이나 행동
어디에서도 찾아볼 수 없었다. 그녀는 다소곳하고 정숙한 여자로

돌아가 있었다.

식탁으로 음식과 술이 나오고 순배가 거듭되면서, 하객들은 이제 걱정스러웠던 모든 것들을 깡그리 잊고 먹고 마시는 일에 열중하기 시작했다. 신혼여행은 지난번 두 사람이 함께 다녀왔던 동해안 여행으로 대신하기로 했다. 갓을 먼저 쓰고 망건을 뒤에 쓴 꼴이 된 것은, 인천부두에서 중국의 산둥[山東] 성 웨이하이[威海] 시로 떠나는 선편의 날짜가 임박해 있었기 때문이었다. 불과 보름 동안, 태호 혼자 뛰어 출국에 필요한 서류들을 갖춘 것이었다. 물론 짧은 시간에 그런 일을 치러낸 것에는 비밀이 없지 않았다. 그러나 손달근이나 봉환에게는 이제 선택의 여지가 없었다.

양양에서 저질러졌던 사건은 태호를 비롯한 두 사람이 그럴싸하게 짐작했던 것처럼 간단하게 마무리될 조짐이 아니었다. 그 이후로도 경찰들이 계속 두 사람의 행방을 은밀히 뒤쫓고 있다는 소식이 양양의 도매상으로부터 들려오고 있었다. 그런 가운데서도 태호는 신통하게 출국 서류를 마련하는 데 성공했다. 트럭을 잃었으니 배를 탈 수밖에 없었고, 쫓기는 신세가 되었으니 쫓겨다닐 수밖에 없었다. 그렇기 때문에 결혼식을 더이상 미룰 수 없었다. 은실의 채근이 없었다 할지라도, 떠나야 할 봉환에게는 무엇보다 절박한 것이었다.

철새처럼 바람처럼 떠돌았던 이 땅 어딘가에 자신을 해바라기처럼 바라보며 기다려주는 사람이 있어주기를 바라는 마음이 너무나 간절했으므로 결혼식은 서둘러야 했다. 그것이 또 은실에게 마음의 안정을 되찾을 수 있는 계기가 된다면 더 바랄 것이 없었다. 봉환은 드디어 은실을 사랑하고 있는 자신을 발견했고, 혼란스럽고 착잡한 가운데서도 그것을 발견한 자신이 대견스러웠다. 사랑은 눈으로 보지 않고 마음으로 보는 것이며, 그 뜨거운 열정은 죽음의 공포보다 강하기 때문에 도무지 겁낼 게 없다는 말을 귀동냥으로 들어 알고 있었다. 하지만 사랑한다는 말처럼 손쉬운 말도 없고, 사랑한다는 말처럼 어려운 말도 없다는 것을 또한 느꼈다.

어떤 사내들은 그 말을 하루에도 몇 번씩 일같잖게 펑펑 쏟아낸다지만, 봉환에게는 손쉽지 않았다. 사랑이란 말에는 혓바닥에 턱턱 걸리는 생선가시 같은 것이 있었고, 고구마를 먹을 때처럼 퍽퍽한 목멤이 있었다. 자신에게 시큰둥했던 여자라도 당장에 매료시켜 버리는 마력을 갖고 있다는 걸 알면서도 그 단어는, 가치개념이 뚜렷하게 다가오지 않거나 애당초 두려운 말이기도 했다. 마음속으로는 사랑하고 있다는 명징한 확신을 갖고 있으면서도 그 단순한 언어가 가진 두려움의 정체만은 떨쳐버릴 수 없었다. 은실이 사랑하고 있느냐고 채근하면 할수록 그 말이 지닌 의구심과 두려움이 먼저 그의 가슴을 채워버려 발설을 거의 완전무결하게 방해해 버리는 것이었다. 그 두려움의 정체는 자신의 삶의 부박함에 원인이 있는 것도 같고, 진실해야 한다는 심리적인 억압과 숙연함에 짓눌려 있는 탓인지도 몰랐다. 그래서 결혼 첫날밤에는 할 수 없었던 그 말을 이틀 후 인천으로 떠나던 날 새벽에야 가까스로 발설할 수 있었다. 새벽에 떠나기로 한 것은 이웃 사람들의 구설수에 오르는 것이 두려웠기 때문이었다.

「자기 날 사랑한다면, 집으로 돌아오는 길 한 가지는 잊지 말아야 해. 자기의 은실이가 기다리고 있다는 거 까먹으면 안돼. 눈먼 사람도 자기 집만은 냄새로도 알아차려.」

「날 병신 취급하나? 설령 내가 까먹는다캐도 형님이 있는데 무신 걱정이고.」

「나 임신한 것 같애.」

「니 시방 뭐라캤노. 그 단새 알라 뺐다 말이가?」

「그 단새라니? 우리 만난 지가 언제부턴데 엉뚱한 말을 해? 애기 배면 안돼?」

「사람 놀래키는 데도 여러 가지 방법이 있다카디, 불각시에 그런 말을 하면 안 놀랄 사람이 어디 있겠노. 더군다나 시방 길 떠나는 사람한테 그런 말 툭 던지면 열받는다카이.」

「돌아오는 길을 잊어버리지 말라고 못박는 거잖아.」

「니 임신했다는 거, 처형도 알고 계시나?」

「알고 있으니까 걱정 말아. 객지에서 끼니나 거르지 말고 찾아먹어.」

버스에 오르고 나서야 은실이 했던 말이 뇌리에 또렷하게 되살아났다. 지금까지 그가 경험했던 다른 여자들과의 관계에선 무시되었거나 도덕적 부담감조차 없이 지나쳤던 문제들이 은실과의 관계에선 온몸으로 가로막지 않으면 안될 현실적인 문제들로 엄습하고 들었다. 결혼을 담보하였던 여행중의 임신, 졸지에 수배자가 되어 쫓겨다니게 된 사건, 얼떨결에 치른 결혼식, 그리고 어디로 떠나든 영락없이 안면도로 되돌아와야 한다는 의무감이 그러하듯, 어느것 한 가지 대수롭지 않게 스쳐가는 것이 없었다. 저금통장을 아내라는 여자에게 맡겨둬야 한다는 것도 그랬고, 내가 고통받기 전에 아내의 고통을 먼저 생각해야 한다는 억눌림도 그랬다. 그러나 어느 날 문득, 중무장을 하고 덤벼드는 것 같던 그 모든 강박감들이 그다지 부담으로 느껴지지 않았고, 그런 중압감의 소멸상태를 두고 사람들이 운명이라 부르고 있을지도 모른다는 생각을 봉환은 하고 있었다. 짧았던 승희와의 동거에서도, 욱하는 김에 저지르고 말았

던 묵호댁과의 관계에서도, 운명이라는 그림자를 떠올린 적이 없었
다. 창밖 멀리로 나타났다가 산코숭이 뒤로 사라지곤 하는 회갈색
개펄들을 하염없이 바라보며 울적한 상념에 잠겨 있는 봉환의 옆구
리를 툭 치고는 태호가 말했다.

「형, 청승 떨지 말고 눈물 닦아.」

이튿날 해질 무렵, 세 사람은 벌써 중국의 산둥 성 웨이하이 시
로 떠나는 여객선에 승선해 있었다. 당일로 인천에 도착한 그들은
인천 국제 여객터미널 근처에 있는 허름한 여인숙에서 새우잠으로
하룻밤을 지새운 터였다. 세관을 통과해 승선한 뒤에도 그들이 자
리잡은 곳은 지난밤에 묵었던 여인숙과 다름없는 삼등칸이었다. 지
저분하고 숨막히며 어디를 둘러봐도 불확실한 것 또한 지난밤과 다
를 게 없었다. 차이가 있다면, 지난밤은 흔들리지 않았지만 지금은
흔들리고 있다는 것뿐이었다.

봉환은 선실 벽에 기대어 정박해 있는 선체의 미세한 동요에 몸
을 맡기고 있었다. 승선한 지 1시간을 넘겼는데도 뜸만 들이고 있
을 뿐 출항의 낌새는 없었다. 태호는 승선하자마자 선실과 갑판을
분주하게 들락거리고 있었다.

「태호가 보따리를 잃어버렸나, 길을 잃어버렸나?」

「저누마가 몽유병이 있는지, 본성이 한자리에 진득하게 앉아 있
지 못하는 성미래요.」

「우리 때문에 출항이 늦어지고 있는가 해서 간이 콩알만해져 있
구먼.」

「배짱을 두둑하게 가질라카면, 다른 것은 고사하고 우선 간멩이
부터 부어 있어야 하는데, 꺼꾸로 콩알만해졌다면 그기 큰일날
소리 아입니껴. 인제사 생각나는데, 태호가 그 머라캅디껴. 궁

더우라카는 강여사(姜女史) 여사 만날라꼬 꽁지에 불붙은 똥개맨치로 들락거리는 게 아인지 모르겠네요.」

「그러고 보니 그 늙은이가 보이지 않는구면. 이등칸에 탄 모양이지?」

「지체가 그쯤되면 우리맨치로 쭈글시럽게 삼등칸에 타겠습니껴.」

세 사람 소유로 통관시킨 보따리는 한 개도 없었다. 그들이 가지고 승선한 배낭은 모두 궁더우(工斗 ; 중국을 드나드는 보따리 무역상들이 성행하면서 얻어진 중국식 이름이다. 궁더우로 불려지는 이들은 중국 현지 상인들로부터 물건을 주문받은 뒤 한국의 도매시장에서 물건을 구입해서 다시 중국으로 날라주고, 귀국할 때는 그곳의 농산물을 구입해서 판매하는 보따리장수들이다)인 강 여사의 짐이었다. 세 사람의 신분이라면, 이른바 보따리장수들 사이에선 다이궁(代工)이라 해서 남의 물건을 대신 운반해 주고 수수료를 받는 신종 짐꾼인 셈이었다.

강 여사는 태호가 수소문해서 만난 궁더우였는데, 얼른 보기에는 육덕 있는 오십대의 여자로 보였지만, 실제로는 예순을 넘긴 늙은이였다. 세 사람이 웨이하이에서 팔 물건을 마련하지 않았던 것은 순전히 강 여사의 만류 때문이었다.

그녀는 세 사람에게 자신의 짐을 갖고 다이궁으로 다녀올 것을 권유했었다. 인천항과 가까운 산둥 성의 웨이하이를 비롯한 칭다오(青島), 다롄(大連), 단둥(丹東)과 같은 연해지역에 흩어져 한국의 보따리장수들과 거래를 트고 있는 중국의 도매상가를 둘러보는 이른바 새내기로서의 연수가 필요하다는 충고였다.

일확천금을 벌려는 과욕을 버리고 어떤 물건을 갖다 팔고 어떤 물건을 들여올 것인지 눈썰미 있게 차근차근 살피는 것이 지금 당

30

장 세 사람이 해야 할 일이었다. 중요한 것이 관계 (關界)라는 것이었다. 당장 물건을 사줄 중국 쪽의 도매상을 물색해서 안면을 트고, 그들이 바라고 있는 물품이 무엇인지 알고 덤비는 것이 그나마 종자돈을 천천히 까먹는 길이라는 것이었다.

도전해 보겠다는 정신은 가상하지만, 쓸개는 집에 보관해 두고 다녀야 하며, 돈 벌 생각도 하지 말아야 하고, 사기당하지 않으면 다행으로 알아야 한다는 게 요사이 중국 내왕 보따리장사의 내막이라는 따끔한 충고를 무시할 수 없었다.

하나에서부터 열까지 들어봐도 모두가 불확실했고 실망스러운 것 투성이였다. 그러나 선택의 여지가 없었던 그들로서는 짐꾼 노릇이라는 차선책에 만족할 수밖에 없었다. 그래서 세 사람의 불안한 여정은 처음부터 혼란스럽고 안개 속에 가려진 것이었다.

뜸만 들이던 여객선이 내키지 않는 듯 스름스름 인천항을 출항한 뒤, 봉환은 혼자 갑판으로 나섰다. 노을께였지만, 잔뜩 흐린 날씨 때문에 바다는 칙칙할 뿐이었다. 먼바다를 바라보노라니 자신도 모르게 눈물이 흘러내렸다. 난생처음 태어난 나라의 땅을 벗어나고 있었고, 그 땅은 시야에서 자꾸만 멀어져 가고 있었다.

「형, 춥지 않아?」

태호가 옆에 서 있었다.

「꽁지에 불붙은 놈맨치로 들락거리드이, 니 사뭇 어디 숨었다가 인제 나타나노? 뭐가 잘못된 거라도 있었나?」

「숨지도 않았고, 잘못된 것도 없어. 정보 수집하러 다녔지.」

「정보라카면 강 여사한테 이때까지 귀가 따갑도록 수업받았으면 됐지, 또 무신 정보 수집이고?」

「같은 말이라도 여러 곳에서 들어보면 조금씩 다르기도 하고 생

각을 달리 가질 수도 있잖아. 보따리장수 땡쳤다는 강 여사의 말
은 흰소리가 아닌 것 같아. 게다가 말이 통한다고 조선족 중개상
과 거래했다가 전재산 몽땅 날린 사람도 만나봤어. 전세금 빼고
퇴직금까지 박박 긁어서 대련에다 조선족 명의로 그럴싸한 점포
를 하나 구입했었는데, 서울 다니러 간 사이에 그 작자가 점포를
팔아서 흔적도 없이 날아버린 모양이야. 법적으로는 조선족이 엄
연히 점포 임자였으니 중국 공안 당국에 고발을 해도 범죄로 성
립될 턱이 없고, 당사자가 나서서 찾는다 해도 미국보다 더 넓은
땅덩어리에 어디 숨어 있는지 알 게 뭐야. 깨끗하게 날리고 지금
은 우리처럼 짐꾼 행세로 연명하고 있다는 얘길 들었어.」
「들리는 소리마다 믿을 데라고는 내 한 사람뿐이라는 섭섭한 소
리밖에 없군.」
「우선 한국 사람들이 무더기로 드나드는 대련, 청도, 단동을 우
리도 남의 뒤통수만 바라보며 드나들어야 할까? 그게 바로 남이
간다고 거름 지고 장에 가는 꼴이겠지. 중국은 커. 중국이 큰 나
라라는 걸 염두에 둘 필요가 있어.」
「니 말이 이빨은 대충 맞는 것 같다. 위해라는 곳도 중국땅이 분
명하고 대련이라카는 곳도 엄연한 중국땅인데, 거기서 한국 자장
면 파는 식당이 깔렸다카면 벌써 단물은 어느 놈이 다 빨아먹고
껍데기만 남았다는 말 아이겠나. 하지만 강 여사가 우리를 너무
기죽여뿌린 거 아이가? 그리고 조선족에게 전재산 몽땅 날렸다
는 이바구도 사람 나름 아이겠나. 이백만이나 된다카는 조선족
중에는 사기꾼도 있을 끼고 도둑놈도 있게 마련인기라. 거기도
사람 사는 세상이라면 백주대낮에 남의 눈알 빼서 달아나는 날강
도는 없겠나? 한국에는 지 에미애비를 칼로 찔러 죽이는 천하에

몹쓸 놈도 있잖나. 모두가 지 처신할 탓인기라.」

바다는 칠흑같이 어두웠고, 선실에서 새어나온 불빛들은 갑판 위에 난잡한 얼룩을 만들고 있었다. 선미를 줄기차게 뒤따르며 아우성치듯 줄다리기를 하다가 검은 바닷속으로 곤두박질치는 포말은 어둠 속에서는 매혹적인 연초록 빛깔로 변해 있었다. 달구경을 한답시고 갑판으로 나왔던 승객들은 살갗을 가차없이 파고드는 추위 때문에 곧장 선실로 되돌아가곤 하였다. 선실 안의 분위기는 후텁지근한데도 불구하고 스산한 외로움과 긴장감이 한데 엉켜 감돌고 있었다. 그런데 손달근의 모습이 어디에도 보이지 않았다.

두 사람은 선실 벽에 등을 기대고 주저앉았다.

보따리 행상들이 성황을 이루었던 지난해만 해도 선실은 땀과 고린내와 짐짝으로 가득해서 코를 들이댈 수 없을 지경이었다는 잠꼬대 같은 푸념이 누워 있는 사내로부터 들려왔다. 봉환은 눈을 감았지만 잠을 이룰 수 없었다. 가슴 밑바닥에 들어찬 긴장감은 좀처럼 걷힐 것 같지 않았고, 손달근의 행방이 묘연한 것도 꺼림칙했다.

결국은 그를 찾아보기로 하였다. 물보라가 덮벼드는 갑판으로 다시 나가보았다. 그러나 갑판 어디에서도 사람의 흔적을 찾아볼 수는 없었다. 가슴이 뜨끔했다. 코까지 골고 있는 태호를 깨우려다 말고 이등칸으로 혼자 가보았다.

비어 있는 선실도 많았으나 어느 방에선가 숨죽여 두런거리는 말소리가 들려왔다. 밖에서 귀를 기울여보았지만, 방안에서 들려오는 말소리를 분명하게 담아낼 수 없었다. 조용히 문을 두드리며 용기를 내어 손달근을 불렀다. 문은 열리지 않았지만, 금방 그의 대답이 들려왔다. 물론 금방 가겠다는 대꾸였다. 그가 문을 안으로 잠근 이등칸으로 끼여든 까닭을 그제서야 알아차렸다. 놀라운 것은 그의 남다른 친화력이었다. 여객선에 승선한 지 불과 3∼4시간, 그 동안 화투판을 벌일 만한 사람들 사이에 끼여들 수 있었던 손달근의 예민한 관찰력과 기민한 행보에는 혀를 내두를 만하였다.

다시 돌아와 쭈그리고 앉았지만, 자꾸만 실소가 터져나왔다. 행여나 그들의 화주인 강 여사도 그 방에 같이 앉아 있는 것은 아닐까. 만약 그 짐작이 제대로 들어맞는다면, 이 배가 내일 아침 웨이하이 항구에 도착할 때쯤에는 결과가 어떤 모습으로 나타날지 궁금했다.

시름을 겪다가 제풀에 겨워 곯아떨어졌던 봉환을 흔들어 깨운 사람은 태호였다. 날은 어느새 밝아 있었고, 여객선은 벌써 웨이하이 국제선 터미널에 입항 허가를 기다리고 있는 중이었다. 그러나 손달근은 역시 보이지 않았다. 1시간 전에 한번 다녀갔다는 태호의 얘기만 있었다.

입항을 기다리는 선실 안은 파장 무렵의 장바닥처럼 어수선하게 북적거렸다. 선실 안은 터져나오는 기침을 삼킬 수 없을 정도로 피어오른 먼지와 냄새로 가득했다. 통관 절차는 꽤나 지루하게 이어졌다. 부두 저편에서는 여객선에 승선한 보따리 상인들을 기다리는 현지 상인들로 붐비고 있었고, 연두색 군복차림의 중국측 세관원들은 시종 무표정한 얼굴로 트랩을 내려가는 승객들을 가파른 시선으로 지켜보고 있었다.

손달근을 발견한 것은 태호와 같이 트랩을 내려올 때였다. 그 순간, 봉환의 입에서 탄성이 터져나오고 말았다. 손달근의 겯부축을 받으며 트랩을 내려오고 있는 사람은 봉환이 상상했던 대로 강 여사였다. 어젯밤 그가 문을 두드렸던 그 선실은 바로 강 여사의 방이었음에 틀림없었다.

긴장의 연속이었던 통관이 끝나고 출국장 밖으로 나선 것은 오전 10시를 훌쩍 넘긴 시각이었다. 보이는 사람이나 들리는 소리는 태반이 한국인이었고 한국말이었다. 출국장 심사대를 벗어나서부터 보따리장수들이 가져온 물품들의 정체가 드러나기 시작했다. 현지 중개상이나 도매상 들에게 선을 보인 보따리 속의 물품들은 거개가 한국시장에서도 흔하게 볼 수 있는 잡화였다. 청바지, 핸드백, 화장품, 스타킹, 란제리 같은 장신구와 의류를 비롯해서 술과 식품, 전기면도기, 가위, 단추, 전자제품까지 다양했다. 그러나 종류는 다양해도 통관 때문에 수량은 적었다.

중국 현지의 중개인들이 첫 거래에 엄청난 주문을 해준 것에만 흥분되어 물품을 가지고 들어갔다가 낭패를 당한 보따리장수들도 여럿이었다. 약속한 장소에 나타나지 않거나, 약속과는 달리 가격을 엄청나게 후려칠 수도 있었고, 단속망을 피해주겠다고 이리저리 끌고 다니며 엄청난 바가지를 씌우는 사례가 공공연하게 있어왔기 때문이었다.

강 여사와 거래하는 중개인은 출국장 밖에서 기다리고 있었다. 강 여사가 가지고 간 물품은 수십 종을 헤아리는 단추였다. 부피도 크지 않고 무게도 얼마 되지 않았다. 웨이하이에 있는 의류생산 공장에 부품을 공급하는 도매상이 강 여사에게 주문한 품목이었다. 그래서 세 사람의 짐꾼 역할은 벌써 부두의 출국장 밖에서 끝나버렸다.

일행은 북새통이 벌어지고 있는 사람들 사이를 가까스로 빠져나갔다. 인천으로 회항하는 여객선에 실려갈 중국 상품들과 보따리들이 입국하는 보따리들과 서로 뒤엉켜 말 그대로 난장판이 벌어지고 있었기 때문이었다.

인천으로 실려가는 물품은 거개가 농산품들이어서 들어오는 물품들보다 부피가 컸다. 가까스로 북새통 속을 벗어나 담배 한 대를 물었을 때는 전신이 땀투성이였다. 한 사내가 다가오며 중국말로 은근하게 몇 마디 걸어왔으나 대꾸를 못하고 주저하고 있으려니 곧장 비켜가 버리고 말았다. 사내의 뒤통수를 바라보던 봉환이 물었다.

「저누마 시방 우리한테 뭐라고 씨부리고 내빼뿌드노?」

「그 자식이 뭐라 했는지 난들 어떻게 알겠어. 마약 팔 게 있는지 물어봤을지도 모르지.」

「니 시방 뭐라캤노? 그런 엄청난 소리 함부로 해도 되나?」

「난 그렇게 안 보이겠지만, 형이 중간 운반책쯤으로 보였던 모양이지.」

「그런 농담 치우고 손씨나 찾아봐라. 이 사람 어디로 내빼뿔고 콧디도 안 보이노?」

「알았으니까, 형은 내가 돌아올 때까지 이 자리에서 꼼짝 말고 있어.」

따가운 햇살 아래에서 열없게 서서 기다렸으나 손달근은 물론, 태호조차 종무소식이었다. 20여 분이나 기다린 끝에 나타난 것은 태호뿐이었다. 그러나 손달근을 만나고 온 모양이었다.

「형, 손씨 말이야, 지난밤 도박판에서 한 건 크게 건진 것 같애.」

「지루한 시간 죽이자고 백 원짜리 소일판 벌인 줄 알았는데, 본격적으로 도박판을 벌였다는 말 아이가?」

「그런가 봐. 그런데 공교롭게도 손씨에게 몽땅 털린 사람이 누군지 알아? 바로 강 여사였어. 강 여사가 손씨 혁대를 바싹 감아쥐고 놔줘야 말이지. 아까 트랩을 내려올 때 강 여사를 부축해 준 것도 혁대를 감아쥐고 놓아주지 않았기 때문이란 거야. 우리에게 줄 수당까지 몽땅 털린 모양이야. 형, 이런 일도 다 있네.」
「형님이 질라이(전문가)인 줄 강 여사가 어떻게 알았겠노. 자는 범 코 찔렀다카디 형님을 우습게 알았다가 국 쏟고 뚝배기 깨뿌렀네. 그런데 형님은 딴 돈을 못 내놓겠다 그거제?」
「물론 못 내놓겠다고 버티니까 붙잡고 있는 거겠지.」
「모기 다리에서 피를 뺀다카디 단작스러운 짓 하면 되나. 그 사람들 지금 어디 있드노?」
태호를 뒤따라가기로 했다. 알고 보니 두 사람은 먼 곳에 있는 것도 아니었다. 방금 전까지 기다리고 서 있었던 출국장 근처였다. 그들이 가지고 온 배낭을 넘겨받은 자동차는 이미 웨이하이 시내로 떠나고 없었다. 그런데도 강 여사는 손달근을 놓아주지 않고 있는 것이었다. 강 여사는 중국산 깨를 구입해서 귀국할 작정이었다. 그런데 중국 상인에게 치러줄 물품대금을 지난밤 도박판에서 깡그리 날린 것이었다.
　물론 지루한 시간을 화투판 구경이나 하면서 보내자는 심산이었다. 1천 원짜리 지폐 몇 장이 오가는 고스톱판이었다. 고스톱판은 그러나 1시간도 못되어 섰다판으로 발전하고 말았다. 판이 커지면서 손달근이 강 여사에게 끼여들 것을 권유했다. 물론 처음부터 판돈을 휩쓸어버리겠다는 가당찮은 욕심을 가진 것은 아니었다. 과욕이 사람을 망가뜨린다는 것은 중국을 보따리상으로 드나든 지 4년째가 되는 강 여사가 모를 리 없었다. 배가 웨이하이 항에 도착할 때까지 5~6만 원 수준의 손실을 작정하고 손달근의 권유를 받아들였다. 그런데 5~6만 원의 손실이 아니라, 오히려 10여만 원을 수습한 것은 끼여들어서 1시간도 지나지 않아서였다. 본전에서 10여만 원을 수습한 상태가 1시간 이상이나 지속되면서 강 여사는 지루해지기 시작했다. 분위기는 흡사 판돈의 액수를 올리자는 말이 강 여사 입에서 튀어나오기를 기다리는 것 같았다.

강 여사는 참을 수 없었다. 지루한 시간을 때우자고 시작한 화투판이 오히려 지루함을 자초한 것이라면, 애당초 잘못된 것이었다. 결국은 손달근에게 귓속말을 하였다. 처음에는 들은 척도 않았으나 채근을 받고 나자 손달근은 강 여사를 방구석으로 이끌며 나직하게 타일렀다.

「무슨 생각으로다가 판돈을 올리자는 것이유? 내가 보기엔 십만 원 정도 따신 것 같은데, 시간 죽이자고 끼여드신 거라면 됐으니 이제 잠이나 자두시지유.」

그런데 볼멘소리인 강 여사의 대꾸가 가관이었다.

「따긴 내가 무슨 돈을 땄다구 눈이 시뻘게져서 그래? 십만 원 딴 게 아니고 잃은 게 이십만 원 정도여. 내 주머니에 손 넣어 봐.」

「여사님, 럭비 공이 어떻게 생겼는지 아는지 모르겠네유…….」

「럭비 공 생긴 것도 모르는 반편이 보따리 배 타고 다닐까.」

「그렇다면 럭비 공이란 게 어디로 튈 줄 아무도 모른다는 사실도 알고 있겠네유. 섰다판이 바로 그렇습니다. 지금은 이십만 원을 잃었지만, 나중 가선 이백만 원을 잃을 수도 있고, 삼백만 원을 일같잖게 딸 수도 있어유. 그러니까, 서툰 솜씨 가지고 과욕 부리지 말고 잃어버린 이십만 원은 가볍게 단념하고 뒷전에 누워서 잠이나 청하시유. 이런 아사리판에 늙은이가 구차스러운 손바닥을 내미는 게 아닌 게유.」

무엇보다 늙은이라고 무시당한 것이 괘씸하고 억울했다. 늙은이
가 손바닥을 내민다는 상스러운 말도 쓸개를 뒤집는 충분한 빌미가
되었다. 귓속말을 하는 손달근을 홱 뿌리치고 강 여사가 먼저 섰다
판으로 돌아앉으면서 패를 쥐고 말았다. 그리고 자신도 모르게 거
액을 질러버렸다. 본때를 보여주자는 심산이었다.

그때가 여객선이 웨이하이 항구 도착을 불과 1시간 남겨둔 시각
이었다. 손달근의 만류를 받아들이지 않았던 것을 후회하기 시작했
을 땐 벌써 강 여사의 주머니에서 2백 가까운 돈이 빠져나간 뒤였
다. 그러나 진퇴양난이었다. 그야말로 빼도 박도 못할 낭패에 이르
고 말았다. 삼베 고쟁이에서 방귀 새나가듯 흘러나간 돈이 3백을
넘었을 때, 두 눈이 시뻘겋게 충혈된 사람은 강 여사와 손달근뿐이
었다.

여객선이 웨이하이 항구 도착을 알리는 경적을 울리자, 판꾼들은
본전치기 어쩌구 하면서 제각기 뿔뿔이 흩어지고 말았다. 선실에
남은 사람은 둘뿐이었다. 한 달 내내 배를 타고 중국을 왕래해도
벌 수 있을까 말까 한 금액을 하룻밤 손씨름으로 속절없이 날려버
린 것이었다. 손달근이 엉거주춤 일어서며 옷매무새를 고치고 있는
데 강 여사가 와락 그의 바짓가랑이를 틀어잡고 늘어졌다.

「어디를 가려고 그래?」

손달근의 대꾸가 천연덕스러웠다.

「그러게 내가 애당초 뭐랬어유. 돌을 들면, 낯은 붉어지게 마련
이랬지유. 슬슬 내릴 준비 해야지유.」

그 유들유들함과 태연함이 태어날 때부터 보따리상으로 중국 내
왕을 일삼아온 사람 같았다. 가슴이 아프다 못해 따가웠다. 그러나
손달근의 옷자락은 놓칠 수 없었다. 그날의 판돈이 모두 그의 잠바

안주머니와 양말짝 속에 구기박질러져 있었다. 강 여사는 벌떡 몸을 일으키며 손달근의 혁대를 낚아챘다.

봉환은 출국장 모퉁이에서 손달근을 찾아냈다. 그때까지도 강 여사에게 허리춤이 잡혀 꼼짝못하고 있는 손달근을 발견하는 순간, 봉환은 목구멍 속에서 주먹이 튀어나올 것 같았다. 그러나 격한 감정을 가라앉히고 귓속말로 물었다.

「땄다는 돈이 모두 얼맙니껴?」

「끌려다니느라고 계산도 못해봤어.」

「계산이고 좆이고 강 여사 모가치(몫)는 두말 말고 퍼뜩 돌려줘 뿌소. 닭장에 족제비 몰아넣는 꼴인지도 모르고 강 여사가 덤빈 거 아입니껴. 어쩔라고 중국까지 와서 노름판 판돈 가지고 이런 창피시러운 꼴을 보이고 있는 깁니껴. 집에서 새는 쪽박이 들에서도 샌다카는 뽄때를 한번 보여주겠다 그깁니껴? 우리가 중국에 보따리장사하러 왔지, 노름판에서 돈 따러 온 게 아이잖습니껴?」

「동서, 그런 해괴망측한 말은 하들 말어. 그건 엄연히 공해상에서 벌어진 일이야. 한국이든 중국이든 정부의 공권력 밖에서 이루어진 일이기 때문에 창피하고 자시고 할 건덕지가 없는 일이여.」

「날 보고 동서라꼬 불러주이 눈물이 찔끔 날라카네요. 날 동서로 생각하그든 그 돈 퍼뜩 돌려주소. 앞날이 창창한 형님이 뭐 할 짓이 없어서 육십 늙은이 돈을 따먹어요? 눈은 왜 자꾸 깜짝거려요?」

눈만 깜짝이고 있는 것이 아니었다. 손달근은 처음부터 봉환의 허리춤을 잡아끌었지만, 봉환은 눈치채지 못하고 계속 그를 윽박지르고 있었다. 손달근이 짐짓 목청을 낮추었다.

「동서, 가만 좀 있어봐. 나도 생각이 있다니까 그러네…….」

「생각은 무신 생각이 있다고 그래요? 태호하고 내하고 완전히 허수아비 만들 생각이란 말입니껴? 하룻밤을 못 참아서 도박판에 끼여든단 말입니껴? 도저히 못 참겠으면, 한국 돌아가는 길로 작두 가지고 손목이라도 짤라뿌소.」

「동서가 그렇게 심한 말까지 할 줄 몰랐네. 나도 생각이 있다니까, 왜 그래?」

생각을 가졌다는 손달근의 말은 공연한 소리가 아니었다. 그의 의중을 꿰뚫어보면, 봉환이든 태호든 그처럼 진작 나타나서 개입해 주기를 간절하게 바라고 있었다. 바로 강 여사에게 딴 판돈을 돌려줄 수 있는 명분을 만들기 위해서였다. 일행끼리 입씨름이 벌어지고 드잡이가 벌어지는 북새통을 강 여사가 목격해야만 돈을 돌려줄 수 있는 명분을 얻어낼 수 있었고, 강 여사 편에서는 잃어버린 전액을 돌려받으려는 과욕을 누그러뜨릴 수 있는 계기가 될지도 모른다는 속셈이 깔려 있었다.

아니나다를까, 봉환의 입가에 게거품이 삐죽삐죽 기어나오는 찰나에 바라던 대로 강 여사가 허겁지겁 끼여들었다. 결국 2백만 원만 돌려주는 것으로 담판이 되었다. 그러나 만족할 수 없는 사람은 봉환이었다. 손달근이 딴 판돈 전액을 돌려줘야 한다고 삿대질하며 억박지르고 들었다. 그로써 강 여사와 손달근으로부터 시작된 싸움은 자연스럽게 봉환과 손달근의 아귀다툼으로 변질되고 말았다. 그러나 강 여사에게도 수확은 있었다. 봉환이란 사내가 올곧은 양심의 소유자라는 것을 깨달았기 때문이었다.

손달근이 내심 겨냥하고 있었던 것이 바로 그것이기도 했다. 그의 속셈이 그랬기 때문에 결국은 그럭저럭 양해되었던 나머지 돈까지 되돌려주고 말았다. 도박판에서 잃었던 전액을 회수하는 데 성공한 강 여사는, 수수료만 건네주면 작별하기로 약속되었던 일행을 잡아끌었다.

중국에서 첫날밤을 보내게 된 일행의 모든 비용은 강 여사가 지불해 주었다. 뿐만 아니었다. 이튿날은 강 여사가 그 동안 안면을 익혀온 거래선들을 소개시켜 주었다. 세 사람에게 명함이 없다는 것을 알고 서둘러 명함까지 만들어주었다. 명함을 가지고 있는 것과 없는 것은 큰 차이가 있었다.

처음 만나는 중국인과 인사를 나눌 때, 손바닥만 쑥 내밀며 눈도장 한 번 찍어두는 것으로는 아무런 인상도 남길 수 없었다. 뚜렷한 주소지와 연락할 전화번호를 남긴다는 것은 상대방에게 안정된 거래처라는 신뢰감을 남기는 길이었다. 될수록 많은 곳을 돌아보고, 될수록 많은 사람들과 만나 인사를 나누고, 될수록 많은 명함을 뿌리라는 것이 강 여사의 충고였다.

터미널 근처 웨이하이 호텔 주변에는 한국 상품을 팔고 있는 상가들이 밀집되어 있었다. 말만 중국땅이었을 뿐, 눈을 감았다 뜨면 서울거리 한 모퉁이에 떨어진 착각에 빠질 만했다. 건물의 간판들조차 한어와 한글을 병기했거나 숫제 한글로만 표기된 간판들이 대부분이었다.

보따리 무역상들이 길가에 좌판을 벌이고 고객을 기다리고 있는 것도 그곳에선 낯선 광경이 아니었다. 접대부를 거느린 룸살롱까지 성업중이었고, 한국의 식당에서 메뉴로 내놓고 있는 모든 음식을 부담없이 찾아 먹을 수 있었다. 그러나 강 여사는 좌판식 장사는 이미 한물간 방식이기 때문에 주목할 필요조차 없다는 것이었다.

장사는 거래선을 틀 때까지 샘플로 시작해야 한다는 것이 경험에서 나온 강 여사의 지론이었다. 인천에서 짐꾼을 수소문하고 있던 여사와의 우연한 만남은 세 사람에겐 괄시할 수 없는 교훈과 소득을 안겨주었다.

웨이하이에서 이틀을 묵은 그들은 다시 길을 재촉하였다. 인천을 떠날 때 작정했던 지린(吉林) 성의 옌지(延吉)까지 가기 위해서였다. 옌지까지 간다는 당초의 계획은 막연한 것이었다. 그러나 한어에 능통하지 못했던 그들의 장삿길은 처음부터 선택의 여지가 좁을 수밖에 없었다.

조선족들로부터 농간을 당하고 피해를 입은 보따리 무역상들이 많다는 얘기는 배를 타고부터 웨이하이에 도착할 때까지 귀가 따갑도록 들었지만, 제약이 많았던 그들로서는 어차피 조선족 거래선을 확보해야만 살아날 가망이 있었다. 다행스럽게도 강 여사가 지난날에 안면을 터놓았던 옌지의 조선족을 추천해 주었고, 자신의 상품이었던 단추 샘플을 가지고 만나보라는 주선까지 해주었다. 발걸음은 그래서 한결 가벼웠다.

그러나 옌지까지 가는 길도 수월한 것은 아니었다. 웨이하이에서 옌지로 가는 길은 두 가지가 있었다. 웨이하이에서 기차로 옌타이(煙臺)를 거쳐 베이징(北京)으로 나가 다시 기차로 옌지에 도착하는 길과, 웨이하이에서 다롄까지 뱃길을 이용한 뒤 그곳에서 기차로 바꿔 타고 옌지에 도착하는 길이 있었다. 베이징을 거치는 길은 기차를 두 번이나 바꿔 타야 하는 사흘 여정이었지만, 뱃길로 다롄을 거치는 길은 바꿔 타는 번거로움을 한 번만 겪고 여정도 이틀로 단축할 수 있었다. 게다가 다롄의 한국인 상가를 둘러볼 기회도 있었다. 중국땅이 엄청나게 넓다는 사실은 그런 여정으로써도 충분히 실감할 수 있었다. 그들에겐 아득하게만 느껴졌지만, 중국인들은 이틀 여정쯤은 대수롭지 않게 여겼다. 이틀 동안 시달림을 받은 끝에 도착한 곳은 그들로선 난생처음 와보는 옌지 시였다.

마중 나와준 사람도 없는 옌지에 도착한 것은 아침나절이었다.

하루 밤낮을 꼬박 기차여행에 시달린 셈이었다. 그러나 허난[河南]에 있는 역사(驛舍)를 나서자마자, 거리의 상가에 게시된 한글 간판들 때문에 켜켜이 쌓여 있던 두려움들이 조금씩 희석되었다. 여자가 운전하는 택시를 잡아 타고 자전거의 물결로 뒤덮인 시내 한가운데로 나갔다. 택시기사가 내려준 곳은 옌지의 중심가를 가로질러 흐르는 뿌얼하퉁허(버드나무숲이라는 뜻의 만주어)라는 강 위에 놓여 있는 허난차오[河南橋] 근처로, 조선족 아낙네가 경영하는 조그만 길가 식당이었다. 길가로 나서면, 옌지의 오랜 호텔인 바이산다샤[白山大廈] 건물이 저만치 바라보이는 곳이었다. 식탁으로 나온 아침식사는 단고기로 끓인 개장국이었다.

강 여사가 소개해 준 옌지의 거래선과 연락하는 일은 서둘지 않기로 하였다. 뜨거운 국에 밥 한 그릇을 통째로 말아 퍼먹고 있는 봉환의 이마에 땀방울이 맺히고 있었다. 그토록 게걸스럽던 봉환이 느닷없이 수저질을 멈추고 마오 쩌둥[毛澤東]의 사진이 걸린 맞은편 벽을 처연하게 바라보았다. 괴이하게 여긴 태호가 팔로 봉환을 툭 치며 물었다.

「형, 먹다 말고 갑자기 왜 그래? 모택동 얼굴에 뭐 묻었어?」

「여기 와서 봉두로 뻑뻑하게 담은 고깃국을 퍼먹다 보이 은실이 생각이 억수로 나네.」

「엉뚱하긴, 그 사이에 형 버리고 도망쳤을까 봐 그래?」

「그 단새 어디로 내빼뿌기야 했을라마는 고깃국 먹다 보이, 결혼식 올리자마자 도둑놈맨치로 중국으로 내뺀 게 마음에 걸려서 심기가 편치 않다카이. 나도 목석이 아인 이상, 마누라 생각 억수로 나는 게 정상 아이겠나.」

「형도 많이 변했군. 그게 정상이니까 형수씨 많이 생각해. 형 아니면, 누가 형수씨를 애틋하게 생각해 주겠어.」

해장국 한 그릇을 삽시간에 후딱 먹어치운 손달근이 담배를 피워 물며 거들었다.

「맑은 날 백두산에 올라가면 안면도가 보일지도 모르지…….」

「형님, 텍도 없는 소리 하지도 마소. 여기가 어디라고 안면도가 보인단 말입니껴. 안면도가 이마 밑에 붙어 있는 콧등인 줄 아십니껴?」

「그런 소리 마. 산동성에 있는 닭이 홰치는 소리가 인천항에까지 들린다는 얘기 못 들었어?」

「사람 잡는 소리 그만 하소. 거리가 그마이 가찹다는 것을 뻥튀기하다 보이 얘기가 그렇게 되기라요. 우리가 연길까지 달려온 목적이 뭔데, 기차 타면서부터 이때까지 입만 뻥긋했다카면 백두산타령만 늘어놔요? 조금 일찍 가고 늦게 가고가 무신 상관이겠습니껴. 백두산이 노루나 토끼 새긴 줄 알어요? 우리가 늦게 가도 백두산은 거기 있을 끼고, 일찍 가봐도 그 자리에 있는 게 몇 십만 년 전부터 있어온 백두산이라카는 깁니더.」

「연길하면 백두산이고 백두산하면 연길 아니든가?」

「누가 아이라캤어요? 찬물도 선후가 있다캤듯이, 우리가 연길에 배부른 놈들처럼 관광하러 오지 않은 이상, 먼저 할 일이 있고 나중 할 일이 있다는 얘기라요.」

「내가 그렇게 고집을 피워쌓는 동서 속셈을 모를 줄 알어?」

「내 속셈이 뭔데요?」

「나중에 처제하고 둘이서만 백두산 살짝 가자는 속셈 아니면, 내 손구락에 장을 지져.」

「허참, 듣다 보이 억장 무너지는 소리 다 듣겠네……. 개고기 먹었다고 숟가락 놓자마자 무대뽀로 짖어대며 덤비는 게 아이시더. 체통을 차려야지, 그래서 되겠어요?」

「동서 말 뽄새를 보자면, 내가 시방 죽은 개고기 먹고 산 개처럼 짖어대고 있다는 얘긴데, 우리가 막가는 인생들이라 할지라도 그런 말 함부로 내뱉어도 되겠어?」

「내가 한 말이 개소리로 들렸다면 죄송하이더. 다시는 그런 말 안함시더.」

「우리가 어쩌다 보니 동서지간이 되었지만, 나도 알고 보면 뼈대 있는 집안의 소생이여. 인생유전이란 말이 공연한 흰소리가 아니구먼. 동서가 태자리조차 어딘지 모르는 바람 같은 사람이란 것은 진작부터 알고 있었지만, 무간한 인척간이라 할지라도 할 말이 있고 삼가야 할 말이 있는 겨.」

「미안합니더. 그런 쌍소리는 안해야 되는데, 어쩌다 보이 불쑥 튀어나와 뿌렸어요. 내가 배운 게 있어야지요.」

「내가 생색을 내려는 건 아니지만 심술타령 그만둬. 배에서 강 여사를 구슬려놓지 않았더라면, 우리가 연길에서 끈 떨어진 뒤웅박 신세밖에 되지 못했겠지. 그런 나를 이렇게 홀대하고 대들 수 있어?」

「말 한마디 잘못한 걸 가지고 무슨 홀대까지 몽땅 동원하고 그러십니꺼. 백두산이 그렇게 몸살나게 보고 싶으면, 우리가 여기서 기다리고 있을 동안 형님 혼자서 퍼뜩 갔다 오소.」

「환장하게 보고 싶지는 않어.」

식당을 나선 그들은 우선 옌지 시내의 신싱제〔新興街〕에 있다는 시스창〔西市場〕을 구경하기로 하였다. 시스창은 옌지에서 가장 큰 상설시장이면서 중국의 동북부인 지린 성 중에서도 손꼽히는 큰 장시였기 때문에 백두산보다 먼저 가보고 싶었다. 강 여사도 옌지에 도착하면 먼저 가보라는 권유를 잊지 않았었다.

3시간에 걸쳐 구경한 시스창은 그들의 기대 이상이었다. 한국에서 수입해 간 상품과 북한에서 흘러든 상품들이 좌판에서 서로 스스럼없이 어우러져 팔리고 있었다. 한국에서 수입해 간 상품들은 의류와 화장품이 많았던 반면, 북한에서 흘러든 상품들은 원산의 명태와 조잡하게 제작된 주방기구들이었다. 그들이 눈여겨본 것은, 옌지에서도 북한의 변경지방을 넘나들며 그곳 주민들을 상대로 하는 보따리 무역이 성행하고 있다는 것이었다. 더욱이나 북한에 가져다 팔고 있는 의류들은 옌지에서 따로 제작되고 있다는 것도 알아냈다.

강 여사가 건네주었던 연락처에 전화를 걸어본 것은 오후 5시를 넘긴 시각이었다. 중국 사람들은 걸면 반드시 제자리에 있을 거라고 장담했던 강 여사의 말대로 대뜸 전화를 받았다. 그러나 전혀 예상하지 못했던 상대가 나타났다. 수화기 저쪽에서 들려오는 목소리는 듣기에 탱글탱글한 이십대의 여자였다.

그녀와 약속된 장소는 바이산다사 옆에 있는 로터리를 돌아 옌지허〔延吉河〕를 건넌 옌지빈관〔延吉賓館〕의 체파이팅〔伽俳廳〕이었다. 그녀는 약속했던 시각보다 10여 분 늦게 모습을 드러냈다. 세 사람은 물론 그녀의 인상착의 같은 것에 대해 전혀 알지 못했다. 그러나 한 여자가 문을 밀고 커피숍으로 들어섰을 때, 그녀가 그들과 통화했던 장본인이라는 데 의심을 두지 않았다. 연두색 투피스를 입은 그녀의 옷차림은 요란하지 않으면서도 군더더기가 없고 세련되어 있었다. 스커트자락 아래로 드러난 미끈한 각선미로 보아선 한족(漢族)의 여자로 착각할 수도 있었다. 핸드백에서 손수건을 꺼내 땀방울을 훔친 그녀는 세 사람에게 명함을 건네주었다. 그녀의 이름은 김애린(金愛隣)이었다.

억양조차 서울말씨를 닮았으므로 세 사람은 속으로 다시 한번 놀랐다. 그녀는 그 놀라움을 눈치채기라도 한 듯 서울에서 1년 넘게 불법 체류하다가 2년 전에 돌아왔다는 말을 덧붙였다.

「닭 잡는 집에서도 일을 했고, 갈비집에서도 일했었어요.」

「불법 체류를 했다면, 괄시를 톡톡히 받았겠네요?」

그녀는 대꾸는 않고 배시시 웃기만 했다. 강 여사를 알게 된 것은, 강 여사의 이웃이었던 한 식당에서 일할 때부터였었다. 얼굴의 윤곽도 전화에서 들었던 목소리처럼 또렷했고, 예절바른 여자였다. 그녀는 서울 식당음식의 맛과 별다른 차이가 없는 근처의 식당으로 안내하겠다고 나섰다. 식당은 옌지빈관에서 걸어서 10여 분 거리에 있었다.

「거리에서 풍기는 냄새가 서울과는 다르지요? 이 냄새에 익숙해져야 할 거예요.」

「솔직히 말씀드리면, 우린 서울과는 상관없이 살아온 사람들입니다. 시골생활만 했었지요. 강 여사를 알게 된 것도 사실 얼마 되지 않습니다.」

「알고 있어요. 강 여사님 전화 받았단 말입네다.」

그녀는 어머니와 함께 옌지 시내의 궁위안(公園街) 모퉁이에 의류점포를 내고 있는데, 모두가 한국에서 수입해 간 상품들이었다.

귀국한 뒤에도 여러 번 구매단에 끼여 한국을 드나든 이력이 있었기 때문에 서울의 남대문시장이나 동대문시장에 관한 한 점포의 배치나 판매가격의 차이에 이르기까지 모든 것을 소상하게 꿰뚫고 있었다. 그러나 그들 모녀가 꾸려가고 있는 의류점포의 매상은 해를 거듭할수록 위축되어 고객들이 떠나고 있었다.

매상이 저조한 것은, 3~4년 전부터 땡처리된 한국 의류상품들이 무자비할 정도로 쏟아져 들어오면서 희소가치가 줄어든 데 원인이 있었다. 더욱이나 지난날과는 달리 중국에서 한국 상품의 상권이 웨이하이, 칭다오, 다롄, 옌타이로 흩어지고, 그곳에 대형 상가들이 속도 빠르게 들어서면서 옌볜〔延邊〕 쪽 상가의 매기는 자연 위축될 수밖에 없었다. 그래서 그나마 어렵사리 확보한 점포를 꾸려나가자면, 품목을 바꿔야 할 단계에 있다고 털어놓으면서 홀지락 홀지락 배갈을 마시곤 하였다. 그녀 역시 심기가 개운치 않다는 뜻이었다.

「인자 보이, 애린 씨 빼갈 한 도꾸리 정도는 혼자서도 싹 비울 실력이네요?」

「서울에서 자취생활을 했기 때문에 무척 외로웠단 말입네다. 그때 배운 도둑질이란 말입네다.」

「한국말을 제대로 구사하는데요?」

「여기 살고 있는 우리 조선족들 대부분이 중국말도 제대로 못하고 한국말도 제대로 못하는 어정쩡한 사람들이 많단 말입네다. 선생님들은 들어도 모르겠지만, 같은 조선족끼리는 당장 알아차리거든요. 어릴 적부터 중국말과 함경도 사투리를 섞어서 배우고 자라기 때문에 나중에 자라서도 두 가지 말 중에 한 가지도 똑똑하게 못한단 말입네다.」

「봉환이 형 같은 사람은 한국에서 태어나 이때까지 자라서 마흔 살을 코앞에 두고 있지만, 같은 한국 사람도 알아듣지 못할 얘기를 할 때가 많아요. 하물며 어릴 때부터 두 가지 말을 한꺼번에 터득해야 할 조선족들 입장에선 서툰 것이 당연하겠지요.」

「태호 니 봐라. 내가 사투리를 좀 쓴다캐도 여까지 와가주고 날 챙피줄라카나?」

「두 분 이야기하는 것을 보니까, 서울생활이 그리워지네요. 처음 갔을 땐, 서울 사람들은 다툴 일이 있으면 모두들 식당으로 찾아오는 줄 알았단 말입네다.」

그녀의 배려는 세 사람에게 숙소를 잡아주는 데까지 이어졌다. 옌지빈관 근처에 있는 방 두 개짜리 빈 아파트를 수소문해서 임시 숙소로 잡아주었다. 아파트의 주방에는 간단한 식사를 손수 끓여 먹을 수 있는 주방기구들까지 마련되어 있었다.

옌지에 떨어진 첫날밤에 그들은 한결같이 거나하게 취해서 방으로 흩어져 활개를 쫙 뻗고 누웠다. 동서지간인 손달근과 봉환이 동숙을 하였다. 이부자리도 펴지 않고 천장을 쳐다보며 가쁜 숨을 고르고 있었는데, 누워 있던 손달근이 느닷없이 상반신을 벌떡 일으키며 봉환에게 말했다.

「이봐 동서, 연길에도 분명 노름판은 있을 텐데?」

「배에서 강 여사를 만나 우쩌다가 노름판을 벌인 덕에 우리가 연길 와서 심성이 듬직해 보이는 아가씨를 만나게 됐다카는 거는 인정합니더. 그러나 집에 있을 때는 몰랐는데 나라 밖에 나와보니까, 형님이야말로 철이 없어도 억수로 없는 사람이네요.」

「심심해서 한마디 한 것뿐인데……, 열통 터뜨릴 건 없어.」

「손윗동서라는 입장 때문에 속에 천불이 나도 가만가만 이바구하

50

지만, 다른 사람 같았으면 벌써 옛날에 주먹 나갔다카는 거 알고
나 있습니껴? 연길이 어떤 곳인지나 알고 그런 소리 해요?」
「미안하이. 하지만 늘상 보아온 범은 못 그려도 안 본 용은 그린
다 했어.」

콧속이 맹맹할 정도로 취해서 자리에 누웠는데도 태호는 쉽사리
잠이 오지 않았다. 옆방에 있는 봉환과 손달근이 말다툼하는 소리
가 들려왔다. 태호는 가만히 도어를 열고 밖으로 나섰다. 계단을
내려갔다. 길거리에 사람들의 내왕은 뜸했지만, 건물에 있는 형광
간판들은 꺼지지 않고 명멸하고 있었다. 몇 걸음을 옮겨놓을 적마
다 빠져나온 아파트 건물을 뒤돌아보았다. 돌아갈 때의 길목을 놓
치지 않기 위해서였다.

골목 앞을 지나칠 적마다 중국 특유의 느끼한 내음이 코로 스며
들었다. 낮에 가보았던 시스창 쪽을 겨냥하고 마냥 걸어보기로 하
였다. 몇 개의 횡단보도를 건넜지만, 그들 숙소 근처에 있는 바이
산다사 건물의 모습은 쉽게 가려지지 않았다.

이상하게 김애린의 모습이 떠올랐다. 얼큰하게 취한 상태였는데
도 쉽게 잠들지 못했던 까닭을 그제서야 어렴풋이 깨닫고 있었다.
길가에는 빙수를 팔고 있는 노점상이 있었고, 주변의 간이의자에는
젊은이들이 앉아 떠들고 있었다. 그는 빈 의자를 끌어당겨 걸터앉
았다. 거리 저편으로부터 불어오는 바람이 시원했다. 시원한 바람
이 불어오는 장소보다 더위가 심한 길목을 골랐더라면 더 많은 빙
수를 팔 수 있지 않을까 하는 생각을 하다 말고 혼자 픽 웃었다.
빙수를 주문하고 다시 의자로 돌아와 앉았다.

그 사이에 다시 김애린의 얼굴이 떠올랐다. 한국의 장터에서 만
나고 보았던 많은 사람들, 그리고 그의 좌판에서 물건을 사거나 홍

정을 했던 수많은 사람들을 생각했다. 그러나 그의 뇌리에 선명하게 떠오르는 사람은 없었다. 난생처음 외국땅에 떨어졌다는 외로움 탓일까. 아니면 옌지까지 달려왔지만, 아무런 소득도 없이 돌아가야 한다는 허탈감 때문일까. 서울말을 유창하게 구사하고 있는 젊은 여자를 만났다는 것에 너무 많은 의미를 둔 것은 아닐까.

문득 고개를 돌렸다. 뒤편 의자에 앉아 있던 한 젊은 사내가 뒤통수에 대고 한국말로 한성에서 왔느냐고 물었기 때문이었다. 그렇다고 대답했더니, 얼른 담배 한 개비를 건네주었다. 그러나 그것뿐이었다. 사내는 금방 일행의 대화 속으로 끼여들었다. 그제서야 어렴풋이 떠오르는 것이 있었다. 웨이하이 부두에 내린 후 옌지에 도착할 때까지 그들과 초인사를 나누었던 대개의 사람들은 담배부터 권했었다. 안면을 엄중하게 여긴다는 그들 사회의 전통적 범절을 되새기게 만들었다. 태호는 일어나려다 말고 다시 털썩 주저앉았다. 주문했던 빙수가 떠올랐기 때문이었다. 그러나 빙수는 좀처럼 테이블로 배달되지 않았다. 상인은 태호는 거들떠보지도 않고 사뭇 곁에 있는 아낙네와 이야기만 나누고 있었다. 빙수를 만들 생각은 아예 단념하고 있는 것처럼 보였다. 무려 20여 분 정도 지났을 때 자전거에 실린 얼음덩이가 배달되었다. 봉환 같았으면, 애저녁에 벌떡 일어서 버렸을 것이란 생각을 하며 태호는 불빛들이 듬성듬성 비치고 있는 거리에 물끄러미 시선을 던진 채 오랫동안 앉아 있었다.

시스창을 구경하는 것도 일행으로선 빼놓을 수 없는 일이겠지만, 아무런 생각 없이 거리를 구경하고 다녀보는 것도 잊지 말라던 김애린의 충고가 생각났다. 식당이 쉬는 날에는 전철을 타고 이곳 저곳을 해질 때까지 배회하였다는 그녀의 서울 순례가 의미 있었다는

52

말도 떠올랐다. 사소한 것이 뚜렷하고 크게 보이는 판별력을 키워 주었다는 뜻인지도 몰랐다.

　노천 카페에서 일어나 꽤 오랜 시간을 걸었다. 거리는 전혀 낯설 지 않았다. 다방과 노래방과 룸살롱, 그리고 술 취한 젊은이들도 있었기 때문에 그대로 서울 한 모퉁이처럼 보였다. 그녀가 보여주 고 싶었던 것이 그처럼 일그러지기 시작하는 옌지 시가지의 모습인 지도 몰랐다. 꽤나 먼 거리를 배회한 것 같았는데, 숙소로 돌아오 는 길목은 정확히 찾아낼 수 있었다. 문은 잠겨 있었다.

　얼굴 전체에서 술 냄새가 확 풍기는 봉환이 문을 열어주면서 소 리쳤다.

　「니 삼통(사뭇) 어디 갔다가 인제사 나타나노?」

대 박

주문진의 변씨로부터 통기를 받은 창범은 망설였다.

그즈음 창범이네 일행은 영암장과 장성장, 그리고 보성장에서 어렵사리 단골들을 하나둘씩 터가고 있던 중이었다. 시장 모퉁이에 지정된 좌판자리를 차지할 때도 물론 방극섭의 애성바른 역할이 절대적으로 작용했다. 그러나 고정 좌판을 가진 노점상이라 하더라도 두 파수만 얼굴을 보이지 않으면 다른 노점상 차지가 되기 십상이고 단골들도 잽싸게 등을 돌리게 된다는 것은 그 동안의 경험에서 터득한 것이었다.

전라도 내륙에 있는 읍내 장시의 규모들은 대목장을 불문하고 뜨내기 상인들과 장꾼들이 수다하게 몰려들었다. 그런 데는 전통적으로 재래시장을 선호해 온 주민들의 안목이 손쉽게 바뀌지 않고 있었기 때문이었다.

장터 옆에는 요사이 건축한 대형 상가가 높다랗게 솟아 있곤 하였지만, 매상이 신통치 않은 것도 눈여겨볼 만한 것이었다. 그런가 하면, 떡집 많기로 소문난 화순장은 바로 코앞에 광주라는 대도시가 버티고 있는데도 5일마다 떡 벌어진 장시가 형성되고 있었다. 잡동사니를 팔아 대박 터지기를 겨냥하지 않는 노점상들이 그럭저럭 견뎌나가기에는 그만치 견고한 소비처가 있을 수 없었다. 바로 그런 점이 장돌림을 손쉽게 포기하고 떠날 수 없는 고민거리를 만들었다.

그런가 하면, 주문진의 일도 매끄럽게 처리될 조짐이 아니었다. 변씨에게 주문진의 거래를 일임하는 것도 해롭지 않겠다는 통기를 했었다. 그러나 예상과는 달리 변씨가 사양하고 나섰다. 그 동안 잠잠하던 윤종갑이 불쑥 나타나 도매상들을 찾아다니며 농간에 이간질을 하고 있기 때문에 조용하게 살기로 마음을 다잡아먹은 변씨로선 거래를 말썽 없이 마무리하기가 어렵다는 것이었다. 변씨는 차 마담과 동거하고부터 눈에 띄게 몸을 사리고 있었다. 남의 손가락질받을 일이나 궂은일이다 싶으면, 아예 범접하려 들지 않았다. 남의 일에도 물불을 가리지 않고 덤비던 지난날과는 판이하게 다른 모습이었다.

차 마담 혼자만의 수입으로도 조촐한 살림을 꾸려나갈 수 있었기 때문에 생긴 변고인지도 몰랐다. 고민거리를 눈치챈 방극섭이 수월하게 창범의 대역을 자청하지 않았더라면, 떠나는 길을 오랫동안 주저했을 것이었다. 승희와 형식을 남기고 떠난 당일 해질 무렵, 창범은 주문진에 당도할 수 있었다. 곧장 변씨 집으로 달려갔다. 그러나 좁은 마당에 발을 들여놓으려는 순간, 이상하게도 섬뜩한 느낌이 가슴을 스쳤다.

숨죽여 바라본 집 안에서는 색다른 동정을 찾아볼 수 없었다. 마당으로 희미한 저녁 이내가 내려앉고 있었고, 툇마루를 두고 있는 두 개의 방문은 굳게 닫혀 있었다. 그리고 낮은 담장 위에는 낚시로 잡은 가자미 새끼 몇 마리가 하얀 뱃바닥을 드러낸 채 널려 있었다.

　지난날에 보았던 고즈넉한 분위기 그대로였다. 낯설고 이상한 것은 아무것도 없었다. 얼마간 숨을 죽이고 기다렸다. 그제서야 툇마루 아래 섬돌에 놓여 있는 두 켤레의 구두를 발견했다. 한 켤레는 차 마담의 것이란 생각이 들었지만, 남자의 신발로 보이는 다른 한 켤레의 구두는 변씨의 것이 아니란 의구심이 들었다. 그러나 변씨의 것이 아닌 신발이 변씨 집 섬돌에 동거중인 여자의 것과 나란히 놓여 있을 리가 없었다.

　그런데도 선뜻 마당으로 들어설 용기가 나지 않았다. 오히려 가로등이 서 있는 골목 밖까지 되돌아가야 할 것 같았다. 거기쯤에서 기다리다 집으로 돌아오는 변씨를 만나야 할 것 같았다. 그런 예감이 들어맞지 않기를 바라고 있었지만, 발걸음은 벌써 가로등이 서 있는 쪽으로 향하고 있었다.

　예감은 적중했다. 아직 가로등이 켜질 시간은 아니었지만, 그 아래에서 담배 한 개비를 피워물었을 무렵이었다. 정말 예상치 않았던 변씨가 마침 골목길로 접어드는 모습이 보였다. 그는 서둘러 담뱃불을 비벼 껐다. 집으로 들어가자고 이끄는 변씨를 우선 밀담 나눌 만한 장소로 가자고 유인하였다. 해안도로에 있는 다방으로 들어갔다.

　변씨는 그즈음 상주 등시를 보관중인 냉동창고 경비실에서 하루해를 보내고 있었다. 거기서 밤을 지새우지는 않지만, 한밤중이 되어서야 집으로 돌아오곤 한다는 대답이었다. 오늘은 창범 때문에 일찍 귀가하던 중이었다.

자리에 앉자마자 창범이 다그쳐 물었다.

「윤종갑이 어쩐다구요? 조용하다더니 또 나타나서 시빕니까?」

「우리 물건에 군침을 삼키는 도매상이 많아. 그중 몇몇은 서울 상인들인데 윤가가 그 낌새를 알아차린 것 같아. 외지 상인들이니까, 화주를 알아내자면 경비실로 와서 물어볼 수밖에 없겠는데, 그 도매상들을 붙잡고 중간에서 이간질을 시키고 있다는 게야.」

「이간질이라면, 뭘 두고 하는 얘깁니까?」

「윤가 저도 동업자니까 흥정을 하려면 자기하고 해야 한다느니, 동업자가 여럿이어서 흥정하기가 하늘에 별 따기라느니, 보관이 잘못돼서 물건에 하자가 많다느니…… 들려오는 소리가 괘씸하기 짝이 없어.」

「그 동안 어디 갔다가 이제 나타나서 이간질입니까?」

「어디 가서 뭘 하고 돌아다녔는지 내가 붙잡고 물어볼 까닭이 없지.」

「무시해 버립시다. 화주가 여럿이긴 하지만, 내 이름으로 유치시켰으니 내 물건이란 것은 세상이 다 알고 있는 사실 아닙니까.」

「도매상들이란 거래에 말썽이 많으면, 솔깃했다가도 한발짝 물러서기도 하고 또 그걸 핑계로 저희들끼리 담합해서 헐값을 부르려든다는 게야. 원수는 외나무다리에서 만난다더니 그놈이 기다리고 있었다는 듯이 나타나서 훼방을 놓을 줄은 몰랐어.」

「좋은 일에는 반드시 마가 끼여드는 법이에요. 또 윤가 자기에게도 한몫이 있다는 말도 허황된 말은 아니지 않습니까. 형님이 나서면 십중팔구 주먹다짐이 벌어질 테니까, 내가 윤가를 만나보겠습니다. 문제는 그것뿐입니까?」

「그뿐 아니지. 일주일 안짝에 팔아넘기지 않으면 값이 떨어질 조짐이야. 알고 보니 여름장사를 바라고 홍시를 보관한 상인들이 곳곳에 있다는구면.」

「그건 나도 알고 있습니다. 어디 가서 저녁이나 먹읍시다.」

「집에 가서 장만해 먹지 그러나.」

「선창에 있는 식당으로 가서 소주나 한잔 합시다.」

안달하기 잘하는 승희가 주문진 닿는 길로 곧장 영동식당부터 살펴보라는 주문을 했구나 싶었다. 그래서 변씨도 고집 부리지 않고 뒤따라나섰다.

벌써 불이 환하게 켜진 영동식당은 옛날 그대로였다. 형식보다 승희의 안부를 먼저 묻는 변씨를 물끄러미 바라보던 창범이 힐난조로 물었다.

「신접살림 재미도 여전합니까?」

「말은 재미있느냐는 것이 분명한데, 묻는 얼굴은 제발 아니었으면 좋겠다는 투네?」

「넘겨짚다가 팔 부러뜨리지 말고 묻는 말에 대꾸나 하세요.」

「내가 근력이 달려서 문제지, 금실이야 남들이 눈뜨고 못 볼 정도지.」

「철부지들처럼 토닥거리고 싸우진 않겠죠?」

「왜 그러나? 자식까지 멀리 내쫓고 차린 신접살림인데, 애들처럼 쌈질이나 해? 싸우고 싶어도 벽에 걸린 것도 없고, 방바닥에 집어 던질 것도 없어서 못 싸워.」

「나이 차이는 많아도 금실 좋다는 소문이 포구에 파다하더래요.」

어느새 비릿한 회접시를 받쳐든 묵호댁이 식탁 옆에 서 있었다. 묵호댁을 보자, 허드렛일이나 거들면서 빌붙어 연명하던 상고머리

심씨가 생각났다. 변씨에게 눈짓으로 심씨의 행방을 물었는데, 도둑이 제 발 저린 격으로 대꾸는 묵호댁이 가로채고 말았다.

「그 자식, 옛날에 자취를 감춰버렸드래요.」

고개를 잔허리가 휘도록 한껏 뒤로 젖히고 맥주컵을 바닥까지 쭉 비운 변씨가 흡사 남의 말처럼 들리는 묵호댁의 대꾸를 되받아 이죽거렸다.

「사내만 날렸으면 천만다행이게……. 곗돈 넣으려고 준비해 둔 뭉칫돈은 날리지 않았던가. 그놈의 자식, 생긴 것부터 오종종해서 처음부터 심에 차지 않더니, 결국은 꼴값을 하면서 사라지더라니까.」

「묵호댁이 타격 컸겠네?」

「타격은 무슨 타격. 포구라는 곳에서는 원래 그런 일이 하루에도 몇 번씩 벌어지는걸. 묵호댁 잠자리가 허전해서 탈이지, 그놈이야 여자 보고 돈 보고 재미 보고 볼 것 다 보고 떠나버렸지.」

「찾아보지도 않았다는 거예요?」

「찾아서 질질 끌고 와보았자, 돌아와서 오래 빌붙어 있을 놈도 아니고, 후려간 돈 게워낼 놈도 아니란 건 뻔한 일 아녀? 왜 찾어? 기둥뿌리까지 뽑아가라고 찾어?」

「그러고 보면 형님은 복받은 사람입니다. 요즘 같은 세상에 차마담처럼 알뜰하고 정숙한 여자를 만나기가 쉽지 않을 텐데. 형님 눈썰미는 지나쳐볼 게 아니에요.」

「그건 그렇고 승희하고는 어찌됐나?」

「정중하게 청혼을 했는데, 가차없이 퇴짜를 놓습디다.」

「그래? 농담 아니라면, 놀랄 일이네. 설마 그런 대답을 했을까?」

「결혼에 매력이 없는 모양입디다. 자기 손으로 돈을 벌어본 여자들은 그런 생각들 많이 하는 모양입니다.」

목이나 축이자고 들어온 식당에서 어느새 맥주를 다섯 병이나 마시고 말았다. 창범이 진작 일어설 기미를 보이지 않았기 때문이었다.

식당을 나서면 필경 변씨가 자기 집으로 이끌 것이 틀림없었고, 그러면 집에서 어떤 일이 벌어질지 알 수 없었다. 자신이 차 마담을 오해하고 있는지도 몰랐다. 섬돌에 놓여 있던 신발은 변씨의 것일 수도 있었고, 설혹 다른 남자의 것이라 할지라도 그 방에서 과연 어떤 일이 있었는지 창범은 알 수 없었다. 짐작으로만 부정한 일이 벌어지고 있다고 예단해 버렸는지도 몰랐다. 그렇다고 밤 이슥도록 죽치고 앉아 있을 수도 없었다.

결국은 변씨를 따라 차 마담이 일하는 다방을 찾았다. 그런데 바로 그 다방에 차 마담이 있었다. 자신도 모르게 신발로 시선이 꽂히었다. 역시 집에서 보았던 그 신발이었다. 차를 마시는 중에도 창범의 시선은 몇 번인가 그녀의 신발로 떨어지곤 하였다. 그러나 그녀의 안색이나 말투 어디에도 집에 다녀왔다는 흔적이나 낌새는 없었다.

장봐서 뒤따라오겠다는 차 마담과 헤어져 변씨와 같이 집으로 돌아왔을 때, 예상했던 대로 낯선 남자의 신발은 사라지고 없었다. 샛서방질하는 계집의 방탕을 모르는 건 본서방뿐이라는 말이 있듯이 변씨만 모르고 있다는 걸 생각하니 침통했다. 그러나 자칫 내색한다는 것도 내키지 않았다. 짐작이 사실로 드러났을 때 변씨가 받을 충격을 생각하면, 등골이 오싹할 지경이었다. 젊은 여자에 매달린 변씨의 안일이 낡은 거미줄에 대롱대롱 매달린 거미처럼 불안했다.

　사실이 아니기를 바랐지만 시간이 흘러갈수록 자꾸만 사실 쪽으로 생각이 기울고 있었다. 애써 핵심을 비켜 대화를 눙치고 있는 자신이 모멸스럽게 느껴지기 시작했다. 그러나 그 자신뿐만 아니라 모두들 속으로는 딴생각에 몰두해 있다는 생각이 자꾸만 가슴을 짓눌러왔다. 그녀는 저녁에 만났던 남자를 생각하고 있을 것이었고, 변씨는 그 나름대로 행실과 심성이 반듯한 차 마담을 말끝마다 자랑 삼으려 들었다. 연민을 느끼지 않을 수 없었다.

　나중에는 변씨도 차 마담의 부정을 알고 있을지도 모른다는 의심이 들기 시작했다. 알고 있지만, 그녀와의 결별은 참고 삭이는 것보다 싫어 탈선을 묵인하고 있는지도 몰랐다. 그녀와의 동거를 입에 침이 마르도록 자랑 삼으려는 태도가 오히려 그런 의구심을 증폭시키는 것이었다. 그렇지 않고서야 어찌 차 마담이 대낮에 보란 듯이 남자를 집 안으로 끌어들일 수 있고, 신발을 숨기지도 않고 버젓이 섬돌 위에 벗어놓을 수 있는 것일까. 피곤을 핑계하고 일찍 건넌방으로 건너와 누워버렸지만, 뛰는 가슴 때문에 금방 잠들 수 없었다.

　이튿날 오후에는 은밀한 연락을 받고 서울에서 달려온 도매상과 만날 수 있었다. 변씨가 사람의 됨됨이를 보아 일찌감치 점찍어 두었던 상인이었다. 그를 만나고 나서야 윤종갑이 침을 뱉고 다니지 않은 곳이 없다는 것을 깨달았다. 창고에 매물이 있다는 것을 알고 있는 상인들에게, 동업자들이 여럿이기 때문에 흥정이 오래갈수록 매입자에게 유리하다는 이간질이 그것이었다. 도매상도 그런 사실을 익히 알고 있었다. 그러나 서로 죽이 맞았다. 상투까지 고집하지 않고 어깨 높이에서 팔기로 한 창범의 생각과 계절상품이기 때문에 시간이 곧 돈이란 생각을 갖고 있는 두 사람 간의 잇속이 맞아떨어진 셈이었다.

도거리 거래는 전광석화같이 이루어졌다. 도매상도 다른 도매상이 냄새를 맡고 꾀어들기 전에 흥정을 끝내는 것이 속 편하다는 사실을 모르지 않았고, 무엇보다 변씨가 일찌감치 자신의 됨됨이와 신용을 알아준 것을 고맙게 여겼다. 계약금을 받고 성애를 먹을 때까지 그들의 거래를 눈치챈 사람은 없었다. 도매상은 한 달 전에 변씨와 함께 창고를 다녀간 일이 있었기 때문에 창고 근처에는 얼씬도 않고 거래를 마친 것이었다.

종자돈이 아니라 자본금이라 이름해도 손색이 없는 돈이 그들의 수중에 들어오게 되었다. 곱장사 이상이었다. 그 동안의 잡다한 부대비를 지불하고도 한 번도 만져보지 못했던 거금이었다. 일단 계약금으로 건네받은 전액을 예금했다. 잔금까지 단 한푼의 축냄도 없이 은행에 예치할 작정이었다.

하룻밤 잠자리를 신세지는 것조차 거북했던 변씨의 집을 버리고 여관에다 숙소를 정했다. 돈의 분배에 대해 먼저 입을 떼기가 거북했던 변씨는 여관까지 따라와서도 줄담배만 피워댔다.

「팔고 나니 속이 텅 빈 것처럼 허전하기 그지없습니다. 반 년 넘게 가지고 있으면서 창고만 바라보면 공연히 배가 부른 것 같아서 많은 의지가 되었었는데…… 허탈하기 그지없네요. 장사꾼이란 돈보다 팔아야 할 물건을 지니고 있어야 하는가 봅니다.」

「허전한 심사는 나하고 다를 게 없구먼. 어떻게 할 참인가?」

「형님 생각은 어떠세요? 어렵더라도 처음 시작했을 때의 동업자들을 한데 모아서 어떻게든 결정을 짓는 게 도리 아니겠습니까?」

「봉환이며 태호는 만나야 하겠지만 설마 윤가 놈까지 생각하고 있는 건 아니겠지?」

「윤가도 불러야 합니다. 형님이 거북하면 나라도 찾아가서 만나봐야 하겠지요.」

「그놈이 억하심정 한 가지로 사사건건 들배지기로 덤벼든 게 아니란 생각이 들어. 우리들과는 살이 낀 거야.」

「그래도 만나봐야 합니다. 야비하고 교활한 사람을 다룰 때, 이에는 이 눈에는 눈 하는 식으로 대응하면 십중팔구 배지기에 걸려들 것입니다. 윤가가 이간질하고 다녔지만, 사실 우리가 피해를 입은 것도 없지 않습니까.」

「피해가 없다니? 무슨 말을 그렇게 해? 그놈 아니었으면, 눅게 잡아도 오백은 더 받을 수 있었던 매물 아니었나? 그런데도 가당찮게 배부른 소린가? 미친년 속 차리면 행주로 요강 닦는다는 얘기 못 들었어? 그놈 배 문질러주어서 인간되기를 바란다면, 자네 잘못돼도 한참 잘못된 거야.」

「윤가보다 바쁜 것은 사실 형님 속 차리는 일 아니겠습니까?」

척하면 담장 너머 호박 떨어지는 소리로 알듯, 말귀 잘 알아듣는 변씨도 문득 내뱉은 그 한마디의 의미심장함을 알아채지 못했다. 막연한 시선이 이마에 꽂히는 순간, 창범은 조마조마했다. 그 짧은 순간에도 혼란을 느꼈다. 불쑥 내뱉은 한마디의 의미를 예민하게 알아채 주기를 바라면서도, 한편으로는 무의미한 넋두리로 받아주기를 바라는 심정이었다. 그러나 변씨는 엉뚱하게 받아들였다.

「나야 하루 세 끼 밥 먹고 배곯지 않으면 되었지 따로 속 차리고 자시고 할 건덕지가 있겠어?」

「어떻게 할래요? 윤가를 만나보는 것은 시간을 두고 생각해 보기로 하고 형식이도 만나볼 겸 고흥으로 내려가 볼 의향은 없습니까?」

「왜? 이제 장돌뱅이는 청산하겠다는 거야?」

「형님, 고흥 내려가서 형식이 고생하는 모습을 잠깐이라도 돌아보고 올라오면 아버지 체면도 차리게 되지 않겠어요. 오래 보지 못했는데 궁금하지도 않습니까? 난 그 동안 봉환이나 태호의 거처를 수소문해 봐야겠어요.」

「사돈 남 말하네. 자네는 서울 식구들 안부라도 알고 있나?」

「말꼬리 잡지 말고, 갈 거요 말 거요?」

「난 못 가.」

「왜요? 불과 며칠 사이에 차 마담이 바람이라도 피울까 봐 겁나서 그래요?」

「이 사람 하구선. 한 번 뱉었다 버릴 말이라고 함부로 하나? 우리 차 마담은 일 년을 독수공방으로 두어도 바람피우고 홰치고 다닐 화냥년이 아녀.」

「그럼, 다녀오십시오. 두 사람만 떨구고 훌쩍 떠나와서 걱정돼 그럽니다.」

「보고 싶으면 그놈더러 오라구 해. 왜 나를 들볶고 그래?」

「좋아할 줄 알았는데, 전혀 뜻밖이군요. 그러나 형님처럼 너무 푹 빠져 있으면, 어느 날 갑자기 형님을 가볍게 볼 수도 있습니다. 깨가 쏟아지더라도 주워가는 사람 없을 테니 바람도 쐴 겸해서 획 다녀오세요.」

처음엔 송곳도 들어가지 않을 만큼 실색하며 완강하던 변씨의 고집이 다소 누그러진 것은 상당한 시간이 흘러간 뒤였다. 그녀에게 보내고 있는 변씨의 애정이 그토록 돈독하다는 것을 확인하고 놀랄

수록 차 마담에 대한 배신감은 호비칼로 도려낼 만큼 가슴을 저미고 들었다.

변씨를 고흥으로 떠나보내려 한 것은 차 마담과 담판을 벌여보겠다는 나름대로의 계획을 갖고 있었기 때문이었다. 변씨가 탄 버스가 시선에서 사라지고 난 뒤 창범은 곧장 차 마담을 찾았다. 마시지도 않은 차가 미처 식기도 전에 사흘 전 변씨 집 대문에서 목격했던 모두를 털어놓았다. 첫마디를 털어놓을 때부터 그녀는 울기 시작했고, 긴가민가했던 그녀의 부정이 사실이란 것을 확인시켜 주었다.

참담하기 그지없었다. 울음이 길어지자 그녀를 위협하면서 옥죄고 들어야 할지 그녀의 판단에 맡겨야 할지 종잡을 수 없었다. 울음을 그친 다음, 그녀의 입에서 흘러나올 말을 기다리기로 하였다. 그러나 진력이 날 정도로 오래 기다린 끝에 그녀로부터 흘러나온 한마디는 실망스러웠다.

「어쨌든 미안해요.」

긁히고 해진 자국이 오히려 무늬가 된 여행가방 하나를 달랑 들고 포구와 정거장을 안 간 데 없이 들쑤시고 다녔기에 부박한 삶이 줄곧 그녀를 붙잡고 있었을 테고, 어딜 간들 거칠고 각박한 인심에 온몸으로 부대껴왔으면서도 어떻게 저토록 해맑은 웃음과 땟국 없는 면목을 유지할 수 있을까. 그것이 그녀를 처음 만났을 때부터 강렬하게 느꼈던 인상이었고, 또한 의문이기도 했었다.

거짓과 가식은 그녀의 것이 아니었다. 거짓과 누추한 것들로부터 과감하게 탈출할 수 있었던 것은 그녀가 다양한 삶의 무늬에 켜켜이 쌓인 고뇌와 시달림에 대범하게 대처할 수 있는 나름대로의 지혜를 터득했기 때문인지 몰랐다. 척박하고 부정한 삶에 끊임없이 부대끼고 갈등을 겪어왔으므로 과욕은 결국 자신을 괴롭히고 해칠 뿐이란 것을 알고 있을 터였다. 그래서 휘황한 세상의 불빛 저편 그늘에 숨어서 평범하게 살아가는 것이, 행복은 아닐지라도 극악스러운 불행을 자초하는 길은 아니란 것을 알고 있을 것이었다. 그래서 자신의 앞가림도 변변치 못했던 변석태라는 늙은이를 선택한 것이라고 믿었다.

그럼에도 불구하고 그녀의 순진무구한 표정 뒤에 숨어 있는 비밀이나 음모는 도대체 무엇이었을까. 이제 그것이 궁금해지기 시작했다. 변씨를 애써 꼬드겨 고흥으로 내려보낸 배려조차 그녀는 안중에 없어보였다.

울음을 그친 그녀를 오랫동안 노려보고 있었지만, 배신의 차일 뒤에 숨어 있는 그녀의 허위는 한 가닥도 걷어낼 수 없다는 것만 깨닫고 있었다. 눈은 마음의 거울이라 했는데, 아직도 글썽이고 있는 그녀의 눈을 아무리 바라보아도 그녀의 가슴에 고여 있는 배신과 부정의 수수께끼는 풀 수 없었다. 창범이 침묵만 지키고 있었기에 그녀가 다시 말했다.

「어쨌든 미안해요.」

「글쎄요…….」

「제가 변상할 거라도 있나요?」

그녀는 비로소 눈을 똑바로 뜨고 쏘아보았다.

그것이 그녀 본래의 얼굴이란 섬뜩한 발견이 창범의 가슴 한복판을 파고들었다. 창범은 얼른 그녀의 시선을 피했다.

「변상이라니요?」

「이제 와서 따진들 무슨 소용이겠습니까만, 모든 게…… 내 탓입니다. 변씨를 정말로 좋아했고, 그분과 살림 들어간 것도 좋아했기 때문에 결심한 것이었습니다……. 능력 없는 분이란 것도 진작 알고 있었고…… 주위에 계시는 분들이 가족 이상으로 변씨를 받들어 모시는 것에도 감명을 받았어요……. 그래서 언제 파투가 날지 모르지만 변씨 그늘에서 살기로 결심했던 것인데, 결심한 일이 일같잖게 꼬이고 말았네요. 제 인생 꼬인 게 어디 이번뿐이었나요. 걸핏하면 이러는걸요. 첫 단추 한 번 잘못 꿴 것이 이처럼 지지리도 오랫동안 나를 괴롭히고 들 줄 누가 알았겠습니까.」

「결합한 지 얼마 되지도 않아 이런 불길한 일을 저지를 것이었다면, 처음 시작할 때 시간을 두고 더 생각했어야 옳았습니다.」

「그 사람, 옛날에 사귀던 사람이에요.」

「옛날 사람이라면 더욱 그렇습니다. 형님과 결합하기로 결심하기 전에 깨끗하게 청산했어야지요.」

「그게 손쉽지 않았어요. 아무리 멀리 달아나도 쫓아와서 괴롭히고 들기 때문에 내 재간으로는 따돌릴 수가 없었어요. 그 사람이 믿는 것은 항상 가지고 다니는 등산용 칼 하나뿐입니다. 그것만 코앞에 들이대면, 굴복하지 않는 여자가 없고 안되는 일이 없다고 생각하는 사람이에요.」

「그 사람에게 애정이 있는 것은 아닙니까?」

「자신 없네요. 애정이 있는 것인지 없는 것인지……. 내가 화냥년이지요. 나타나면 치가 떨리고 눈앞이 아득한데도 두어 달포나 소식이 없으면 왜 안 나타나나 싶어요.」

「그 사람과 청산하고 싶은 겁니까 아닌 겁니까?」

「청산하고 싶어요.」

「청산하고 싶다는 사람의 말과 행동이 어떻게 그토록 노골적이란 말입니까? 그것도 대낮에 바로 형님과 동거하고 있는 집에서 신발을 보란 듯이 나란히 벗어놓고 방안에서 뒹굴고 있다면, 물론 두 사람은 그까짓 것 대수롭지 않게 생각해 버렸겠지만, 형님을 씨 말려 죽이자는 심산 아닙니까?」

「찾아올 때마다 신발을 벗어놓는 것부터 칼을 들이대고 협박을 하는데 내가 어떻게 감당을 하겠어요.」

「올 때마다라니, 벌써 여러 번째란 얘깁니까?」

그때 그녀의 입가를 스치는 희미한 조소를 창범은 놓치고 있었다.

「변씨도 알고 있는지 모르지요.」

뒤통수에 날벼락을 맞은 기분이었다. 그리고 그녀의 몰염치와 뻔뻔스러움에 기가 질려버렸다. 무심한 돌덩이의 한 점 이끼에도 세월의 흔적은 묻어 있게 마련인데, 날벼락을 내린 그녀의 표정 어디에서도 고뇌의 흔적은 찾아볼 수 없었다.

침묵이 흘렀다. 심장을 쥐어짜는 듯한 아픔 뒤로 괴어오르는 것은 비애였다. 사람들은 이 말을 좀처럼 이해할 수 없어한다. 그러나 비애를 깨닫기 전에는 인생에 대하여 아무것도 모르고 있는 것이나 다름없다. 비애라는 감정이 그처럼 큰 중량감으로 평범한 삶에 관여하고 있을 줄은 몰랐다.

비로소 두 사람 사이에 개입하는 것도 바로 이 시점이 한계라는 것을 깨달았다. 변씨가 말끝마다 차 마담의 올곧은 됨됨이를 칭송하며 그녀의 과거를 감싸려 했던 저의도 모두가 가슴속에 고인 비애를 희석시키려는 안간힘이었을 것이었다. 그래서 차 마담의 부정을 창범도 눈치채고 말았다는 것을 알고 있었고, 자신을 고흥으로 내려보낸 뒤 차 마담과의 담판을 계획하고 있다는 것까지 짐작하고 있을지 몰랐다. 고집을 꺾고 고흥으로 내려간 것은 창범이 개입함으로써 해결의 실마리를 찾을 수 있게 되기를 은연중 기대했던 것이 아닐까.

해결의 실마리라는 것은 뻔했다. 그 사내로부터 차 마담을 떼어놓는 일일 것이었다. 그러나 그것이 어렵다는 것을 차 마담을 만남으로써 더욱 확실하게 깨달았다. 그녀는 이미 부정을 배신이라고 말하지 않았다. 떠돌이 생활에 익숙해진 많은 여자들이 도덕성에 무감각하다는 것은 창범도 모르지 않았다. 그러나 그녀만은 그 탁류에 함께 휩쓸려가는 여자가 아니기를 진정 바랐다. 가슴 한복판에 자리잡은 실망감을 속시원하게 걷어내기가 쉽지 않았다.

얼른 들으면, 편안하게 잠들기 위해서 변씨와 결합하기로 작정했다던 여자가 이번엔 더욱 편안한 잠자리를 위해 또다시 옛 남자를 끌어들였다는 말처럼 들렸다. 그러나 그녀의 말에서도, 저린 가슴으로 역경을 넘나들었던 여자의 암울한 좌절이 확연하게 짚여오는 것이었다. 그러나 그 좌절과 경멸을 고스란히 끌어안고 살아가는 것이 그녀에겐 익숙한 것인지도 몰랐다. 이미 익숙한 것에 내성을 갖고 있는 사람이 계속적으로 새로운 것에 대한 욕구를 갖기란 손쉬운 일이 아니란 것을 그녀는 말해주고 있는 것이었다. 그런 여자들에 대한 편견을 갖고 있는 창범 자신이 그녀를 설득하기엔 서로가 너무 먼 거리에 놓여 있다는 것을 깨달았다. 가슴속에 깔려 있는 편견을 속속들이 걷어낸다 할지라도 그녀를 어디까지 이해하고 용납해야 할 것인지 종잡을 수 없었다. 그러나 그녀를 설득해 파국만은 모면해야 한다는 당초의 작정을 손쉽게 단념할 수도 없었다. 그대로 덮어두었으면 아무렇지 않게 지나갔을지도 모를 일이 공연히 자신이 목격하고 개입함으로써 노출되고 말았다는 부담이 있었다.

「단도직입적으로 물어봅시다. 처음 형님을 만났던 마음으로 돌아
갈 수 없겠습니까? 지금까지 벌어졌던 일은 서로 잊어버리기로
합시다. 그 사람과의 관계를 청산한다면 마담도 얼마나 홀가분하
겠습니까. 흉기를 가지고 위협한다 해도 지금부터라도 중심을 잡
고 냉정하게 대처한다면, 그 사람도 위협 이상의 난동이나 불상
사는 벌이지 못할 것입니다. 지금까지 칼 한 자루로 모든 것을
해결했다지만, 그건 설득력 있는 말이 아니지 않습니까.」

「그래요, 문제는 바로 나예요……. 죽음을 각오한다면, 그깟 칼
한 자루가 대수겠어요. 두 눈을 부릅뜨고 목 베라고 대들면, 전
들 용뺄 재간이 있겠어요.」

「그럼, 형님 쪽에서 지친 나머지 단념하고 청산할 때를 기다리고
있다는 뜻입니까?」

「변씨도 짐작하고 있는 일인데, 일방적으로 꽉꽉 조이고 드시니
까 숨도 제대로 못 쉬겠네요. 나한테도 생각해 볼 기회를 주셔야
지요.」

「이제 와서 생각할 기회를 달라니, 지금 멀쩡한 정신 가지고 하
는 말입니까? 그 나이가 되도록 생각할 때가 언제라는 것도 잊
어먹고 살았더란 말입니까?」

볼멘소리를 내쏟는 중에 문득 마주친 그녀의 시선에 고여 있는
것은 놀랍게도 연민이었다. 그녀는 턱에 손바닥을 괴다 말고 신경
질적으로 핸드백을 뒤져 담배를 찾아 입에 물었다. 연기를 혹 내뿜
으며 뇌까렸다.

「쇠귀에 경 읽기라더니, 몰라도 너무 모르시네요. 그 사람과의
관계를 청산할 결심이었다면, 옛날에 청산했을 거예요. 할 수 없

었으니까 못한 것이란 말을 아직까지 못 알아듣는 한씨는 나보다
더 답답한 사람이네요.」

「불과 몇 달 전에 보았던 사람과는 너무나 판이해서 정말 어리둥
절합니다. 어떻게 삽시간에 마음이 돌변할 수 있습니까?」

「내가 듣기로는 한씨도 비슷한 하소연을 한 것 같던데요? 한씨
한테 인생을 걸다시피했다는 승희 씨한테 안심하고 청혼했다가
엄청 깨지고 말았다지 않았습니까. 겉 다르고 속 다른 게 바로
사람이란 걸 한씨도 몸소 겪으셨으면서 왜 나만 갖고 못살게 굴
어요?」

예민한 감정변화를 보이지 않고 마냥 버티기만 하던 차 마담도
결국 울음을 터뜨리고 말았다. 그녀의 삶이 그처럼 왜곡되어 있고
그 왜곡된 삶에 나태와 타성이 함께 자리잡고 있다 할지라도 그것
이 그녀가 보여주는 솔직한 태도라는 점이, 줄기차게 따지고 들 전
의를 잃게 만들었다. 고흥으로 내려간 변씨가 애끓는 심정으로 바
라고 있을 그녀의 회유는 포기하는 것이 옳았다.

눈자위를 훔치는 그녀를 남겨두고 다방을 나왔다. 그러나 눈에
익숙한 해안도로 어느쪽을 둘러봐도 마땅히 갈 곳이 없었다. 숙소
로 돌아가 챙길 가방도 없었던 그는 자신도 모르게 지나가는 택시
를 향해 손을 들고 말았다. 택시는 곧장 강릉으로 달리고 있었다.
역 구내에서 2시간을 기다린 끝에 서울로 가는 기차에 올랐고, 서
울역에 내려서도 역 구내를 벗어나지 않았다. 곧장 경부선 기차를
타고 대전에서 내렸다.

배완호를 만난 것은 이튿날 오후였다. 변씨가 일찌감치 그의 주
소를 수소문해 둔 덕택이었다. 그는 봉환이 안면도 백사장 포구의
특산물인 꽃게 장사에서 손을 떼면서부터 동업관계에서 소외되어

있었다.

그 이후론 성깔이 앙칼진 아내에게 얹혀살며 갖은 홀대를 받아 죽지 못해 숨만 쉬고 있는 형편이었다. 마침 봉환의 거처를 찾는 인사가 난데없이 집으로 찾아왔기에 서둘러 안고 있던 아이를 팽개치고 쏜살같이 밖으로 뛰어나온 것이었다. 집에서 입던 반바지에 반질거리는 구두를 신은 우스꽝스러운 모습이었다. 초인사를 나눈 적은 없었지만, 배완호는 그를 익히 알고 있었다.

「꽃게 장사 손뗀 이후로 결혼식 때 딱 한 번 만났습니다만, 지금은 중국으로 튀고 안면도 처갓집에는 없다는 얘기를 들었습니다.」

「갑자기 중국으로 튄 까닭이 뭡니까?」

「어떤 놈이 박봉환이 밀수품을 거래하고 있었다는 사실을 사직 당국에 투서질한 모양이에요. 그래서 수배를 당하고부터 나하고 안면을 싹 바꿔버리데요. 처음에는 상당히 괘씸하게 생각했는데, 이해를 했습니다. 자기가 잡히면 동업하던 나까지 엮일까 봐 걱정한 것 같습니다. 그래서 결혼식 때도 비밀리에 안면도까지 찾아가 참석해 준 겁니다.」

「봉환이가 결혼식을 올렸다는 겁니까?」

「백사장 포구에 서문식당이라구 있어요. 그 식당 주인 최은혜라는 여자의 사촌동생하고 느닷없이 결혼식을 올리긴 했는데, 수배령에 쫓기다 보니 결혼식도 쉬쉬하는 가운데 치렀지요.」

「사직 당국이니 수배령이니 하는 말을 들어보면 봉환이 수천만 원대의 밀수를 벌였다는 얘기인 듯한데, 규모가 그 정도였습니까?」

「식료품 몇 포대였다는 소문은 있습디다만 소문도 확실한 건 아니고, 몇천만 원대의 밀수였다면 결혼식 올린 지 사흘도 안되어 동서끼리 작당해서 중국까지 도망갔겠습니까?」

「동서끼리뿐만 아니라, 결혼한 신부도 동행했겠군요?」

「아닙니다. 알고 보면 그런 코미디가 없어요. 이름이 은실이라나 뭐라나, 신부되는 여자는 수배령 때문에 도망친 속내도 모른답니다. 보따리장사하러 중국 간 줄로만 알고 언니네 식당 근처에 신방까지 차려놓고 천연덕스럽게 기다리고 있다던데요.」

몇 마디 주고받지 않았지만, 봉환이 위인과의 동업관계를 일찌감치 청산한 까닭을 알 만했다. 한 번 쓰고 버릴 언사일망정 천성이 남의 말을 비꼬지 않으면 직성이 풀리지 않는 위인이란 걸 깨달았다. 그가 윤종갑과 인척이라는 것도 묘한 인연이란 생각이 들었다. 그렇지만 배완호는 창범이 어떤 상념에 잠겨 있다는 것도 헤아리지 못하고 제 흥에 겨워 한술 더 뜨고 있었다.

「원하신다면 내가 안면도까지 동행해 줄 수도 있는데요?」

내키지 않는 동행에 생색을 내비치는 것이 분명한 제안은 물론 깨끗이 거절해야 옳았다. 안면도까지 동행해 보았자, 졸졸 따라다니며 사사건건 남의 비위만 건드릴 위인이 분명했다. 그러나 대뜸 거절할 용기가 나지 않았다. 그가 봉환의 도피행각을 소상하게 꿰고 있다는 사실이 께름칙했다. 결국 그와 동행으로 안면도행 버스에 올랐다.

「나하고 계속 동업관계를 유지했더라면, 큰 이문은 못 봤겠지만 지금처럼 쫓겨다니는 신세는 모면할 수 있었을 텐데……. 일확천금을 노리고 덤벙대다가 신세만 고단하게 되었지 뭡니까.」

「당신 말하는 걸 듣고 있으면, 봉환이 도망다니게 된 것이 고소하다는 심보 같은데요?」

정면으로 한 대 쥐어박힌 배완호는 입을 다물었다. 기분 같아서는 버스에서 내리고 싶었지만, 차는 그때 안면도를 목전에 두고 있었다.

새우잡이 한물이 지나면 곧바로 꽃게잡이철인데도 부두에 있는 횟집난전에선 꽃게가 품귀현상인 것을 한눈으로 알아챌 수 있었다. 물론 꽃게잡이 역시 끝물에 다가섰다지만, 소매 가격이 지난해에 비해 엄청나게 비쌌다. 흔전이어야 할 꽃게가 안면도에서조차 품귀현상을 빚게 된 것에는 물론 이유가 있었다.

중국 통발 어선들의 횡포에 슬기롭게 대처하지 못해 동중국해와 양쯔〔揚子〕 강 하구 해역의 꽃게 어장을 잃어버렸기 때문이었다. 그 동안 한국 통발 어선들은 그 부근 공해에서 꽃게잡이로 연간 8백억 원을 웃도는 매상을 올려왔다. 그러나 근래에 이르러 중국 어선들은 1백여 척 혹은 2백여 척이나 되는 대선단을 이루어 시위식 조업을 하면서 꽃게들을 싹쓸이해 갔을 뿐만 아니라, 한국 어선들이 쳐놓은 통발을 의도적으로 훼손시키거나 어획물을 강탈해 가고 있었다.

그뿐만 아니었다. 중국의 공안선들은 공해에서 조업중인 한국 어선을 가차없이 나포하기도 했다. 위협을 느낀 한국 어선들은 꽃게 황금어장에는 범접조차 할 수 없게 된 것이었다. 양쯔 강 하구에서 조업하던 한국의 통발 어선들은 북상하여 태안반도 앞바다로 쫓겨나 조업하거나 출어 자체를 포기하는 경우도 부지기수였다. 게다가 더 어처구니없는 것은 그 조업 해역에서 잡힌 꽃게의 유통경로였다. 한국 어선들을 내쫓고 조업해서 거둔 꽃게와 한국 어선들이 쳐놓은 통발을 빼앗아 거둔 중국산 꽃게를 다시 한국에 팔고 있는 것이었다.

연평도 부근 해역에서는 북한 어선이 우리 뱃전에 올라타고 경비정이 격침되는 아수라와 수모를 겪기도 하였다. 그런데 이렇게 잡아간 꽃게들이 중국을 거쳐 한국 어물시장에 반입되고 있었다. 이를테면, 중국산과 북한산 들은 한국 어선들이 태안반도 부근 해역에서 감질나게 잡아올린 꽃게들과 뒤섞여 어물시장에서 팔리고 있는 셈이었다.

어물난전의 꽃게들을 미묘한 심정으로 바라보고 있는데, 서문식당을 찾아갔던 배완호가 다가와 옆구리를 툭 건드렸다.

「봉환 씨 처형되는 분을 어렵게 만났습니다.」

그를 따라 서문식당으로 들어섰다. 식당업을 걷어치운 징후는 발견할 수 없었지만, 역시 밖에서 힐끔 보았을 때처럼 가게는 음식 냄새조차 없을 정도로 썰렁했다. 꽃게잡이가 한물가면서 안면도를 찾는 관광객들의 수효도 부쩍 줄어든 탓이었다.

봉환을 찾아왔다는 말에 은혜 씨는 미심쩍은 표정으로 창범을 경계하는 눈치가 역력했다. 그를 똑바로 바라보지 않고 비켜서서 묻는 말에 내키지 않는 듯 겨우 몇 마디 응대할 뿐이었다.

진작 귀국할 줄 알았던 일행들이 회정 날짜를 차일피일하고 있는 것에도 걱정이 태산이었고, 봉환을 찾아왔다는 사내의 행색도 기대를 걸 만한 것이 못되었다. 처음 배완호의 말을 들었을 때, 그녀는 대뜸 수사기관에서 찾아온 형사가 아닌가 의심하기 시작했다. 그랬던 것은 배완호란 위인에게 처음부터 호감을 갖고 있지 않았기 때문이었다. 봉환과 동업관계를 청산하기 전, 대전으로 운반해 준 꽃게값의 상당액을 착복했다는 얘기를 귀동냥한 적이 있었다. 그것도 없어진 자리를 금방 알아챌 수 있도록 왕창 축내는 것이 아니고, 떡고물 핥듯이 금액의 끝자리수만 세심하게 계산해서 야금야금 착복했다는 것이고 보면, 천성이 데데하고 단작스러운 위인임에 틀림없었다.

게다가 남편이 중국으로 떠나기 전 귀가 따갑도록 다짐을 두었던 말은, 집으로 찾아오는 낯선 사람을 만나면 그것으로 끝장이라는 것이었다. 그러나 수사관이 아니라는 배완호의 간곡한 증거가 그럭저럭 믿을 만했기에 미심쩍은 가운데 모습을 드러낸 것이었다.

그런데 막상 창범을 만나고 나서 경솔했다는 것을 깨달았다. 창범의 입성이 수사관 특유의 위압적인 분위기를 탈색시키려고 애써 꿰맞춘 듯 꾀죄죄했고, 그 초라한 위인을 향해 거동할 때마다 허리를 조아리는 배완호의 거동도 의심을 사지 않으려고 모의한 흔적으로만 보였다.

신중한 관찰도 없이 후딱 모습을 드러낸 것이 뼈에 사무치도록 후회되었다. 만에 하나 수사관이 아니라면, 그리고 배완호가 그 수하에 빌붙은 정보원 따위가 아니라면, 사건을 빌미로 구린 돈이나 챙기려 드는 사기한들이 분명했다.

수사기관 근처에는 남의 형사나 민사사건을 대신 떠맡아 해결해 주겠다는 사기꾼들이 물 묻은 손에 깨 엉키듯 꾀어 있다는 말을 익숙하게 들어왔던 터였다. 신랑측 축하객을 찾아낼 수 없어 결혼을 중매한 언니의 입장으로서 무안하고 창피하기만 했던 결혼식에도 참석하지 않았던 위인이 불쑥 나타난 속셈은 사기 아니면 다른 무엇이 있을 수 없었다. 은혜 씨의 생각이 거기에 맴돌고 있다는 것을 알 턱 없는 창범은 도대체 사건의 자초지종이 어떻게 되느냐고 다잡아물었다.

그 다잡아물음은 한마디 말로서 그들의 정체는 의심의 여지가 없게 되어버렸다. 그러나 그녀는 냉정함을 잃지 않았다. 냉장고를 열고 닷새 전에 들여놓은 맥주 두 병과 마른 안주를 식탁에 꺼내놓았다. 가슴속에서는 만감이 교차하고 있었다. 맥주 한 컵을 쭉 들이켜고 난 한창범이란 사내가 바지 주머니를 뒤지기 시작했다. 담배를 찾고 있는 듯했다. 그녀는 이 기회를 놓치면 끝장이라는 생각이 들었다.

담뱃값을 받아쥐고 예사롭게 가게를 벗어난 은혜 씨가 길 맞은편에 있는 담배가게 앞을 그대로 지나쳐 잽싸게 골목 안으로 사라지고 있는 것을 창범은 주방 쪽의 창문 너머로 바라보았다.

「거참, 이상한 여자네⋯⋯. 형님이 사건 내막을 따지고 드니깐 지레 겁먹고 내뺀 거예요.」

「이상한 사람들은 불쑥 찾아온 우리들이었던 것 같소. 봉환이 살림집이나 찾아봅시다.」

어렵사리 은실의 살림집을 찾아냈지만, 자취를 감춰버린 것은 마찬가지였다. 2∼3시간 동안이나 포구 근처를 서캐 훑듯 뒤지고 다녔으나, 두 여자의 행방은 오리무중이었다. 눈에 불을 켜다시피 들쑤시고 다니는 두 사람의 행동이 돋보일 수밖에 없었고, 포구의 토박이들에게 긴장감을 안겨주기 시작했다.

어느 점포나 노점상을 붙잡고 물어봐도 두 여자의 행방을 알고 있다는 사람은 나서지 않았다. 옛 동료를 찾으러 왔다는 속내를 밝히려 들수록 그들의 집단적인 경계심에 불을 지펴주는 결과만 낳았다. 대전으로 돌아가겠다는 배완호를 면박 주어 여관에 투숙하기로 하였다. 그러나 새벽녘에 문득 잠이 깨었을 때, 옆자리에 잠들었던 배완호의 모습이 보이지 않았다. 졸렬한 위인이란 생각이 들었으나 뒤쫓아가고 싶지는 않았다. 그러나 그 이후로는 다시 잠이 오지 않았다.

해가 뜰 무렵에 문밖에서 난데없는 인기척이 났다. 조심스러운 발소리는 그러나 문앞까지 다가와서 멈추었다가 복도 끝 쪽으로 물러나기를 반복하고 있었다. 귀를 기울이고 있다가 발소리가 문 앞에 이르렀다 싶었을 때, 문을 열지 않은 채 말했다.

「해롭게 할 사람이 아닙니다. 걱정 말고 들어오세요.」

기에 질려 가까스로 던지는 질문이 문틈으로 새어들었다.

「누구세요?」

어제 만났던 최은혜의 목소리가 아니었기에 어리둥절한 가운데 두 번째의 질문이 떨어졌다.

「우리 그이하고 동업했다는 분 맞습니까?」

「얼마 전에 결혼했다는 제수씨 같은데……, 저울질 그만 하시고 들어오세요. 오해가 있다면 당장 풀어드리지요.」

「문 열어봐도 되겠습니까?」

「열고 닫으라는 문 아니겠습니까.」

「언제까지 계실 거예요?」

그녀는 아직도 열지 않은 문밖에서 대답을 기다리고 있었다.

「문 열기 거북하면, 내가 열어도 될까요? 언제 떠날 것인지 마주보며 얘기해도 잡아먹지 않을 것입니다.」

「그러세요.」

그제서야 창범은 문을 빠끔하게 열었다. 은실이란 봉환의 아내가 분명했다. 그녀는 안채와 복도로 연결된 마루 한켠에 엉덩이를 걸친 채 상반신만 돌리고 앉아 있었다. 일별해서 밤새운 갈등이 얼굴에 역력했다. 반팔 셔츠 사이로 드러난 두 팔과 목덜미의 흰 피부가 첫눈에도 인상적이었다.

「언제 가실 건데요?」

「여기 눌러 있는 것이 제수씨에게 해롭다면 당장이라도 떠나지요. 태호도 중국까지 동행한 것 같은데……, 우리들이 반드시 한자리에 모여 결론을 내려야 할 일이 생겨서 두 사람의 행방을 찾아나섰던 거예요. 옛 동료들이 한자리에 모여야 한다는 그 이상도 그 이하의 일도 아닙니다. 그런데 서문식당 주인이 우리를 어떻게 오해했는지 식당까지 내팽개치고 졸지에 모습을 감춰버렸네요?」

「배완호 씨는 아침 첫 버스로 떠나던데요?」

「새벽녘에 깨어보니 언제 줄행랑을 놓았는지 없어졌어요. 나도 대전에서 처음 만난 사람입니다만.」

「아저씨 얘기는 그이하고 태호 씨한테서 들었던 것 같습니다. 그런데 그이가 집에 없는 사이에 아저씨가 찾아올 것이란 얘긴 없었거든요. 아저씨와의 관계는 청산되었다나 뭐라나 그런 말만 들은 것 같아서요.」

「지난해에 우리가 동업을 합의하고 오일장터로 나섰을 때, 주머니 털어 모았던 종자돈이 있습니다. 서로 헤어지긴 했지만, 그 돈은 오늘날까지 내 수중에 있으면서 줄어들기도 하였고 불어나기도 했지요. 이제 그 돈을 당초에 동업했던 사람들에게 정산해 주어야 할 것 같아 봉환이하고 태호를 찾아나선 것입니다.」

그녀의 입에서 짧은 한숨 소리가 흘러나왔다.

양해를 구한 그녀는 대문 밖으로 나섰다. 10여 분이 흐른 뒤에 다시 나타난 그녀는 서문식당에서 아침식사를 준비하겠다는 말을 남기고 종종걸음으로 사라졌다. 오해가 풀린 것만 다행으로 알고 서문식당을 찾았다. 두 여자는 주방에서 늦은 아침식사를 마련하느라고 분주했다.

강원도 양양에서 벌어졌던 중국산 뱀 밀수사건의 전말을 듣게 된 것은 두 여자와 함께한 아침식탁에서였다. 그때의 충격으로 병원에 입원까지 하는 소동을 겪었다는 고백으로 이야기는 끝을 맺었다. 그리고 은실은 하지 않아도 될 한마디를 덧붙였다.

「모두가 일확천금을 노린 형부 때문에 벌어진 사건이지 뭐예요.」

은혜 씨의 경계심을 무릅쓰고 창범을 만나는 일에 모험을 걸었던 은실의 초조감을 읽을 수 있었다. 형부인 손달근을 정면으로 비난하고 드는 그녀의 말에 은혜 씨는 언짢은 기색이 역력했으나 앙칼진 맞대응은 없었다.

「하지만, 두 사람이 지레 겁먹고 도망다니는 것은 아닌가 싶기도 합니다. 정말 행적수사를 벌이고 있는 것인지 확인해 볼 필요가 있겠네요.」

「경찰에 연줄이 있다는 얘기네요?」

「연줄이 없다 해서 알아보지 못하겠습니까. 하지만 중국에서 진작 귀국하지 않고 있는 것은 장삿속 때문일 수도 있지 않습니까?」

「그것도 그러네유. 대련에서 전화가 걸려온 것은 바로 닷새 전이었어유. 진작 귀국하지 않는 까닭을 따지고 들었더니, 코대답도 않고 날 보고 받아 적으라고 호통만 치던데유.」

「받아 적다니요?」

은혜 씨가 방으로 쪼르르 달려가서 닷새 전에 전화통화로 받아 적었다는 메모쪽지를 보여주었다.

「이런 품목들을 중국에 갖다 팔면 채산이 맞을 것인지 일차적으로다가 시장조사를 해보라나 뭐라나. 서울 지리에는 숙맥인데 채산까지 맞춰보라는데 기가 차서 말이 안 나오데유. 내 주제에 말이 되는 소리여야 말이지유.」

「서울 나들이 해본 적이 없다면, 가게 찾기가 쉽지 않을 것입니다.」

「별 볼일 없는 가게지만, 비워두고 싸돌아다닐 수도 없고…….
은실이 니가 이분 따라서 바람도 쐴 겸 동대문시장 한바퀴 휙 돌
아오너라. 니 눈썰미가 나보다 한 수 위잖여?」

「싫어, 나도 동대문시장이 서울 동쪽에 붙었는지 남쪽에 붙었는
지 몰라.」

시종 마뜩찮은 표정으로 지켜보던 은실이 옹골차게 한마디 거들
었다. 겉보기는 얌전하고 다소곳하게 생겼는데, 간혹 가다 불쑥 한
마디씩 쏘아붙이는 말에는 가시가 돋쳐 있었다. 그것도 언니가 개
입된 대화에서만 찬물을 휙 끼얹곤 하였다. 언니와의 사이에 뭔가
앙금이 있는 것이 분명했다.

창범은 모르고 있었지만, 은실이 은혜 씨를 마뜩찮게 여기고 있
는 데는 그럴 만한 이유가 있었다. 은실이 대대적인 성형수술을 받
았다는 사실을 모르고 있는 이웃들이 얼마 전부터 까닭 없이 예뻐
진 은실의 미모에 대해 입에 침이 마르도록 칭송하기 시작했다. 만
일 은혜 씨도 그런가 보다 하고 대충 고개를 끄덕이고 넘겼더라면,
회복의 기미를 보였던 둘 사이가 다시 껄끄럽게 되지는 않았을 것
이었다.

그런데 은혜 씨가 그때마다 이웃들 소매를 붙잡고 대전 어느 병
원에서 얼마를 들여 성형수술을 받은 결과라고 시시콜콜하게 까바
치는 바람에, 이제 와선 백사장 포구 횟집난전 여편네들 사이에 그
녀가 성형미인이라는 사실을 모르는 사람이 없게 되어버렸다. 아주
머니 사타구니는 덮어줘도 욕을 먹는다는 세상 인심인데, 동기간의

치부를 덮어주기는커녕 헤작이고 들춰내지 못해 안달이었다.

그러나 동기간들이 갖고 있는 혈육에 대한 끊을 수 없는 정리는 여전히 핏속에 흐르고 있어서 위급한 상황이 닥치게 되면 자신들도 모르게 합심하여 공동 대처에 나섰다. 이성적인 판별력으로썬 헤아리기 어려운 미묘한 결속력이었다. 은실은 그래서 속으로는 서울 나들이도 하고 주문한 품목들의 시세도 알아보면 더할 나위 없이 좋겠다는 생각을 갖고 있었지만, 다녀오라는 말이 하필이면 은혜 씨의 입에서 나왔기 때문에 가차없이 거절해 버리고 말았다. 점심 대접을 빌미로 창범을 초대한 것은 딱 잘라 거절해 버린 서울 나들이 길을 회복시킬 명분을 찾기 위해서였다.

신접 살림방의 치장은 아기자기함의 정도를 넘어 혼란스러울 지경이었다. 방의 구조와 용적을 의식하지 않고 들여놓아 고집스럽게만 보이는 큰 경대 앞으로 용기의 색깔과 모양새가 천차만별인 샘플 화장품들이 산만하게 진열되어 있었고, 경대 오른편으로 배치한 문갑 위에는 허리를 조아린 한 쌍의 신랑신부 인형이 유리곽 속에 다소곳이 서 있었다.

그 옆으로는 바닷가에서 주워온 소라와 조개 껍데기들이 하얀 뱃속을 드러낸 채 진열되어 있었다. 방 윗목에는 문짝 열쇠 구멍마다 노리개를 드리운 옷장과 이불장이 있는데도 아랫목에 또다시 보자기를 씌운 간이 옷걸이를 두어 허드레 옷들을 걸어두고 있었다.

벽에는 방송국에서 사은품으로 증정받은 조잡스러운 전자시계와 결혼기념으로 받은 투박한 벽시계가 세 개나 걸려 있었다. 화장대 왼편으로는 방안에 들여놓은 신발장이 보였는데, 그 속에는 여성용 신발만 다섯 켤레나 가지런히 놓여 있었다. 천장까지 치달은 옷장의 높이가 출입문의 크기와 엄청난 차이가 있다는 것을 발견하고

82

눈대중하며 고개를 갸웃거리고 있는데, 부엌으로 드나들며 점심 밥상을 마련하고 있던 은실이 낌새를 알아채고 말했다.

「가구들을 들여올 땐 문을 떼고 벽을 부쉈지요.」

방의 규모는 염두에 두지 않고 욕심껏 가구를 골라 벽을 부수고 들여놓은 과감한 파격은, 그녀의 평소 성품이 합리적이거나 순리에 따르지 않는다는 것을 말해 주었다. 그녀는 적극적이지만 독선적일 것이었다. 따라와서 품앗이를 하겠다는 은혜 씨를 따돌리고 혼자서 마련한 점심 밥상의 반찬들은 간이 짜고 양념은 매웠다. 굳이 사양하는 바람에 부득이 혼자서 밥상을 당기는데, 궁금한 것이 많은 그녀가 물었다.

「언제 떠나실 건데요?」

그제서야 창범은 속으로 낭패감을 느꼈다. 언니의 권유가 있기 훨씬 전부터 그녀는 창범을 따라 서울 나들이를 감행할 작심을 하고 있었다는 것을 깨달았다. 그날 아침 여관에서 초인사도 건네기 전에 거두절미하고 물었던 질문도 바로 그것이었다.

「점심 먹고 떠날까 해요. 더이상 볼일도 없지 않습니까.」

「아까 식당에선 언니가 얄미워서 싫다고 했지만, 한 선생님 따라 서울 가봤으면 해서요.」

「괜찮은 생각이긴 합니다만, 남들이 터무니없는 오해를 할 수도 있고…… 서울까지 가서 시세를 알아본 결과가 보잘것없을 수도 있겠지요.」

「언니가 가라고 했으니 남들이 오해하는 것은 신경쓸 것 없겠구요, 성과가 별로라 해도 가만히 앉아 있을 수도 없어요. 오죽 다급했으면 형부가 국제전화까지 넣었겠어요.」

말인즉슨 그럴싸했다. 그러나 막상 그녀와의 동행을 현실화시켰을 때 감당해야 할 부담을 저울질하지 않을 수 없었다. 은실과 결혼은 했으나, 봉환의 가슴에는 아직도 승희의 배신이 할퀸 상처가 남아 있을 것이었다. 승희의 배신은 물론 자신 때문이었다. 그런 봉환이 나중에라도 은실과 동행으로 서울 나들이까지 했다는 사실을 알게 되면, 또 어떤 불상사가 불거질지 알 수 없었다. 그것이 두려웠다. 그런데 은실은 벌써 침묵을 동의로 여기고 가방을 챙기기 시작했다.

「남편하고 같이라면 모를까 나하고 같이라면 거북할 텐데…….」

「거북할 것 없어요. 친척이라곤 눈을 씻고 봐도 찾아볼 수 없는 봉환 씨를 내조해 줄 사람이 이 하늘 아래에선 나밖에 없다는 것도 알고 계시죠? 먹고 살겠다고 발버둥치고 있는 사람을 빤히 바라보면서 신혼 시절이라고 달력에 가께만 치면서 앉아 있어야 하겠어요?」

「다시 한번 언니를 만나서 동행해도 좋을지 결정을 내립시다.」

「그토록 부담되신다면, 언니 확답을 듣고 떠나지요 뭐.」

은혜 씨의 입장으로썬, 서울 나들이가 발등에 떨어진 불똥이기도 했지만 잠시 동안이나마 은실로부터 성가심을 받지 않게 되었다는 것도 속시원한 일이었다. 자신의 깊은 속내는 드러냄 없이 걸핏하면 만만한 말꼬리를 비틀어 물고 늘어지는 표독스러운 앙탈도 삭이기가 어려웠고, 중국 간 사람들의 귀국이 지연되고 있는 것조차 언니와 형부의 불찰이라고 쏘아붙이는 생트집과 포악은 은혜 씨를 인내의 한계까지 몰아붙이고 있었다. 목구멍에서 주먹이 튀어나오려는 폭력의 욕구를 헤아릴 수 없이 삼키고 삼켜온 나머지 목젖까지 부어오른 것 같기도 했다.

그런 욕구불만은 이웃 사람들을 만나면 자신도 모르게 은실에 대

84

한 비난으로 이어지곤 하였다. 은실이 알고 있는 자신의 치부만 없었다면, 비난 이상으로 은실을 혹독하게 매도했을지도 몰랐다. 앞뒤의 사정을 견주어볼 것도 없이 손찌검으로 해결될 일이었다면, 은실의 낯짝은 애저녁에 가차없이 피멍투성이가 되었을 것이란 상상으로 된시름을 그럭저럭 억눌러오고 있는 터였다.

차라리 남남지간이었다면 앙금이 앉을 겨를도 없이 진작부터 등지고 말았을 것이었다. 그러나 혈육이란 개꼬리에 묻은 똥처럼 수치스럽더라도 어쩔 수 없이 끌어안고 살아야 하는 운명적인 관계라는 생각이 들었다. 털어내려고 고개를 돌리면 꼬리는 저만치 멀어져 가듯, 혈육간의 관계란 의지의 한계선 밖에 존재하는 촉수엄금의 불가사의였다.

은실이 떠나기 전 그녀는 창범을 몰래 뒤꼍으로 데리고 갔다. 그리고 병원 출입까지 했을 정도로 심경이 매우 불안정하고 변덕이 죽 끓듯 하는 여자니까, 서울 가서도 절대 혼자 두어서는 안된다는 주의를 주었다. 그리고 가능하다면, 백사장 포구에 다시 데려다 달라는 당부까지 잊지 않았다. 만에 하나 은실의 마음이 바뀔 수도 있을까 두려워, 떠나는 버스의 차창까지 두드려가며 잘 다녀오라고 분수에 넘치는 작별인사를 나누었다. 그녀가 떠나려는 버스의 차창 틈새로 디밀어준 여비는 10만 원이었다. 은실은 차창 저쪽에서 손을 흔들며 멀어져 가는 은혜 씨의 수척한 모습을 바라보면서 이죽거렸다.

「알 수 없는 여자야 정말.」

무엇이냐고 묻지는 않고 고개만 돌리는 창범에게 그녀는 덧붙였다.

「여비하라고 주는 돈이 십만 원이에요. 여태까지 이런 선심은 쓴

적이 없었거든요.」

「서울 볼일을 허술하게 여기지 말라는 뜻이겠지요.」

「아니에요. 나를 며칠 동안이라도 안 보는 게 속시원해서 준 돈
이에요. 모를 줄 알아요? 난 다 알아요.」

안면도를 떠난 시각이 오후였으므로 서울 도착은 밤중일 수밖에
없었다. 마땅히 갈 곳이 없기는 은실은 물론이었고, 서울에서 태어
나 마흔 넘도록 살아온 창범도 예외는 아니었다. 서울을 떠난 것이
불과 1년 반 전의 일이었는데도 느닷없이 생소한 도시로 추락한
것처럼 모든 것이 낯설었다.

터미널에서 내린 승객들은 찾아갈 곳을 겨냥하고 총총히 발걸음
을 재촉하고 있었다. 그러나 창범에겐 터미널 근처를 휘황하게 밝
히고 있는 조명등의 야단스러움조차 쓸쓸했고, 그 불빛 아래로 노
출되고 있을 자신의 모습도 왠지 역겹고 쑥스러웠다. 그리고 두려
웠다.

이틀 전 안면도를 찾아갈 적에 서울역에 내려서 단 한 발짝도 역
사를 벗어나지 않고 대전행 열차를 기다렸던 것도 가슴속을 지그시
누르는 막연한 두려움과 거부감 때문이었다. 창범으로선 모처럼 고
향땅을 찾아온 셈이었다. 서울은 40여 년이나 되는 긴 세월 동안
자신의 삶을 가다듬어온 곳이었고, 한때는 한 집에서 살을 나누었
던 지난날의 아내와 자신의 혈육이 살고 있는 도시였다. 애써 그곳
과의 운명적인 인연의 가닥들을 속으로 떠올리며 그곳에 서 있는
자신의 당위성을 찾으려 했지만, 가슴속으로부터 괴어오르는 불안
감이나 거부감은 걷히지 않았다.

이상한 괴멸감이었다. 그 괴멸감은 서울을 떠나 장돌뱅이 생활로
전전하는 동안 자기 스스로 만들고 키워온 응어리인지도 몰랐다.

가파르고 거대한 산처럼 서울은 그 앞에 그렇게 삼엄한 모습으로 버티고 있었다. 그렇다고 곧장 온실과 숙소로 찾아든다는 것도 안면도를 출발할 때의 생각처럼 간단하지 않다는 것을 깨달았다.

그녀와 함께 택시를 잡아탄 창범은 동대문이라고 나직이 말했다. 중국 간 일행들이 주문한 상품들의 거래 관행이나 시세를 알아보자면, 용산 전자상가를 찾아야 옳았다. 그러나 밤 11시가 가까워오는 시각에 개점되고 있는 시장은 동대문이란 생각이 얼른 떠올랐기 때문이었다.

두 사람은 택시에서 내렸다. 그리고 서로 약속이라도 한 것처럼 길턱의 연석 위에 걸터앉았다. 길 맞은편에는 거대한 빌딩 두 채가 버티고 서 있었다. 창범이 서울을 떠날 때는 볼 수 없었던 건물이었다. 건물은 전체가 하나의 불덩어리처럼 휘황해서 눈이 부셨다. 요란한 음악으로 건물 전체가 들썩거리는 듯했다. 젊은이들이 떼지어 건물 속으로 빨려들어가고 있었다. 그들과 뒤섞여 건물 안으로 발을 들여놓을 엄두가 나지 않았다.

「근방에서 숙소를 찾아볼까요?」

택시에서 내린 이후 전혀 말이 없던 그녀가 고개를 끄덕였다.

집결해 있는 대형 버스들과 택시들과 몰려드는 사람들 사이를 간신히 빠져나왔다. 인파들을 벗어나느라 부대낀 시간이 불과 10여 분 남짓인 것 같았는데, 시골 장터에서 하루종일을 호객하며 보낸 것보다 훨씬 피곤했다. 간판의 생김새나 크기를 보고 여관을 선택한다는 발상이 우스꽝스러운 짓이란 생각이 뒤통수를 친 것도 그때였다. 창문마다 사과상자만한 에어컨이 매달린 여관으로 두 사람은 찾아들었다. 그리고 객실 하나씩을 차지했다. 바로 곁에 야시장을 끼고 있는 여관인데도 의외로 고즈넉했다.

방에 들어가 발을 씻고 나서야 저녁을 굶고 말았다는 생각이 들었다. 비로소 자신에겐 서울도 완전한 타향이라는 것을 느꼈다. 그리고 이제 부대껴 지치고 기력 잃고 서러워도 마땅히 돌아갈 곳이 없다는 것을 깨달았다.

바다 생물 중에서 유일하게 부레를 갖지 않았기에 일생 동안 쉬지 않고 헤엄쳐야 바다 밑으로 가라앉지 않는다는 상어의 숙명이 문득 뇌리를 스쳤다. 그때 밖에서 노크 소리가 들렸다.

새벽 1시였다. 분명 은실일 것이었다. 여관으로 들어온 지 1시간을 훨씬 넘긴 시각에 새삼스럽게 문을 두드리는 까닭이 뭘까. 벗었던 옷을 부리나케 주워 입으며 문을 열었다. 예견했던 대로 그녀였다. 그녀는 과일과 과도를 담은 접시를 들고 있었다. 문은 열어주었지만 들어오라는 말을 주저하고 있는데, 그녀는 스스럼없이 들어와 방 한가운데 자리잡고 앉았다. 그리고 과일을 깎기 시작했다.

「잠도 오지 않고 해서……, 나가서 몇 개 사왔어요. 주무시나 했는데…….」

「피곤하긴 한데 잠은 쉽게 오지 않네요.」

안면도에서 출발하던 때의 정장차림은 어느새 반바지와 목덜미가 훤히 드러나는 티셔츠로 바뀌어 있었다. 짧은 반바지 아래로 흰 종아리와 허벅지가 반죽좋게 노출되어 있었다. 칼등 뒤로 밀려나는 과일 껍질을 바라보면서, 칼이라는 흉기 한 가지로 여자의 몸을 일같잖게 범접한다는 차 마담의 남자를 떠올렸다.

「제가 방으로 찾아온 게 거북하세요?」

「아닙니다. 밤중에 나가서 과일까지 사왔다니까 미안할 따름이지요.」

「미안하다는 분이 왜 그렇게 말문을 닫고 계세요?」

말꼬리 잡고 늘어지는 품이 은혜 씨가 애꿎은 복장을 칠 만하다는 생각이 들었다.

　과일을 깎으면서 그녀는 발가락을 요리조리 쉴새없이 꼼지락거리고 있었다. 내뱉고 있는 말과는 달리 속내로는 다른 상념에 몰두해 있다는 증거였다. 과일 접시를 살짝 밀어주면서 그녀는 물었다.

　「우리 봉환 씨 돌아오면 분배받을 금액은 얼마나 되는데요?」

　「글쎄요……, 동업했던 사람들이 모두 모여봐야 알겠지요.」

　그녀가 힐끔 도어 쪽으로 시선을 주었다가 거두었다. 속내로 겨냥하고 있는 말의 알맹이는 아직 토로하지 않은 것이 분명했다. 발가락은 여전히 꼼지락거리고 있었다. 가슴속에 갇힌 불안감 때문일 수도 있다는 생각을 하고 있는데, 그녀가 예상치 못했던 한마디를 불쑥 던졌다.

　「처음 여관으로 들어올 때는 방을 따로따로 잡았던 남녀가 밤늦게 한 방에 모여 있다면, 누가 봐도 수상하게 여길 거예요. 그죠?」

　저의를 헤아릴 수 없었으므로 다시 말문이 막혔다. 그러나 냉담할 수 없었다.

　「처음부터 불순하게 보았다면 얼마든지 수상하게 볼 수 있었겠지요.」

　「그렇지만 선생님과 나는 수상한 사이가 아니잖아요.」

　「물론입니다. 수상한 사이였다면, 제수씨가 이 방으로 들어올 엄두를 냈겠습니까.」

　「수상한 사이도 아니고 봉환 씨하고 올린 결혼식은 장난 삼아 치른 것도 아닌데, 분배할 금액을 알려주지 못하겠다니 기가 막히네요.」

「그게 몹시 궁금한 모양이에요?」

그리고 대화는 잠시 중단되었다. 깎아놓은 과일조각마다 이쑤시개를 꼭꼭 꽂아놓고 있던 그녀가, 그 순간 발딱 고개를 쳐들고 밑도끝도없이 던진 말은 놀라웠다.

「이제서야 눈치챘어요. 선생님 지금 날 만져보고 싶은 거죠?」

당혹스럽기 그지없었다. 화들짝 손사래 치며 바람벽 쪽으로 물러앉았다.

「아닙니다. 그런 속셈 가진 적 없어요.」

「거짓말. 그럼 내 종아리는 아까부터 왜 자꾸 힐끔거리세요?」

쉴새없이 꼼지락거리고 있는 발가락을 불안한 마음으로 곁눈질하고 있었을 따름이라고 대꾸한다면 얼마나 우스꽝스러운 응대일까. 그런 대답은 당장은 대수롭지 않을 수도 있겠지만, 그녀가 창범을 매장시키기로 작정만 한다면, 그로부터 농락당했다고 뒤집어씌울 수 있는 빌미를 제공할 수도 있었다. 그런 야비한 계산이라도 깔려 있다면, 장차 벌어질 사태는 단순하지 않을 것이었다. 그러나 아직 때묻지 않은 젊은 여자의 속셈이 그토록 악랄할 것 같지는 않았다. 오히려 느낀 그대로를 여과 없이 주절거리고 있는지도 몰랐다. 야비한 구석은 있었지만, 부패의 냄새는 나지 않았다.

「정작 제수씨를 만지려 들면, 당장 소리질러서 파출소로 끌려가게 만들 텐데요?」

「한번 만져볼 마음은 있으세요?」

「내가 난데없이 당하고 있다는 건 제수씨 먼저 알고 있지 않습니까?」

「남자들은 모두 늑대라던데, 깍듯이 제수씨 대접하는 선생님은 그렇지 않은가 보네요?」

「명색이 제수씨에게 요망스러운 심지를 품을 수는 없지 않습니까. 내가 도덕군자는 아닙니다만, 그렇다고 여자라면 성도 이름도 안 가리는 소문난 아수라도 아닙니다.」

「자꾸만 아랫도리를 힐끔거리시길래 엉뚱한 속셈이라도 있는가 했지요.」

「여관방에 마주앉아 있는 남녀가 눈을 똑바로 바라보고 있노라면 불순한 심기가 들게 마련이라는 생각에서 시선을 내리깔고 있었던 것인데, 제수씨가 오해한 것 같습니다.」

그녀가 창범의 속내를 요리조리 찔러보면서 캐내려는 골자가 무엇인지 알 만했다. 그러나 네 사람이 나눠 가질 분배의 내막만은 섣불리 발설할 수 없었다. 반드시 네 사람이 모여서 아퀴지어야 할 일이었다. 사람에 따라 들쭉날쭉할 금액을 넘겨짚어 토설했다간 반드시 화근이 될 것이었다. 속내를 야금야금 헤집고 들어도 버선짝처럼 속시원하게 뒤집어보기는 어렵게 되었다는 것을 은실도 깨달은 것 같았다. 그녀는 못다 먹은 과일 접시를 챙기면서 짧게 한숨지었다.

「고집도 보통 아니시네요. 저한테 말하면 중간에서 낚아채 딴 주머니에 집어넣을까 봐 겁나시나 봐요.」

「큰돈이 되든 작은 돈이 되든 결국은 두 사람의 살림살이에 보탬이 될 것은 확실하니까, 너무 조급하게 생각하지 말고 느긋하게 지켜보십시오.」

따지고 들 때와는 달리 한결 다소곳해진 그녀가 방을 나간 뒤, 창범은 얼른 시계를 보았다. 새벽 2시였다. 이부자리를 펴고 꼬꾸라지듯 자리에 누웠다. 그리고 잠이 들었다. 물론 잠이 들었기 때문에 그 이후에 어떤 일이 벌어진 것인지 전혀 알지 못했다.

잠결에 문을 세차게 두드리는 소리에 소스라쳐 깨어났다. 가까스로 어섯눈을 뜬 채 문을 열었을 때, 여관의 지배인이 문밖에 서 있었다.

「손님이 옆방에 투숙한 여자분과 일행이시죠?」

「그런데요?」

「얼른 나와서 옆방에 한번 가보세요. 한 삼십 분 전부터 울기 시작했는데, 아직까지 그치지 않아서 다른 객실 손님들까지 죄다 깨워놓고 말았어요.」

「왜 그런답디까?」

「얼른 가서 솜으로 목구멍을 틀어막든지 한 대 패주든지 양단간에 결판을 내주세요. 다른 객실 손님들이 권총 들고 나오게 생겼어요.」

창범이 기척을 하고 그녀의 방문을 두드리자 지배인의 말을 의심할 정도로 문은 손쉽게 열렸다. 등뒤에 있던 지배인은 창범보다 한 발 앞질러 상반신을 방안으로 쑥 디밀었다. 당장 보기에 방안에선 유별난 불상사를 겪었다는 흔적을 찾아볼 수 없었다. 반듯하게 깔아둔 요때기 위에 그녀가 인형처럼 혼자 횡뎅그렁하게 앉아 있을 뿐이었다.

「이봐 아가씨, 어떤 날강도가 뛰어들어 아가씨 가랑이를 그어버리기라도 했어?」

그렇게 핏대를 곤두세운 사람은 먼저 방안으로 들어선 지배인이었다. 울음소리를 뚝 그친 그녀는 지배인 아닌 창범을 바라보며 고개를 내저었다. 화가 머리끝까지 치밀어올랐던 지배인은 두 눈을 불량스럽게 치뜨고 퍼부어댔다.

「아니, 그렇다면 이분 말처럼 우리 업소에 무슨 억하심정이 있어서 새벽에 구미호 같은 울음소리를 내질러? 여기가 공동묘진 줄 알아? 서울특별시 한복판에서 지금 굿판 벌이는 거야 뭐야? 다른 방 손님들 방값 변상하라고 항의가 빗발치듯 하고 있으니깐 두 사람이 알아서 해. 정말 장난 아니네 이거? 뭐 이런 여자가 있어?」

창범은 지배인을 현관 밖으로 끌어냈다. 지배인은 자못 위압적인 자세로 창범을 노려보며 찍자를 부렸다.

「저 미친 여자가 투숙객을 다섯 쌍이나 쫓아낸 거 알고 있어요?」

처음 창범을 들깨우고 들었을 때는 전혀 내비치지 않았던 말이었다. 그 순간, 창범은 안면도 은혜 씨로부터 들었던 말을 얼른 떠올렸다.

「손해를 변상하라면 해야겠지요. 그러나 삼 년 전부터 앓아온 심한 우울증 때문에 기도원에 집어넣으려고 서울로 데려온 여자에게 당신이 가차없이 몰아세우고 충격을 주었기 때문에 틀림없이 병세가 급속도로 악화될 겁니다. 정신상태가 비정상적인 사람을 무턱대고 공갈협박하고 말았으니 당장 안정시키지 않으면 어떤 정신착란증을 일으킬지 나도 모르겠소. 병이 없었다면 잠자던 사람이 까닭 없이 대성통곡을 하겠습니까. 병세가 악화되었다면 내일 아침 떼거지로 몰려들 환자 가족들이 가만있겠습니까? 당신 정신과 의사도 아니잖소.」

소금맛을 본 푸성귀처럼 축 처져 있던 사내가 물었다.

「그러면 형씨는 저 여자의 가족도 아니란 얘긴데?」

「난 기도원에서 일하는 사람이오.」

「요사이 한참 물의를 빚고 있는 기도원 말입니까?」

「말썽이 많든 물의를 빚고 있든 그게 나하고 무슨 상관이란 말이오?」

「전화 한 통화만 걸면 멀쩡한 사람까지 잡아 가둔다는 기도원, 그거 불법 아닙니까?」

「글쎄, 불법이면 어떻고 아니면 대수요? 그래서 신고라도 해보겠단 말이오? 이 여관에서도 미성년자들을 여봐란듯이 출입시키고 있는 것 같던데?」

창범의 대응이 너무나 노골적이었기에 기선을 잡고 제압하려 들었던 사내는 기가 완전히 꺾이고 말았다. 결국은 더이상 소동을 피우지 않고 쥐죽은듯이 있다가 여관을 나갈 수 있도록 주선해 달라며 빌고 들었다.

사내를 끽소리 못하게 주질러앉혀 버린 창범은 은실의 방을 찾았다. 그녀는 언제 그런 일이 있었냐는 듯 시치미를 잡아떼고 오도카니 앉았다가 방으로 들어오는 그를 할끔 일별했다.

「미안해요 선생님, 모두 제 탓이에요. 종업원한테 얻어맞지는 않으셨죠?」

「이제 안정을 찾았습니까?」

「집에 있을 때도 그랬던걸요. 그이가 결혼식 치르자마자 중국으로 떠난 뒤부터, 늦은 밤에 혼자 앉아 있으면 나도 모르게 눈물이 나 넋 놓고 앉아서 엉엉 울었던 적이 한두 번이 아니거든요. 결혼이란 것도 그렇고 인생이란 게 허무하기만 하고 별것도 아닌 것 같다는 생각이 들기 시작하면 걷잡을 수 없이 낭떠러지로 떨어지는 기분이거든요. 집에서 새던 바가지는 들에 나가서도 샌다는 언니 말이 맞네요. 여관에 들어와서도 혼자 우두커니 앉아 있으려니 왜 그렇게 외롭고 서러운지 나도 모르겠는걸요.」

94

「보통 사람들은 가볍게 지나치는 일상사들을 제수씨가 사사건건 절망적으로 받아들이고 있는 것은 아닙니까? 가볍게 받아넘긴다 해서 그 사람들이 모두 멍청하거나 미련한 위인들이라 할 수는 없지요. 그들 나름대로는 세상 살아가는 처세술이고 방법일 뿐이지요. 아무렇지도 않은 일을 너무 예민하게 받아들이면 그것이 병일 수도 있지요. 다른 객실 사람들은 여관에 강도가 들었거나 치한이 침입해서 제수씨가 당한 줄 알았답니다.」

창범 스스로도 자신이 도대체 무슨 말을 지절거리고 있는지 속으로는 쓴웃음만 나오는데, 아니나다를까 은실은 말꼬리를 잡고 흔들었다.

「그 사람들이야말로 아무렇지 않게 넘어가야 할 일들을 너무 심각하게 여겼네요. 난 곁에 사람만 있으면 불안하지 않거든요.」

「곁에 사람이 없으면 외롭고 서럽다는 얘깁니까, 불안해서 터져 나온 울음소리였다는 얘깁니까. 혼란스럽게 하지 말고 한 가지만 말해야지요. 잠자려고 들어온 여관에서 우리가 여태껏 잠은 안 자고 북새통만 벌이고 있다는 것은 알고 있겠지요?」

「화나셨나 봐요?」

「솔직히 다른 사람 아닌 내 자신에게 화가 납니다.」

「절 미워하시나 봐요?」

「아직은 밉상으로 보이지 않습니다만, 이런 불상사가 계속되면 미워질지도 모르지요.」

「제 탓도 있지만 한 선생님 탓도 있습니다. 동업자들이 모여서 분배할 돈이 대충 얼마나 되는지 귀띔만 해주었어도 제가 그 난리를 피우지는 않았을 거예요.」

「적게는 이천, 많게는 사천쯤 될 테지요.」

은실이 방긋 웃었다. 그러고 보면 남녀를 불문하고 지금의 은실처럼 오로지 방긋이 웃고 있는 사람과 만난 적이 별로 없었다는 생각이 들었다. 그러나 다른 한편으로는 그녀의 집요함에 속절없이 걸려들고 말았다는 것을 깨달았다. 바깥 현관에서도 충분히 들을 수 있을 정도의 강도로 울었던 것도, 창범을 방으로 유인한 것도 자신이 겨냥했던 대답을 기어코 듣고 말겠다는 속셈에서 비롯된 것인지도 몰랐다.

「지독한 여자라고 생각하고 있다는 거 알아요. 하지만 화가 나시더라도 밉게만 보지 마세요. 결혼하면서부터 친정 식구들과 사이가 벌어지고 말았어요. 친정에서 그이를 별로로 여겼거든요. 그렇게 되니까 외롭긴 둘 다 마찬가지가 돼버렸어요. 게다가 신혼 초에 덜컥 임신까지 하고 나니까 눈앞이 캄캄하기만 하네요. 결혼식 비용 쓰고 전세방 얻고 나니까 통장에 남아 있는 건 푼돈뿐이었어요. 그걸 밑천으로 살아가야 한다니까 생각할수록 눈앞이 캄캄해 오는 거 있지요. 그래서 선생님이 봉환 씨한테 줄 돈이 있다는 말을 들은 이후로 저는 가슴이 두근거려서 한잠도 잘 수 없었어요. 구세주가 따로 없다는 생각이 들었거든요.」

그녀가 진솔한 속내를 털어놓을수록 창범은 점점 곤혹스러웠다. 조금 전에 불쑥 내뱉은 한마디를 거둬들이기는커녕 고쳐 말하기조차 어렵게 되었다는 것을 깨달았다.

주문진의 물건을 넘기고 매도금(賣渡金)으로 받은 지폐를 네 사람이 둘러앉아 몇날 며칠을 두고 손으로 잡아 늘인다 하더라도 4천만 원씩의 분배란 가당찮은 우스갯소리였다. 워낙 아금받게 헤집고 들었기에 홧김에 팽개치듯 내뱉은 말에 불과했는데, 난처하게도 거둬들일 수 없게 된 것이었다. 걸려들었다는 말은 바로 이런 경우

96

를 두고 하는 말인 것이 분명했다. 그런데 이상한 것은, 그 말을 애써 고쳐야겠다는 초조감이 느껴지지 않는다는 것이었다. 난처하게 되면, 자신의 몫을 뚝 떼어서 줘버려도 나쁠 게 없다는 생각이 들었기 때문이었다.

「동업하시던 두 분이 왜 헤어졌는지 알 수 없지만……, 절친한 친구 사이에도 서로 잡아먹지 못해 앙앙거리는 세상에 그이에게 줄 돈이 있다고 찾아오신 선생님은 딴 세상에서 오신 분이란 생각이 드네요.」

「약속을 지켜야 한다는 생각 때문이지요.」

「그런 줄도 모르고 그이가 한때 선생님 곁을 떠났다면 눈이 멀었기 때문이겠지요.」

그녀는 가방을 챙기기 시작했다. 벌써 아침 6시였다. 현관을 나서는데, 접수실에 있던 지배인이 굽신 작별 인사를 해주었다.

시장에서 창범은 메모된 내용을 다시 한번 꼼꼼하게 읽어보았다. 최근 중국의 소비자들에게 인기를 끌고 있는 몇 가지 품목이 적혀 있었다. 접는 자전거, 보온 내의, 자외선 차단용 크림, 단순한 감정표현 능력을 가진 어린이 장난감, 자세를 교정해 주면서 지압효과까지 있는 밴드, 자기와 원적외선이나 음이온을 동시에 방출하는 자기침, 한 번 올라가면 좀처럼 내려오지 않는 눈썹 고데기, 디자인이 다양한 머리핀, 휴대용 전화기에 부착하는 액세서리, 붉은색 단추, 선글라스, 자동차 부착용 방향제 같은 상품들이었다.

그토록 넓은 시장에서 무작정 전문 점포를 찾아나선 것이 미욱한 짓이었다는 것을 금방 깨달았다. 이젠 남대문시장에선 고유의 영역을 차지하고 괄시 못할 세력으로 등장한 노점상들의 리어카 좌판 사이를 밀리고 뚫어가며 2시간 동안 헤집고 다닌 뒤에야 가까스로

아크릴 재질의 머리핀을 생산 판매하고 있는 전문 점포를 찾아낼
수 있었다.

불과 스물대여섯으로 보이는 점포 주인은 흡사 친절을 실천하기
위해 태어난 사람 같았다. 휴대폰으로 여기저기 30여 분이나 걸어
본 끝에 눈썹 고데기를 생산하고 있는 업체의 소재지를 알아내 주
었다. 부채춤을 추고 있는 인형은 점포 아닌 노점상들의 좌판에서
발견하였고, 고등어 한 손에 단돈 1천 원이라며 싸구려를 부르는
좌판을 발견한 것도 노점상가에서였다. 1만 원짜리 한 장이면 살
수 있는 한 벌짜리 의류들도 부지기수라는 것을 발견한 것도 남대
문시장 노점거리에서였다. 지방 읍내의 의류상가에선 5만 원 내외
에 팔리고 있는 진품의 청바지가 2만원대 가격으로 팔리고 있는
것도 진기한 발견이었다. 쏘다니면 쏘다닐수록 머릿속에서는 만감
이 교차했다.

창범은 노점 좌판에서 팔고 있는 갖가지 품목들의 가격을 꼼꼼하
게 메모했다. 눈썹 고데기 전문 판매업체는 공교롭게도 동대문시장
인근에 있었다. 점포 주인은 그 상품이 중국뿐만 아니라 동남아 상
권에서도 점차 인기를 얻어가고 있다는 사실을 알고 있었다. 그 점
포의 주인은 여자였고, 점원도 모두 스물한두 살 또래의 여자들이
었다. 상품은 의외로 사용하기 손쉽게 제작되었고, 외양도 크지 않
아 휴대하기에 간편했다.

외국으로 가지고 나간다면 늦게 잡아도 50퍼센트 정도의 마진을
겨냥할 수 있다는 장담이 있었으므로, 중국을 드나드는 보따리장수
들의 거래상품으로는 안성맞춤이었다. 그것에다 자기침이나 아크
릴 재질의 머리핀까지 곁들여 상품을 다양화시킨다면, 거래선을 찾
지 못해 중국땅을 우왕좌왕 들쑤시고 다닐 걱정은 안해도 될 것 같

왔다.

시골 장터에서도 분명 수요가 있을 것 같았다. 여성용품과 아동용품은 혹독한 경제불황중에도 다른 상품에 비해 매기가 꾸준했었다. 매기에 타격을 받는다 해도 불황에서 조금만 벗어난다 싶으면 가장 빨리 회복 기류에 편승하는 것이 여성용 상품이었다. 심지어 여성용 잡지까지 그랬다.

내일 다시 찾아오겠다는 약속을 남기고 점포를 나선 것은 점포들이 대낮같이 불을 밝히고 고객들을 맞이하기 시작하는 밤 9시를 넘긴 시각이었다. 남대문시장 골목에서 점심을 배불리 먹었는데도 다시 배가 고팠다. 은실도 어지간히 지쳤던지 두 다리를 질질 끌다시피 하고 있었다.

「오늘 같은 날은 한 일도 없으면서 공연히 가슴 뿌듯해요. 허름한 밥집이나 찾아내서 퍼질러앉아 소주 딱 한 잔 마시고 싶은데, 괜찮겠어요?」

은실은 냉큼 다가와 창범의 겨드랑이 속으로 손을 밀어넣어 팔짱을 끼었다. 액세서리 점포에서 견본품으로 얻어 바른 향수 냄새는 아직도 그녀의 머릿결에 남아 있었다. 문득 장마당 햇살에 검게 탄 승희의 얼굴이 떠올랐다.

「팔짱 낀다 해도 서울에선 손가락질받을 일 없겠지요?」

「옛날에 한두 번 드나들었던 소문난 밥집이 이 근처 어디쯤으로 기억되는데, 아직도 영업하고 있을지 모르겠네…….」

「좋으실 대로 하세요.」

「결혼하기 전 봉환이하고도 여행 다녀봤습니까?」

「딱 한 번 강원도로 갔던 게 다였는데, 멋대가리없데요.」

「혼자 사는 데 길들여지면 남의 아픔을 헤아리는 데 미숙해져요.

독신생활 이 년도 못되는 나도 벌써 그런 걸 느낍니다.」

「봉환 씨도 그랬었는데, 결혼하고 나서는 달라지려고 애쓰는 것 같았어요.」

「제수씨가 마음 다잡아먹고 어지간히 잡도리했겠지요. 제수씨 남자 길들이는 솜씨에 놀랐어요. 오늘 점포를 돌아보면서도 느꼈지만, 간단하게 포기하는 법이 없더군요.」

「봉환 씨하고 결혼하기 전에 삼 년 정도 사귀었던 남자가 있었어요. 근데 워낙 지독한 놈이었기 때문에 나도 모르게 단련이 됐던가 봐요. 그 자식한테 휘둘리고 당한 걸 거꾸로 적용하면 그게 바로 내 남자를 꼼짝없이 다루는 법이 되던데요. 그 자식한테 하려던 앙갚음을 봉환 씨가 몽땅 뒤집어쓴 꼴이 됐지만, 어떻게 하겠어요. 두 번 다시 실패하기 싫었거든요.」

「그 자식이란 사람하고는 깊은 사이였던가요?」

「미치겠네 정말. 잠자리도 같이한 사이냐고 묻는 거죠? 안 그랬어요. 그런 일이 있었으면 뻔뻔스럽게 말이나 꺼낼 수 있겠어요?」

「알았으니, 너무 흥분하지 마세요. 설마 그런 일이 있었겠습니까.」

「봉환 씨한테도 그런 말 물어보시면 안돼요?」

「의심의 여지가 없는데, 뭣 때문에 시시콜콜 고자질을 하겠습니까.」

「남자들이란 걸핏하면 오해를 해서 무슨 말을 못한다니까요.」

넌지시 속내를 떠보려고 건넨 말을 빌미로 길바닥에 퍼질러앉아 울음 보따리를 풀어놓을지도 모른다는 예감이 들어 불안했다. 창범은 조마조마한 마음으로 그녀의 등을 쓰다듬어주며 다독거렸다.

기억 속에 남아 있는 밥집은 그 자리에 있었다. 비좁은 자리에 두 사람은 쪼그리고 앉았다. 술과 밥을 함께 주문했는데 밥보다 술이 먼저 나오는 바람에 식사는 술에다 밥을 말아먹는 꼴이 되었다. 밥집은 한때 몸담았던 직장 후배가 퇴근길에 단골로 드나들던 식당이었다.

「중국으로 물건 부칠 때, 같이 투자하실 거죠?」

「팔아서 이문 볼 장사라는 확신이 들면 악어 입 속이라도 손을 집어넣을 만치 대담해야 줏대 있는 상인이란 평판을 듣겠지요. 모험하지 않는다고 목구멍에 거미줄이야 치겠습니까만, 평생 큰 돈 만지기는 어렵겠지요. 그러나 이번의 거래는 중국 간 사람들의 능력이나 재량에 맡겨둬야 합니다. 겉보리 한 됫박만 가져도 처가살이는 말라 했듯이 하잘것없는 장돌뱅이 좌판이라도 혼자 꾸려갈 수 있으면 동업은 피하라는 게 장사꾼들 사이에서는 상식으로 통합니다. 종자돈 날릴까 봐 걱정돼서가 아니라, 자칫하면 소중했던 동반자를 잃어버리기 십상이지요. 여수가 질기고 셈이 흐린 사람이 누구라는 것은 대충대충 경험해서 알아내기가 힘들어요. 성인군자연하는 사람도 돈에는 탐욕스럽게 마련이고, 셈이 밝더라도 내 몫이 축난 것은 아닐까 해서 속을 끓이게 되니까요. 속을 끓이게 되면, 반드시 동업자를 곁눈질로 의심하게 되고 결국에는 대수롭지 않은 일에 핏대가 곤두서서 말보다 주먹이 먼저 나가는 북새통이 벌어지고 맙니다. 장사꾼이라면, 목숨을 걸다시피 하고 지켜야 할 것이 바로 신용인데, 동업자끼리 서로 헐뜯고 반목한다면 은실 씨 말처럼 집 안에서 새는 쪽박이 들에 나간다고 새지 않겠습니까. 신용이고 자시고 할 것 없이 모두 잠꼬대에 불과하게 되겠지요.」

「투자를 하고 싶어도 형부나 봉환 씨가 반대할 것이란 얘기인가요?」

「나 역시 이런 경우 발버둥을 치더라도 혼자 꾸려나가려 할 겁니다. 오늘 우리가 구입하기로 한 물건들을 중국에 가져가면, 날강도나 사기꾼을 만나지 않는 이상 절대로 남는 장사가 될 거예요. 내 눈에 보이는데, 장님 아닌 봉환이 눈에 보이지 말란 법이 있습니까? 은실 씨라면 어떻게 하겠어요?」

「저는 두말할 것 없이 동업하겠어요.」

「장사꾼이란 사람들이 어떤지 모르기 때문에 그런 말을 할 수 있는 겁니다.」

「아니에요, 저도 생각이 있는걸요. 다른 보따리장수들이 그런 물건이 있다는 것을 눈치채기 전에 많은 수량을 한꺼번에 갖다 팔아서 남 먼저 돈을 벌자면, 지금 봉환 씨 자본으로는 태부족이겠지요. 선생님과 동업하게 되면, 우선 자본문제부터 쉽게 해결되지 않겠어요?」

꿍꿍이속을 들여다보면, 창범같이 설익은 장사꾼은 열을 잡아먹고도 트림 한 번 안할 여자였다. 속셈을 주저없이 토설하는 뱃심만 보아도 하찮게 볼 여자가 아니었다.

우울 증세가 있다느니, 가벼운 착란 증세가 있다느니 하는 말은 말짱 허튼소리였다. 잇속에 밝은 장돌뱅이로 자처하는 창범을 때로는 설득하고 포섭하며 때로는 옥죄고 비트는 수완이 그처럼 세련될 수가 없었기 때문이었다. 자신의 꿍꿍이속을 무절제하게 노출시키지 않고 수타식(手打式) 국수가락 뽑아내듯 얄미울 정도의 세밀한 계산법에 따라 야금야금 잠식해 들어오는 언동이 장터에서 1년 가까이 담금질된 승희쯤은 뺨치고 나설 여자 같았다.

102

그렇기에 안면도를 떠난 이후 마냥 휘둘리어 곤혹을 치르고 있으면서도 그녀를 미워할 수 없었다. 빈 창자에 소주부터 채우기로 작정한 것도 지난밤에 겪었던 수난을 다시 겪고 싶지 않았기 때문이었다. 취한 채 쓰러져 잔다면 지난밤과 같은 연극은 벌이지 않을 것이기 때문이었다. 그러나 그녀는 벌써 그것마저 눈치챈 것처럼 취하기 전에 동업을 제의한 것이었다.

두 사람은 만취한 상태에서 부근의 여관에 들었다.

이튿날은 일찍 일어나 그녀를 버스 터미널까지 배웅하고, 창범은 양양으로 가는 버스에 올랐다. 봉환이 밀수한 뱀을 팔다가 적발되었다는 도매상을 만나기 위해서였다.

만나보니 밀수품을 팔았던 봉환이 잡히지 않았기 때문에 수사는 소강상태로 있을 뿐, 종결된 사건은 아니었다. 도매상이 구속되지 않았다는 것도 모순이었다.

차근차근 따지고 드는 데 질려버린 도매상이 봉환이나 태호가 전혀 모르고 있는 기민한 내막 한 가지를 털어놓았다. 그가 구속되지 않았던 것은 재치 있는 임기응변이 있었기에 가능한 일이었다. 그때 거래현장을 덮쳤던 경찰들이 계곡 아래로 도망하는 봉환을 뒤쫓는 데 몰두해 있던 사이, 도매상은 용달 트럭에 실려 있던 뱀들을 모조리 뒷산 기슭에 풀어주고 빈 상자들은 아궁이 속에 집어넣어 불태워버린 것이었다.

밀수품을 사고 팔았다는 증거품이 없다면 기소하기가 손쉽지 않으리라는 것이 도매상 나름대로의 짐작이었다. 증거인멸은 눈 깜짝할 사이에 깨끗하게 처리되었다.

1시간 후에 닭 쫓던 개처럼 탈기하고 돌아온 경관들은 예상했던 대로 뱀상자를 내놓으라고 으름장을 놓았다. 그러나 도매상이 내놓은 엉뚱한 빈 상자를 발견한 경관들은 다시 한번 뒤통수를 얻어맞았다는 것을 깨달았다. 꿩 놓치고 알 놓치고 체면까지 똥칠할 판국이 된 경관들이 게거품을 물었다. 결국은 도매상이 임의로 내놓은 몇 개의 상자에다 국산 뱀을 옮겨 담고 사진을 찍어갔다. 고육지책인 셈이었다. 그러나 그것은 물증으로서는 아무짝에도 쓸모없는 것이었다.

뱀으로 연유된 웃지 못할 사건이 그로써 끝난 것은 아니었다. 그 뒤로 몇몇 수사관들이 뻔질나게 출입하게 된 것도 사건 전에는 볼 수 없던 가게 주변의 변화였다. 그러나 도매상은 그 일을 오히려 기회로 삼는 재치를 보였다.

찾아와서 이곳 저곳 기웃거리는 그들에게 근력 부추기라고 뱀탕을 제공하기 시작했다. 그런데 뇌물로 작용해 준 그 뱀들은 8할이 그들이 찾고 있던 밀수입 뱀이었다. 일반인들은 상식과 눈썰미가 있다 해도 식별할 수 없었지만, 약초 장사로 잔뼈가 굵었다는 도매상이 그것을 모를 리 없었다. 동기간처럼 트고 지내는 땅꾼 몇 사람만 입을 다물고 있으면, 그 비밀이 탄로날 리 없었다.

한통속인 땅꾼들도 힘들이지 않고 뱀을 잡아 수입이 짭짤했으므로 구태여 제 살 도려내는 꼴인 고자질을 할 까닭이 없었다. 땅꾼 한 사람은 아예 도매상 자택이 있는 뒷산 골짜기에 움막을 치고 상주하다시피 했다. 산속 깊이 들어가지 않아도 독사와 능구렁이와 영험하다는 소문이 파다한 백사(白蛇)를 포획하는 횡재를 거둘 수도 있었다. 백사는 수백만 원을 호가해서 이른바 대박이 터지는 상품이었다. 한 마리를 잡고 땅꾼 생활을 청산한 사람도 있을 정도였다.

그때 도매상이 증거인멸을 겨냥하고 풀어준 수백 마리의 뱀은 제

104

출물로 강원도 태백산 기슭의 청정 이슬을 마시고 오염되지 않은 두꺼비를 잡아먹고 자란 뱀으로 둔갑하여 도매상에게 괄시 못할 잇속을 제공하였다. 엉겁결에 저지른 범죄행위가 오히려 잇속으로 되돌아온 경우는 흔치 않은 일이기에 창범도 울고 싶도록 웃었다.

그러고 보면, 그 가게에 쌓여 있는 대부분의 중국산 약초들도 국산으로 둔갑해 전국 각지로 팔려나갈 게 틀림없었다. 속이고 속이는 범법행위가 산골에 있는 약초가게에서도 아무런 경계심 없이 저질러지고 있었다.

「고발할까 봐서 입다물고 있었습니다만, 박씨라는 사람 안심시키려고 고백한 것이란 점을 명심하십시오. 내가 덜컥 걸려들면 박씨도 온전할 리 없지 않겠습니까.」

「경찰이 형씨를 주목하고 있을 것도 명심해야지요. 한눈 팔고 있는 것처럼 보이겠지만, 가게를 주의 깊게 관찰하고 있을 거예요. 앞으로 처신을 주의한다면 그 사건은 유야무야될 수 있겠다는 생각도 듭니다만, 다시 밀거래를 하다가 걸려들면 그땐 돌이킬 수 없겠지요. 임기응변도 막다른 골목에 이를 때마다 손에 잡히는 것이 아니지요.」

「아니래도 뒤통수가 간질간질해서 땅꾼들을 철수시킬까 생각중입니다.」

「간질간질한 뒤통수에 날벼락 떨어지기 전에 철수시키는 게 옳을 것 같소. 그리고 그때 풀어준 뱀을 다시 잡아 손쉽게 이득을 챙겼다면, 달아난 물주에게도 이득을 나눠줘야 뒤통수가 두 번 다시 간질간질하지 않을 텐데요?」

「버리고 간 물건인데요?」

「토착상인이란 형씨가 서툴게 대처해서 버리고 튈 수밖에 없었던 것 아닙니까?」

「이치는 그러합니다만…….」

「삼백만 내놓으시지요. 그래야 후환이 없을게요.」

얼떨결에 내놓은 3백만 원을 받아쥐고 주문진에 당도한 것은 밤 10시였다. 안면도의 은실이 무사히 도착했다는 것을 확인한 뒤 곧장 고흥으로 전화를 걸었다. 전화는 방극섭이 받았는데 목소리가 상당히 고조되어 있었다.

「한 선생, 여태까지 거그서 뭣 하고 있당가? 한 선생 주문진으로 내빼뿔고 없는 동안 여그선 꽃게 장사로 쏠찮은 이문을 봤어라. 꽃게 어장 땜시 남북 해군함정들이 대가리 터지게 싸우는 동안 우리는 꽃게 장사로 이문 챙겼으니 쪼까 쑥스럽게 되아뿔렀제이. 그라도 중국 거쳐서 들여오는 북한산 꽃게 땜시 남한의 꽃게 값 폭등하는 것을 막아준다니 이런 지저분한 낭패가 없게 돼뿔렀제이. 남북이 사이좋도록 사는 게 우리 같은 서민들이 생각하는 것처럼 수월한 일은 아잉가 보제. 그건 그렇고, 펑허니 댕겨온다던 사람이 싸게 안 내려오고 뭣 하고 있어라? 변 선생이 내려와서 이것저것 간섭하는 것은 괜찮은 일이지만, 한 선생 떠난 후로 멀쩡하던 승희 씨 입에서 자주 아프다는 군소리가 나와서 나가 덩달아 심기가 편치 않당게. 소양 없는 해찰 말고 싸게 내려와 뿌러. 얼굴 잊어뿔까 겁나네이.」

「나도 곧장 내려가고 싶습니다만, 기왕 왔으니 저질러놓은 일은 매듭지어야죠.」

「싸게 매듭짓고 후딱 내려오랑게.」

「옆에 형님 있습니까?」

「형님은 또 뭐 할라꼬 찾어싸? 바람 쐬러 나가뿔고 없지라이.」

106

「지금 밤 11시가 넘었지 않습니까?」

「변씨란 사람이 성질나면 낮밤 가리당가.」

「모두들 집에 있는 걸 보니까, 오늘 남쪽에 비 내렸군요?」

「워메, 보지도 않고 딱 알아맞혀 뿌렀네이. 어제 장흥장하고 보성장을 다녀와서 삭신이 녹작지근한 판에 마침 비가 와서 하루 쉬고 있으니 쪼까 탐탁지 않더라고 해살 말어.」

「장흥하고 보성장은 같은 날 서지 않습니까?」

「그라제. 군수는 따로 뽑았지만, 장흥 마늘시장에서 엎어지면 보성장 초입에 코 닿을 만큼 가직제이 (가깝다).」

변씨를 꼭 만나야 하겠기에 다시 걸겠다고 말한 뒤 전화를 끊었다. 한물 때가 지난 지금에 꽃게 장사로 재미를 보았다는 말이 의아스러웠다.

이튿날 새벽, 여관에서 허전한 잠자리를 보낸 창범의 발길은 포구 쪽으로 향하고 있었다. 지난날에는 아침 일찍부터 북적거렸던 해안도로가 눈에 띄게 한산했다. 아예 문을 닫은 횟집들도 발견할 수 있었다. 그리고 앞다투어 조업을 나가고 텅 비어 있어야 할 그 시각의 선착장에는 채낚기와 통발 어선들이 빼곡하게 정박해 있었다.

거개가 낯선 어선들이었다. 연평도 근해에서는 남북한의 어선들이 꽃게잡이 어장을 놓고 충돌하고 있었고, 갈치와 병어 어장이 형성되는 서해 연안은 중국과 한국의 어선들이 각축을 벌이고 있었다. 갈치와 조기, 강다리와 병어 어장이 형성되는 제주 서남해 어장 역시 대선단을 이룬 중국 어선들이 소흑산도 주변까지 횡행하여 싹쓸이 조업을 하고 있기 때문에 조업은커녕 어족 자원 자체가 고갈되고 있었다. 우리 어선들이 깔아둔 어망을 대수롭잖게 걷어가는 것은 물론이고, 깔아둔 어망을 걷으려고 나간 우리 어선 위로 올라와 어구들까지 강탈해 가는 해상 폭력이 다반사로 자행되고 있었다.

흑산도와 홍도 근해에서 잡히던 홍어가 잡히지 않고 있는 것도 모두 그런 까닭이었다. 흑산도 근해에 태풍이 불면 허겁지겁 흑산도로 피항하는 어선들 태반이 중국 어선들이란 것에서도 그 해역의 폐해를 짐작할 수 있었다.

동남해안 근해에서 형성되는 가자미 어장도 일본 어선들에게 잠식당해 범접하기조차 두렵게 되었다. 급기야는 국내 어선들끼리 치고받는 어장 쟁탈이 벌어지고 있었다. 어장을 잃은 서해의 어선들이 동해로 몰려들고 부산 선적의 어선들이 울산으로 몰려들어 조업을 구걸하는 시위까지 있었다. 모두가 움치고 뛸 곳이 없는 협소한 어장 탓으로 벌어진 각축이었다.

포구에 낯선 어선들이 많아진 것은 이제 막 오징어 어장이 형성되려는 시기였기 때문이었다. 그래서 주문진 토착 어민들은 외지 어선들의 출어를 가로막느라 진땀을 빼고 있었다. 하릴없는 외지 어선들은 포구에 배를 매어둔 채 아침부터 선착장 부근을 어슬렁거리고 있었다.

방파제에는 야외용 취사도구들을 벌여놓고 끼니를 끓이고 있는 어부들이 심심찮게 눈에 띄었다. 끼니보다는 술 마실 해장국을 끓이기 위해서였다. 죽어나는 것은 담배와 소주였다. 묵호댁이 경영하는 영동식당도 그래서 아침부터 남루한 입성의 어부들로 북적거렸다. 어장 구걸하는 외지 어부들 때문에 식당은 파리를 날리지 않고 그럭저럭 꾸려가고 있는 것 같았다.

영동식당에서 아침을 먹고 은행으로 가서 잔고를 확인해 보았다.

상주 둥시를 매수한 도매상은 약속한 날짜보다 이틀이나 앞당겨 그의 계좌로 대금정산을 마친 상태였다. 도매상에게 입금을 확인했다는 전화를 걸어준 뒤 서울행 버스에 올랐다.

안면도에 당도한 것은 그날 저녁 8시경이었다. 은실에게 양양약초 상인으로부터 받아낸 3백만 원을 건네주었다. 그리고 두 여자가 바라보는 면전에서 태호에게 전화를 걸었다.

연락처는 옌지 시내에 있다는 어떤 옷가게였다. 마침 손달근과 봉환은 훈춘(琿春)으로 떠난 뒤여서 태호와 통화할 수 있었다. 어리둥절한 그는 창범이 말하는 골자를 잘 알아듣지 못했다. 거두절미하고 서울 가서 중국으로 가져갈 보따리 상품을 물색해 두었다는 것을 알려주었다. 그러나 태호는 썩 반기는 기색이 아니었다. 20여 분 동안이나 통화를 했는데도 안면도 식당에서 전화를 걸고 있다는 사실이 끝내 믿어지지 않았던 탓이었다.

「야 임마, 니가 중국 아니라 몽골 내륙 초원에 있는 양떼들 배밑으로 숨어 다닌다 해도 난 널 찾아낼 수 있어. 시골 장돌뱅이라고 깔봤다간 큰코다쳐.」

「봉환이 형 궁금해서 찾아나섰다가 중국까지 오게 되었어요. 형님이 해야 할 일을 제가 한 것 아니겠습니까.」

「나도 잇속이 있겠다 싶어서 니한테 전화한 거지, 들어봤자 배도 안 부른 변명 듣자고 전화 건 거 아냐. 너나 나나 세금 낸 적은 없지만 장사꾼들인 것만은 틀림없잖아. 장사꾼들끼리 얘기니깐 쑥스러울 것도 없고 미안할 것도 없어. 그런데 왜 빨리 안 오고 늑장 부리고 있어?」

「봉환이 형하고 손씨는 훈춘 다녀와서 금방 귀국할 것이지만, 난 여기 며칠 더 있다가 나갈 작정입니다.」

「왜 중국 쪽에서 동업자 물색하려는 거야?」

「그렇기도 하구요.」

창범이 고흥에 당도한 것은 이튿날이었다. 남해안 쪽에는 장마가 계속되고 있었기 때문에 일행은 벌써 사흘째 고흥에 죽치고 있었다.

아프다던 승희는 멀쩡했지만, 변씨는 대낮인데도 고주망태가 되어 있었다. 주문진에서 고흥에 당도한 이래로 끼니를 술로 때우다시피 하고 있었다. 술이 아니면 끓어오르는 마음속의 번뇌를 삭이기 어렵다는 쓰린 속사정을 모르는 것은 아니었다. 그러나 걸핏하면 형식을 꿇어앉히고 일장 훈계를 늘어놓아 애꿎은 형식이 싸잡아 곤혹을 치르고 있었다. 다루기 만만한 자식이나 불러앉히고 뒤틀린 심사를 가다듬어보자는 몸부림 같기도 했다.

「형님, 형식이 그만 닦달하세요. 승희한테 하소연하더랍니다. 절간에라도 들어가야 살 것 같다고. 얼마나 시달렸으면 그런 말까지 했겠습니까.」

「뭐, 절간에 들어가? 산전수전 다 겪은 줄 알았더니 늙바탕에 와선 자식새끼 키워서 절간에 시주하는 일까지 보고 죽으란 얘기도 들리네.」

「나라도 아버지가 그처럼 주책바가지로 굴면, 세상 등져버리고 싶겠네요.」

「그 자식 음흉한 놈이야. 지가 절간으로 들어가고 싶다는 말은 공연한 흰소리여. 살아봤자 밥만 죽이는 허수아비꼴인 나보고 절간으로 들어가란 악담이겠지.」

「곡해하지 마세요. 속세에서 밥만 죽이는 늙은이였다는 것을 알면 자비(慈悲)로 버티는 절간마저 퇴짜를 놓을 거예요. 올 데 갈

110

데 없어지면 어쩌려고 술로 세월을 보내요?」

「시방 몰라서 또 쓸개를 뒤집나? 차라리 막막한 절벽이었으면 좋겠네. 희망이고 좆이고 그게 말짱 없어지면 차라리 헤치고 나갈 구멍이 있다는 것을 발견할 때가 많았어. 오히려 사람 미치게 만드는 것은 실낱 같은 희망이 있다는 생각이 들 때여. 실낱 같은 희망 때문에 거기에 내 모든 승부를 걸고 도박을 하다가 두 번 다시 일어서지 못할 실패를 당한 사람이 어디 한둘이겠나?」

「뭘 실패했다고 이러시죠? 차 마담이 일이라도 저질렀나요?」

변씨는 씁쓰레하게 웃을 수밖에 없었다. 창범이 그녀를 만났으리라는 확신이 들었다. 그리고 그녀가 개구멍서방을 두고 있다는 것을 알아내고 말았다는 확신도 들었다. 포구에 있는 묵호댁까지 알고 있는 사실을 그가 모르고 있을 리 없었다. 그러나 한 가닥 희망을 걸고 그의 권유를 따라 고흥으로 내려온 것이었다. 창범이 개입하는 자존심의 손상을 각오하고서라도 그녀를 설복시켜 돌아오게 만들고 싶었기 때문이었다.

그녀가 돌아오면 못이기는 척하고 주문진으로 돌아가 시치미 뚝 떼고 살고 싶었다. 그녀를 설복시켜 회유할 수 있는 사람은 그의 주위에 창범 한 사람뿐이었다. 그러나 그가 되묻고 있는 말투는 회유가 실패했다는 것을 깨닫게 만들었다.

고흥으로 내려와 있을 동안 형식에게 시름을 안기고 술로 끼니를 대신한 것도 알고 보면 모두가 가슴에 도사린 조바심에서 비롯된 것이었다. 속으로는 철부지와 다를 것이 없다는 수치심이 들었으나, 도대체 맑은 정신으로는 초조감을 추스르기가 어려웠다.

혹시 한밤중에 전화벨 소리라도 들리면 소스라쳐 벌떡 일어나게 되었고, 그 이후론 잠을 이룰 수 없었다. 그래서 혼자 나가서 소주를 사다가 홀짝거리기 시작했던 것이다. 그러나 이제 모든 것은 어둠 속으로 잠적하고 말았다.

고흥반도 끝자락에 있는 녹동항으로 가서 저녁을 먹고 돌아오자는 제의를 한 사람은 방극섭이었다. 그가 입으로 침을 튀겨가면서 말한 것처럼 전국 어느 횟집을 찾아가 봐도 녹동항의 횟거리만치 싸고 신선하면서 맛깔스럽고 푸짐한 덧거리를 내놓는 횟집은 아직 경험한 적이 없었다. 횟거리를 주문하고 자리로 들어가 앉을라치면 이건 좀 심하다 싶을 정도의 덧거리 횟감들을 줄곧 대접하기 때문에 정작 주문해서 장만한 회접시가 나왔을 때는 식욕조차 떨어져 버렸다.

뿌연 물보라 속으로 가로누운 소록도가 빤히 바라보이는 식당 2층에 그들은 자리를 잡았다. 일행이 재미를 보았다는 꽃게 장사는 바로 녹동 포구 근해에서 조업하는 통발 어선들이 잡아온 것들이었다. 꽃게들을 싹쓸이로 매수할 수 있었던 것은 이곳의 어촌계 사람들과 안면이 돈독했던 방극섭의 역할이 있었기에 가능한 일이었다. 그러나 그만한 이문을 남긴 연유를 짐작하고 있었기에 창범은 장사 내막을 꼬치꼬치 파고들지 않았다.

동중국해나 양쯔 강 하구에서 조업하는 중국 어선을 만나 선상매매(船上賣買)를 하지 않았다면, 꽃게의 매입단가가 그만치 헐값이었을 리가 없다는 짐작이었다. 방극섭도 그것을 익히 짐작하고 있었겠지만, 스스로 저지른 범법행위가 아니었기에 시치미 잡아떼고 있는 것이었다.

안면도의 손달근이 강원도에 갖다 팔았다는 뱀도 모두 중국 어선들과의 선상매매가 횡행하고 있었으므로 가능한 일이었다. 어쨌든 방극섭은 성격의 됨됨이나 원만함이 상식을 뛰어넘는 사람이었다.

112

배 이상의 이문을 남겼던 매수와 매도에서 그는 자기 몫을 탐하거나 주장하지 않았다. 이익 분배를 일행의 수효에 따라 똑같이 나누어 가진 것이었다. 짧은 기간에 횡재하고 손을 털 수 있었던 것은 역할 분담의 절묘함 때문이었다.

형식의 힙합 댄스가 없었다면 좌판에 장꾼들이 그만치 모이지 않았을 것이고, 승희의 날렵한 솜씨가 아니었으면 몰려든 장꾼들 태반은 놓쳤을 것이며, 자기가 없었더라면 입항한 꽃게를 통째로 매입하기가 어려웠을 것이기 때문에 셋 중에서 어느 특정한 사람만의 힘입은바는 아니라는 논리였다. 다만 그 시간에 변씨는 집에서 술만 마시고 있었기에 이익 배분에서 제외되었다. 방극섭은 그만치 경우 바른 사람이기도 했다. 밥이든 술이든 자기가 먹고 마신 몫은 자기 주머니에서 꺼냈다.

「다락을 뒤져도 쥐뿔도 없는 놈이 분수 넘치는 허장성세로 일관하다가 패가망신 안하는 것 봤어라? 그런 싸가지없는 것들이 큰돈도 아닌 푼돈 빌리려 아침저녁으로 이웃집 들쑤시고 다니느라고 발바닥에 불나는 겨.」

그날 저녁은 창범이 도맡아 사겠다고 했을 때, 화를 돋우며 방극섭이 했던 말이었다. 그러나 돌아오는 차 안에서도 사뭇 풀이 죽어 있던 변씨는 별로 말이 없었다.

「형님은 왜 구린입도 안 떼고 가만있소?」

「알다시피 나도 그 동안 누구 못지않게 떠들었잖어.」

「아까도 말했지만, 봉환이하고 태호를 만나서 정산 절차를 밟아야 하지 않겠습니까?」

「내가 저지른 일 때문에 일행들이 겪은 고통이 수월치 않았어. 금액으로는 따질 수 없는 은혜를 입었지. 그런데도 나한테 돌아

올 몫이 있다면, 염치없지만 형식이 놈의 몫으로 남겼으면 싶구
먼. 나야 혼자 살아가는 형편인데 조석 끼니 끓여 먹을 헌 냄비
하나 있으면 됐지, 또 무슨 목돈이 필요할까.」

「보따리장사에 투자해 볼 심산인데, 형님 생각은 어떻소?」

「확신이 있다면 주저할 것 없지. 그래서 봉환이와도 옛날처럼 조
면하고 지내는 사이가 안되고 태호하고도 무간한 사이가 된다면
무엇을 더 바라겠나.」

「승희가 동의할지 모르겠네요..」

「승희야 한 선생 말이라면 화약 지고 불로 뛰어들라 해도 사양할
여자가 아니지.」

「봉환이를 다시 만나게 되면 좋은 일이 벌어질 것 같지는 않은데
요?」

「곱장사로 대박이 터진다는데 한때 지나간 바람 때문에 케케묵은
감정 싸움일까? 게다가 봉환이는 결혼까지 했다며? 승희가 한
선생 이상으로 잇속에 밝은 장돌뱅이란 걸 몰라서 그래? 방씨
말 들어보니까, 승희가 한 달에 삼백만 원짜리 월급쟁이 금어치
는 톡톡히 한다데. 영산포 어물전 주인이 했단 말 못 들었어?
승희가 장타령까지 부르며 매상 올리는 것을 바라보고 있던 도매
상이 실지로 삼백만 원 월급을 제의했다는구먼.」

「방씨가 기특하게 여기고 부풀린 게지요.」

「뻥튀긴 게 아니라니깐 그러네. 실지로 그런 일이 있었다데.」

「그럼 안면도의 일은 그렇게 실행하겠습니다, 형님?」

「강다짐둘 것 없어. 밑가든 남든 행수가 알아서 처리할 일이지.」

이튿날 새벽, 변씨는 벌교로 출발하는 일행과 함께 용달 트럭에
올랐다. 그리고는 벌교에서 강진으로 떠나는 일행과 하직하였다.

114

주문진으로 떠나기 위해서였다. 그러나 그는 곧장 버스 터미널로 가지 않고 상설시장 쪽으로 발걸음을 옮기고 있었다.

무싯날이었지만, 길가에는 어물 좌판을 편 아낙네들이 줄지어 앉아 있었다. 장옥이 늘어선 읍사무소 뒤쪽으로 돌아가자, 철물가게가 나타났다. 자신과 비슷한 연배로 보이는 주인은 낡은 의자를 가게 앞에 내놓고 앉은 채 아침나절부터 꾸벅꾸벅 졸고 있었다. 안으로 들어가 살펴보려던 당초의 생각을 단념하고 돌아섰다.

그곳에서 몇 발짝 옮기자 이발소가 보였다. 이발소로 들어갈 때 텁수룩했던 그의 구레나룻은 배코를 친 듯 깨끗하게 제거되고 없었다.

「잘 생각하셨습니다. 요사이 구레나룻을 기르고 다니는 사람이 없습니다. 남의 눈에 잘 띄기 때문에 처신하기에도 곤란할 때가 많지요.」

이발사가 했던 말을 다시 떠올리며 그제서야 버스 터미널 쪽으로 발길을 돌렸다. 그리고는 마산행 버스에 올랐다. 버스가 출발하면서 애꿎은 눈물이 볼을 적시고 흘렀다. 마산에 내려서도 곧장 동해안 쪽으로 떠나는 버스에 오르지 않았다. 버스 터미널 근처에 있는 다방으로 들어가 냉수를 두 컵이나 연거푸 들이켰다. 일찌감치 찾아온 더위에도 지치지 않는 듯 창밖의 행인들은 여전히 바쁘게 움직이고 있었다. 변씨 자신만 시간이 남아돌아 감당을 못하고 있는 것 같았다. 딱히 게으름을 피우며 여행을 하겠다는 작정도 하지 않았는데, 이상하게 서둘러 돌아가는 일이 두려웠다.

안동에서 그의 구레나룻을 발견하고 소스라치던 차 마담의 얼굴이 떠올랐다. 그런데 다방을 나와서부턴 변씨의 동작이 날렵해지기 시작했다. 그날 밤으로 주문진까지 당도하지 못하면 낭패라도 당할

듯 그는 잽싸게 움직였다. 서두른 덕분에 주문진에 당도한 것은 그 날 밤 11시를 넘긴 시각이었다.

버스에서 내리면서 종일 생각도 않았던 소주 한잔이 마시고 싶어졌다. 소주를 팔고 있는 구멍가게라면 새벽 4시를 넘긴 시각에라도 찾아낼 수 있었다. 선착장을 비롯한 주문진 시내 어디든 그의 발길이 닿지 않은 곳은 없었다. 새벽 4시에도 소주 팔고 있는 가게를 찾아낼 수 있는 토박이라는 상념이 잠시 그를 즐겁게 만들었다. 그러나 지금 시간에는 어느 가게에서나 소주를 팔고 있었다. 그는 길가의 구멍가게에 들러 소주 한 병에 과자 한 봉지를 사들고는 자신의 집으로 가지 않고 방파제 쪽으로 걸어갔다.

바람 부는 방파제에는 삼삼오오 짝을 이룬 패들이 둘러앉아 술추렴들을 하고 있었다. 개중에는 안면 있는 축들도 없지 않았다. 그러나 그들은 구레나룻을 밀어버린 변씨를 대뜸 알아보지 못했다. 병마개를 따고 종이컵 가녘으로 넘쳐나도록 소주를 부었다. 그리고 단숨에 들이켰다. 안타깝고 수치스러웠다. 부박했던 대로 인생을 진지하게 살았다는 자부심이 그에겐 없었다. 눈앞에 무엇이 들이닥칠 때마다 적당히 대처하며 그럭저럭 살아왔다는 것이 정확했다. 양쯔 강의 앞물결은 가만히 있어도 뒷물결이 밀어주듯 그렇게 떼밀려 살아온 것이었다. 적당히 사는 것보다 편안한 것이 세상에는 없었다. 그는 허리춤에다 손바닥을 스쳐보았다. 그것은 그 자리에 꽂혀 있었다.

강릉에서 버스를 내렸을 때였다. 주문진으로 떠나는 막차 시간을 겨냥한다면 2시간의 여유가 있었다. 철물점에서 식칼을 찾아낸 것은 가게를 찾아나선 지 30분도 안되어서였다. 처음에는 종이에 싸서 들고 있다가 버스 안이 어두워진 틈에 허리에 꽂았다.

116

걸음을 걸을 때마다 거치적거렸다. 그러나 거치적거리는 게 그를 안도하게 만들었다. 괴기스러울 정도로 조용해진 어판장을 지났다. 지린내와 소금에 전 빈 생선상자들이 어판장의 시멘트 기둥을 따라 높다랗게 쌓여 있었다. 어판장 끝머리로부터 시작되는 선착장에는 고깃배들이 어깨를 비비대며 정박해 있었지만, 인적이라곤 찾아볼 수 없었다.

그곳에서부터 걸음을 빨리하기 시작했다. 해안도로를 얼른 지나쳐 집으로 가는 골목 들머리에 눈에 익숙한 가로등이 보였다. 대문을 달지 않은 집이었으니 기척을 할 필요도 없이 곧장 마당으로 들어섰다. 조용했다. 습기 밴 바람소리만 을씨년스러웠다.

예상대로라면 차 마담은 집 안방에 잠들어 있어야 옳았다. 그러나 안방 문고리에는 밖으로 자물쇠가 채워져 있었다. 자물쇠를 달지 않은 건넌방문을 벌컥 열어보았다. 방안에 갇혀 있던 더운 공기가 훅 얼굴에 끼얹혀졌다. 부엌과 뒤뜰까지 모두 뒤졌지만 인기척이라곤 찾아낼 수 없었다. 느닷없이 초조해지기 시작했다. 그는 가슴을 진정시킬 양으로 툇마루에 걸터앉았다.

다방으로 찾아갈 수밖에 없었다. 그러나 예상했던 대로 다방문은 잠겨 있었다. 10여 분 동안이나 문을 두드리고 흔들어댔다. 변씨의 목소리를 알아챈 애송이 레지가 매우 불쾌한 얼굴로 문을 열어주었다. 불두덩과 젖꼭지만 겨우 가린 반라 차림으로 변씨를 일별한 그녀는 코대답도 않고 자던 방으로 들어가 버렸다.

전등을 켰다. 다방 안이 대낮같이 밝아졌다. 찻잔과 과자봉지들을 치우지 않은 다방 안의 난잡한 풍경이 시선에 들어왔다. 레지가 문을 쾅 소리나게 닫고 들어간 방 앞에도 여자용 신발들이 어지럽게 놓여 있었다. 탁자 한 개를 걷어찼다. 탁자는 복장을 걷어차인 개처럼 소리를 질러대며 부서졌다. 레지가 문을 열고 다시 상반신을 내밀었다.

「아저씨, 왜 그러세요? 언니 여기 없다고 했잖아요.」

「여기 없으면 어디 갔어?」

「그걸 우리가 어떻게 알아요? 언니가 우리한테 보고하고 외박다니는 줄 알아요?」

「너희 잡년들끼리는 모두 한통속인데 모른다는 게 말이나 돼?」

「한통속이라도 보고 안하면 알 게 뭐예요?」

「내가 누군데 거짓말해?」

「누군지는 모르겠지만, 경찰서장이라 해도 모르는 것은 모르는거죠.」

곁에 있던 의자 한 개를 또다시 박살내고 말았다.

상반신만 내민 채 대꾸하던 레지가 얼른 겉옷을 꿰입고 다방으로 나섰다. 그러나 변씨를 만류하려는 것은 아니었다. 그녀는 팔짱을 낀 채, 변씨가 어떤 물건을 박살냈는지 비웃듯 아니면 변씨의 근력을 시험하듯 지켜보고 있었다. 소리를 지른다거나 발악을 하지도 않았다. 그녀의 매섭고 몰인정한 태도가 변씨를 힘빠지게 만들었다. 의자에 털썩 주저앉고 말았다.

한동안 침묵이 흘렀다. 조리대에서 수돗물 받는 소리가 들렸다. 물컵을 탁자 위에 내려놓은 레지가 맞은편 의자에 털썩 주저앉았다. 그러나 여전히 팔짱을 낀 채 취기가 있는 변씨를 노려보았다. 물컵을 들어 벌컥벌컥 들이마시는데, 다소 누그러진 목소리로 레지가 물었다.

「무슨 일 내시려고 이러세요?」

「일을 내다니? 내가 강도질이라도 할까 봐서 그래? 강도였다면 벌써 홀딱 벗고 있던 너부터 해치웠지.」

「술 많이 드셨지요?」

「소주 반 병 마셨다.」

「이건 내일 와서 변상하실 거죠?」

「내일 와서 변상할 것도 없지.」

변씨는 바지 주머니를 더듬어 지폐를 꺼내들었다. 15만 원을 헤아려 탁자 위에 놓았다. 계집이 그 돈을 휙 거두어 헤아리는 시늉만 하면서 말했다.

「저기 사거리에서 좌회전하는 길 끝에 있는 모텔 아세요? 거기로 가보세요.」

다방을 나섰으나 모텔이 위치한 길 쪽으로 선뜻 발걸음이 내키지 않았다. 등 돌린 여자의 꽁무니를 뒤쫓고 있는 자신의 수치스러운 모습이 거울에 비춰지고 있는 것처럼 눈앞에 어른거렸다. 등뒤로부터 신경질적으로 다방문을 걸어 잠그는 소리가 들렸다. 그리고 애송이 레지는 문밖의 변씨가 들으라 하고 쏘아붙였다.

「재수없는 꼰대야, 씨발.」

모멸감으로 온 삭신이 떨려오기 시작했다. 익숙한 것이든 낯선 것이든 도대체 두려울 게 없었고, 어떤 위기가 닥쳐도 몸뚱이 하나로 부딪쳤던 서울 시절이 몸서리치게 그리웠다. 다방문 앞에서 한 발짝도 떼지 않고 담배 한 대를 태운 그는, 비로소 천천히 걷기 시작했다. 그러나 허행을 할지도 몰랐다. 지금쯤 애송이가 차 마담의 숙소로 전화를 걸고 있을지도 몰랐다.

낯익은 청년이 접수대 앞에 내놓은 낡은 소파에 목덜미를 기댄 채 새우잠을 자고 있었다. 어섯눈을 뜨는 그에게 다짜고짜 1만 원짜리 두 장을 찔러주었다. 청년은 구레나룻을 깡그리 밀어버린 변씨를 가까스로 알아보았다. 304호실 도어를 열 수 있는 마스터 키를 건네받고 붉은색 카펫이 깔린 계단을 오르기 시작했다. 다시 한 번 옆구리에 찔러둔 식칼을 확인했다.

객실 도어를 두드렸다. 금방 누구냐는 남자의 목소리가 들렸다. 애송이가 고자질 전화를 걸었다는 확신이 들었다. 남자든 여자든 그토록 또렷한 목소리로 깨어 있을 시각이 아니었기 때문이었다. 찾아온 것이 후회되기 시작했다. 그러나 그녀가 최소한 집을 지키고 있었다면, 식칼을 품지는 않았으리라.

변석태라는 이름을 댔다. 팬티만 입은 젊은 사내가 문을 열었다. 그러나 아무런 수작도 건네지 않았다. 누구라는 것을 알아차린 모양이었다. 사내는 아무런 두려움이나 경계심도 없이 문을 열어준 뒤 자기 먼저 방안으로 돌아섰다. 사내의 체구는 깡마른 편이었고, 키꼴은 껑충했다. 얼른 보아선 아무런 특징도 찾아볼 수 없는 사내였다. 그는 방 한가운데 우두커니 서서 앞으로 벌어질 방안의 북새통이 자못 궁금하다는 듯 변씨로부터 시선을 떼지 않고 있었다. 차 마담은 담배를 피우고 있었다. 두 사람 모두 일찌감치 깨어 있었던 게 분명했다. 그녀는 능갈치게 상반신을 드러낸 채 하반신만 홑이불자락으로 감고 있었다. 그녀가 담배를 비벼 껐다.

「집으로 가.」

끓어오르는 복장을 애써 고르며 변씨는 그렇게 말했다. 차 마담의 시선이 힐끔 그의 이마를 스치고 지나갔다. 그리고 가증스럽고 배리다는 듯 빼죽거렸다.

「주책없이……, 집이 어딘데 가자는 건지 모르겠네.」

「잠깐 동안이었지만, 니가 살던 집을 몰라서 묻나?」

「거길 집이라고 생각했으면 거기서 잤지, 뭐하러 숙박료 드는 여

120

관에서 잤을까…….」

「거기를 집으로 생각하자는 약속이 없었나?」

「약속했다는 문서라도 있으면 어디 보여줘 봐요.」

「니 때문에 치른 내 희생을 생각해 본 적이 있었나?」

그녀의 희고 긴 팔이 홑이불 속을 벗어났다. 그리고 담뱃갑을 끌어당기며 싸늘한 시선으로 변씨를 일별했다. 차디찬 시선에서 그녀를 설복시킬 수 없다는 좌절감이 느껴졌다.

「노인네가 멀쩡하게 살아 있으면 됐지, 희생은 또 무슨 희생을 치렀다고 주책없이 떠들어요?」

「개 같은 년, 떠들고 있다니?」

그때까지 팔짱을 끼고 서 있는 젊은이에겐 눈길 한번 준 적이 없었다. 그러나 변씨의 입에서 욕설이 튀어나오는 순간, 차 마담의 시선이 힐끔 젊은이의 이마를 스쳤다. 그의 개입을 채근하는 눈길이 분명했다.

하지만 사뭇 변씨의 거동에만 시선이 꽂혀 있던 젊은이는 그것을 알아채지 못했다. 그때 서 있기만 했던 젊은이가 기다리기 진력이 났던지 풀썩 주저앉았다. 그리고 차 마담 손에 들려 있던 담뱃갑을 매몰차게 낚아채며 뇌까렸다.

「씨발, 곤하게 잠자다가 이게 무슨 꼴이야. 난 구경이나 할 테니 둘이서 해결해.」

「자기 그렇게 나오면 어떻게 해.」

「그렇게 나오다니? 그럼 무단침입했다고 짭새들 불러서 같이 땡깡이라도 놔야 되겠어?」

「아까 했던 얘기하곤 틀리잖아.」

「얘기 같은 소리 하고 있네. 상대도 안되는 꼰대하고 칼부림이라도 벌여야 하겠냐구?」

「상대도 안해보고 상대가 안된다는 게 말이나 돼?」

「뻥까지 마. 눈으로 보면 알지, 꼭 한판 붙어봐야 실력을 알겠어?」

겨끔내기로 치고받는 얘기들이 변씨가 보기엔 짜고 치는 고스톱이었다. 애송이 레지에게 연락을 받고 숙의를 거듭한 끝에, 변씨에게 모멸을 안겨 눈이 뒤집히는 순간 스스로 일을 저지르게 만들자는 계산이 그들이 주고받는 수작 속에 분명히 드러나 있었다. 변씨는 물론 그런 속셈을 충분히 감지하고 있었다. 서울의 건설현장에서 청부 깡패로 전전하던 시절, 변씨 자신이 고비 때마다 구사한 방법이기도 했다.

상대의 오기에 불을 질러놓으면, 방어 본능은 어느새 공격 본능으로 돌변해 먼저 흉기를 들고 일을 저지르곤 했었다. 상대에게 아무런 폭행이나 상해도 입히지 않고 스스로 무덤을 파게 하는 그 방법은, 이미 고전에 속하는 방법이었다. 그런데 그 고전의 그물코를 충분히 알고 있던 자신이 곱다시 걸려들고 말았다. 그는 차 마담을 찌르기로 다잡아먹었다. 늙은이라고 먼저 말한 것은 차 마담이었다. 그 순간 차 마담의 목소리가 들렸다.

「어쨌든 오늘 잘 만났어. 결판내기는 딱 좋게 되었잖아. 자긴 어떻게 생각해?」

「결판이구 판결이구 난 제삼자야. 눈에 안 보여? 아버지 같은 꼰대를 데리고 여관방에서 팔씨름을 벌이란 거야 뭐야? 개울로 데리고 나가서 물장구나 치고 놀았으면 딱 좋겠다.」

그 순간 차 마담의 얼굴이 일그러졌다. 사내의 말에 배신감을 느껴서가 아니라, 변씨가 아무런 구체적인 행동도 보이지 않고 있는 것에 대한 초조감 때문인지도 몰랐다.

괴춤에 있던 변씨의 손이 그때, 차 마담이 감고 있던 홑이불자락을 획 끌어당겼다. 조금 전 다방에서 보았던 것처럼 그녀 역시 불두덩만 겨우 가린 팬티 차림이었다. 그 애송이와 다른 점이 있었다면, 유방을 노출된 채로 방치해 둔 것이었다. 그러나 차 마담도 잠자코 있지는 않았다. 그녀는 벗겨지는 이불잇을 민첩하게 낚아채면서 방정을 떨었다.

「이거 왜 이래요? 영감한테 무슨 권리가 있다고 이런 행패를 부려요? 영감하고 나 사이가 부부간이에요 친척간이에요? 빌려 쓰고 갚지 않은 돈이라도 있나요?」

그러나 변씨는 여전히 홑이불잇 한쪽을 잡고 있었다.

「우리 두 사람만 마주앉아 얘기할 게 있으니깐 집으로 가.」

「이 사람과 사귀고 있다는 사실을 숨겨왔다면 또 몰라……. 가로 늦게 남의 방에 쳐들어와서 협박하는 심사를 알다가도 모르겠어 정말. 집이 어딘지는 모르겠지만, 조선 팔도가 지붕인 내가 영감이 가잔다고 실속 없이 따라나설 것 같아요? 어림 반푼어치도 없는 소리니깐, 늙은이답게 저리 비켜요, 어서.」

철썩하고 따귀 얻어맞는 소리가 들린 것은 그때였다. 차 마담의 얼굴이 주먹을 얻어맞고 왼쪽으로 획 돌아가는 순간, 변씨는 얼른 식칼을 뽑아들었다.

그러나 기겁을 하고 놀라는 사람은 없었다. 오히려 순식간에 흉기를 뽑아든 변씨 스스로 가슴이 뜨끔하도록 놀랐을 뿐, 두 사람은 전혀 질린 기색이 아니었다. 흉기를 다루는 솜씨라면 사내의 편력이 오히려 다양하고 능숙했다. 차 마담 역시 그런 흉기의 위협에는 신물 나도록 단련된 여자였기 때문에 시골 철물점에서 구입한 작은 식칼 정도는 위협적인 느낌은 고사하고 장난감 같은 손톱깎이로 보일 수밖에 없었다.

「하품나게 놀고 있네 정말.」

그렇게 비아냥거리며 같잖다는 듯 입귀를 비쭉한 것은 차 마담이었다. 흉기를 뽑아들었을 때, 두 사람 중에 어느 한 사람만이라도 새파랗게 질려 살려달라는 외마디소리를 내질렀거나, 흉기 자체에 대한 두 사람의 반응이 어떤 식으로든 심각했다면, 변씨가 자제력을 발휘할 수 있었을 것이다.

그러나 그 두 가지 모두가 빗나가고 만 것이 칼부림에 대한 당위성을 부여한 셈이었다. 변씨도 건설현장의 청부 폭력배로서 키워온 배짱과 완력의 관록이 깡그리 퇴색된 것은 아니었다. 하품나게 놀고 있다는 마지막 한마디가 변씨의 자제력을 내동댕이치게 만든 셈이었다.

변씨는 그때까지 잡고 있던 이불잇 한쪽을 비장한 결의를 보이며 낚아챘다. 차 마담의 고깃덩어리 같은 나체가 전등불 아래로 드러났다. 그 육덕이 시선에 들어오는 순간, 벌떡 몸을 일으킨 변씨는 그녀의 등줄기를 겨냥하고 몸을 날렸다. 그 순간, 외마디소리가 등 뒤에서 들려왔다. 위협으로만 끝낼 줄 알았던 변씨가 실제로 폭력을 행사하는 순간, 비로소 사내는 자신의 방만에 아뿔싸 한 것이었다.

그도 몸을 날려 변씨를 덮치면서 식칼 든 팔을 잡고 뒤로 꺾었다. 변씨의 입에서 외마디소리가 들렸다. 뼈가 어긋나는 소리가 들린 것과 때를 같이해 변씨의 다른 손이 흉기를 낚아채고 있었다. 차 마담도 외마디소리를 질렀지만, 홑이불로 얼굴이 덮여 있었기 때문에 복도 밖까지 들리지는 않았다. 세 사람은 한동안 한데 엉켜 빼앗고 버티고 뿌리치는 몸부림을 계속했다. 사내에게 짓눌려 있던 변씨가 상반신을 뒤척이는 순간 휘둘렀던 식칼은 벌써 두어 번 사내의 옆구리를 난자하고 말았다.

옆구리를 양손으로 움켜쥔 사내가 황소 영각 켜는 소리를 내지르며 바람벽에 뒤통수를 찧고는 나뒹굴었다. 비닐장판 위로 피가 흐르고 있었다. 그러나 어느 누구도 사내를 응급처치할 수 없었다. 외마디소리를 내지르는 사내의 깡마른 몸뚱이가 뒤로 벌렁 쓰러지는 순간, 차 마담은 방바닥에 이마를 찧으며 혼절해 버렸고, 흉기를 내던져버린 변씨는 벌떡 몸을 일으켰다.

복도를 나선 그는 호흡을 고르며 빠른 걸음으로 계단을 내려갔다. 호흡은 더욱 가팔라졌고, 비로소 가슴이 뛰기 시작했다. 계단을 내려왔으나 접수처의 젊은이는 이미 자취를 감추고 보이지 않았다. 키를 건네준 것이 걱정되었던 젊은이는 변씨가 계단으로 오르는 것을 확인하고 일찌감치 자취를 감춰버린 것이었다.

현관을 나선 변씨는 담배를 피워물었다. 힐끔 모텔 3층으로 시선을 던졌다. 방에는 여전히 불이 켜져 있었다. 그러나 사태의 흔적을 감지할 수 없을 정도로 조용했다.

모텔 모퉁이를 왼편으로 돌아가자 잡초가 무성한 공터가 자리잡고 있었다. 곳곳에 이웃집에서 내다 버린 쓰레기들이 쌓여 있었다. 쓰레기 더미 곁에 그는 풀썩 주저앉았다. 그만한 일로 기력까지 소진되다니. 그는 혼자 힘없이 웃었다. 그때서야 영동식당 묵호댁이 생각났다. 호젓한 지름길을 찾아 영동식당에 이르렀을 때, 전신에는 땀이 비 오듯 하였다.

묵호댁은 그때 막 잠자리에서 깨어나던 참이었다. 해장국을 끓여 팔자면, 속이 출출한 어부들이 몰려들기 1시간 전에는 일어나야 했다. 시큰둥한 표정으로 문을 열어준 식당으로 들어서면서 변씨는 힐끔 벽시계를 보았다. 벌써 새벽 4시를 지나고 있었다. 몸을 가눌 수 없을 정도로 취한 것 같은 변씨를 곱지 않은 눈길로 흘기던 묵호댁의 입에서 외마디소리가 터져나온 것은 그때였다.

변씨의 왼쪽 바짓가랑이가 피로 흠뻑 젖어 있었다. 묵호댁은 수챗구멍에 빠진 것이 아닌가 해서 변씨의 바짓가랑이를 훌쩍 치켜들었다. 그러나 지린내 아닌 피비린내가 물씬 콧등을 스쳤다. 묵호댁이 자지러지며 울부짖었다. 변씨가 가로막을 사이도 없이 외마디소리가 터져나왔다.

「이게 웬 날벼락이래요?」

자신이 상해를 입었다는 사실을 변씨도 그때서야 깨닫고는 가슴이 뜨끔했다. 식당까지 오는 동안 자꾸만 앉거나 누워버리고 싶었던 것은 상해 때문이었음을 깨달았다. 그 순간 비로소 눈앞이 아득했다.

안색이 종잇장처럼 질린 변씨를 걸부축해서 방에다 눕혔다. 서둘러 바지를 벗기고 허둥지둥 장딴지에 흐르는 피를 훔쳐냈다. 장딴지 아래쪽의 상처는 허연 속살이 드러날 정도로 깊었다. 칼부림으로 입은 상처가 분명했다. 당장 병원으로 달려가자는 묵호댁을 위협하고 달래 허리띠를 풀어 허벅지를 바싹 조였다. 고통이 명치끝까지 치밀어올랐다. 수건을 헹군 세숫대야의 물이 금세 검붉게 변하고 말았다.

땀을 뻘뻘 흘리던 묵호댁이 겨우 입을 열었다.

「도대체 한밤중에 어디서 이런 낭패를 당했드래요.」

「어디서 찔렸다는 것을 알았다면 병원 신세를 졌지, 여기로 달려왔을까.」

126

「대꾸하는 걸 보니까, 정신은 말짱한 모양이드래요.」

「이깐 일로 정신까지 팔아먹을까.」

「휘청거리고 들어서길래 밤새껏 퍼마시다가 해장술하러 온 줄 알았드래요.」

「하긴 민숭민숭한 건 아니지.」

「참말로 병원 안 가도 되겠드래요? 난 가슴이 뛰어서 정신을 못 차리겠네.」

「날 새거든 가게 가서 양주 한 병 사와요. 소독약 사겠다고 약국 근방에는 얼씬도 말고.」

「말하는 걸 보니까, 차 마담하고 칼부림을 벌였나 보드래요.」

「쓸데없는 소리 그만두고, 나 여기 있다는 사실 아무도 모르게 해요.」

「차 마담 찾아올 데가 여기뿐인데?」

「말 시키지 말아요. 나 죽겠네.」

방파제에서 마신 술기운으로 한동안은 통증을 이겨낼 수 있었지만, 정신이 맑아지면서 장딴지뿐만 아니라 하반신 전체가 저리고 욱신거렸다. 오한이 들기 전에 상처를 소독해야겠기에 묵호댁에게 먹다 남은 양주병을 찾아보라고 채근했다. 묵호댁은 마침 조리대의 찬장에서 양주병을 찾아냈다. 온 삭신이 옥죄고 부서지는 듯한 고통을 참으며 변씨는 제 손으로 상처에 술을 부었다.

혼백이 공중에 떠버린 묵호댁은 시종 벌벌 떨고 바라보면서도 방에서 떠나지 않았다. 만약 묵호댁이 없었다면 지금쯤 자기는 어느 길바닥에서 나뒹굴고 있었을까. 변씨는 순간 눈앞이 아찔했다. 채근에 못이겨 쫓기듯 식당으로 나간 묵호댁의 허둥대고 있는 거동이 희미하게 짚여왔다.

팔꿈치로 기어가서 문을 열었다. 대야의 물을 싱크대의 하수구로 흘려보내고 있는 묵호댁의 뒷모습이 어렴풋이 바라보였다. 육허기를 채우기 위해 사내만 뒤쫓았던 묵호댁이 아닌 전혀 다른 모습의 여자가 등을 돌린 채 서 있었다. 그녀는 변씨의 시선을 알아챈 듯 돌아보지도 않고 쏘아붙였다.

「엉뚱한 생각 없으니 끽소리 말고 누워 있기나 하드래요.」

조 우

　박봉환과 손달근이 귀국한 것은 인천항을 떠난 지 20여 일 만의
일이었다. 출발할 때는 누가 보기라도 할까 봐 잠행(潛行)으로 떠
났지만, 돌아올 적에는 여봐란듯이 고개를 바싹 쳐들었다. 그러나
행색은 초라했고 눈자위도 퀭하니 수척해 있었다. 귀국한다는 통지
를 받은 두 여자는 앞다투어 서산으로 나가 뜨거운 목욕물에 묵은
때를 빼고 미장원에도 다녀왔다. 그러나 목욕탕 같은 곳에는 다녀
오지 않은 듯 시치미 뚝 잡아떼고 각자의 집에서 돌아올 남자를 기
다렸다. 돌아올 날짜가 확정되자 비로소 기다림의 오묘한 맛을 음
미할 만했다.

　그러나 돌아온 사내들의 남루하고 처연한 몰골을 바라보는 순간,
대견스럽고 반갑기 이전에 울음부터 울컥 쏟아졌다. 가족의 생계를
위해 타국에서 피투성이가 되도록 뒹굴다가 돌아온 사내들의 처지
에 처음으로 연민을 느낀 것이었다.

　벌어진 옷깃을 애성바르게 여며주고 구겨진 소매를 펴주면서 줄

곧 곁을 떠난 적이 없는데도, 가슴속은 한결같이 허전하기만 해서 자꾸만 같이 있고 싶어지는 것이었다.

그 순간만은 하루 두 끼로 허기를 달래는 고초를 겪더라도 부부가 헤어지지 않는 일거리를 찾아 살고 싶었다. 더욱이나 결혼식 올리자마자 남편을 장삿길로 떠나보내야 했던 은실의 심정은 애간장을 도려내는 것처럼 애틋했다. 봉환이 서문식당에 들어서는 순간, 은실은 출입문을 등뒤에 두고 돌아선 채 그린 듯이 미동도 않고 서 있었다.

1시간 전에 정류장으로 마중 나갔던 은혜 씨가 두 사람을 데리고 식당 안으로 들어서는 그 순간까지도 은실은 귀먹은 사람처럼 꼼짝 않고 있었다. 봉환이 등뒤에 다가선 짜릿한 순간까지도 그렇게 등 돌리고 서 있었다. 속으로 안타까웠던 것은, 제출물로 철철 흘러주기를 바랐던 눈물이 감질나게 볼을 적시고 있다는 것이었다.

「아이고, 우리 은실이 그 단새 이마이 이뻐졌네.」

등뒤로부터 어깨를 끌어안으려는 봉환의 손길을 매몰차게 뿌리치고 돌아선 은실은 그를 똑바로 노려보며 비틀어 물었다.

「중국에 여자 있었지?」

「야가 머라카노? 억탁의 말도 분수가 있제, 불각시에 엄청시런 말을 하네?」

「솔직히 털어놔. 여자 없었으면, 지금까지 거기서 뭘 했어?」

「그래, 알 만하다. 내가 늦게 귀국했다고 니가 속께나 태웠구나. 나도 칠월칠석날에 맞차가주고 올라카다가 니가 하도 보고 잪어서 정신없이 달려왔다카이. 섭섭하더라도 참그라.」

은실은 그제야 와락 울음이 터져나왔다. 두 손으로 얼굴을 싸쥐고 꼬꾸라지듯 주저앉았다. 어깨를 감싸안아 일으켜 세우려 애쓰는 남편의 체중이 전보다 가벼워졌다는 느낌이 들자 눈물은 더욱 기세를 더해 쏟아졌다.

헤어지고 만나는 일엔 이미 관록이 붙은 은혜 씨는 은실이야 울고 있든 상관하지 않고 주방에 끓여둔 삼계탕을 넉넉한 큰 주발에 옮겨 담느라 분주했다.

뜨거운 국그릇에서 닭다리를 건져내 소금 찍어 접시에 놓아주던 은실은 짧은 순간이나마 세상에서 가장 대견스럽고 흐뭇한 풍경은 남편의 입으로 게걸스럽게 들어가는 음식이란 생각을 하고 있었다.

그러면서도 다른 한편으로는 응석으로 부렸을 뿐인 의구심을 완전히 거둘 수가 없었다. 사내들이란 집만 나섰다 하면 여자를 탐한다지 않던가. 봉환에게도 그런 상황이 닥쳤다면 휩쓸리지 말란 법이 없었다. 오랜만에 만난 젊은 아내의 얼굴은 본 척 만 척하고 콧등을 박은 채 살점만 뜯고 있는 것도 저지른 오입질에 대한 쑥스러움 때문이란 생각이 불쑥 들었다. 그러나 봉환을 직접 겨냥하지 않고 형부인 손달근을 보고 물었다.

「아파트를 빌려 자취생활했다면 밥은 누가 끓여줬어요?」

「그쪽 물가 동향도 파악해 볼 겸해서 우리가 나가서 장을 봐오기도 했지만, 조석을 끓여대는 것은 태호의 수고가 컸지. 현지 여자가 간혹 와서 거들기도 했지만서두.」

은실의 얼굴이 금세 후끈 달아올랐다.

「현지 여자가 누군데요?」

「그거? 아직 밝힐 단계가 아니지.」

은실의 궁금증을 부채질할 여지가 다분한 대답을 해버린 것은 손달근으로서도 이유가 있었다. 중국 가서 스무닷새가 넘게 죽을 고생을 하고 돌아온 남정네들의 쓰린 속내를 쓰다듬어주기도 전에,

넘보기조차 못했던 오입질이나 하고 왔을까 속만 지르고 있는 은실의 얄미운 속셈이 마뜩치 않아서였다. 맞불을 지른 까닭이 뒤틀린 심사에 있다는 것을 알아채지 못한 은실의 눈꼬리가 제비 꼬리처럼 가늘어졌다.

손달근은 옳다구나 해서 은실이 빤히 바라보는 면전에서 봉환의 옆구리를 쿡 건드리며, 해명은 이 사람의 몫이라는 기척까지 하고 말았다. 그러나 은실과 손달근 사이에 순간적이긴 하지만 미묘하고 얄궂은 교감이 있었다는 것을 알아채지 못했던 봉환은 마냥 고개를 숙인 채 닭고기 살점을 뜯는 데 여념이 없었다. 그런데 이상하게도 은실은 봉환에겐 자제력을 발휘하면서 손달근을 역공하고 들었다.

「설마 형부가 앞장서진 않았겠죠?」

「나? 내가 그런 일에 눈길을 돌렸다면 안면도 바닥이 발칵 뒤집힐걸.」

손달근의 대꾸가 채 먼지도 묻기 전에 역성을 들고 나선 것은 은혜 씨였다.

「너도 참 답답하다. 너네 형부가 여자 보기를 돌 보듯 해서 부처님 가운데 토막이라는 평판을 듣고 있다는 것은 나보다 니가 더 잘 알 텐데, 왜 어거지로 덮어씌우냐? 노름방에서 화투장 뒤지는 불찰을 헐뜯는다면 내가 입이 열 개라도 할말이 없지만, 여자 관계라면 내가 보증한다. 이날 이때까지 살아오는 동안 너네 형부가 여자 문제로 내 속을 뒤집은 적은 단 한 번도 없었다. 슬하에 피붙이는 두지 못했지만, 너네 형부 여자 문제 한 가지는 정말 깨끗하다 너?」

「그래 언니, 나도 그거 알어.」

은실은 닭고기를 알뜰하게 찢어서 턱밑으로 갖다 바치던 시중을 그만두었다. 그러나 봉환을 노려본다거나 정말이냐고 강다짐하고 들지는 않았다. 은실의 싸늘한 낌새를 알아챈 은혜 씨가 이번에는 남편의 허벅지를 아프지는 않게 꼬집으면서 면박을 주었다.

「당신은 왜 주책없이 평지풍파를 일으켜요? 쟤 봐요, 또 새파랗게 질렸잖아요.」

은실의 속을 뒤집으려는 것인지 남편의 신중하지 못했던 언사를 면박 주자는 것인지 도대체 갈피를 잡을 수 없는 참견이었다.

「하긴 그래. 남자로 태어나서 하반신이 얼마나 부실했으면, 외국 가서 한 달 가까이 체류하면서 여자 한번 안아보지 못하고 돌아왔을까.」

은실은 두 사람의 알량한 속내를 흡사 짐작하고 있는 것처럼 태연하게 앉았다가 불쑥 내뱉은 한마디로 언니를 다시 제압해 버렸다.

「자기 정신 바싹 차려. 우리는 지금 원수들에게 포위당했단 말이야.」

저녁을 마치고 서문식당을 나서면서 은실이 뇌까린 귓속말이었다. 신접살림을 차린 셋방은 놀며 걸어도 식당에서 불과 5분 거리였다. 봉환은 집으로 들어서자마자, 옷을 홀홀 벗어부치고 부엌 한 켠에 미닫이를 끼워 마련한 샤워실로 뛰어들었다. 목물을 하는 둥 마는 둥 밖으로 나서는데, 아내 은실도 어느새 잠옷 차림이었다. 희디흰 육덕이 잠옷 밖으로 어른거리는 것을 바라보자, 봉환은 금세 눈뿌리가 뒤집히는 것 같았다. 다리를 꼬고 거울을 마주하고 앉아 있는 아내를 와락 끌어안으려는데, 느닷없이 눈두덩에 불이 튀었다. 그녀가 따귀를 모양 있게 갈긴 것이었다.

「똑바로 말해. 아까는 형부하고 언니 놀고 있는 꼴이 속이 훤히 들여다보여서 쥐어박아줬지만, 내 진심은 그게 아니었어. 자기 중국 가서 어떤 년하고 잤어?」

머쓱해진 봉환이 두 팔을 벌리고 어깨를 한 번 들썩하며 난해한 표정을 지었다.

「니 몽니부리지 말그래이. 내가 무슨 짓을 했다고 고비마다 파투를 놓노?」

「솔직하게 털어놓으면 용서할 수 있어. 고개 숙인 남자도 아닌 자기가 한 달 가까이 홀아비로 살면서 여자 생각 안했다는 게 말이나 돼?」

「내가 고자도 아닌데, 여자 생각이 굴뚝 같았다는 니 말이 틀린 말은 아잉기라. 그러나 자나깨나 대가리에 떠오르는 여자라카면 오직 은실이 너뿐인데, 설사 욕심이 있었다카더라도 고깃방망이를 염치없이 내두를 수 있겠나? 니가 한 달 가까이나 독수공방하면서 내가 돌아올 날만 손꼽아 기다리고 있다카는 거를 생각하면 나도 모르게 눈물이 쏙 빠졌는데, 내가 짐승이라카더라도 돈 주고 여자를 사서 그 짓을 했겠나?」

「애정하고 객지에 나가서 여자와 잠자는 버릇은 별개라 하던데?」

「서울 가본 놈하고 못 가본 놈이 동대문 문턱을 두고 다투면 못 가본 놈이 이긴다카디……, 니가 중국 풍속을 몰라서 그런 소리를 하고 있는기라. 중국에는 눈을 씻고 찾아봐도 몸 파는 여자가 없다카이.」

「이제 알겠어. 자기 아내는 오다한 물건을 어디서 만들고 어디서 팔고 있는지 알아내려고 서울로 대전으로 애면글면 찾아다니는 동안, 자기는 가는 곳마다 눈깔을 씻어가면서 몸 파는 여자만 찾

134

았다는 얘기 아냐? 더럽고 치사해 정말. 그 더러운 몸으로 집에 돌아온 것만 좋아서 내가 답삭 안길 것 같애?」

「야가 큰일날 소리 하고 있네. 내가 언제 여자를 찾아나섰다카드노? 내 말귀를 그렇게 몬 알아듣겠나? 중국의 풍속이 한국처럼 문란하지 않다는 것을 이바구하다 보이 천상 내가 여자 가랑이 속만 뒤지고 댕긴 꼴이 돼뿌렀는기라. 니 봐라, 내가 그런 짓이나 하고 돌아댕겼다카면 야가 시방 코부라맨치로 발딱 일어서 가지고 이렇게 꼬대기 서 있겠나?」

은실은 고개를 들어 봉환을 노려보았다. 그런데도 표정은 누그러들지 않았다.

「정말이야? 자기 깨끗하다는 거 하늘에 맹세할 수 있어?」

「내가 거짓말을 밥 먹듯 하는 위인이라캐도 이 세상에서 니한테만은 거짓말 안한다카이.」

봉환의 진실을 알아냈으면서도 은실의 굳어진 안색은 좀처럼 풀어질 줄 몰랐다. 그녀는 표정은 흐트러뜨리지 않고 특유의 오리걸음으로 전등 스위치로 다가가 힐끔 뒤돌아보며 물었다.

「불 꺼요?」

한 달 가까이 헤어져 있었던 공백 기간을 보상하려는 듯 격렬하게 회포를 풀고 나서 봉환은 천장을 향해 반듯하게 누웠다. 달포묵은 체증이 쑥 빠져 달아난 것같이 속시원했다. 손으로 턱을 괴고 엎드려 거울에 비치는 자신의 얼굴을 향해 빙긋이 웃어보았다. 그제서야 그가 없는 동안 서울로 대전으로 쏘다녔다는 은실의 말이 떠올랐다.

부엌 쪽으로 난 도어가 열리며 샤워를 마친 은실이 방으로 들어섰다.

「자기 담배 피우고 싶지?」

담배를 꺼내 불을 댕겨 누워 있는 봉환의 입술에 물려주며 그녀는 하반신을 감았던 타월을 벗어 상반신을 닦기 시작했다.

「사흘쯤 푹 쉬고 나서 한창범 씨한테 전화해서 만나봐. 그 사람 진짜 신사더라. 봉환 씨하고 형부가 경찰들한테 수배당하고 있다는 사실을 알고 그날로 강원도까지 달려가서 도매상에게 삼백만 원이나 되는 보상금을 받아다 주었어. 그뿐인 줄 알아. 나하고 서울 가서 점포까지 물색해 주고 장사 밑천이 달랑달랑한다니까 선뜻 봉환 씨 만나볼 용의가 있다구 했어. 사기꾼 아니면 들치기, 날치기 들만 득실거린다는 요즘 세상에 그런 신사가 있다는 게 놀랍더라.」

「서울 가서 여러 날 있었더나?」

「이틀쯤. 하지만 이틀을 어떻게 보냈는지 모르게 정신없이 바빴어.」

「서울에 친척도 없는 니가 잠은 어디서 잤다노?」

「나는 이틀 동안 모텔에서 묵었지만, 그 사람은 친구 집이 있다면서 거기서 잤어. 그런데 나중에 보니까, 모텔로 찾아와서 숙박료까지 지불해 주고 갔지 뭐야.」

그러다가 은실은 속으로 아뿔싸 했다. 얼른 둘러댄다는 것이 나중에 책잡힐 말을 한 것 같았다. 그녀는 얼른 타월을 벗고 홑이불 속으로 알몸을 밀어넣으며 말했다.

「한창범 씨 만나러 갈 때 나도 같이 갈래.」

「니하고 같이 가는 기야 어렵지 않지만 그 사람하고 내하고는 벌써 옛날에 동업관계 청산하고 조면하고 지내는 사이가 돼뿌렀다 카이. 그런데 인제 와서 장사 밑천이 궁하게 됐다고 비겁하게 고

개 숙이고 들자카면 자존심도 있는데 그기 잘되겠나? 그 사람
겉보기하고는 다르대이. 속에는 구렁이가 열 마리쯤 들어앉아 있
는 사람인기라.」

「그깐 구렁이 열 마리쯤 들어 있으면 대수야? 봉환 씨 속에는
큰 능구렁이 한 마리 들어 있잖어. 큰 이문이 생기고 한밑천 잡
을 수 있는 길만 확실하게 보장된다면 고개 숙이는 일이야 나 같
으면 백 번이라도 하겠다. 그런다고 멀쩡한 목 빠지겠어? 자긴
너무 오래 혼자 살아서 가난이 뭔지 몰라서 탈이야. 자기 안 가
면 나 혼자서라도 갈래.」

「조면하고 지낸다는 내 말을 몬 알아묵겠나?」

「알아먹겠어. 그런데 한창범 씨하고 동업하다가 등진 건 뭣 때문
이야? 그 사람은 그런 사이란 얘기 않던데? 그런 사이라면 동
업관계로 있을 때 정산해 주지 못한 돈을 정산하겠다고 안면도까
지 찾아올 수 있었을까?」

「그 돈을 정산하겠다고 찾아왔더란 말이제?」

은실이 고개를 끄덕이자, 봉환은 자신도 모르게 후닥닥 자리를
털고 일어났다. 그러나 누워 있던 은실이 응석하며 잠자리 속으로
팔을 낚아챘다. 그녀의 말에 혼란을 느꼈던 봉환이 좀 가만둬 달라
는 눈짓을 보냈을 때, 그녀가 오금을 박고 들었다.

「나중에 얘기해도 늦지 않어. 자긴 몰랐어? 야간 시늉만 하다
말았잖어.」

얘기를 길게 끌었다간 동업관계로 있다가 등지고 헤어진 진솔한
내막을 추궁당하기 십상이었다. 당장이야 그럴싸하게 둘러댈 수도
있겠지만, 한창범을 만나러 갈 때 동행하겠다는 결의까지 내비치는
것을 보면 들먹이기조차 싫었던 과거가 들통날 가능성은 충분했다.

은실은 그렇게 호락호락한 여자가 아니었다. 봉환은 그녀가 잡아 당기는 대로 홑이불 속으로 기어들고 말았다. 그러나 그녀에게 이 끌려 방금 목물을 뒤집어쓰고 들어온 시원한 몸뚱이 위로 엎디면서 도 머릿속은 갹출했던 종자돈에 대한 생각으로 가득 찼다. 그 돈을 1년 반이 지난 지금에 와서 정산하겠다고 안면도까지 찾아왔었다 면, 분명 원금에 꼬리를 물고 그 꼬리를 또 물어서 엄청나게 증식 되었으리란 짐작은 어렵지 않았다. 그러나 사뭇 잊어버리고 있었던 그 돈을 정산해 주겠다고 찾아온 창범의 속셈은 쉽사리 짐작할 수 없었다.

따진다면 종자돈을 단념해 버림으로써 발생한 반사 이익을 봉환 이 챙기지 못한 것도 아니었다. 태호가 제 발로 걸어서 봉환에게 합류한 것은, 바로 그에 대한 야무진 보복이었으며 희생에 대한 반 사 이익으로 간주해도 무리가 아니었다. 태호 한 사람이 그에게 합 류했다는 것은 금액으로 따질 수 없는 이익이었다. 어디 그뿐인가. 무엇보다 그를 놀라게 한 것은 강원도 사건을 창범이 해결해 주었 다는 것이었다. 이런 결과로 나타났다면, 봉환을 소외시킴으로써 끝내 태호까지 잃게 되었던 창범의 쓰린 셈속은 뒤늦게나마 속시원 하게 밝혀진 셈이었다.

머릿속이 그런 엉뚱한 생각들로 꽉 들어차 있었기 때문에 지금 자신이 어떤 일을 하고 있다는 것조차 잊어버리고 있을 즈음, 느닷 없이 그를 상념의 세계로부터 끌어낸 사람은 존재조차 잊고 있었던 은실이었다.

사람 살리라는 외마디소리를 듣고 와락 정신을 차리고 내려다보 았을 때, 은실의 몸뚱이는 물걸레처럼 흠뻑 젖어 있었다. 외마디소 리를 쏟아내며 봉환의 앞가슴을 밀어붙이고 후닥닥 알몸을 일으킨 그녀는 두 눈자위를 하얗게 칩떠보며 말했다.

「자기 중국 가서 무슨 약 먹고 왔어? 우리 언제부터 했는지 알어? 자기 너무너무 오래하는 거 있지.」

그녀에게 떼밀려 바람벽 아래까지 나자빠진 봉환조차 놀라서 땀범벅이 된 은실을 물끄러미 바라보고 있었다. 그러나 진력이 나서 그를 완강하게 떼밀고 말았다는 은실의 일그러진 표정은 대견스러움과 만족감에 젖어 있었다. 득의에 찬 봉환은 바람벽에 등을 붙인 채 팔짱을 끼며 이죽거렸다.

「중국서 사먹은 약이 아이라카이. 옛날에 한씨하고 동업할 직에 그 사람이 구해준 약이 우연히 남아 있길래 한 알 먹었디 이런 난리가 나뿌렀네.」

이튿날 아침, 은실은 서문식당으로 달려갔다.

지난밤에 경험했던 봉환의 당찬 근력은 혼자서만 알고 있기엔 아무래도 벅찬 것이었다. 어떤 방법으로든 발설하지 않으면 스트레스가 쌓일 것 같았다. 그러나 신혼 초인 그녀로선 발설의 욕구가 명치끝까지 차올랐다 해도 아무나 잡고 남편의 대견스러움을 공개할수 없었다. 가장 스스럼없는 상대는 역시 은혜 씨였다. 그러나 식당문을 밀치고 안으로 들어섰을 때 은혜 씨가 먼저 기다렸다는 듯이 한쪽 눈을 찡긋하며 그녀를 식탁으로 불러앉히고 나직하게 속삭였다.

「어젯밤에 들었는데……, 니 형부가 고기만 잘 잡는 줄 알았더니 그게 아니더라. 이번 중국여행 길에 니 형부가 없었더라면 귀국할 여비조차 바닥나 거지 신세될 뻔했단다.」

봉환으로선 일언반구도 없었던 터라, 이게 무슨 흰소린가 싶어 은실은 바라만 볼 뿐이었다.

「가져갔던 여비가 열흘 남짓 견딜 수 있을 정도였다는 건 우리도 알고 있었잖니. 그래서 열흘을 넘기면서부턴 현지에서 조달할 수밖에 없을 거란 짐작만 했었잖어. 그런데 빚은커녕 니 형부가 주머니를 뒤적뒤적하더니, 오백 달러를 내놓더라.」

그녀는 안방으로 달려가서 서랍 속에 감추었던 1백 달러짜리 다섯 장을 은실의 턱밑에 들이댔다. 이마가 훌러덩 벗겨진 사람의 얼굴이 큼직하게 그려진 서양돈이었다. 속은 금방 메스꺼웠으나 태연한 척하고 있는 은실에게 은혜 씨는 달러 석 장을 잽싸게 접어 양말 속에 끼워넣은 다음, 복장 지르는 한마디를 덧붙였다.

「니 형부가 인천서 떠나는 여객선 타고부터 돈벌이를 하지 않았다면, 귀국은 고사하고 일행 셋이 중국땅에서 곱다시 거리귀신될 뻔했단다.」

구태여 되묻지 않아도 여객선에서부터 노름판에 뛰어들었다는 얘기였다. 자존심에 상처를 받았으나 은혜 씨를 반격할 묘방이 떠오르지 않았다. 투전판에 뛰어들어서 그야말로 일행의 여비까지 몽땅 털린 꼴을 보았다면 모를까, 체류 예정일을 훨씬 넘기고 귀국하면서 5백 달러까지 지니고 왔다면, 노름판 아니라 양변기에 머리를 쑤셔박았다 해도 면박 줄 명분을 찾을 수 없었다. 은실은 기운이 쭉 빠지는 느낌이었다.

「봉환 씨는 그런 돈이 생겼다는 말도 않던데?」

「너네 남편이야 몸으로 때우는 일밖엔 별다른 수완이 없잖니. 남의 주머니에 들어 있는 돈을 내 돈 만들어먹는 일을 아무나 할까. 그렇게 수월하다면 돈 못 버는 사람이 없겠다 야.」

봉환까지 헐뜯어가며 거드름을 피우고 있는 은혜 씨를 끽소리 한마디 못하고 지켜보고 있어야 한다는 것이 울고 싶도록 억울했다.

무턱대고 달려온 것이 후회되었다.

「언니, 그런 소리 하지 마. 봉환 씨가 배운 게 없으니까 믿는 건 몸뚱이 하나뿐이고, 부딪치는 일마다 몸뚱이로 때우려는 버릇이 있다는 것은 나도 인정해. 하지만 몸으로 때우는 것도 품질 나름이야. 형부가 오백 달러 벌어온 것도 따지고 보면 몸으로 때운 게 아니고 뭐겠어. 중국 서점에 갔다가 책갈피 속에 들어 있던 돈을 쏙 뽑아온 건 아닐 테지. 몸으로 때운 건 피차가 마찬가진데, 형부는 손으로 때운 거고 박 서방은 온몸으로 때운다는 게 다를 뿐이겠지. 오히려 온몸으로 때우기가 근력에 부치니까, 하는 수 없이 손으로 때우는 거 아니겠어. 그깐 오백 달러 못 벌어와도 오랜만에 집에 와서 온몸으로 때워주니까 십 년 묵은 체증이 쑥 내려가는 것 같더라.」

은혜 씨는 은실이 한 말을 속속들이 알아들을 수는 없었다. 그러나 뭔지 모르게 의미심장한 뜻이 담겨 있다는 것은 알아차릴 만했다. 그러나 그녀의 기를 꺾어놓을 수 있는 빌미가 없지는 않을 것 같은데, 힐끔 바라보니 은실은 난데없이 울고 있었다. 봉환이 배운 것이 없다는 것은 비밀도 아니었지만, 그 말을 공개해 버린 것이 화근이었다.

「하긴, 니 형부 하초 부실한 건 사실이지. 오백 달러 공연히 가져왔겠냐.」

봉환이 은실이 메모해 둔 연락처로 전화를 건 것은 그녀가 서문 식당으로 달려간 뒤였다. 물론 창범과 통화하기 위한 것이었지만, 내심으로는 전화로도 그와 마주치고 싶지가 않았다. 착신 신호가 오래 울린 끝에 전화를 받은 사람은 다행히도 창범이 아니었다. 그런데 전화를 건 봉환이 얼떨결에 찾은 사람은 자신이 더 잘 알고 있는 태호의 행방이었다.

「워메, 요 일을 어쩐디야. 누구신지는 모르겠소만 태호란 사람 옛적에 종적도 읎이 내빼뿔고 없지라. 나가 에랍게 한 번 만난 적은 있지만이라.」

「헤어진 뒤에 연락도 없었습니껴?」

「전화 건 분 주소지가 청와대 가근방인지는 모르겠소만, 댁도 싸 가지없어라이. 대한민국이 정보통신 한 가지는 세계 제일이라 전 화 걸기는 수양딸로 며느리 삼기보다 수월하단 야그는 들었소만, 전화를 걸었으면 건 쪽에서 첨 뵙겠구만요 하고 통성명부터 하고 안부 물어본 다음에 궁금한 일이 있으면 물어봐야제이. 잠자는 입에 콩가루 집어넣드키 지 할말만 따발총 쏘듯 하면 말문 열기 가 쉽겠소?」

「거기가 민태호나 한창범 씨 연락처 맞기는 맞는 깁니껴?」

「뭣이여? 연락처란 것을 뻔시리 알고 전화를 걸었을 텐디, 나보 고 긴가 아닌가를 따지고 들면 나가 뭔 소리부터 먼저 혀야 쓰겄 소?」

「아따, 그 양반 억수로 따져쌓네. 나는 박봉환이라캅니더.」

「나는 전라남도 고흥군 토박이 방극섭이오. 나가 듣자니 한 선생 일행의 행방을 찾고 있는 것이 분명한 것 같은디, 그분네들 오늘 새벽에 장흥장 장사 나가고 없지라이. 처자슥 믹여 살리려면 비 오는 날 빼고는 사타리에 진물 나도록 쫓아댕겨야 쓰잖겠소. 근 디 박봉환이라면 나가 어디서 몇 번 들어본 이름인디? 민태호하 고 중국 갔다는 그 사람 아닌지 모르겠소이?」

「맞습니다. 태호하고 중국 갔다가 이틀 전에 돌아왔습니더.」

「그런디 태호하고 동행으로 중국 갔다 왔으면 그 사람 행방은 거

142

그가 더 잘 알 턴디, 중국 갔다와서 치매가 들어뿌렀소? 무신 지랄로 나보고 태호 행방을 묻고 있으까이? 시방 가만있는 사람 속지르자는 심뽀구먼이라?」

「그 양반 억수로 따져쌓네 참말로⋯⋯.」

「이치가 그렇잖소. 거그서 알고 있는 일을 땅끝에 있는 나보고 묻는 까닭을 알자는 나가 잘못되었소?」

「불쑥 나온다는 말이 그렇게 돼뿌렀으이, 양해하시오. 우찌됐든 간에 장흥장에 갔다는 일행이 돌아올라카면 아즉도 멀었습니껴?」

「전화번호나 불러보시오이. 나가 싸게 연락되도록 주선해 볼라요.」

「방 선생, 초면에 실례가 많았습니다.」

「실례랄 건 없습니다만, 요지간에 당신 한번 만났으면 쓰겠소이.」

전화를 끊고 나서야 한주먹 쥐어박힌 얼굴이 벌겋게 상기되었다. 부부가 오랜만에 만난 벌충을 하느라 근력깨나 쏟아부은 지난밤의 무리한 합환으로 온 삭신이 녹작지근하고 뼈마디까지 자근자근 씹히는 징조는 가벼운 몸살 기운이 분명했지만, 대충 옷매무새를 가다듬고 집을 나섰다.

그제서야 고흥으로 직접 연락을 취할 것이 아니라, 주문진에 있다는 변씨의 의향을 떠보는 게 순서라는 생각이 들었다. 서문식당으로 나가는 길로 곧장 변씨에게 전화를 걸었다. 그러나 몇 번이나 되풀이해서 걸었지만, 전화를 받지 않았다. 영동식당 전화번호를 알고 있었지만, 묵호댁이 덜컥 받아서 아까처럼 창피나 당하지 않을까 싶어 차마 내키지 않았다.

사흘쯤은 여독을 풀고 쉬어야 한다는 권유를 뿌리치고 서울 갈 준비를 서둘렀다.

중국 옌지에서 통기만 기다리고 있을 태호의 조바심을 생각하면 여독을 핑계하고 노닥거릴 때가 아니었다. 우선 서울로 나가서 은실이 터놓았다는 점포를 몸소 확인하고 물품을 중국으로 가져갈 경우의 잇속도 따져봐야 할 것이었다. 창범이 은실에게 제의했다는 동업은 그 다음에 결정할 일이었다. 손달근과 동행하는 것이 순서였으나 결국 그들 부부만 떠나기로 하였다.

오후에 도착해서 남대문시장과 동대문시장의 점포를 둘러보았을 때, 창범이 보여준 열성은 지나쳐볼 것이 아니라는 것을 깨달았다. 봉환이 나서서 더이상 가격을 내려칠 수 없을 정도의 헐값으로 흥정이 되어 있었다. 가진 돈으로 계약금을 지불하고 빌딩이 우뚝 선 평화시장 근처의 여관에서 하룻밤을 묵기로 하였다. 지난번 창범과 동행이었을 때 묵었던 여관으로 가자는 봉환을 면박 주어 은실은 시설이 호텔 수준인 번듯한 여관을 찾은 것이었다. 봉환의 의지대로 두었다면, 여관은 고사하고 여인숙으로 찾아들었을 것이었다.

「보따리장수 주제에 여관은 분수에 넘친다카이. 짚신에 국화를 그린다카디, 천장 밖으로 별 안 보이면 됐지 주제넘게 호텔은 또 무신 호텔이고. 나는 그런 데선 잠도 안 온다카이.」

「자기 그럴 거야 정말? 난 그런 데서 못 자. 허술한 데서 자다가 강도라도 당하면 어쩔래?」

「야가 또 바가지 긁어쌓네. 강도가 그렇게 겁나거든 청와대 정문 앞에서 노숙하지 왜.」

「자기 정말 자린고비 행세할 거야? 자기가 사랑하는 아내가 서울역 광장 가서 노숙해야 속시원하겠어? 그 말이 진정이라면,

144

노숙할게.」

「분수 지키면서 근검절약하고 살자는 이바구지, 니 걸부새이 맹글라꼬 이빨 앙다물고 설치는 사람은 아이라카이. 우리 살림 우리가 안 애끼고 살면 누가 애껴주겠노.」

「난 못해. 밥은 굶어도 좋지만 잠은 지저분한 데서 못 자는 성미라는 걸 자기도 알잖아.」

봉환의 말이 옳았다. 5만 원을 지불하고 찾아 들어간 객실에서 곤하게 잠잔 것은 불과 대여섯 시간도 채 안되었다. 새벽같이 일어나 주문진 가는 첫 버스를 탔기 때문이었다.

그러나 변씨를 만날 수는 없었다. 봉환을 난감하게 만든 것은 변씨의 집을 찾아갔을 때였다. 툇마루에는 먼지가 뽀얗게 앉아 있었고, 찌그러진 채로 방치한 문짝으로 보아 오래 전부터 사람이 거처하지 않았다는 증거였다. 인적이라곤 코빼기도 찾아볼 수 없는 집 처마에 제비 부부가 찾아와 집을 짓고 새끼를 치며 살고 있었다. 제비는 새끼들을 위해 벌레를 물어 나르다가 머물고 있는 사람이 집 주인 아닌 것을 발견하고는 전깃줄에 깝죽거리고 앉아 귀가 따갑도록 재재거렸다.

빗자루를 내던지는 시늉을 하면 금세 사라졌다가 어느새 또다시 날아와서 신경을 곤두세웠다. 툇마루에는 제비들이 안심하고 싸 갈긴 제비똥들이 너절하게 흩어져 있었다.

혹시 일행을 따라 전라도 쪽으로 내려가 있든지, 아니면 늙은이 주제에 원양어선을 탔을지도 몰랐다. 이웃을 찾아다니며 행방을 물어보았으나 행방을 짐작하고 있는 사람은 없었다. 근처 다방에서 기다리고 있는 은실로부터는 10분 간격으로 전화가 걸려왔다. 휴대폰을 내동댕이쳐 버리고 싶었지만, 약속 장소가 어긋났다고 둘러

대고는 영동식당을 찾아갔다. 묵호댁을 찾아가면 변씨의 행방을 알
수 있을 것 같았다.

영동식당 간판은 그대로였다. 그러나 막상 가게에 다다르니 얼굴
을 디밀 염치가 없었다. 변씨의 행방이나 곱게 가르쳐주고 말없이
돌아서줄 여자가 아니란 것은 불을 보듯 뻔하기 때문이었다. 죽일
놈 살릴 놈 하면서 식칼이라도 들고 쫓아온다면, 봉환의 애꿎은 인
생은 시쳇말로 땡쳤다고 봐야 옳았다. 생각이 거기에 미치는 순간,
봉환은 안색이 파랗게 질려 뒤도 안 돌아보고 영동식당 골목에서
되돌아나오고 말았다.

봉환에겐 놓치고 싶지 않은 두 가지가 있었다. 그 첫째가 은실이
었다. 그녀는 서른 중반을 넘기도록 동가식서가숙으로 전전하던 그
가 획득한 가장 성공적인 전리품이었다. 먼 여정에서 지친 몸으로
돌아왔을 때, 그리고 벌여놓은 일들이 완벽한 실패와 좌절로 끝나
고 말았을 때, 마땅히 찾아갈 가정이 있다는 사실에서 느껴지는 짜
릿한 정착의 쾌감과 그 장소가 제공하는 조촐한 단란함이 봉환에겐
더없이 소중했다.

여성에겐 여자와 아내라는 두 개의 모습이 조화롭게 존재하고 있
다는 것을 가르쳐준 것도 은실이었다. 걸핏하면 바가지를 긁어대거
나 안달하였지만, 그것은 애성바르고 영리한 여자이기 때문이었
다. 남자와의 관계에서 한 번 실패한 상흔이 있었기 때문에 남자를
언제 어떻게 쓰다듬고 닦달해야 한다는 지혜도 특출한 편이었다.

제 손으로 세탁하지 않으면 언제나 쑤셔박아 놓은 그 자리에 볼
썽사납게 처박혀 있던 속옷 한 가지라도 그녀의 맵짠 손길을 거치
면 산뜻하게 새옷으로 바뀌어 있었다. 중국에서 돌아온 이튿날 아
침, 그가 입었던 구질구질한 속옷과 양말 들이 말끔하게 세탁되어

밝은 햇살을 받으며 빨랫줄에서 나부끼고 있는 것을 발견했을 때, 봉환은 소리라도 지르고 싶을 정도로 가정의 안락함과 소중함을 느꼈다. 아내가 아니라면 과연 누가 양말짝 한 가진들 그토록 소중하게 여길 것인가. 여자인 은실로선 당연시해서 습관적으로 치러내고 있는 자질구레한 일상사들이 봉환에게는 전혀 새롭고 신선한 모습으로 다가왔다.

지금까지는 지극히 사소한 것으로 생각되었던 것들, 보잘것없다고 생각되었던 것들이 바로 소중한 것이란 깨달음을 제공한 사람도 은실이었다. 게다가 직접 서울에 가서 거래처를 확보하는 장사 수완까지 발휘하고 있다면, 그의 결혼생활에 눈곱만치의 간극이나 앙금이 생겨선 안된다는 것이 봉환의 생각이었다.

둘째는 바로 중국에서 터놓은 거래선과 안면 들과의 약속을 지키는 것이었다. 짧은 기간 동안이나마 신실한 안면을 터놓은 중개상들과의 약속이 수포로 돌아가고 말았을 때 입을 손실은 약속이 지켜졌을 때 얻어지는 잇속보다 훨씬 심각하고 참담하다는 것을 알고 있었다. 그랬기 때문에 어떤 신산을 겪더라도 다음 파수에는 약속한 물량을 챙겨 중국으로 가져가야 했다. 그렇다면 창범이 내비친 동업의 의향도 반드시 성사시켜야 했다. 그것이 성사되면 모자라는 자본금을 충당해야 한다는 고민거리가 일시에 해결되는 것은 물론이었고, 동업관계인 세 사람 중에서 주도권을 잡는 일까지도 넘볼 수 있을 것이었다.

그런데 지난날 그가 대수롭지 않게 저질렀던 과거의 그림자들과 임기응변으로 뇌까렸던 약속들이 느닷없이 그의 발목을 잡고 늘어지고 있었다. 배반하지 않겠다던 약속, 죽고 싶도록 보고 싶었다는 가벼운 거짓말, 이곳 저곳 싸질러다니면서 건네주었던 몇천 원짜리

하잘것없는 선물, 대수롭지 않게 여겼던 언약 들이 너무나 짙은 그림자가 되어 그의 발목을 잡는 것이었다.

봉환에게는 임기응변에 불과했던 것이든 마지못해 했던 약속이든 받아들이는 쪽에서는 간직할 만한 진실이었음을 지나친 결과였다. 그런데 과거의 거짓과 방만을 감추고 묻어버리자면 항상 또다른 거짓을 연출해야 한다는 곤혹이 뒤따랐다.

은실이 기다리고 있는 다방으로 찾아갔을 때 그녀는 예상했던 대로 팽하니 토라져 있었다. 반드시 만나기로 약속되었다고 호언했던 변씨를 이러저러해서 만나지 못했다고 둘러대는 말에는 은실도 실망하는 빛이 역력했다.

나선 김에 고흥까지 가자는 그녀의 말은 지극히 당연한 것이었다. 그러나 그 또한 봉환에게는 여의치 않았다. 창범과 단독으로 만난다면 위기를 모면할 수 있겠지만, 고흥으로 내려간다면 반드시 승희를 만나야 할 것이었다. 고흥으로 간다는 것은 화약을 지고 불로 뛰어드는 만용이었다.

그런데 참으로 예측할 수 없었던 일이 벌어지고 말았다. 돌발사건이라 할 수 있는 그 일이 벌어진 것은 안면도로 돌아와서였다. 봉환의 계좌에 3천만 원이란 금액이 한창범의 이름으로 입금된 것을 발견한 것이었다.

은실이 은행에 들러 잔고 확인을 해본 결과였다. 통장을 받아든 봉환은 오랫동안 우두망찰하고 앉아 있었다. 변씨와 창범과 태호 그리고 봉환 네 사람이 반드시 한자리에 모여야만 정산이 가능하다던 돈이었다. 봉환으로선 죽은 사람의 입에 넣어주는 저승노자라도 빼앗아 써야 할 급전이 아야 소리 한 번 없이 덜컥 입금된 것이었다. 출처나 상황을 따지기 전에 허파가 뒤집힐 듯 놀랄 수밖에 없었다.

이상하게 담담한 태도를 보이고 있는 은실을 남겨두고 서문식당으로 뛰었다. 대낮인데도 손달근은 자고 있었다. 그를 들깨우고 턱 밑으로 통장부터 디밀었다.

「대금결제가 당장 해결됐네요. 내일 당장 서울로 가시더.」

「아니, 이게 뭔 일이여?」

「뭔 일은 뭔 일이라요. 대박이 터지고 말겠다는 징조지요.」

「그러고 보니 동서 능력 있는 사람이네?」

「처형요, 냉수 한 그럭 퍼뜩 줄라니껴?」

그런데 눈자위가 뒤집힐 듯 놀라주어야 할 손달근의 태도가 시큰둥했다.

「형님, 뭔 일 있습니껴? 꿔다 놓은 보릿자루맨치로 와 처연시럽게 앉아 있어요?」

「글쎄…… 대단한 일이 생긴 건 아니구, 서울은 동서 혼자 댕겨오는 게 어떨까?」

「텍도 없는 소리 하지도 마소. 중국 비자 낼라카면 형님이 강 여사를 만나야 안되겠습니껴. 강 여사 구슬릴 사람이 우뢰 일행 중에 형님 빼고 누가 있겠습니껴?」

「솔직히 털어놓겠는데, 내일이나 모레쯤 큰판이 있을 것 같거든. 놓치기 아깝잖어.」

「노름판에 미련을 둘라카그던 장사고 보따리고 때려뿌소고마. 형님은 가정이 소중하다는 거를 아직도 깨닫지 못했습니껴? 소중한 가정을 지킬라카면 응당 희생과 고통이 뒤따라야 한다는 것을 장가간 지 며칠 안되는 나는 알고 있는데, 관록 붙은 형님이 모린다카면 그기 말이 되는 얘깁니껴? 남들이 모두 깊은 잠에 빠

져 있는 꼭두새벽에 배 몰고 허허로운 바다로 나가 그물을 걷어
보았지만, 뱃전으로 올라오는 건 빈 그물뿐이었던 지난날을 경험
했다카면 그런 소리 해서는 안되는기라요. 그래도 포구로 돌아오
면 된장 끓여서 밥해놓고 기다리는 아내가 있었다카는 거를 형님
은 모리고 있었다는 말입니껴? 우리가 뭣 때문에 서울로 중국으
로 댕기면서 이 고상을 하고 있는 것인지 형님은 몰라서 그런 억
장 무너지는 소릴 하고 있는 깁니껴?」

「동서는 하나는 알고 둘은 모르는구먼. 서울로 중국으로 다니면
서 고생하는 것보다 여기 앉아서도 돈벌이가 된다면 찾아다니면
서 고생할 까닭이 뭐여?」

「반드시 딴다는 보장이라도 받아낸 것처럼 장담을 하네요? 어느
씨발놈이 그런 보장을 해줍디껴? 설사 보장을 했더라도 그기 낚
싯밥이란 것을 몰라서 그래요?」

「씨발놈이 아니라, 씨발년이 보장하더란 말이여.」

「그게 누군데요?」

「방금 동서가 물 달라고 한 처형을 몰라서 묻나?」

말문이 막히고 말았다. 항상 몰려다니던 꾼들도 아닌 그의 아내
가 남편을 노름방으로 꼬드긴 것이었다. 더욱이나 그녀는 무안한
기색도 없이 열어둔 방문 앞에 물그릇을 들고 서 있었다. 물그릇을
잽싸게 낚아챈 봉환은 그것을 가게 바닥에 내동댕이쳐 버렸다. 떼
굴떼굴 굴러가던 물그릇이 주방 문설주를 박고 박살이 났다.

물그릇이 주방 앞에서 박살나는 꼴을 어처구니없는 표정으로 바
라보고 있던 은혜 씨의 거동이 수상쩍었다. 그녀는 그릇이 깨지는
소리가 가라앉고 사위가 일순 조용해질 때까지 이렇다 할 동요를
보이지 않고 그대로 서 있었다. 그녀로선 아우의 남편으로 대접한

150

다고, 식당에서 늘 사용하는 스테인리스 아닌 사기그릇에다 물을 담아온 터였다. 그런 듯이 서 있던 그녀가 움직이기 시작했다. 봉환에게는 눈길 한번 주는 법이 없이 앍기죽거리며 주방으로 걸어갔다.

두 남자의 시선은 쟁반에 접시들을 가슴이 모자라도록 포개 없고 나타나는 그녀의 거동에 꽂혀 있었다. 쟁반을 식탁에 내려놓는가 하였더니 갑자기 접시들을 주걱으로 가차없이 박살내기 시작했다. 그녀와 결혼생활 15년째인 손달근조차 전혀 예상하지 못했던 일이었다. 주방으로 가지 않고 봉환에게 와락 달려들어 복장거리하며 발악을 퍼부었더라면 오히려 사태 수습은 수월했을지도 몰랐다. 애지중지하는 집기들을 스스로 박살내는 파격을 목격하게 될 줄은 참으로 상상조차 못한 일이었다.

두 남자가 속수무책으로 지켜만 보고 있었기에 그녀의 거동에는 가속도가 붙었고, 손실은 더욱 불어났다. 두 남자는 만류에 앞서 그녀의 속셈을 읽으려 했다. 왜 저럴까 하는 사이에 가지고 나왔던 접시들을 모조리 거덜낸 그녀는 다시 주방으로 돌아섰다.

바로 그 순간이었다. 방에 앉아 있던 봉환이 용수철에 엉덩짝을 맞은 것처럼 와락 주방으로 내달아 삽시간에 그녀의 허리를 잡고 늘어지며 빌었다.

「처형요, 와 이카십니껴. 이카면 안돼요. 내가 잘못했으이 그만 고정하이소.」

잡힌 잔허리를 뿌리치려 했으나 여의치 못했던 그녀는 잡힌 채로 돌아서면서 봉환의 따귀를 눈물이 쏙 빠지게 올려붙이며 야무지게 쏘아붙였다.

「상놈의 새끼, 너한테 가정이 소중하다는 것을 가르쳐준 사람이 누구여? 가진 것이라고는 땟국이 꼬질꼬질한 불알 두 쪽밖에 없다는 것을 빤히 알았으면서도 은실이를 꼬시고 침 발라 결혼시켜서 지붕 있는 집구석에서 나자빠져 잘 수 있도록 주선한 사람이 누군데, 여기가 감히 어디라고 도둑놈처럼 뛰어들어서 니 맘대로 홰를 치고, 기물을 박살내? 아무리 본데없이 자란 놈이기로서니 명색이 처갓집에 와서 행패를 부려? 돈푼깨나 만지고 나니까 눈깔에 보이는 것이 없냐?」

「아이고 처형, 내가 백 번 잘못했습니더. 우짜다 보이 저지른 실수니더. 꿇어앉아서 빌라카면 빌겠습니더. 내가 우짜다 이런 실수를 했는지 내도 모르겠습니더. 용서하이소.」

「용서 좋아하네. 니놈을 고소 안하면 내 손구락에 장을 지져라. 그런 행패를 부리고도 날 보고 처형이라고? 이놈아, 세상에 처형들 다 죽어서 씨가 말랐다. 니가 네 집구석에서 사내 행세를 대강 꾸려나간다 해서 남의 집에 와서까지 이런 포악을 저질러도 괜찮다는 법이 있는 줄 알았다면 큰 오산이다. 길을 막고 물어봐라. 니같이 본데없는 놈이 또 있는가. 아이고, 내 눈에 명태 껍질이 씌었지. 이걸 인간이라고 중신아비 노릇까지 했으니 내 눈을 내가 찌른 셈이야. 남 원망할 거 없어.」

「내가 이렇게 싹싹 빌고 있는 게 안 보입니껴? 삼강오륜을 못다 배웠다캐도 처갓집에 와서 행패를 부려서는 안된다카는 것을 와 모르겠습니껴. 불각시에 저지른 행동 아이겠습니껴. 저기 있는 형님을 보더라도 용서하시고 고정하이소.」

「형님이고 나발이고 다 소용없어. 네놈을 고소하기로 작정했다면 이젠 나 혼자여. 빛 좋은 개살구라고 결혼은 했어도 나 혼자된 게 언제부턴데.」

「모두 내 잘못인데 형님 탓은 하지 마이소. 형님은 그 고생시런 와중에서도 오백 달러나 되는 큰돈을 처형한테 갖다 드린다고 꼭 꼭 숨겨놓는 걸 내가 안 봤겠습니껴.」

「돈만 갖다 주면 뭘해. 지가 당연히 해야 할 짓을 감당 못할 것 같으니까 갖다 줬지.」

내친김에 살쑤시개 내두르는 솜씨가 보잘것없는 남편 손달근과 본데없는 박봉환을 싸잡아 혼찌검내고 있었다.

남편에 대한 해묵은 불만이 봉환의 행패로 불거진 것이었다. 남편이 중국에서 돌아왔을 때 그녀의 기대는 컸었다. 그러나 돌아온 지 나흘이 흘러간 지금, 그녀는 부부의 정리라는 것이 도대체 어디서부터 출발하는 것이며 무엇 때문에 지탱하는 것인가 하는, 소박하지만 그녀로선 난해한 의문에 빠져들고 말았다. 남편을 사랑하고 애틋하게 여긴다는 표현의 다양성을 능숙하게 누리지 못했던 그녀에게 오직 숙달된 표현 방법이라면 남편과 함께하는 잠자리의 격렬함뿐이었다. 그런데 남편 딴은 게걸스럽게 시작했으나 뒤끝은 언제나 흐지부지되고 말았다.

은혜 씨로선 시작도 뜨뜻미지근했고 끝맺음도 허망하도록 싱거웠다. 부부가 오랫동안 헤어졌다가 다시 만났을 때 일어날 수 있는 목마름과 격렬함이 그에겐 없었다. 운명 탓으로 돌리려 들면 억울하다는 생각밖에 떠오르는 것이 없었다. 그 열정을 해소시킬 만한 적당한 대상도 그녀에겐 없었다. 달리기나 뜀뛰기도 시큰둥했고, 책을 읽거나 바느질로 불만을 해소시키는 방법도 일찍이 그녀와는 궁합이 맞지 않았다. 옛날에는 그렇지 않았는데, 요지간부터 나타나기 시작하는 남편의 증상이 안타깝고 초조했다.

은실에게 휘둘리면서도 잘 참고 남편의 도박 습관을 넉넉하게 응대하는 것을 보면 그녀는 심성이 너그러운 여자였다. 그러므로 욱하는 김에 저지른 봉환의 행패도 몇 마디 좋게 꾸짖어서 창피를 안길 여자였다. 그러나 남편에 대한 욕구 불만이 정수리까지 차올라 있던 차제였으므로 싸잡아 욕설까지 튀어나오고 나중엔 격양된 감정을 억제하지 못하고 주방에 퍼질러앉아 울기까지 해버린 것이었다.

남편을 서울로 가지 못하게 사주한 것도 내막을 알고 보면 그녀의 고육지책이었다. 한마디로 남편을 곁에 두고 보양을 시켜 그의 근력이 되돌아설 수 있도록 조처한다는 나름대로의 속셈이 있었다. 남편의 사랑을 확인하고 쌓이는 스트레스를 풀 수 있는 유일한 길이 재처럼 식어가고 있다는 것에 그녀는 조바심을 내고 있었다. 그러한 속내가 들통이라도 난 것 같아 창피스럽고 짜증났다.

봉환의 거친 행동은 손달근 또한 패주고 싶도록 눈에 거슬렸다. 그랬기에 두 사람 사이에 벌어진 북새통을 물 건너 불 구경하듯 덤덤하게 바라보기로 한 것이었다. 그런데 아내의 말을 듣고 있자니 정작 과녁은 일 저지른 봉환이 아닌 자기였다. 시작은 장삿속이었는데, 끝맺음은 부부간 잠자리에 대한 불만으로 옮겨지고 말았다. 자신의 기능이 저조해지기 시작한 것이 오래 전 일은 아니었다. 구태여 꼭 찍어보라면, 서해안의 조업이 시들해진 시점과 맞물려 있었다. 고기가 잡히지 않아 바다에 나갈 명분이 없어진 뒤부터 시작된 불길한 징후였다.

송충이는 솔잎을 먹고 살아야 송충이값을 한다는 말이 흰소리가 아니라는 생각이 뒤통수를 쳤다. 그래서 이번에 다시 출발할 중국행까지만 동행해서 자기 몫을 챙긴 다음 그 칠칠맞은 보따리장사에서는 손을 떼야겠다는 결심을 굳혔으면서도 내색은 않고 주방 바닥

에 퍼질러앉아 넉장거리를 하고 있는 아내를 소곤소곤 달래기 시작
했다.

그녀는 이제 제출물로는 자신을 추스를 수 없을 정도로 죄다 쏟
아놓았기 때문에 남편이 개입하지 않으면 수습할 길이 없었다. 오
래간만에 그들 부부는 똑같은 강도의 자괴심을 씁쓰레하게 맛보면
서 식탁에 앉아 고개를 숙이고 있는 봉환에겐 눈길조차 주지 않은
채 방으로 들어가고 있었다.

남편의 뒤를 좇아 서문식당으로 달려온 은실이 마주친 장면이 바
로 그때였다. 가게의 정상을 재빠른 시선으로 읽은 은실은 눈이 퉁
퉁 부어 있는 언니에게 물었다.

「언니, 왜 그래? 무슨 일 났어?」

은혜 씨는 들은 척도 않는데, 그녀를 결부축해서 방으로 이끌고
있던 손달근이 쏘아붙였다.

「궁금하거든 저 사람한테 물어봐라.」

홀대를 당한 은실이 이번에는 식탁에 쭈그리고 앉은 봉환에게 다
가갔다.

「자기 왜 그래? 오늘같이 좋은 날 누가 파투 났어?」

그러나 봉환의 응대는 전혀 뜻밖이었다. 누렇게 실색되어 있던
그는 은실의 말이 떨어지기 바쁘게 손사래를 치면서 울먹였다.

「그게 아이라카이. 내가 오늘 더운밥 먹고 나와서 남에게 손가락
질 받을 짓을 했다카이. 내가 배운 게 없어서 저지른 짓이라카기
에는 엄청난 짓을 저질러뿌렀다카이.」

「도대체 무슨 짓을 저질렀기에 죽을상을 하고 있어? 차근차근
얘길 해봐. 자기가 잘못한 게 뭐야? 언니 입으로 들어가던 밥
숟갈이라도 낚아챈 거야?」

「남의 복장 지르지 말고 니는 가만 있어주는 게 좋겠다. 내가 형님 내외분한테 석고대죄를 해도 용서받지 못할 행패를 저질렀다카면 니가 곧이곧대로 믿겠나? 못 믿을 만치 죽을 죄를 짓고 말았다카이.」

「도대체 무슨 죄를 지었다는 거야. 속시원하게 말 안하고 자꾸 이럴래?」

그 순간, 봉환은 벌떡 몸을 일으켰다. 그리고 주방 앞으로 다가 갔다. 그가 걸음을 멈춘 곳은 조금 전에 은혜 씨가 물그릇을 들고 방을 향하던 지점이었다. 그 지점에서부터 방으로 향하면서 봉환의 장황한 설명은 시작되었다.

「내가 하도 목이 말라서 처형한테 냉수 한 그릇을 주문했든 기 시초가 되었다카이. 나는 저기 있는 저 방에 앉아 있었고, 처형은 물을 떠가지고 방으로 오고 있는데, 형님이 마침 남의 촉분을 있는 대로 돋우고 있는기라. 내일 서울로 나가서 나는 대금을 정산하고 물건 건네받고 형님은 강 여사 만나서 중국비자 건을 마무리짓자고 좋은 말로 수의를 하려는데 형님이 뜬금없이 자기는 서울 못 가겠다고 버티는기라. 내일 큰판이 있기 때문에 형님은 그 판을 놓칠 수 없다고 딱 잡아떼는기라. 그런데 마디에 공이더라고 부아가 확 끓어오르는 판에 마침 처형이 물그릇을 디미는기라. 어째 그 시간이 용케 맞아떨어졌는지 나도 모르겠는기라. 눈뿌리에 불이 확 들어오는데, 마침 물그릇이 턱밑으로 들어오는기라. 그 적세로 물그릇을 받아서 에라 모르겠다 하고 내동댕이쳐 뿌렸는기라. 분통이 터지는 것으로 말하면 그때 내 자리에 부처님이 앉아 있었다 해도 물그릇 내던지지 않고는 못 배겼을 끼라. 그게 전부라카이. 그런데 이 집이 누구 집이로? 내가 애끼고 사랑하는 내 아내를 낳아서 길러준 이 세상에 하나밖에 없는 처갓집이잖나? 이유야 어찌되었든 그런 처갓집 찾아와서 본데없이 자란 티를 내니라꼬 물그릇을 내던져뿌렀으이 내 일생일대의 돌이킬 수 없는 실수를 저지르고 말았다카이. 그런데 처형은 내 사죄를 받아주지도 않고 외면하고 있으이 이런 낭패가 없다카이.」

봉환이 제스처까지 써가며 저간의 소상한 경위를 말하면서 걸음을 멈춘 지점은 두 내외가 침묵으로 일관하면서 앉아 있는 방문 앞이었다. 은실은 남편의 설명을 참을성 있게 귀담아들었다. 언니가 이의를 제기하지 않고 있는 것을 보면, 구태여 다짐을 둘 것도 없었다. 그녀는 설명을 끝내고 식탁으로 돌아온 남편에게 침착하게 물었다.

「물그릇은 몇 개를 깼는데?」

「야가 뭐라카노? 물사발 한 개를 깨고도 손이 발이 되도록 빌고 있는데, 두 개를 깼으면 내가 지금까지 살아남았겠나? 농담이라도 그런 소리는 하지 말그라.」

「그럼 여기 접시 깬 것은 누구 짓이야?」

「그거? 처형이 분에 못이겨 손수 챙겨가지고 나와서 밥주걱으로 알밤 까부수듯이 차근차근 박살낸기라. 그거 깰 때는 나는 한 번도 거든 적이 없다카이.」

「자긴 집에 가 있어.」

「내보고 집에 가 있으라꼬? 석고대죄를 한다캤는데 집에 간다카는 기 말이 되나?」

「석고가 뭔지 모르지만 자기는 빨랑 집에 가. 난 언니하고 조용히 따져볼 게 있어.」

「내가 저지른 실순데, 니가 중간에서 떠맡고 나서면 사나새끼 체면이 뭐가 되노. 내가 숙맥으로 보이더라도 니가 빠지는 게 옳다 카이. 남자가 하는 일에 여자가 자발없이 톡톡 튀나서면 열통 터진다카는 것을 몰라서 이카나?」

「자기 정말 버틸 거야? 깨진 그릇은 언니 것도 되지만 내 것이기도 해. 자기하고 결혼하기 전부터 지금까지 이 식당에서 무보수로 쎄빠지게 일했다는 건 자기도 알고 있잖아. 그런데도 월급은커녕 땡전 한 푼 받은 적이 없었어. 나한테 보수를 지급하지 않았던 것은 니 거가 내 거고 내 거가 니 거란 대접이 아니겠어? 자기가 그릇 깬 것은 누구 건지도 모르고 깨버렸겠지만, 언니가 깬 그릇은 그렇기 땜에 나한테도 양해를 구하고 깼어야 했어.」

물론 은실도 그걸 겨냥하고 있었지만, 지척에 있는 내외가 비틀어 물며 역습을 시도하고 있는 은실의 앙칼진 말을 못 들었을 리 없었다. 하지만 맞받아치며 대드는 기척은 없었다. 매에 쫓긴 꿩처럼 숨을 죽이고 은실이 내외끼리 주고받는 수작을 엿듣고 있었다.

저희들끼리 받고차는 말을 듣고 있노라면, 봉환의 음흉함이 거울 속 들여다보듯 명료해지는 것이었다. 석고대죄를 해야겠다는 것은 배짱을 숨기고 눙치는 것일 뿐 그의 진정한 속내는 처형인 은혜 씨를 한껏 물어 비틀고 있었다. 지난날 남의 뒤통수를 돌려치는 영악스러운 언변에는 능숙하지 않았고 처신도 데데하지 않았던 사람이 갑작스럽게 변했다는 것을 깨달았다. 부부가 오래 같이 살게 되면 겉과 속이 서로 닮게 된다는 말이 없지 않았지만, 그들 부부는 얼마 같이 살지도 않고 쏙 빼닮아버린 조화를 짐작하기 어려웠다.

어떻게 구슬렸는지 봉환은 군소리 한마디 없이 식당을 나서고 있었다. 그와 함께 방문 앞까지 장금장금 걸어온 은실의 목소리가 들려왔다.

「언니, 나하고 조용히 얘기 좀 해.」

그냥 얘기하자는 것이 아니고 조용히 얘기하자는 언사였다. 그 순간이었다. 은실이 예측하지 못했던 변고가 일어나고 말았다. 결코 쉽게 열리지 않을 줄 알았던 미닫이가 거칠게 열리면서 벌겋게 상기된 은혜 씨의 얼굴이 나타났다.

「조용할 것도 없다. 니가 무슨 말을 하자는 것인지 나도 단박에 알겠다. 하지만 나도 이젠 이판사판이다. 차라리 이혼이라도 당해야 숨쉬고 살 것 같어. 울고 싶은데 따귀 때린다더니 마침 잘 됐네. 그래, 무슨 얘긴지 조용히 할 것 없다. 소리질러 가며 얘기해 보자.」

「언니, 지금 똑바른 정신 가지고 얘기하는 거야?」

「똑바른 정신 아니면? 너처럼 헷가닥 돌아버린 줄 알어?」

「언니, 코너에 몰렸다고 그런 말 함부로 할 수 있어?」

「말뿐인 줄 알어? 너를 비틀어 물어버리고 싶은 건 어쩌고? 박서방 중국 간 사이에 옛날에 대전 그 자식한테서 전화 걸려왔고, 그 자식 공갈에 못이겨 니가 대전까지 나가서 이백만 원으로 그 자식 주둥이 막고 돌아온 거 얘기했어? 남의 과거 헐뜯기 전에 니 앞가림이나 잘해라.」

「언니, 갑자기 왜 그래? 그럼, 나 미친단 말이야.」

「너 미친다고 눈이나 깜짝할 줄 알어? 옛날하곤 처지가 달라졌다 너. 이제 너 미치면 니 서방만 골탕먹겠지. 시집은 공연히 갔을까.」

아내 등뒤에 쭈그리고 앉아 줄담배를 태우고 있던 손달근은 그 순간, 아내의 허벅지를 뚝 잡아떼는 시늉을 하며 눈을 찡긋하였다.

오랜만의 속시원한 보복이었다.

　내친김에 쐐기를 박아야겠다고 생각한 은혜 씨는 한마디 덧붙였다.

　「너도 앞으로 결혼생활해 봐. 살 섞고 사는 남편에게도 까발릴 일이 있고 까발리지 못할 게 있는 거야. 왜 그렇겠니? 모두가 가정의 평화를 위해서가 아니겠어? 지금은 니가 나를 협박하고 들지만, 니가 협박을 당할 때도 반드시 있어. 그때 니는 누굴 붙잡고 하소연할래? 나밖에 더 있겠어?」

　「언니, 미안해. 나 앞으로 안 그럴 테니, 그이한테 말하지 마. 그 사람 성질 알잖어.」

　「그거야 알 수 없지. 나도 때때로 싱숭생숭해서 내 마음 나도 모를 때가 많어.」

　요지부동으로 은실을 올가미 씌웠다는 것을 알아챈 은혜 씨는 그제서야 방에서 나왔다. 그리고 비위짱 뒤틀린 어조로 뇌까렸다.

　「그렇게 서 있지 말고 부엌에 가서 냉수나 한 사발 떠와라.」

　냉큼 떠온 냉수를 벌컥벌컥 들이켠 은혜 씨는 남편을 돌아보며 말했다.

　「어쩌겠수. 손아랫동서가 목이 메도록 용서를 빌었잖수. 음지에 햇살이나 들까 해서 당신을 집에 잡아두려 했더니, 서울은 다녀와야 하겠지유? 꿩 먹고 알 먹는 게 수양딸로 며느리 삼기라더니, 박 서방은 야무진 여편네 얻고 손윗동서까지 맘대로 휘두르게 되었으니 호박이 넝쿨째 떨어진 셈이잖어유.」

　이튿날 두 사람은 서울로 출발했다. 은실도 마땅히 따라나서겠다고 보챌 만한데, 어인 일인지 풀이 죽어서 서울 동행은 입도 뻥긋 않았다.

160

창범이 터준 도매상을 찾아가 욕심껏 물건을 구입하였으나, 부피로나 무게로나 인천항 세관 검색대를 무사히 통과할 가망은 없었다. 결국은 강 여사의 도움을 얻어야 했다. 사과 한 상자를 사들고 천호동에 있다는 강 여사의 집을 찾아나섰다. 보따리상들 사이에서는 인천세관을 한 손에 넣고 휘두르는 거물로 소문나 있었으나 살고 있는 방안에는 기생방처럼 변변한 가재도구 한 가지 갖춰져 있지 않았다. 중국에서 사왔다는 대형 살부채 하나가 방의 주인인 양 벽 한 면을 온통 차지한 채 걸려 있었다. 엊그제 수해를 당한 집처럼 옷장도 없었다. 방바닥에 놓인 것도 때가 꼬질꼬질하게 묻은 전화기 한 대와 패를 떼다 만 화투짝이 전부였다. 좁은 방에 세 사람이 들어앉고 보니, 땀 냄새와 발 고린내로 숨조차 제대로 쉴 수 없었다. 강 여사는 들고 온 과일상자에는 눈길 한번 주는 법 없이 부채질만 하고 있다가 불쑥 한마디를 던졌다.

　「우리 셋이서 고스톱 칠까?」

　구미가 당긴 손달근은 화투판으로 썩 당겨앉았다.

　결국은 30여 만 원의 판돈을 잃고 나서야 가까스로 강 여사의 포망에서 풀려날 수 있었다. 아파트 현관을 나서자마자, 봉환은 가래침을 긁어 뱉으면서 볼멘소리였다.

　「세상에 공짜라는 것은 애당초부터 없었다카이. 서울 와서 이런 병신짓하고 돌아댕기는 걸 은실이가 알면 이틀 정도는 앓아눕겠니더.」

　백사장 포구로 돌아간 것은 이틀 뒤의 일이었다. 비자를 얻는 데 이틀을 보낸 탓이었다. 이제 그들에게 남아 있는 것은 다시 옌지로 떠나는 것이었다. 서울에서 구입한 물건들은 인천항으로 곧장 탁송되도록 조처되어 있었다. 창범을 만나지 못하고 떠나는 것이 서운

했다. 그러나 이젠 더이상 지체할 명분도 시간도 없었다. 행구를 싸들고 인천항에 당도했을 때는 이미 구입한 물건들이 당도해 있었고, 세관을 통과하는 데도 아무런 구애를 받지 않았다. 강 여사가 손을 써둔 덕분이었다.

선실은 새로 개설되는 속초와 포시에트 항로에 대한 얘기들로 시끄러웠다. 그 항로가 개설되면, 러시아의 포시에트 항에서 훈춘 특구를 거점으로 중국의 동북 3성과 중앙아시아와 몽골까지 연결되는 상로(商路)를 개척할 수 있기 때문이었다.

포시에트 항은 러시아와 중국과 북한 땅이 맞물려 있는 지역이기 때문에 변경무역의 최적지로 손꼽혔다. 보따리 무역상들에게는 바야흐로 서해의 시대로부터 동해의 시대가 열리는 셈이었다. 인천과 칭다오 혹은 웨이하이를 이어주는 무역상들의 주된 항로가 동해로 이동되면 칭다오에만 매달려 부대껴온 관습에서도 벗어날 수 있었다.

게다가 그 항로를 이용하면, 중국의 동북 3성이나 러시아까지 물건을 운송하는 시간과 경비를 대폭 절감할 수 있었다. 속초와 포시에트 항로가 열린다는 소식은 그러나 진작부터 있었다. 세 사람이 중국에 체류할 적에 들은 정보였기 때문에 발빠르게 움직인답시고 옌지에 있는 김애린의 가게를 점찍어 둔 것이었다. 이미 다른 보따리 무역상들이 선점한 상로에 연연하기보다는 그들 나름대로 상로를 개척해 보겠다는 의지가 동해 항로 개설을 앞둔 시기와 맞아떨어진 셈이었다.

웨이하이에 도착하자 태호가 마중 나와 있었다. 태호뿐만 아니었다. 전혀 예상치 못했던 김애린과 동행이었다. 옌지에서 웨이하이 항까지 동행한 것은 장삿속에 따른 것이라 하더라도 팔짱까지 끼고

162

있는 것으로 보아 얄궂은 사이로 변했다는 것을 알 수 있었다.

　가지고 간 상품을 처분하는 과정에서 보여준 김애린의 세련된 상술은 노회(老獪)하다는 평판을 듣기에도 손색이 없었다. 그래서 옌지로 가져갈 보따리를 웨이하이에서 절반 넘게 줄일 수 있었다. 인기 품목으로 기대를 했던 눈썹 고데기와 지압 밴드는 옌지로 가져갈 최소한의 수량만 남겼다. 게다가 모두 현찰 거래였다. 보따리 무역상과 단골로 거래하는 중국의 중간상인들은 현찰로 대금을 완불하는 경우가 드물었다. 처음에는 트집을 잡기 위한 여지를 두자는 속셈에서 비롯된 거래 관행이 시간이 지나면서 그대로 정착된 듯했다. 완불 거래가 이루어진 것은 두 사람이 가져간 상품이 중국 쪽의 수요 추세와 너무나 정확하게 들어맞았기 때문이었다.

　그들은 누가 뒤쫓고 있는 것처럼 부리나케 옌지로 출발했다. 두 번째의 방문인데 벌써 낯설지 않다는 느낌을 받은 일행은 말이 많아졌다. 이제 남은 것은 다시 서울로 돌아가서 주문받은 물건을 가져오는 일뿐이었다. 그런데 곧장 돌아가기가 어쩐지 허전하고 아쉬웠다. 바로 그런 심정들이 화근의 단초가 되었는지 몰랐다. 이익을 노린 엉뚱한 생각을 절대 갖지 말라는 것은 보따리 무역상들 사이에 회자되고 있는 금기사항이었다. 그런데 그들은 서로 약속이나 한 듯 방만을 추스를 기회를 놓치고 있었다. 내친김에 러시아 영토인 포시에트까지 다녀올 수 있는 방법을 찾은 것이 바로 그것이었다.

　포시에트 방문은 물론 중국 상인을 가장한 밀입국이었다. 그러나 김애린은 실색이었다. 그곳에 중국과 러시아 밀매꾼들의 난장(亂場)이 열리고 있는 것은 사실이지만, 세 사람의 안전 귀환을 보장할 수가 없었다.

그녀의 설명대로라면, 그곳은 아직 무법천지나 다름없었다. 러시아 상인들로부터 유출된 총기류까지 공공연하게 거래되고 있다는 소문이었고, 실제로 그곳으로 장사를 하러 간 상인들이 행방불명되는 경우도 없지 않았다. 그래서 그쪽에서 밀무역으로 연명하고 있는 상인들은 위기에 빠질 때를 대비해서 10여 명의 상대(商隊)를 조직해서 함께 움직이거나 총기류를 소지하고 있다는 얘기도 해주었다. 그런 위험 부담이 있는데도 처음엔 가만히 듣고만 있던 태호까지 동행하겠다고 나섰다. 그녀가 설명해 준 위험 부담이 오히려 태호를 충동질한 것임에 틀림없었다. 옌지에서 포시에트까지 불과 180킬로 남짓한 거리밖에 되지 않는다는 것도 매력적이었다. 게다가 훈춘에서 두만강 하구로 나가는 최남단에 자리잡은 팡촨(防川)에선 북한의 홍의리(洪儀里)에서 포시에트로 가는 열차를 바라볼수도 있었다.

그 열차는 러시아의 하바로프스크를 거쳐 북상해 시베리아 횡단 철도와 이어지기도 하였다. 일행의 고집에 밀린 김애린이 수소문해서 데려온 조선족 안내인을 만난 것은 밤중이었다. 승용차 운전기사이기도 한 그는, 세 사람과 동행으로 포시에트까지 갔다가 되돌아오는 것은 누워서 떡 먹기보다 손쉬운 일이라고 떠벌렸다. 자신은 오래 전부터 측간 드나들듯 하고 있는 곳이기 때문에 해관(海關) 아닌 잠행로(潛行路)를 알고 있다는 것이었다.

이튿날 꼭두새벽, 그들은 예정보다 1시간이나 일찍 숙소를 출발했다. 옌지에서 투먼(圖們)까지 거리는 50킬로쯤 되었고, 투먼에서 훈춘 특구까지는 70킬로가 넘는 거리였다. 다시 훈춘에서 포시에트로 넘어갈 수 있는 창링쯔(長岭子)를 거쳐 포시에트까지 거리는 50킬로였다. 옌지에서 투먼까지는 평소에도 관광객들을 비롯한 현지인들의 내왕이 빈번한 편이었지만, 그곳에서 서쪽으로 70킬로 이상 떨어진 훈춘 내왕도로만 해도 이미 변방이어서 차량들의 내왕이 한적하였다.

더욱이나 새벽 4시에 국경 가까이에 있는 한적한 비포장도로를 달리고 있으려니 어쩐지 가슴이 저절로 옥죄고 들었다. 도로를 따라 듬성듬성 박혀 있는 가로수를 획획 그으며 지나는 전조등 불빛 앞으로 바라보이는 것이라곤 돌자갈이 깔린 비포장도로뿐이었다. 그러나 여명 무렵에는 벌써 훈춘을 지나 마촨쯔(馬川子)를 거쳐 창링쯔 길로 들어서고 있었다. 노면은 지난 장마로 들쭉날쭉 팬 곳이 많아 낡은 승용차는 쉴새없이 깡충거렸다. 그런데도 앞 조수석에 앉은 손달근은 출발할 때부터 꾸벅꾸벅 졸고 있었다. 두둑한 배짱 때문인지 미련한 성품 때문인지 종잡을 수 없었다.

「국경까지는 네 시간이면 도착하겠지?」

귓속말로 태호의 의중을 떠보는 봉환의 목소리에는 아직도 주저함이 담겨 있었다. 포시에트로 가보자는 엉뚱한 제안은 봉환이 먼저였지만, 위험 부담을 무릅쓰고라도 다녀와야 한다고 고집을 부린 사람은 태호였다는 것을 상기시키려는 질문이기도 했다. 속내를 알아챈 태호가 애써 히쭉 웃으며 되물었다.

「형, 그렇게 불안해?」

「불안은 무슨……. 모두들 잠든 꼭두새벽에 우리만 바쁜 사람들 같아서 그런다카이.」

「돈 벌겠다고 나선 사람들이 남 잘 때 같이 자고 남 놀 때 같이 놀면 언제 돈 벌겠어. 남이 잠잘 때 깨어 있고, 또 남이 감히 넘보지 못할 배짱이 있어야 하지 않겠어?」

뒤뚱거리며 달리던 차가 문득 멈추었다는 것을 알아챈 것은 그때였다. 운전석에서 내린 안내인이 어깨를 으스스 떨며 길가에 있는 옥수수밭 고랑으로 사라지고 있었다.

사뭇 곯아떨어졌던 손달근은 운전석 도어가 열리면서 오싹한 한기를 느끼고 잠에서 깨었다. 힐끔 차창 밖으로 시선을 돌리니, 비가 내리고 있었다. 봉환은 차창 밖으로 고개를 내밀고 낮게 드리워진 잿빛 하늘을 가늠하고 있는데, 하품을 늘어지게 내쏟고 난 손달근이 부어터진 목소리로 엉뚱한 질문을 던졌다.

「벌써 도착했나?」

「러시아 국경 가까이에 온 것뿐입니다.」

「장마 끝난 줄 알았는데……, 하필이면 비가 내리나 그래. 임마는 갑자기 어디로 내뺐어?」

「밭고랑으로 깊숙이 들어가는 꼴이 큰 걸 뽑아낼 모양입니다.」

「정신 나간 놈 아냐. 큰 볼일 같은 건 떠나기 전에 일찌감치 해결하고 왔어야지.」

「생리작용이라는 게 의지력만으로는 해결할 수 없는 거잖아요.」

「똥누고 오줌싸는 일을 꼭 어려운 논설로 까제껴야 쓰겠어?」

느닷없이 운전석 도어가 거칠게 열리면서 난데없는 총부리 하나가 불쑥 기어든 것은 바로 그때였다. 그리고 빠르게 쏘아대는 중국말이 들려왔다. 물론 무슨 말을 하고 있는지 알 수 없었다. 그러나 운전석으로 들어온 총부리가 상하로 가파르게 들까불고 있었으므로 세 사람은 반사적으로 거의 동시에 두 손을 번쩍 쳐들었다. 차창밖으로 바라보이는 사내들은 모두 넷이었고, 복면을 하고 있었다. 총기를 소지한 사내는 둘이었다. 두 손을 쳐들었는데도 창밖의 사내들은 무언가를 계속 요구하고 있었다. 태호가 말했다.

「두 손을 깍지끼고 뒷덜미를 감싸라는 뜻인 것 같은데요.」

166

얼떨결이었지만 그의 짐작은 정확했다. 깍지낀 손으로 뒷덜미를 감싸자 차창 밖의 사내들은 만족한 듯 고개를 끄덕였다. 그리고 조수석에 앉아 있는 손달근부터 끌어냈다. 끌려나간 손달근은 두 손을 보닛 위에 얹고 엉거주춤 엎드렸다. 한 사람은 승용차 안에 갇힌 두 사람을 겨냥하고 있었고, 한 사람은 손달근을 겨누고 있었다. 두 사람이 달려들어 손달근을 검색하기 시작했다.

봉환은 그제서야 가슴이 덜컥 내려앉았다. 웨이하이와 옌지에서 수금한 전액은 아니었지만, 상당액을 전대(纏帶)로 싸서 허리에 두르고 있다는 사실을 문득 깨달았다. 그러나 움치고 뛸 재간이 없는 지금으로썬 꿈쩍 않고 앉아 있을 수밖에 없었다. 손달근을 샅샅이 뒤졌으나 이렇다 할 소득이 없자, 사내들은 다시 총부리를 끄덕이며 그에게 요구하고 있었다. 대화가 통하지 않았으므로 총부리가 가리키는 것에 따를 수밖에 없었다. 손달근의 표정은 낭패로 일그러졌다. 사내가 그의 뒷덜미에 일격을 가했다.

꼬꾸라질 듯 비틀거리던 그는 난데없이 옷을 벗기 시작했다. 총부리를 턱에 걸고 있는 그는 순식간에 알몸으로 변하고 말았다. 말린 곶감처럼 완전히 쪼그라든 손달근의 그것이 운전석 차창 밖으로 바라보이는 순간, 태호의 입에선 불쑥 웃음이 터져나왔다. 그처럼 긴장된 순간에도 웃을 수 있다는 것이 신기했다.

사내들은 알몸이 된 손달근의 두 손을 결박해서 길가에 꿇어앉히었다. 사람의 모습이 순식간에 그처럼 비루하고 모멸스러울 수 있다는 것을 처음으로 발견하는 순간이기도 했다. 몇 분 전까지만 해도 배설을 위해 옥수수밭 고랑 속으로 사라진 안내인을 거드름피우며 나무라던 사람이었다.

또다시 문이 열렸다. 총부리가 봉환의 턱 아래에서 들까불었다.

그러나 밖으로 나서기 전에 태호가 재빨리 말했다.

「형, 다 줘버려. 살고 봐야지.」

한마디 거들었다가 태호는 개머리판으로 아래턱을 호되게 얻어맞았다.

봉환도 사내들에게 끌려 밖으로 나섰다. 잠깐 사이였지만, 하지 않아도 될 한마디를 던진 태호의 의중이 궁금했다. 몽니를 부려볼 여지도 없이 어차피 강탈당할 돈이겠고 생명조차 가늠할 수 없는 위기에 직면했다는 것은 너무나 자명한 일이었다. 그런데 폭력적이거나 혹은 그것보다 더욱 흉포한 제지를 받게 되리라는 것을 충분히 짐작하고 있었으면서도 어째서 그런 말을 던진 것일까. 개중에 우리말에 능통한 위인이 끼여 있는지 시험해 보자는 배포였는지 몰랐다. 그러나 목젖이 타들어갈 듯한 찰나에 그따위 알량한 배포를 부릴 수는 없었다.

세 사람이 듣기에 그들은 저희들끼리도 시종 능숙한 중국어만 구사하고 있었다. 차에서 내리면서 봉환은 안내인이 사라진 옥수수밭 쪽을 힐끔 일별했다.

세 사람을 재앙에서 건져낼 수 있는 수단을 가진 사람은 그뿐이란 생각이 스쳤다. 그러나 비바람에 휩쓸리며 스산한 바람소리만 들려오는 밭고랑에서 안내인의 흔적 따위는 찾아볼 수 없었다. 봉환의 몸수색은 매우 빠르게 진행되었다. 손달근과 똑같은 순서로 진행된 봉환의 몸수색에서 전대에 묶인 뭉칫돈이 발견되었을 때부터 사내들의 행동은 보기에 따라서는 다소 느긋해진 감이 없지 않았다. 그러나 봉환도 역시 홀딱 벗겨 뒷결박지어 손달근과 나란히 꿇어앉히었다.

빗줄기가 자꾸만 굵어지고 있는 가운데 사내들은 마지막으로 태호를 밖으로 끌어냈다. 봉환은 또다시 옥수수밭 쪽으로 시선을 곤두세웠다. 바람에 비낀 하얀 물보라가 서쪽 밭머리로부터 밀려와 흡사 파도처럼 동쪽으로 휩쓸고 지나갔다. 그런데 안내인의 모습은 끝내 보이지 않았다. 밭고랑 어디엔가 숨어 범인들이 벌이고 있는 소행을 낱낱이 지켜보고 있는지도 몰랐다. 그가 돌이라도 던져 한 순간이나마 사내들의 시선을 빼앗아준다면, 뒷결박이 된 상태일망정 뛰어볼 말미를 가질 수 있을 것 같았다.

봉환은 곱다시 당하고만 있을 수 없다는 강박감을 떨쳐버릴 수 없었고, 그런 생각이 뇌리를 스치는 순간 자신도 모르게 벌떡 몸을 일으키고 말았다. 마침 범인들의 시선이 모두 태호에게 쏠려 있을 때였다. 자동차가 달려왔던 한길 쪽으로 몸을 날려 몇 발짝을 뛰었을까. 갑자기 뒤에서 엉겁결에 내지른 손달근의 고함 소리가 들려왔다.

「이봐, 어딜 가.」

바로 그 고함 소리가 화근이었다. 두 사람을 결박지어 맨땅에 꿇어앉혔다는 것에 긴장감을 두지 않고 태호의 옷을 벗기고 있던 범인들은 뒤뚱거리며 뛰고 있는 봉환의 대담한 탈주를 발견했다.

손달근이 외마디소리를 내지른 것과 발포 소리가 들려온 것은 말 그대로 간발의 차였다. 봉환은 발포 소리와 함께 꼬꾸라졌다. 꿇어앉았던 장소에서 불과 10여 미터도 안되는 거리였다. 만용이었다. 그리고 전혀 승산이 없는 행동이었다. 손달근이 엉겁결에 내지른 고함 소리는 그의 만용에 대한 질책이었다. 그러나 질책은 결과적으로 봉환을 때맞춰 쓰러뜨린 결과가 되고 말았다.

한동안 침묵이 흘렀다.

주위를 휩쓸고 지나가는 비바람소리만 을씨년스러웠다. 발포했던 당사자가 제가 해야 할 일이란 듯 쓰러진 봉환에게 다가갔다.
그리고 얼굴은 멀리 두면서 총부리로 그의 상반신을 헤작여보았다.
뒤돌아보며 태호를 지키고 있는 축들에게 뭐라고 소리를 질러주었
는데, 이미 숨이 끊어지고 말았다는 얘긴지 피를 흘리고 있다는 얘
긴지 종잡을 수 없었다. 발포하여 사람까지 쓰러뜨렸음에도 거동만
민첩해졌을 뿐 강탈범들은 태연했다. 윗도리만 벗기다 말았던 태호
의 옷을 다시 벗기기 시작했다.

옥수수밭 속으로 사라진 안내인은 그때까지 감감무소식이었다.
그렇다면 대낮에 그것도 국도 위에서 벌어지고 있는 이 흉포한 범
행은 안내인과 사전에 내통하여 계획적으로 이루어지고 있는 범행
인지도 몰랐다.

약속했던 시각보다 1시간 앞서 나타나 출발을 재촉했던 것도 이
들 범인들과 접촉하고 난 뒤의 약속 때문인지 몰랐다. 안내인은 출
발하기 전, 훈춘에서 러시아 국경선인 창링쯔까지는 불과 9킬로의
거리이고 그곳에서 잠행로 초입까지는 3킬로 남짓하다고 했었다.
그렇기 때문에 훈춘을 벗어나고부터 주의 깊게 사위를 살펴보았지
만, 변변한 도로 표지판 하나 발견할 수 없었다. 잠행로를 벗어나
면 그곳에 차를 숨기고 대기하고 있던 다른 차량으로 포시에트까지
다녀온다는 것이 안내인의 계획이었다. 현실적으로 가능한 일이 아
닐 거란 의구심이 없지는 않았다. 오래 전부터 잠행로를 이용한 밀
무역은 있어왔고 당국에서도 모르지 않았으나, 변경지방의 경제에
도움이 되기에 묵인되고 있다는 설명이고 보면, 허황된 말로만 여
길 수도 없었다.

무엇보다 그를 믿었던 것은 바로 김애린이 찾아낸 안내인이란 점
때문이었다. 도대체 그는 왜 모습을 드러내지 않는 것이며, 아무리

호젓한 잠행로라 할지라도 빗자루로 쓸어버린 듯 내왕하는 차가 전혀 없다는 것이 안내인의 내통을 의심하게 만들었다.

태호의 옷을 모조리 벗기고 난 범인들은 이제 차량 내부를 샅샅이 뒤지고 있었다. 다른 소득이 있을 수 없었다. 그러자 세 사람은 타고 왔던 승용차를 몰고 사라졌다.

살려달라는 비명 소리가 들려온 것도 자동차가 길모퉁이를 돌아가고 난 뒤, 비바람에 휩쓸린 물보라가 한길 위로 뿌옇게 떠오르던 때였다. 태호가 달려갔다. 봉환은 꼬꾸라져 있었다. 허벅지에 총을 맞았기 때문에 재빨리 수습하면 생명은 건질 것 같았다. 그러나 당장 뒷결박부터 풀어야 했다. 태호는 아직도 콧등을 땅에 박고 엎드려 있는 손달근을 불렀다. 그의 대꾸가 가관이었다.

「가도 되는 거야?」

「잔소리 말고 빨리 와요.」

넋이 나간 나머지 그런 대꾸가 나온 것이겠지만, 잘못 들으면 농담하고 있는 것 같았다. 손달근 역시 뒷결박이 되어 있었으므로 입으로 태호의 결박을 풀어주는 데도 무척 곤혹을 치렀다. 서둘러 봉환을 지혈시키고 안내인을 찾아나섰다.

그러나 그의 흔적은 물론, 배설의 흔적조차 찾아낼 수 없었다. 범인들이 달아났다고 소리까지 질러가며 갈팡질팡했지만, 전혀 기척이 없었다. 그를 반드시 찾아내야 했다. 도로 표지판조차 찾아볼 수 없는 가근방의 지리에 능숙한 사람은 안내인뿐이었다. 그러나 들리는 것은 비바람에 부대끼는 나뭇잎 소리와 골짜기를 훑고 지나는 바람소리뿐이었다.

드디어 가슴이 두근거리기 시작했다. 지금쯤 봉환은 이미 혼절했을지도 몰랐다. 봉환의 안전을 다시 확인하기 위해 일단 밭고랑을 벗어나기로 했다. 그때 이상한 소리가 들렸다. 신음 소리가 분명했다. 신음 소리를 따라가 보니 안내인이 아갈잡이에 손발까지 꽁꽁 묶인 채 밭둑 아래에 처박혀 있었다. 태호는 진흙투성이가 되어 뒹구는 안내인의 결박을 풀어주었다. 다행히 범인들로부터 상해를 입은 흔적은 없었다.

「형이 총에 맞았습니다. 빨리 병원으로 옮겨야 합니다.」

그러나 안내인의 생각은 달랐다. 병원을 찾아가든 민가를 찾아가든 범인들이 빼앗아 타고 달아난 승용차부터 찾아야 된다는 생각이었다. 안내인의 예측은 그대로 들어맞았다. 범행 현장에서 국경선 쪽으로 1킬로 못되는 지점의 잡목 숲속에서 탈취당한 승용차를 찾아낼 수 있었다.

그 지점은 범인들이 타고 달아날 자동차를 대기시켜 놓았던 곳이었다. 승용차를 찾아내긴 하였지만, 이용할 수는 없었다. 타이어마다 펑크를 내놓았기 때문이었다. 결국은 봉환을 번갈아 들쳐업고 뛰는 수밖에 없었다. 사고를 당한 지점으로부터 그들이 지나쳤던 창링쯔 쪽으로 2킬로 정도를 뛰어서야 겨우 병원 아닌 민가를 찾아낼 수 있었다.

찾아간 민가의 주인은 다행히 조선족이었고, 그는 총상을 민간요법으로 다스리는 방법을 알고 있었다. 평생 동안 병원 출입 한 번 않고 살아온 사람들이었기에 마련해 둔 상약(常藥)을 능숙하게 다룰 줄 알았다. 흑설탕을 연탄불에 뿌려 나오는 연기를 상처에 쐬어 주었는데, 신통하게도 통증이 가라앉았다. 그리고 계란 껍질을 태운 가루를 참기름에 개어 붙인 다음, 호박잎을 말려서 가루로 만든 분말을 상처에 뿌리고 붕대를 감아주었다. 다행스럽게도 봉환이 잘 참아내고 있었다.

172

옌지에서 기다리고 있는 김애린에게 통기를 하고 차량을 수소문해서 병원이 있는 훈춘으로 손달근과 함께 이송했다. 혼백이 나간 사람은 봉환보다 오히려 손달근이었다. 젖은 옷을 말려주려고 옷을 벗기려 들면 괴성을 내지르며 강아지새끼처럼 방구석으로 기어들었다. 그리고 허공에다 시선을 떨군 채 시종 망연자실이었다. 배를 몰고 바다로 나가 밀매까지 했던 사람의 배짱이 어떻게 저토록 무기력하게 부서질 수 있는지 의심이 들 정도였다.

마을에 있는 조선족들은 편의를 제공하는 것에 인색하지 않았다. 빗속을 뛰어다니며 헌신적으로 차량을 수배하고 병원까지 동행하기를 마다하지 않았다. 마을에 남게 된 태호와 안내인은 남겨둔 승용차를 회수하기 위해 마을 장정들과 함께 다시 현장으로 달렸다. 승용차를 회수하여 다시 마을로 돌아왔을 때는 벌써 해가 지고 저녁 이내가 내리고 있었다.

마을 사람들의 말을 들어보면, 세 사람이 금품을 강탈당했던 그 지점은 양국의 치안 사각지대라 할 수 있었고, 1년에 서너 번씩은 간헐적으로 행인들이 봉욕을 당하는 상습 사고지역이었다. 그러나 아직 한 번도 강도들이 소탕되었다는 소문을 들은 적은 없다고 입을 모았다. 주로 밀무역꾼들이 이용하는 잠행로이기 때문에 금품을 강탈당하고 상해를 입는 불상사를 겪어도 중국의 공안 당국에 신고된 적이 없다는 것이었다. 그나마 다행스러운 것은 아직까지 현장에서 사람을 쏴 죽인 사건은 일어나지 않았다는 것뿐이었다.

태호가 지긋지긋한 현장에서 좀처럼 떠날 수 없었던 것은 범인들의 근거지와 정체를 알아내기 위해서였다. 그리고 가능하다면 또다른 위기를 겪을망정 강탈당한 금품을 회수할 수 있는 방도도 찾아내고 싶었다. 그러나 상습적으로 벌어지고 있는 강도 사건의 현장에서 가장 가까운 마을에 살고 있다는 사람들도 범인들의 정체는 짐작조차 못하고 있었다. 그들은 대부분 농사꾼들이어서 일찍이 변경의 밀무역과는 인연을 두고 살지 않았기 때문이었다.

의지대로 되는 것은 한 가지도 없었다. 밤늦게 도착한 김애린은 눈물까지 글썽이며 태호의 만용을 질책하고 들었다. 설혹 현장으로 달려가서 범인들이 남긴 범행 증거물을 확보한다 하더라도 바로 그것 때문에 또다시 범인들의 표적이 되어 쫓기는 신세가 될 수도 있었다.

한밤중에 승용차를 빌려 봉환이 기다리고 있는 훈춘까지 들렀다가 옌지에 도착했을 때는 하룻밤을 꼬박 뜬눈으로 지새운 후였다. 도착하는 대로 서둘러 입원을 시켰으나, 김애린의 조언에 따라 공안국에 신고는 하지 않았다. 차후 수습도 간단하지 않았다. 차도가 보일 때까지 봉환의 귀국을 미뤄야 했고, 충격으로 넋이 나가 반편이 되다시피 한 손달근을 혼자 귀국시킬 수도 없었다.

그런 와중에도 웨이하이의 중간상인들에게 약속한 거래 날짜는 발빠르게 다가오고 있었다. 첫 거래를 튼 이후 다음 거래 날짜를 제때에 지켜주지 못하면, 중간상인들은 대뜸 거래선을 바꿔버릴 것이었다. 돌파구를 찾는 길은 오직 한 가지, 창범에게 연락을 취하는 수밖에 없었다. 그런데 엎친 데 덮친 격으로, 창범이네 일행의 행방이 묘연했다. 걸 때마다 고분고분 전화를 받아주던 방극섭이란 사람과 동행으로 서울 나들이를 나가고 없다는 것이었다.

창범이네 일행은 한국의 중부지방과 남부 해안지방을 강타했던 집중 폭우와 태풍 피해 이후 하늘 높은 줄 모르고 치솟기만 하는 채소류값에 편승해 눈코 뜰 사이가 없었다. 고흥 특산품인 채소와 마늘을 차떼기로 가락동 도매시장에 들여놓기만 하면, 오대〔大手〕

174

들이 거느리고 있는 중개인들이 모여들고 삽시간에 경매에 붙여졌
다. 마늘이나 고추 같은 상품의 경매시장은 통상 밤 10시 이후에
열렸다. 고흥이 아무리 멀다 해도 6시간이면 서울에 당도하기 때
문에, 그들은 밤낮을 모르고 드나들고 있었다.

조급해진 태호는 결국 비밀에 부치려 하였던 안면도의 은실에게
연락을 취하지 않을 수 없었다.

창범이 웨이하이에 모습을 드러낸 것은 사건이 터진 지 일주일
만의 일이었다. 전화로 소상하게 일러준 품목과 수량 들을 여축 없
이 가지고 나타난 것이었다. 거래는 해관 밖 길바닥에서 재빠르게
이루어졌다. 눈썹 고데기와 디자인이 다양한 머리핀, 틀니를 하고
도 갈비를 뜯을 수 있는 틀니 접착제, 소형 마사지기, 욕탕 안에서
피부 마사지를 할 수 있는 전자 클렌징기기, 튀어나온 아랫배를 감
춰주는 순간 슬림 벨트, 티눈 보호 패드, 발가락 양말, 손발이 차
가워지는 것을 방지하는 기능성 매니큐어, 대나무숯 실크팩같이 다
양한 상품들이었다.

거래를 끝내고 해관 근처에 있는 식당으로 들어서기까지 세세하
게 묻지 않다가 태호와 식탁에 앉으면서 창범이 불쑥 물었다.

「얼만데?」

「오천 달러 정도 됩니다.」

「잊도록 노력해. 현장에 나타난 강도는 넷이겠지만, 패거리는 그
들만이 아닐 거야. 공안국에서도 섣불리 건드릴 수 없는 갱들로
봐야겠지. 설혹 패거리들의 정체를 알아낸다 할지라도 돈을 찾아
낼 수는 없을 거야.」

「공안국에서도 눈치채고 있는 모양입디다. 그 돈이 어떤 돈입니

까? 밤잠 설쳤던 것은 물론이고 생명 걸어놓고 용달 트럭 운전
해 가면서 한 푼 두 푼 모은 돈이 아닙니까.」

「그러나…… 시치미 잡아떼고 장사에만 열중하다 보면 패거리들
의 정체가 자연스럽게 드러날 수도 있겠지. 밀무역이 그럭저럭
묵인되고 있다면, 얻어맞았다 해서 단념하지 말고 다시 한번 시
도해 봐.」

「진정입니까?」

「나라면 손쉽게 중도 포기하진 않겠어. 엉덩짝을 호되게 걷어차
이고도 씩 웃으며 차인 엉덩짝을 손바닥으로 쓱쓱 문지르면서 제
할 일을 천연덕스럽게 계속하는 사람 있지? 그처럼 음험하고 두
둑한 배짱이 없었다면 아예 그런 객기는 엄두도 내지 말았어야
지. 호기심만으로 치안이 허술한 상습 위험지역으로 대중없이 발
을 들여놨었나? 우리나라의 내로라하는 재벌 총수 중의 한 사람
은 육이오 때 전쟁터를 찾아다니며 군대의 막사를 지어서 납품했
던 것이 오늘날 재벌이란 말을 듣는 밑천이 되었다는 얘기를 했
었어. 위험이 도사리고 있는 지역에 돈이 있다는 것은 우리도 심
심찮게 보아왔던 것이잖아.」

「봉환이 형도 혼찌검이 났을 텐데…….」

창범이 병원을 찾았을 때, 봉환은 눈길을 천장으로 두고 외면하
고 있었다. 그것은 창범을 탐탁잖게 여겨서가 아니었다. 고개를 돌
리면 금방 눈물이 볼을 타고 흘러내릴 것만 같았기 때문이었다. 가
슴속에 희미하게 남아 있던 앙금도 눈시울에 고인 눈물로 금방 씻
기는 것 같았다. 그는 아직 부기(浮氣)가 덜 가신 손으로 침상 가
녘 난간을 잡고 있는 창범의 손을 쓰다듬었다.

「형님, 우리 일행이 여기 다 모여 있다는 거 알고 있습니껴?」

「알고 있어. 회오리바람 따라 비바람 따라 떠돌며 살아야 하는 사주팔자 타고난 사람들이 아이라면, 약속도 없이 이런 데서 한 자리에 모일 수는 없을 테지.」

「톱날 빠진 것처럼 딱 한 사람이 빠지고 없네요.」

「형님도 사정이 나와 같았더라면, 반드시 이 자리에 모습을 드러냈을 거야.」

나중으로 미루려 하였던 한마디를 창범은 하고 말았다. 운신조차 임의롭지 못했던 봉환이 변씨가 교도소에서 복역하고 있다는 말을 듣고 엉겁결에 상반신을 벌떡 일으켰다. 물을 끼얹은 듯 조용한 가운데, 차 마담과 얽히게 된 사연과 그로 인해 변씨가 저지른 상해사건, 그리고 1년의 실형선고를 받고 복역하게 된 대강의 경위를 말해주었다.

「형님이 때로는 음지에서 사회적으로 지탄을 받을 만한 삶을 살아오기도 했고, 가정을 슬기롭게 다스려나갈 수도 없는 주제에 애면글면하는 아내를 상습적으로 학대하고 괄시하다가 가정이 풍비박산되는 수모를 겪었지만, 나를 놀라게 한 것은 지법에서 일심 언도를 받고 난 다음에 보여준 그 의연하던 태도였어. 고법에 항소하면 어쨌거나 감형은 되었을 텐데 사양하더란 말이야. 지난날에 저지른 죄값을 제대로 속죄하지 못한 것이 사뭇 응어리로 남아 있었는데, 그걸 해결할 기회가 왔다는 말을 몇 번이나 되풀이했어. 모두가 발 벗고 나섰지만, 형을 살겠다는 형님의 고집은 꺾을 수 없었어.」

어느새 태호의 모습이 보이지 않았다. 얼마 후에 병실로 나타난 그는 바지 주머니에서 배갈 두 병을 꺼내놓았다. 그러나 안주도 없는 강술을 마시다가 마침 병실을 기웃거리던 간호사에게 적발되어 밖으로 쫓겨나고 말았다.

일행이 귀국한 것은 그로부터 닷새가 지난 후였다. 그때까지도 혼백이 허공에 뜬 사람처럼 종일 허공만 바라보던 손달근은 웨이하이에서 배를 타고부터 온전한 정신을 되찾았다. 그제서야 몸뚱이에 실오라기 하나 걸친 것 없이 창링쯔 근처의 마을로 뛰어들었던 창피를 세세하게 얘기하면서 잔허리가 휘도록 웃어제꼈다. 그러나 그런 창피스러운 꼴을 보여주고 돌아왔다는 얘기는 어디 가서도 발설하지 말자고 약속했다. 그래서 봉환이 총상 입은 사건조차 실족으로 다친 것이라 둘러대고 말았다.

그런데 이상한 것은 손달근의 태도였다. 안면도에 남아 서울의 점포 거래나 주선하고 수습해 주는 정도로 한발 물러설 줄 알았던 그가 다시 중국으로 돌아가야 할 태호와 거리낌없이 동행하겠다고 나선 것이었다. 그가 선뜻 나서주지 않았더라면, 봉환이 완쾌될 때까지 태호 혼자서 서울 뛰고 중국 뛰고 해야 할 판국이었다.

일행을 안면도에 안착시킨 뒤 창범이 전화를 걸었을 때, 방극섭과 형식은 공교롭게도 서울 가락동 도매시장에 당도해 있었다.

「한 선생, 시방 중국서 안면도에 당도했어라? 그럼 싸게 안 오고 거그서 뭣 하고 있소?」

창범은 수화기를 내려놓자마자 만류를 뿌리치고 서울로 가는 버스에 올랐다. 막차를 탈 수 있었다. 버스에 올라 비로소 그는 생각했다. 자신은 언제나 지금처럼 혼자였다고.

차창 밖은 금방 어두워졌다. 어두운 창으로 희끗희끗 떠오르다가 지워지는 자신의 얼굴을 바라보았다. 수척한 얼굴 뒤로 때로는 회색으로 지는 서해의 노을이 스쳤고, 때로는 겹겹으로 끓어앉은 산주름이 차창 가까이 성큼 다가왔다가 느린 걸음으로 물러나기도 하였다. 노을이 밤기운 속으로 가라앉고 검게 변한 산주름이 버스의 지붕을 덮칠 듯 다가섰다가 물러날 때마다 차는 몸체를 떨며 회전하였다. 지워졌다 다시 떠오르는 자신의 눈시울에 희미한 눈물자국이 보였다.

도대체 왜 이렇게 자꾸만 떠나가고 있는 것인지 스스로도 알 수 없었다. 언제 머물러 있을 수 있을까. 그것은 웨이하이에서 배를 타고 인천으로 돌아올 때 혼자 갑판에 나가서 오랫동안 생각했던 질문이기도 했다. 떠난다는 것은 이미 그에겐 본능으로 자리잡아 버렸다는 생각이 들었다. 자신에게 지금 어디로 가느냐고 묻는 것은 유목민에게 목적지를 묻는 것처럼 허황된 질문이었다.

이제 창밖의 풍경은 닫혀 있었다. 차창을 할퀴고 지나가는 바람 소리만 면도날로 긋는 듯 날카롭게 들려왔다. 또다시 혼자라는 고적감이 엄습해 왔다. 차창으로 시선을 돌렸다. 산주름 저 멀리로 모래알 같은 도시의 불빛이 일직선으로 누워 반짝이고 있었다. 운전기사가 후사경을 보며 한 번도 졸지 않았던 창범에게 말했다.

「서울에 도착했는데요..」

그가 가락시장에 도착했을 때는 새벽 1시를 넘긴 시각이었다. 시장으로 출하된 채소류 경매는 밤 10시쯤에 시작되어 새벽 2시 어름까지 계속되었다. 채소류의 경매가 끝나면 곧바로 청과류의 경매로 이어졌다. 경매를 마치면, 지방에서 올라왔던 채소 차량들은 썰물 빠지듯 밤거리로 흩어졌다. 방극섭 역시 12시쯤에 경매가 끝났지만 경매장 한 모퉁이에서 형식과 함께 창범을 기다리고 있었다. 창범은 밤을 도와 자신을 기다려주는 사람이 존재한다는 사실에 가슴이 뭉클해졌다.

대낮같이 불을 밝힌 경매장은 지방에서 올라온 채소류와 청과류

차량들이 북새통을 이루어 뚫고 들어갈 엄두가 나지 않았다. 경매에 참가한 중도매인과 경매사, 기록사 들이 무리를 지어 차량들 사이를 비집고 다니고 낙찰가가 궁금한 원매인(願賣人)들이 그 뒤를 따라다니느라 북새통을 이루었다. 한푼이라도 싸게 사려는 중도매인들과 한푼이라도 비싸게 경매되기를 바라는 원매인들 사이의 신경전은 경매장이라 해서 난장과 다르지 않았다. 아우성과 탄성이 끊이지 않았고 밟히는 것은 사람의 발등이고 채소였다.

경매장에서 한발 비켜난 청과물시장 모퉁이에서 가까스로 일행을 발견할 수 있었다. 방극섭과 형식은 화장실을 희미하게 비춰주는 조명등 아래에서 마침 라면을 끓이고 있었다. 조명등 아래로 다가서는 창범을 발견한 방극섭은 대뜸 볼멘소리부터 퍼부었다.

「핑허니 댕겨오겠다던 분이 엽때까지 어디서 꾸물거리고 있었어라? 나 같으면 그 단새 중국 두 번은 댕겨왔겠네. 나가 이래라 저래라 해쌓는 게 껄쩍지근하당가?」

「전화받고 부리나케 달려온 게 이렇습니다.」

「인천 포구에 무사 당도했으면 시상없는 일이 있어도 해찰 말고 걸음아 나 살려라 하고 고흥으로 내려오든지 가락시장으로 오든지 헐 일이지 뭣 땜시 안면도까지 내려간 것인지 속을 모르겠당게. 안면도에 뿌리 박고 살던 사람들이 저그덜 집 잘못 찾아갈까 혀서 서울 사람이 길 안내했어라? 여그서 눈 빠지게 기다리는 사람들의 쓰린 맘은 안중에 없었어라?」

말은 비위짱 틀어지게 하고 있었지만, 창범을 반기는 눈치는 역력했다. 열없는 창범은 김이 솟아오르는 라면 냄비의 뚜껑을 열어보며 딴청을 부렸다.

「어떻게 됐어요? 경매는 마쳤어요?」

「징한 사람하구선. 보면 모른당가? 시방 한 선생 오면 멕일라고 라면 끓이고 있는 거 빤히 보면서 허튼소릴 혀요?」

「몇 파수 더 뛰어야 할 것 같아요?」

「말도 마소. 남해안이며 서해안 할 것 없이 아우성들이 터져뿌렀소. 평상 보고 싶지 않은 불청객 때문에 어장들이 죄 거덜나 뿌렀당게. 여름 내내 불알에 진물 마를 날이 없도록 푹푹 찌더니, 나가 이런 변고 날 줄 알았제이.」

「뭣 때문에 그런 일이 터졌어요?」

「하필이면 적조현상인가 뭔가가 고흥 앞바다에서 터질 게 뭐요. 양식장에선 돔이며 우럭 들이 떼죽음을 당해 멀쩡하던 어장들이 삽시간에 거덜나 뿌렀당게. 우리 어촌계에서 뿌린 종패(種貝)들도 죄 씨가 말라뿌렀으니 새조개하며 바지락도 캘 게 없게 되어 뿌렀소. 천상 채소 장사로 벌충하며 연명할 수밖에 딴 도리가 없겠당게.」

「우리는 그나마 마늘 장사나 채소 장사로 연명한다지만, 개펄에 엎드려 바지락만 캐먹던 어촌계 식구들은 당장의 생계가 막막하게 되었잖소?」

「흰창 허옇게 뜨고 드러눕는 사람들이야 없겠지만, 텃밭이 폐농되고 말았으니 한동안 고상들 하겠지요이. 그러나 한 선생 아시다시피 고흥은 워낙 기름진 땅으로 소문난 곳이어라. 질경이 억새씨라도 훑어다가 논에 뿌리면 나락 되는 게 고흥땅인디, 갯가에서 얻을 게 없으면 논밭에 기대서 또 그럭저럭 연명하게 되겠지요이.」

갈라진 시멘트 바닥에 과일상자 찌그러뜨려 냄비 앉힐 자리 만들고 신문지 찢어서 사람 앉을 자리 만들어 수저까지 배열한 형식이

식사 준비되었다고 고개를 주억거렸다. 코펠 뚜껑을 하나씩 챙겨들고 라면 냄비를 중심으로 바싹 죄어앉았다. 뜨거운 라면가락을 훅훅 불어가며 한참 게걸스럽게 먹던 방극섭은 느닷없이 동작을 멈추고 그린 듯이 꼼짝하지 않았다. 의아해서 눈으로 묻는 창범을 처연한 눈으로 바라보며 혼자소리로 뇌까렸다.

「나가 이렇게 싸질러다니다가 정말 오줄없는 장돌뱅이 되는 거 아닌지 모르겄소.」

「맛깔스럽게 끓인 라면 먹다가 느닷없이 무슨 말을 하고 있는지 모르겠네. 우리와 만나기 전에도 방형은 내로라하는 장돌뱅이였잖소.」

「아니랑게, 한 선생을 탓하는 게 아녀. 시장에 있는 공중화장실 옆에서 새벽 두시에 끓여 먹는 라면맛 달기가 꿀이고 보면, 내 사주팔자가 소똥 개똥 속에서 뒹굴어야 내 몫을 한다는 뜻이 아니겄소. 물건 파는 데는 숙맥인 어촌계 사람이 바지락 장사를 시작하다 보니 여편네들 데불고 시장으로 나가서 막걸리로 요기나 하는 걸 낙으로 삼았는디, 나가 느닷없이 평상 오고 싶지도 않던 서울 가락시장에 나타나서 새벽 두시에 라면을 끓여먹고 앉아 있어도 맘에 께름칙한 게 없으니 이게 보통 일이 아니어라. 사주는 타고난 것인디 궁합을 찾지 못하고 있다가 마침 한 선생을 만나 이제 옳은 장돌뱅이가 되었드란 말이오. 이게 대수롭잖게 넘길 일이겠소?」

「별소리 다 하네. 궁합끼리 만났다면 방형보다 형식이가 먼저였는데, 아직 쓴술 한잔 나누며 자축한 일이 없었어요. 술 생각나서 꺼낸 말이란 걸 모를 줄 아시오.」

「여기 있는데요.」

바지 뒷주머니에 쑤셔박았던 소주병을 비틀어 뽑으며 형식이 거든 말이었다.

자동차에서 서너 시간 눈붙이기로 작정하고 한 병을 둘이서 나눠 마시기로 하였다. 그러나 방극섭은 라면 먹던 그 자리에서 곯아떨어지고 말았다. 잠든 방극섭을 깨울 때까지 창범은 내처 뜬눈이었고, 방극섭의 입에서 단내가 씻기기까지 내리 4시간을 혼자서 핸들을 붙잡고 씨름하였다.

고흥에 도착한 것은 그날 오후 1시경이었다. 승희는 마늘 주산지로 손꼽히는 과역면과 풍양면 일대로 수매 (收買)하러 나가고 집에 없었다. 승희의 품성이 서글서글하고 맺고 끊는 게 분명해서 여장부답다는 평판이 돌고부터 수매가 한결 손쉬워졌다.

늦게 돌아온 그녀에게 중국 다녀온 얘기를 대충 들려주었다.

「알아보니까 국경선 장사라는 게 웬만한 배짱 가지곤 잇속은커녕 살아남기조차 어렵다는 걸 알게 되었어. 중국인도 아닌 같은 조선족 보따리상인들끼리 어쩐 셈인지 앙숙이 되어서 죽이고 살리는 추격전까지 벌이는 각축이 만만찮은 것 같아.」

「같은 조선족끼리 아귀다툼을 벌인다는 게 이해가 안되네요.」

「그게 현실인 걸 어떻게 해. 들리는 소문으로는 연변패니 목단강패니 하얼빈패니 하는 상대를 조직해서 러시아와 중앙아시아의 국경선을 수시로 넘나들면서 보따리장사를 하고 있는가 본데, 중국산 공산품을 러시아에 팔고 중국에선 품귀한 연해주의 해삼, 전복, 식용 개구리알과 기름을 들여다 몇 곱절 장사로 재미를 본다는 거야. 그런 외중에 조선족끼리 총질이나 납치를 예사롭게 저지른다는구먼.」

「그런 복잡한 사정을 봉환 씨나 태호도 알고 있겠죠 ?」

「알고 있는 건 고사하고 몸소 체험한 사람들이잖아. 그런데도 질린 기색들이 아니더군.」

「모두 장사꾼들답네요. 몇 곱절 장사가 된다니까, 부딪쳐볼 심산들인가 봐요.」

그런데 한동안 잠자코 있던 승희의 입에서 예상치 못했던 한마디가 흘러나왔다.

「변경 장사에 나도 합류하면 어떻겠어요?」

말문이 막힌 창범은 그녀의 얼굴을 한참 동안이나 바라보다가 되물었다.

「그 말 농담이겠지?」

「농담 아녜요.」

낮은 목소리였기에 오히려 단호하게 들렸다. 얼핏 돌리려던 시선을 다시 그녀의 얼굴에 꽂았다. 승희는 그 시선을 피하지 않았다.

「정말 그쪽으로 합류하겠다는 거야? 내가 봉환이와 합류할 처지가 못된다는 것도 알고 하는 소리야?」

「혼자 갈 거예요.」

「도대체 언제부터 그런 생각에 골똘하고 있었지?」

「딱히 언제부터라고 말할 수는 없어요. 잠자리에 늦게 되면, 나란 존재가 짜증나고 헛 살고 있다는 생각만 떠올라요. 태호가 떨어져 나갔는데도 이처럼 천연덕스럽게 있어도 되는 것인지 그것도 못마땅하고……. 태호의 역할이 컸잖아요. 그런데 어떻게 그토록 무심할 수 있는 거죠?」

「그들과 합류할 생각을 갖고 있는 게 아니라, 나와 헤어지겠다는 결심을 굳힌 것 같은데? 위험이 닥칠 거라는 것도 염두에 두고 있어?」

「조금 전에 세세하게 설명해 줬잖아요.」

「훌쩍 떠난다는 게 말이나 돼?」

「훌쩍 떠난다는 건 말이 된다고 생각하지만, 내가 가면 받아줄지 그게 걱정이네요. 그러나 봉환 씨가 부상 입고 한 달 동안은 꿈쩍할 수 없다니까, 합류하겠다면 태호도 마다하지 않기를 바랄 뿐이지요.」

「내 인생이 흔들리고 헛되게 살고 있는 것 같으면, 그렇게 살지 않았다고 말할 수 있는 부분들을 하나하나 점검해 봐. 생각을 바꿔보면 인생이 오히려 진솔하게 보일 수도 있지 않겠어?」

「이젠 너무 늦었어요. 뭐랄까, 창범 씨는 너무 완벽해요. 그 흔들리지 않는 완벽함이 대견스럽고 존경스러운 것은 사실이에요. 나처럼 흔들리기 잘하는 여자에겐 흡사 아름드리 느티나무 같아서 듬직했던 것도 사실이구요. 그런데 창범 씨가 청혼한 이후부터 이상하게 떠나서 살고 싶다는 욕구가 솔솔 불을 지피기 시작했어요……. 오히려 멀리서 바라보면서 큰 나무였다는 것을 가슴 찡하게 느껴보고 싶은 건지도 모르겠어요. 모르겠어요, 내가 왜 이러는지를.」

창범은 안면도에서 막차를 타고 서울로 향할 때 차창에 어른거리던 자신의 모습을 머릿속으로 떠올렸다. 차창을 할퀴고 지나던 앙칼진 바람소리는 지금도 귀쌈을 물어뜯을 것처럼 역력했다. 그때 느꼈던 상념은 가슴 시린 외로움이었다.

승희가 자신을 설복시키기엔 너무 늦었다고 잘라 말했듯이 그녀와의 이별이 다가왔음을 깨달았다. 이렇게 될 것을 예견해서 바람소리가 그렇게 매몰차게 들렸는지도 몰랐다. 그녀가 나를 생각하듯, 스스로도 큰 나무였다 믿고 그렇게 행동하고 처신해 왔던 것이 오히려 화근이었는지 몰랐다.

　밤새 골똘히 생각했으나 그녀를 붙잡아둘 수 있는 명분은 어디에도 없었다. 봉환이나 태호가 그랬던 것처럼 그녀 역시 어느 날 문득 그렇게 떠날 것이 분명했다. 이혼한 아내에게 그랬던 것처럼 그는 사람을 붙잡는 일에 서툴렀다. 허탈했지만, 그녀와의 이별을 일찌감치 예견하고 그것을 차단하기 위해 마련했던 말 따위는 없었다. 무디고 어눌한 자신을 깨달을 뿐이었다.

　그날 밤 창범은 방극섭을 마을 초입에 있는 선술집으로 이끌었다. 떠난다는 승희를 그는 어떻게 받아들일지 궁금했기 때문이었다. 방극섭은 한동안 말문이 막힐 정도로 놀랐다.

「그게 뭔 소리여? 그게 참말이어라?」

「농담 아니니까 호젓한 장소로 불러낸 것 아닙니까.」

　방극섭은 억장이라도 무너지는 듯 가슴에다 손을 얹고 한동안 숨을 몰아 쉬었다.

「이게 무슨 귀신 씻나락 까먹는 소리당가. 승희 씨가 미쳤지라. 온전한 정신 아닌개비여. 말은 하라고 있는 거지만 할말이 있고 못할 말이 따로 있는 법인디, 지 앞가림은 한다는 승희 씨 입에서 가슴 시린 말이 나올 줄은 몰랐어라. 안돼야, 시상없어도 그건 안돼야. 한 선생도 답답혀요. 으쩌다가 승희 씨한테 그런 요상헌 말까지 듣게 되어뿌렀소이?」

「내가 답답한 위인이어서가 아니라, 나처럼 느슨하지 않고 촘촘하게 살고 싶단 얘기예요. 떠돌이 기질을 갖고 있는 사람들이란 한자리에 붙박여서 오래 살지 못하는 모양입니다.」

「촘촘하게 살다니, 그게 뭔 소리여? 독수공방으로 두었던 탓이 아닌지 모르겠어라. 그래서 내가 뭐랍디여. 후딱 결혼식 해치웠

186

으면 이런 꼴은 안 봤을 거 아니어라.」

「결혼문제와는 별개입니다. 인생을 촘촘하게 살지 않으면 살아 있을 명분이 없다고 생각하는 사람들이 내 주변에는 한둘이 아닙니다. 장삿속이야 어떻든 낯선 고장으로 가서 낯선 사람들과 만나지 않으면, 자신의 삶과 세상을 연결시킬 수 없다는 생각을 가진 사람들이니까요. 그런 사람들은 떠나보내는 게 옳습니다.」

「난 뭔 소린지 모르겠어라. 대가리에 검은 털 난 짐승치고 낯선 고장 구경하기 싫다는 소리는 못 들어봤구먼이라. 그러나 고흥에서 살아도 전라도땅 골골샅샅이 장터란 장터는 메주 밟듯 하면서 만나는 게 낯선 사람들 아니겠소. 시골서는 낯선 사람 만나도 사람 취급 못하겠다는 소린지 모르겠소. 꼭 중국 사람이나 러샤 사람 만나야 사람 만난 기분 나겠다 그 말이오? 떠나기를 좋아하는 사람치고 늙거나 고단하게 되면 안태 고향으로 돌아오지 않는 놈 없어라. 장다리에 힘 빠지고 손등에 검버섯 피고 눈에 진물 날 때쯤이면 객지바람 쐬기가 풀쐐기에 쏘인 것처럼 독한디, 뭘 몰라도 한참 모르는 소린께 한 선생이 다잡아서 엉뚱한 맘 품지 않도록 잡도리하시오이. 되돌아올 곳을 어째 떠나지 못해서 저 발광들인지 알다가도 모르겠소이.」

「내가 나선다 하더라도 소용없는 일이란 걸 진작부터 알고 있었어요.」

「그렇다면 날 왜 불러냈어라?」

「마음의 준비를 하고 있으란 얘기를 해주려는 것입니다. 막상 떠나게 되면 동기간으로 생각하고 있던 형식이도 상처를 받을 것이니까…….」

「한 선생 말 들어보니 대수롭잖게 넘길 일은 아니겠소이. 나가

승희 씨를 다잡고 맘을 돌려볼랍니다. 발바닥이 근질거려서 못
견디겠다면, 서울 가락시장 드나드는 일을 승희 씨한테 맡기면
되지 않겠소. 이문도 그렇소. 서울 한 행배 하고 나면 백만 원
이상 마진 남는 장사가 어디 있다고 승희 씨가 그런 고달을 빼는
지 알 수 없네요이 ?」

「이익이 남지 않아 결심한 것은 아닐 겁니다. 우선 나한테서 떠
나고 싶은 거예요. 그래서 태호나 봉환이와 어울리고 싶은 겁니
다. 그걸 가로막게 되면 헤어지려는 마당에 오히려 앙금만 크게
남길 뿐입니다. 난 그렇게 헤어지고 싶지는 않아요. 떠나기를 결
심한 사람 잡지 않는 게 내 특기잖소.」

방극섭은 탁자 위에 놓인 소주병을 들고 목을 뒤로 젖히더니, 그
대로 병나발을 불고 있었다. 그날 두 사람이 안주도 없이 마신 강
술은 모두 다섯 병이었다.

새로운 행상

　백사장 포구에 있는 서문식당의 소재지를 소상하게 그린 약도를 뚫어지게 내려다보고 있던 태호의 시선이 흐려졌다. 구태여 묻지 않아도 창범이 손수 그린 약도와 글씨였기 때문이었다. 만에 하나 승희의 발걸음이 어긋날까 해서 식당 근처의 좁은 골목길까지도 빠뜨리지 않으려고 기억을 더듬은 흔적이 뚜렷한 약도에는, 그녀만큼은 곁에 두어 헤어지는 아픔을 겪고 싶지 않았던 창범의 애틋한 가슴앓이가 주소와 전화번호를 꾹꾹 박아 쓴 작은 글씨들에 고스란히 담겨 있었다.

　오랫동안 작은 메모쪽지에 박여 있던 태호의 시선이 승희를 일별했다. 그러나 태호의 입가에 번지는 쓸쓸레한 웃음을 승희 또한 놓치지 않았다.

　「내가 길을 잘못 들었는가 봐?」

　「글쎄요……. 나도 뭐가 뭔지 모르겠네요.」

　태호는 중국길이 평탄하지 않을 것이란 말로 겁부터 준 다음 몇 번인가 그래도 동행하겠느냐고 다짐을 두었다. 다짐을 받고 있었지만, 내심으로는 중국행을 단념할 수 있는 기회를 주려는 것이 분명했다. 그런 태호의 속내가 빤히 들여다보일수록 승희의 태도는 강경하기만 했다.

중국에서 탈진해서 돌아온 기력을 벌충한답시고 손달근이 보약을 먹는 동안, 두 사람은 뻔질나게 서울을 드나들면서 웨이하이로 가져갈 물품들을 구입해서 인천항으로 탁송하였다.

그 동안 태호는 승희에게 보란 듯이 고홍으로 전화를 걸어 안면도에서 돌아가는 내막을 세세하게 일러주었다. 안면도에 있는 사람들의 장삿속도 창범과 무관하지 않다는 것을 그녀에게 깨닫게 하려는 심산이었다.

인천항에서 여객선을 탄 것은 그녀가 안면도에 당도한 지 열흘후의 일이었다. 승희와 태호 그리고 손달근이 동행이었다.

가벼운 뱃멀미를 시작한 승희를 약 먹여서 재운 다음 태호는 손달근을 갑판 위로 불러냈다.

「연길에 도착하면 난 누나하고 포시에트로 들어갈 겁니다. 형님은 어떻게 할래요? 우리가 돌아올 때까지 연길에 남아 있는 게 좋겠죠?」

손달근은 태호의 속셈을 얼른 알아차리지 못해 안색만 살피고 있었다.

「형님 혼자 두고 갔다 와도 되겠습니까?」

「왜? 혼자 두고 가면 내가 무슨 일 낼까 봐서? 딱히 내가 남아야 한다는 건 아니지만, 한 사람은 숙소에 남아 있어야 하다못해 서울과 연락이라도 할 거 아녀.」

「서울 떠날 때부터 형님은 연길에 남게 한다는 생각을 갖고 있었어요. 우린 딸린 가족이 없지만, 형님은 손꼽아 기다리는 가족이 있지 않습니까. 공연한 간섭이라고 생각 마시구요.」

「알아들었으니깐 마지막 길 가는 사람처럼 비장하게 말하지 말어.」

태호의 말을 횡듣지 않으려고 귀를 기울이던 손달근의 대답이었다.

모험을 불사하는 용기를 가져야만 그 위험에 상응하는 잇속을 챙길 수 있다는 생각은 김애린도 마찬가지였다. 태호의 요청을 받은 김애린은 지난번에 안내를 했다가 날벼락을 맞았던 안내인을 다시 찾아가서 동행을 사정할 수밖에 없었다. 그도 썩 내켜하지 않았으나, 열 살배기 아들이 성장하면 한국에 유학시키겠다는 꿈이 있었기에 어렵사리 동행에 동의했다.

포시에트로 넘어가는 잠행로는 지난번의 여정 그대로였다. 물론 똑같은 변고를 당할 수 있다는 위험부담은 다분했다. 그러나 옌지에서 출발하는 상로는 어차피 그 여정뿐이었다.

러시아를 드나드는 중국 조선족 보따리 행상들의 주된 상권은 대체로 헤이룽장(黑龍江) 성 쪽이었다. 첫째는 철도로 옌지를 출발해서 투먼을 거쳐 무단장(牧丹江)에서 다시 쑤이펀허(綏芬河)를 거쳐 러시아의 변경에 자리잡은 우수리스크였다. 우수리스크에는 변경 장시로서는 가장 번창한 난장이 열리고 있었다.

이곳이 무역 집산지로서 명목을 유지하고 지금까지 호황을 누리게 된 것은 중국과 러시아 간의 국경 개방이 제일 먼저 이루어진 곳이기 때문이기도 했다. 러시아 상인들은 구태여 중국으로 건너가지 않고도 우수리스크 난장에서 필요한 상품을 구입할 수 있었기에 중국의 공산품과 소비재를 구입하려는 상인들이 끊임없이 모여들었다.

　다음으로는 헤이룽장 성 서북쪽 끝인 만저우리〔滿洲里〕에서 러시아의 치타에 닿는 상로가 있었고, 다음으로는 동북쪽 삼강평원 중심에 있는 자무쓰〔佳木斯〕에서 보트를 타고 하바로프스크에 이르는 상로가 있었다. 다음으로는 남동부에 위치한 미산〔密山〕에서 출발하는 밀항로가 있었다. 블라디보스토크에서 우수리스크까지는 기차로 8시간, 그곳에서 하바로프스크까지는 12시간, 그리고 치타까지는 꼬박 3일이 걸리는 여정이었다. 치타에서 신시비리아까지는 하루, 세바로프스크까지는 28시간, 첼렐빈까지는 36시간이 걸렸다.

　그래서 여러 곳의 난장에 들러 계속 사고 팔며 모스크바까지 당도하려면 적어도 한 달 이상의 여정이 필요했다. 오직 잇속만을 좇아 러시아 내륙을 메주 밟듯 유랑하는 이들 보따리 행상들이 치러내야 하는 질곡은, 대개가 서로 각축을 벌이는 상인들끼리의 싸움에서 상해를 입거나, 아니면 그들의 현금과 물건을 노리는 갱들의 위협에 쫓기는 신세가 되는 것이었다.

　그들 갱 중에는 중국에서 범죄를 저지르고 국경을 넘어 러시아로 도망한 자들도 섞여 있었다.

　러시아 변경의 난전을 드나드는 중국 행상들 가운데 80퍼센트 이상이 조선족이고 좌판을 벌인 상인들 반수 이상이 여성들이기도 했다. 물론 밀항로인 미산을 제외한 다른 상로에는 해관이 있었다. 그러나 중국 쪽 해관에서는 상인들의 보따리 부피가 엄청나더라도 자국의 상품이 팔려나가고 있었기에 대체로 묵인하고 있었다.

　그 다음이 훈춘과 창링쯔를 지나고 러시아의 포시에트를 거쳐 중국인들이 하이찬웨이〔海參葳〕라 부르는 블라디보스토크에 이르는 상로였다. 포시에트에서 열리는 난전은 물론 헤이룽장 성에서 출발하는 상로인 우수리스크나 하바로프스크의 난전에 비하면 규모에 있어 초라한 편이었다.

이 상로가 개방된 것이 1995년 이후인 데다 러시아 내륙의 주된 상권과도 상당한 거리를 두고 있어 행상들이 찾아오기에는 무리가 따랐다. 그런데도 태호가 포시에트를 고집하고 싶었던 것은 머지않아 한국의 속초에서 떠나는 정기 여객선 항로가 포시에트와 연결될 것이기 때문이었다. 그 난전이 비록 초라하더라도 먼저 발을 들여놓음으로써 안면을 익히고 기선을 잡자는 나름대로의 계산이 깔려 있었다.

세 사람은 지난번처럼 꼭두새벽에 출발하지 않았다. 아침을 든든하게 먹고 출발하여 곧장 잠행로로 덤비지 않고 창링쯔 근처에 있던 조선족 마을부터 찾았다. 지난번 사건을 당했을 때 마을 사람들이 보여주었던 품앗이를 지나칠 수 없었기 때문이었다. 아니나다를까, 그들은 또다시 모습을 드러낸 태호를 대뜸 알아보고 반색하였다. 태호는 그때 궂은 날씨를 무릅쓰고 일행을 구완해 주었던 사람들을 불러 닭과 개를 잡아 대접하였다.

마을 사람들은 지난날에 도움받은 것을 염두에 두고 있었던 태호의 됨됨이를 침이 마르도록 칭송하였다. 그러나 강도를 만났던 그 길을 따라 다시 포시에트로 들어가려는 배포에는 질겁을 하고 놀랐다. 게다가 여자까지 끼여 있어 지난번처럼 강도들이 길목을 지키고 있다면 기습당하기 안성맞춤이었다. 그러나 일행이 전혀 뜻을 굽힐 의사가 없음을 알아채고는 그들 나름대로 대책을 마련하겠다고 나섰다.

지난번에도 어렴풋이 짐작하고 있었던 것이지만, 마을 사람들은 강도들의 정체를 어느 정도 꿰고 있는 듯했다. 마을 청년 두 사람이 잠행로가 끝나는 지점까지 동행하겠다고 나선 것이 그들이 마련한 대책이었다. 그것이 바로 마을을 다시 찾아온 태호의 숨은 속셈이기도 했다. 마을에서 불과 7킬로도 안되는 지점에서 횡행하고 있는 강도들의 정체를 전혀 모르고 있다는 것은 상식적으로도 이치에 맞는 말이 아니었다.

마을에서 하룻밤을 묵었다. 그러나 잠은 제대로 잘 수 없었다. 그들이 궁금해 하는 것은 예나 지금이나 서울 소식이었기에 하품을 씹어가며 밤새 이야기를 나누어야 했다.

이튿날 아침에 출발한 일행은 모두 다섯 사람이었다.

합류해 준 청년들은 창링쯔에서 잠행로에 이르는 노정을 유리잔 속 들여다보듯 환하게 꿰고 있었다. 그 역시 태호가 예측하고 있던 것이기도 했다. 어쩐 셈인지 이번 행보에는 마을을 나선 지 30분도 채 안되어 목적지가 같은 조선족 보따리 행상들을 만날 수 있었다. 청년들은 잠행로 초입에서 작별하면서 다시 만날 오후의 시간을 약속했다.

짐꾸러미들을 잔뜩 짊어지고 잠행로를 통과하는 데 불과 20분 남짓 걸린다는 얘기를 듣고 난 후부터, 그 동안 뱃심을 부리던 승희의 신색이 하얗게 질려버렸다. 원시림으로 들어찬 숲속은 바람소리만 스산할 뿐 인적이라곤 없었다. 말없이 긴장하고 있는 것은 동행하고 있는 행상들 역시 마찬가지였다. 일행 중에 여자는 승희 한 사람이었으므로 그녀를 행렬 중간에 두었다.

10분 정도 걸었을 때였다. 그녀가 슬그머니 맨 뒤쪽에 있는 태호에게 다가와 귓속말을 하였다.

「나 되돌아갔으면 해.」

194

태호가 시뻘건 눈으로 그녀를 흘겨보았다.

때마침 시야가 트이는 개활지가 나타났다. 그러나 늪지대를 비켜 가야만 했다. 드디어 발걸음을 온전히 떼놓을 수 없을 정도로 하반신이 떨려오기 시작했다. 그런데도 앞선 행상 일행들은 뒤 한번 돌아보는 법 없이 걸음만 재촉하고 있었다.

조선족 행상들이 해관을 통과하지 않고 여러 위험을 무릅쓰고 잠행로를 이용해서 국경을 넘나드는 데는 몇 가지 이유가 있었다.

첫째는 양국 해관을 통과하면서 뜯기는 만만치 않은 뇌물의 액수였다. 세관원들은 행상들이 변경 난장을 넘나들면서 챙기는 이문이 수준 이상이란 것을 알고 있었다. 그것을 빌미로 노골적으로 뇌물을 요구했다. 요구를 묵살하면 되돌아설 수밖에 없었다.

둘째는 해관을 통과한다는 것이 곧 소문난 갱 조직들의 주목을 받게 되는 빌미를 제공하는 것과 마찬가지라는 점이었다. 그들의 주목을 받게 되면 러시아에 체류하는 내내 쫓기는 신세가 되거나 최소한 불안감을 씻어낼 수는 없었다. 그리고 마지막으로는 러시아어에 능통하지 못하다는 결함이 해관을 통과하면서부터 공개되는 셈이어서 그와 연유된 피해도 감수해야 했다. 그러나 의사소통 문제는 러시아 쪽 난장으로 몸을 들여놓는 순간부터 해소되었다. 큰 액수가 오가는 거래가 있을 때는 러시아 어에 능통한 얼마오쯔[二毛子]로 불리는 고려인 2세들의 도움을 받을 수 있기 때문이었다.

그러나 그 진땀나는 순간도 잠깐이었다.

확실히 러시아 땅으로 짐작되는 숲속에 두 대의 트럭이 한가롭게 기다리고 있었다. 국경 초소를 발견한 적도 없었고, 국경 수비대의 모습을 구경한 적도 없었다. 트럭은 낡을 대로 낡은 고물이었다. 트럭의 운전기사는 대개 고려인 2세들이었다. 라오마오쯔[老毛子]

라 불리는 러시아 인들보다 의사소통이 손쉬웠다. 얼마오쯔들이 터득하고 있는 한국어의 수준은 물론 보잘것이 없었다. 그러나 같은 피를 물려받았다는 동족의식만은 강하게 깔려 있어서 러시아 인들과 충돌이 생겨났을 때, 중재 역할을 도맡아주곤 하였다.

중국인들 사이에선 옌추[煙秋]라 불리는 크리스키노는 러시아 장교의 이름을 딴 소도시였는데, 중국의 창링쯔에서 30분 거리였으므로, 그곳에서 불과 15분 거리에 있는 포시에트에 고려인 2세들이 살고 있는 것은 우연한 결과가 아니었다.

1860년에 있었던 톈진조약으로 차르러시아로 귀속되기 전까지 이 땅은 중국령이었다. 옌지에서 버스로 달리면 2시간 안에 도착할 수 있는 이 지방에 옌볜에 살고 있던 조선족들이 이주하기 시작해서 1869년에 이르러서는 4천 5백여 명 이상의 한인들이 들어가 황무지를 일구며 살았다.

마침 포시에트 시가를 관통하고 있는 디신허[地新河]라는 강이 있어 농수로를 만들고 황무지를 개간하는 데 좋은 입지조건이 되어 주었다. 당시 차르러시아는 기왕 포시에트 인근에 들어와 살고 있는 한인들을 차르러시아의 국민으로 인정하여 인두세(人頭稅)를 영원히 면제해 주고 토지세(土地稅) 역시 향후 20년간이나 면제해 주는 특전을 베풀어 그 땅이 다시 황무지로 변하는 것을 막았다. 스탈린 시대 때 중앙아시아 쪽으로의 강제 이주 이후 포시에트의 농토는 다시 황폐화되었지만, 강제 이주의 법령이 해제되고 난 후부터 다시 한인들이 하나둘씩 포시에트로 찾아들어 러시아 인들뿐이었던 땅에서 얼마오쯔들의 모습을 찾아볼 수 있게 된 것이었다.

얼마오쯔들은 안색이 질려 있는 승희에게 기회 있을 때마다 겁먹지 말라고 다독거려 주었다.

포시에트는 도시라기보다는 한적한 시골이었다. 구릉지 저쪽 멀리로 회색의 낡은 목조 가옥들이 바라보였다. 난전이 열리는 길이 목조 가옥들이 보이는 구릉지 쪽으로 연결되어 있었다. 어디선가 새소리조차 들려오는 낮 12시의 장시였다. 소문대로 난전을 펴고 있는 대부분의 행상들은 조선족 여자들이었다. 닭장을 노린 족제비가 울바자로 침입하듯 아무런 증명서도 없이 덜컥 러시아 땅에 들어온 것이었다.

승희는 비로소 후회가 뼛속까지 파고드는 것 같았다. 햇살에 얼굴이 새까맣게 그을린 조선족 여인이 울타리에 기대어 차일을 친 난전 뒤에 웅크리고 앉아 있었다.

한국인이란 사실이 그처럼 극명하게 가슴을 방망이질한 기억은 없었다. 하늘에서 빗줄이라도 내려오면 무작정 그 빗줄을 타고 허공으로 올라가고 싶었고, 갑자기 천지개벽이 되어 그런 일이 벌어질지도 모른다는 가당치 않은 상상만이 지금의 순간을 지탱해 주는 유일한 위안이기도 했다.

그러나 그것도 잠깐, 가슴은 조바심으로 뛰기 시작했다. 창범을 떠난 것은 분명 자신의 의지였다. 그런데 안면도를 떠나 이 낯선 땅에 주책없이 뚝 떨어진 것은 의지라기보다 그 의지에 편승하여 무책임하게 저지른 만용이었다.

한치 앞을 가늠할 수 없는 막연한 위기감, 돈벌이를 생명과 같은 반열에 두어도 좋다는 황폐함이 언제 어디서부터 이토록 진솔하게 자신의 가슴을 차지해 버렸는지 알 수 없었다. 자신의 행동이 창범을 떠난 것과 연루되어 있지 않기를 바랐고 또한 그러한 증거들이 가슴속에 잠재되어 있기를 바랐으나 그 또한 분명하게 다가오지 않았다.

그녀는 일어서서 난전을 둘러보아야겠다고 자신을 추슬렀다. 그러나 이미 몸은 땅속으로 들어가 묻힌 것처럼 무거웠다. 그녀는 소스라치며 담배를 꺼내 입에 물었다. 그리고 다시 구릉지 멀리 한가롭게 웅크린 목조 가옥으로 시선을 꽂았다.

한결같이 부대한 몸집에 뱃구레가 두둑한 백인 여자들이나, 그와는 대조적으로 깡마르고 날카로운 눈매에 가죽 재킷을 걸치고 있는 백인 남자들과 시선이 마주칠까 조마조마하여 마땅히 시선 둘 곳을 찾을 수 없었다.

조선족임이 분명한 아낙네들과 사내들은 웅크리고 앉은 승희에게는 시선조차 주지 않았다. 그들은 딱히 러시아 행상들과만 거래를 하는 것이 아니라, 포시에트에서 연해주 내륙으로 물자를 풀어 먹이는 조선족 상인들과도 거래를 해야 했다. 흥정은 루블화이거나 런민폐거나 구애를 받지 않았다.

그렇기 때문인지 진열한 물건들에는 정가 표찰이 붙어 있는 것을 발견할 수 없었다. 흥정하기 나름이란 뜻이겠는데, 그것에는 까닭이 있었다. 러시아 행상들은 자신이 찾고 있는 물건을 발견했다 싶으면 가격의 고하를 막론하고 대금을 치르는 버릇이 있었기 때문이었다. 그런 경우에 정찰가를 두면 의외의 횡재를 놓치는 경우가 있었다. 변경무역의 난해함을 한눈으로 체험할 수 있는 장소라는 생각이 들었다.

난전에 우글거리고 있는 장꾼들의 수효는 어림잡아 2백여 명 정도 되었다.

중국에서 건너온 행상들은 대부분 여성들인 반면 러시아의 행상들은 남자들이 많았다. 러시아 인들은 전통적으로 여자들에게 물건 사기를 좋아했지만, 어떤 때는 좋아하는 물건을 휩쓸어 안고 달아나버리는 경우도 허다해서 좌판 뒤에는 반드시 완력깨나 쓰는 남정네가 지키고 있어야 했다.

그러나 충돌이 생길 경우, 러시아 인들은 총기를 빼들지만 조선족들은 칼을 써야 하기 때문에, 결판은 장담할 수 없었다. 그런 위험이 도사리고 있는 난장인데도 제복을 입은 사람은 한 사람도 눈에 띄지 않았다.

거래는 금액을 불러주는 것 외에는 한결같이 손짓발짓으로만 이루어지고 있었다. 그러나 의사소통의 불편함 때문에 물건값을 1만 루블이라고 불렀을 경우, 10만 루블을 지불하는 경우도 없지 않았다. 물건을 강탈당하거나 현금을 강탈당하지 않는 불상사만 겪지 않는다면, 잇속을 노려볼 만한 장소가 바로 호젓한 장소에서 열리고 있는 이런 난전이었다. 예를 들면, 선양[瀋陽]에 있는 우와이쯔[五外子]에서 1백 위안을 주고 산 가죽옷을 러시아로 가지고 들어가기만 하면 4백이나 5백 위안의 금어치로 팔아넘기기는 손쉬운 일이었다.

그곳에서 난전을 펴고 있는 행상들의 잡화들엔 옌지의 시스창[西市場]에서 도매해 온 물건들만 있는 것은 아니었다. 옌지에는 북한과의 거래를 위한 의류상가가 따로 마련되어 있었지만, 러시아 행상들을 상대로 하는 잡화들은 대개 선양에 있는 우와이쯔 도매시장에서 떼오는 물건들이었다.

옌지에서 오후 5시 30분에 출발하는 열차를 타면, 다음날 오전 8시 30분에 선양에 도착하여 하루쯤 우와이쯔에서 물건을 수습한 다음, 다시 저녁에 출발하는 열차를 타고 옌지에 도착해서 포시에트로 향하는 것이었다.

러시아 인들이 가장 선호하는 상품은 이른바 텔레비전, 녹음기,

라디오, 전자시계 같은 가전제품이었고, 그 다음으로 선호하는 물건은 가죽 의류, 털옷, 양털로 짠 의류, 청바지, 칼, 등산용 조끼, 내의, 양말, 볼펜, 연필과 어린이 장난감, 초콜릿, 가죽신 그리고 자전거 들이었다.

난전에서 팔고 있는 상품들은 그런 품종에서 크게 벗어나지 않고 있었다. 때로는 쌀, 간장, 소금, 고춧가루, 조미료, 밀가루 같은 눈에 익숙한 식품류들을 좌판에 벌여놓고 있는 행상들도 여럿 있었는데, 그것은 러시아 인들을 상대하는 것이 아니라, 러시아에서 불법 체류하면서 내륙의 난전으로 전전하고 있는 조선족 행상들의 수요를 겨냥한 것들이었다. 불법 체류중인 조선족 행상들은 물론 합법적인 숙소에서 숙식을 할 수 없기 때문에 러시아 공안 당국의 감시망을 피할 수 있는 호젓한 곳에 숨어 노숙으로 지내거나 민가에 임시로 거처를 정하는 경우가 허다하였다.

그들 불법 체류자들이 물건을 열차로 운송해야 할 경우엔, 지정된 운송비 외에 열차원에게 뇌물을 찔러줘야 고발을 당하지 않았다. 게다가 시장에 나와 정기적으로 돈을 거두어가는 마피아들에게도 시달림을 받아야 했다. 여자들이 가장 많은 피해를 당하는 경우는 루블화로 결제된 물건값을 귀국할 때는 달러로 바꾸어야 할 경우였다. 물론 암거래였다. 그러나 분명 1백 달러짜리로 확인하고 받았던 돈이 집에 와서 풀어보면 모조리 1달러짜리로 둔갑해 있는 경우가 없지 않았다. 그야말로 비상 긴장(非常緊張)의 조바심 속에서 이루어진 환전이 눈 깜짝할 사이에 바꿔치기의 사기를 당하는 경우였다. 그런 경우 조선족 행상들은 장사 밑천을 몽땅 날리고 또다시 채권자들에게 쫓기는 신세가 되었다.

결국은 가족이 기다리는 중국으로 귀환하지 못하고 그만한 밑천을 다시 모을 때까지 러시아에 불법 체류하면서 2년이나 3년을 가족과도 연락 두절한 채 실종된 사람으로 살아가는 것이었다. 남의 좌판 뒤에 쭈그리고 앉아 있던 승희가 대담하게도 한국에서 밀입국한 사람임을 알게 된 사십대의 조선족 여자가 긴가민가하면서도 띄엄띄엄 알려준 난장의 속사정이 그랬다.

그런데 언제부턴가 주위에 있어야 할 태호의 모습이 보이지 않았다. 승희는 초조했다. 그의 행방을 찾아나섰다. 그제서야 러시아인들이 조선족 행상들에게 팔고 있는 물건들이 눈에 띄기 시작했다. 거래는 대개가 벌여놓은 좌판이 아니라, 차일막 안에서 은밀하게 이루어지고 있었기에 얼른 보아서는 거래되는 물건들의 종류조차 분별하기가 수월치 않았다.

차일막 밖으로 흘끗흘끗 바라보이는 것으로 가늠하자면, 역시 예상하고 있었던 해삼, 사향, 웅담, 제비둥지, 녹용, 개구리알 기름 같은 것들이었다. 들리는 소문으로는, 진짜 사향 같은 것을 구입해 중국의 베이징까지 가지고 나가면 10배 이상의 이문을 바라볼 수 있다고 했다. 그러나 사향은 그 자체가 어떤 약효를 지닌 명약은 아니었다. 명약에다 사향을 섞었을 경우, 그 약효가 체내에 오래 머물도록 해주는 역할을 할 뿐이었다. 그런 사향의 역할을 이젠 웬만한 소비자들도 다 알고 있었기 때문에 지난날과 같은 폭리를 바라볼 수는 없었다. 그래서 중국으로 곧장 귀환하려는 행상들이 흥정하는 물건들은 중국 요리의 재료로 쓰이는 해삼이나 제비둥지 같은 물건들이었다.

승희가 태호를 발견한 것은 난전의 북새통과는 거리가 먼 길모퉁이에서였다. 낯선 것에 대한 태호의 적응력과 친화력은 놀랄 만했다. 그의 곁에는 그들을 포시에트까지 태워준 트럭 운전기사가 중개인으로 붙어 있었다. 그러나 등뒤에서 훔쳐보았지만, 정작 어떤 물건을 두고 흥정을 하고 있는 것인지 알아채기는 손쉽지 않았다.

태호가 러시아 밀매상으로부터 구입한 물건은 사향이었다. 사향은 진품일 경우, 변경시장에서 2백 달러 내외의 헐값으로 암거래되어, 베이징까지 무사히 가지고 나가면 8백 달러 이상을 호가하기도 하였다. 믿을 수 없을 정도의 잇속을 챙길 수 있었지만, 가짜가 범람하고 있었기에 자칫하면 장사 밑천을 깡그리 날려버릴 수도 있는 모험이었다.

국경을 넘는 것도 문제였다. 해관이나 공안원에게 적발되면 그대로 감옥행이었다. 그러나 태호의 어디에서도 불안의 낌새는 감지할 수 없었다. 설혹 세관에서 걸려든다 할지라도 무사히 통관할 수 있는 방법을 알고 있다는 배포였다. 그가 구입한 생사향은 모두 다섯 개였다. 옌지까지 무사히 가지고 나가기만 해도 3천 달러 이상의 이득을 기대할 수 있었다. 밀매상으로부터 사향을 수습한 태호는 고려인 2세인 트럭 운전기사와 함께 어디론가 종종걸음으로 사라졌다.

역시 시장 변두리에 있는 으슥한 차일막 속이었다. 태호는 그들이 사향을 위장하는 작업을 곁에서 꼼꼼하게 지켜보았다. 먼저 생사향을 방수지로 꼼꼼하게 포장한 다음, 방수지 둘레를 얇게 저민 쇠고기로 감쌌다. 그리고 밀가루에 반죽해서 기름에 살짝 튀기고 나니까 영락없는 완자가 되었다. 작업은 30분도 안되어 완벽하게 마무리되었다.

웅담도 그런 위장술로 통관하고 있었다. 엑스레이 투시기에도 나타나지 않았고, 해관원이 직접 먹어보지 않는 이상 완자 속에 생사향이나 웅담이 들어 있다는 사실을 눈치챌 수 없었다.

달러화를 가지고 나올 때도 은박지나 먹지에 싸서 물건 속에 감추면 투시기에 나타나지 않았다. 간혹 해관에서 적발의 위기가 닥치게 되면, 여자들은 신체의 은밀한 곳에다 감추기도 하였다. 그리고 집으로 돌아가서 손상되지 않은 사향을 뽑아내면 되었다.

잠행로를 통과하는 회정길에 동행한 행상들은 모두 행장들이 단출했다. 트럭을 타고 잠행로 초입에서 내려 도보로 다시 중국 국경에 당도하니 약속했던 마을 청년들이 기다리고 있었다. 잠행로를 이용한 포시에트 방문은 그처럼 눈 깜짝할 사이에 이루어진 셈이었다.

그러나 마을로 무사히 도착해서 긴장감이 풀리고부터 승희는 단 한 발짝도 떼어놓을 수 없게 되었다. 할 수 없이 마을에서 다시 하룻밤을 묵을 수밖에 없었다. 옌지로 돌아가는 차 안에서 승희는 드디어 독백을 늘어놓았다.

「코 묻은 백 원짜리 이문을 바라며 오징어 한 마리를 팔아보려고 땡볕 아래서 졸고 있어도 마음 편하게 산다는 게 얼마나 소중한 것이란 걸 이제야 깨달았어.」

조수석에 앉아 길바닥만 바라보고 있던 태호는 뒤도 돌아보지 않고 되받았다.

「한국으로 돌아가시죠. 싫은 일을 같이할 순 없어요.」

태호가 포시에트 내왕을 굳힌 이면에는 중국과 러시아 간의 국경선 경계망이 한국에서 예상했던 것과 전혀 달랐던 데 있었다. 내왕길 어디에서도 무장한 경비병을 만날 수 없었고, 국경선을 명확하게 긋는 삼엄한 시설물이나 표지판을 본 적도 없었다. 한국의 동해와 서해, 그리고 휴전선을 방문했을 때 보고 느꼈던 싸늘하고 스산한 경계선의 풍경과 삼엄하기 짝없는 대치 상황은 어디서도 찾아볼 수 없었다. 마치 허리띠 없는 바지를 입은 것처럼 느슨하고 허술했다. 더욱이나 국경선을 같이 넘나들었던 밀매상들의 거동 어디에서도 긴장감을 찾아보기 어려웠다.

때문에 창링쯔 근처 마을의 조선족들의 훈수를 받아 강도들의 위협만 따돌릴 수 있다면, 그 잠행 루트에서 적지 않은 이득을 챙길 수 있을 것 같았다.

옌지에서 태호의 얘기를 듣고 있던 손달근이 맞장구를 쳤다.

「그 사람들이 진품 사향을 분별하는 방법까지 세세하게 가르쳐주었다면, 태호한테 호감을 가진 것이 틀림없구먼. 그러나 그 사람들이 속으로 바라는 게 없지 않구서야 대접이 그토록 융숭할 수는 없지 않아?」

「내가 잊지 않고 찾아가서 인사를 드린 것이 그토록 고마웠던가 봅니다. 내가 월경할 때마다 찾아가서 예의만 차린다면, 나한테 더 바라지는 않을 것 같습니다. 이번에도 수고비 명목으로 얼마를 건넸지만, 한사코 사양했어요. 그러나 나도 막무가내로 버텨서 결국은 받아넣도록 만들었어요.」

「그러나 장차의 일을 장담하기는 아직 이르지. 지금은 잠행 루트가 안전해 보일지 모르지만, 자주 이용하다 보면 어떤 변수가 도사리고 있을지 태호 너 혼자의 안목으로는 장담할 수 없어. 코웃음 치지 말고 시간이 걸리더라도 해관으로 해서 정식으로 드나들 방도를 찾든지, 아니면 김애린 씨를 대신 드나들게 주선하는 것이 안전할 거야. 누군가가 너의 일거수일투족을 유심히 관찰하면서 낚싯밥 던질 때를 기다리고 있을지도 모른다는 것을 염두에 두는 게 좋아.」

「모험이 뭔데요? 죽을지도 모르고 날벼락을 맞을지도 모를 위험을 무릅쓰는 게 모험 아닙니까. 형님 말대로 어떤 변수가 기다리고 있을지 장담할 수 없다는 말에는 나도 동감입니다. 그러나 밥상에 된장찌개가 올려지기를 바라면서 구더기 무서워 장은 담그지 못하겠다는 것이 바로 모순이란 것입니다. 김애린 씨를 대신 보내는 것도 그래요. 그게 끼니때마다 남의 집 된장 얻어먹자는 염치 아니겠습니까. 날벼락 맞을 일이 있을지도 모르기 때문에 엄청난 이득이 보장되는 것입니다.」

「난 무슨 요술을 보는 것 같아. 한 번 행보에 이천 달러 이득을 본다는 게 말이나 돼?」

「말씀드렸지 않습니까. 위험 수당이 붙어서 그런 거예요.」

「그렇다면 다음에 나도 따라가?」

「형님과 동행하면 위험부담은 배로 불어나게 돼요. 이번엔 무사히 다녀왔지만, 다음에는 솔직히 어떤 변수가 기다리고 있을지 모르지 않습니까. 그때 형님이 지난번처럼 엉뚱하게 웩웩 소리나 질러대고, 주책없이 들고 뛰기라도 한다면 또 어떤 봉변을 당할지 모르지 않습니까.」

「들고 뛰다니? 뛴 건 박봉환이었지, 내가 언제 뛰었다고 멀쩡한 사람에게 덮어씌우나? 여기서 죽치고 앉아 있기만 하면, 내가 중국까지 와서 무슨 역할을 했느냐는 의문이 남잖어.」

「지난번에 그런 봉변을 당하고 옌길까지 다시 온 것만도 보통 배짱이 아닌 거예요. 형님이 다부진 사람이 아니었다면 옌길 근처에는 두 번 다시 얼씬도 않았을 겁니다.」

「날 칭찬하는 줄 알았더니, 가만 듣고 보니 결국은 자기 배짱 좋다는 자랑이구먼.」

옌지에서의 사향 판매는 김애린의 주선으로 이루어졌다. 구입해

온 사향 다섯 개 중에 하나만 가짜였고, 나머지는 모두 진품이었다. 옌지에 있는 한약상을 통한 판매가 그처럼 수월하게 이루어질 수 있었던 것은 사향이 우황청심환을 제조하는 데에 없어서는 안될 약제였기 때문이었다. 한 개는 진품이 아니었는데도 2천 달러 정도의 이득이 생겨났다. 베이징까지 나가는 위험부담을 겪지 않고도 판매는 손쉽게 이루어진 것이었다.

이번에는 옌지의 시스창에서 생산되는 가죽제품과 전자시계를 사가기로 하였다. 가죽제품은 등산용 조끼와 가죽신과 바지와 윗도리였다. 사향을 거래하였던 상인이 요구한 상품이기도 했다. 태호는 이번 행보에 마지막 승부수를 던질 것처럼 자본금을 달달 긁어 상품을 사들였다. 승희는 수수방관이었고, 손달근은 김애린과 같이 시스창을 열불나게 들락거렸다. 이번 포시에트 출발은, 승희만 남고 태호와 김애린 그리고 손달근이 동행하기로 결정하였다. 태호가 승희와의 동행을 꺼려했기 때문이었다.

승희는 비로소 혼자라는 것을 깨달았다. 언제나 혼자였던 것을 애써 혼자가 아니라는 스스로의 속임수에 젖어 살아왔는지 몰랐다. 고흥을 떠나올 적에는 창범 곁에서 떠나간다는 사실이 군더더기 없이 홀가분했고, 그런 단호함과 결단력을 발휘할 수 있었던 스스로가 대견스러웠다. 그러나 중국에 와서 무단 월경의 모험을 겪고 난 이후, 저편 어딘가에 웅크리고 있는 또다른 자신의 모습이 모호하게 아른거렸다. 그것은 승희라는 여자가 아닌 전혀 낯선 사람이었다. 단호한 어조로 싫으면 돌아가라 했던 태호의 말은 그러므로 당연했다. 그제서야 태호도 남이라는 생각이 가슴을 쳤다.

태호 일행이 승희가 종적을 감춰버렸다는 것을 발견한 것은 이튿날 아침이었다. 전혀 예상하지 못했던 일이었기에 포시에트로 출발하기 위한 행장들을 꾸리기까지 누구도 그녀의 행방에 관심을 기울인 적이 없었다. 그러나 태호는 홀가분했다. 뒤숭숭했던 심사가 속 시원하게 정리된 기분이었다. 서울로 돌아간 것이 분명했기 때문이었다. 그러나 손달근의 생각은 달랐다.

「서울로 돌아갔다는 보장이 어디 있나? 만약 그랬다면, 메모쪽지 한 장이라도 남겨두면 어디가 덧나나?」

「뻔한 걸 가지고 토를 달아서 긁어 부스럼입니까? 메모 남기지 않은 건 내가 섭섭하게 대접했던 것에 대한 앙갚음입니다. 자기가 있어야 할 곳으로 찾아간 것이니까, 염려 붙들어 매세요.」

「사람의 마음이 어떻게 움직이고 있는 것인지 그걸 장담할 수 있는 사람은 없어. 홀대하지 않고도 얼마든지 서울로 돌려보낼 수 있었잖어.」

「비약입니다. 배신을 밥 먹듯 하는 비열한 놈 취급 마세요.」

귀국할 빌미만 노리고 있었던 손달근은 승희 먼저 종적을 감춰버림으로써 난처해졌다. 태호가 옌지에 없었을 때 저질러놓은 일 때문에, 입 안에서 단내가 나도록 긴장되고 조바심에 시달림을 받고 있었으나, 또다른 귀국 날짜를 노려볼 수밖에 없었다.

창범이 옌지의 아파트 숙소로 전화를 걸어온 것은 승희가 종적을 감춘 지 엿새째가 되는 날이었다. 그 동안 태호는 벌써 포시에트를 두 번이나 다녀온 참이었다. 창범은 아직도 전라도 장터를 맴돌고 있었다. 지난해처럼 상주 등시를 선매(先賣)하기 위해 상주 인근의 등시 산지를 열흘 동안 쏘다니다가 고흥으로 돌아온 지 이틀째였다. 물론 그때쯤이면 승희가 도착해 있을 만했다. 그러나 20분 가까운 통화에서도 승희가 돌아왔다는 얘기는 없었다. 태호는 찜찜하기 그지없었으나 먼저 승희를 만났느냐는 질문을 던질 수는 없었다. 낌새를 알아챈 손달근이 다잡고 들었다.

「누나가 한국으로 돌아갔다 해서 곧장 고흥으로 달려가야 할 까닭이야 없겠지요.」

「그런데 안색은 아침 굶은 시어머니상인데 그래?」

태호의 예상대로라면 지금쯤 그녀는 필경 고흥으로 돌아가 있어야 했다. 그러나 곰곰이 생각해 보면, 태호 자신이 속으로 그렇게 귀결되기를 바라고 있었던 것일 뿐, 그렇게 될 거란 발상 자체가 터무니없는 것이기도 했다. 마음속으로 그렇게 되기를 바랐던 것을 시간이 흘러가면서 당연한 현실처럼 착각해 버린 셈이었다.

또다시 포시에트를 다녀왔던 닷새 사이에 손달근 혼자 아파트를 지키고 있었지만, 한국으로부터 걸려온 전화는 없었다. 고흥으로 전화를 걸었다. 그러나 그녀가 돌아왔다는 말은 없었다.

「형님 혼자서 당장 서울로 떠나야겠습니다. 창범이 형 몰래 누나의 행방을 찾아봐 주세요. 많은 돈을 애린 씨에게 맡겨두고 있는 것도 좀 불안하고, 내가 지니고 있는 것도 불안해요. 형님 먼저 출국하십시오. 승희 누나를 그런 식으로 떠나보내는 게 아니었는데…….」

「자네가 등 떼밀어 쫓아낸 것은 아니잖어.」

「일이 이렇게 꼬이고 말았다면, 쫓아낸 거와 마찬가지가 돼버린 거죠.」

손달근이 떠난 뒤 태호는 옌지에 혼자 남게 되었다. 거치적거리던 사람들이 모두 떠나고 나니까 바짓가랑이에 묻은 도깨비바늘을 말끔하게 털어낸 것처럼 홀가분했다. 핑계만 있다 하면 생쥐 풀방구리 드나들듯 때를 가리지 않고 안마방 출입을 일삼던 손달근의 행동에 줄곧 신경을 곤두세워야 한다는 것도 부담이었다.

안마방에선 안마만 받는 게 아니었다. 그런 음습한 장소를 은신처로 삼아 조선족 건달들과 포커판을 벌이는 눈치가 역력했다. 알 수 없는 것은 판돈의 출처였다. 안마방에서 쓰는 비용이나 판돈이 어디서 변통되는지 도무지 오리무중이었다.

그를 떠나보낸 후에도 김애린과 동행한 포시에트 내왕은 두 번이나 있었다. 그래서 이젠 시쳇말로 눈을 감고 걸어도 잠행로 어디를 걷고 있다는 것쯤은 알아차릴 만했다. 포시에트에서는 사향을 구입할 수 없으면 말린 해삼을 구입해서 베이징의 식품시장과 거래가 닿아 있는 옌지의 상인에게 팔아넘겼다.

상거래가 활발해진 것은 동남아시아 국가들과의 무기 판매로 러시아 전체의 경기가 조금씩 호전되고 있다는 증거였다. 그래서인지 옌지의 시스창에서 구입해 가는 가죽 의류들은 보따리를 풀기도 전에 선점하려는 원매자들끼리 당기고 밀치는 촌극이 벌어지기도 했다.

잇속도 쏠쏠했거니와 언제나 김애린과 동행이었으므로 흥정에 막힘이 없었고, 창링쯔의 조선족 마을 사람들과 친교를 유지하는 것에도 더이상 갈등을 겪지 않았다.

그 사이에 태호는 이미 여권의 비자 유효기간이 끝나 불법 체류자로 분류되고 말았다. 그러나 요로에 안면 있는 사람이 수두룩한 김애린의 수완을 믿고 있었으므로 크게 걱정할 것은 못되었다. 걱정이 있다면, 손달근이 귀국한 지 열흘이 지났는데도 승희의 행방을 찾았다는 소식이 없다는 것이었다.

그 동안 봉환도 차도가 있어 웨이하이 상인들과의 거래를 복원할 수 있는 길이 멀지 않았다는 소식이었다. 아무래도 창범에게 사실을 곧이곧대로 통보해 주어야 할 때가 온 것 같았다. 아파트의 철

제문이 소리 없이 열리고, 세 명의 사내가 쏜살같이 현관으로 뛰어든 것은 태호의 결심이 거기에 이르른 날 한밤중이었다.

김애린이 찬거리를 갖고 다녀간 지 2시간 정도 흐른 뒤였다. 그때 태호는 거실 소파에 웅크린 채로 잠들어 있었다. 잠이 깊이 들었지만, 섬뜩한 인기척을 깨닫고 문득 어섯눈을 뜨고 말았다. 그러나 가위에 눌린 듯 냉큼 일어날 수가 없었다. 소파에 엎드려 있던 그의 시선에 우선 바라보인 것은 세 사람의 낯선 하반신이었다.

그들은 신발도 벗지 않은 채, 거침없이 저벅저벅 거실로 걸어들어왔다. 전등을 켜고 다짜고짜 그의 뒷덜미를 흔들어댔다. 금방 강도들이란 것을 깨달았다. 목덜미에 싸늘한 쇠붙이가 와 닿았다. 총기가 분명했다. 그리고 그로선 알 수 없는 한마디가 들려왔다.

「치라이 (일어나라).」

잠은 이미 백리 밖으로 사라진 지 오래였지만, 가까스로 눈을 뜬 시늉으로 소파에서 몸을 일으키며 사내들을 바라보았다. 대담한 사내들이란 것을 깨달았다. 세 사람 모두 복면을 하지 않은 맨 얼굴을 드러내고 있었다. 한 사람이 문득 발걸음을 되돌려 현관의 도어를 안에서 잠갔다. 다시 명령이 떨어졌다.

「꾸이샤 (꿇어앉아라).」

중국어를 터득해서가 아니라, 잠행로 근처에서 강도를 만났을 때의 경험에 미루어 이 순간에 자신이 보여주어야 할 첫번째 행동은 꿇어앉는 것밖에 없다는 것을 깨달았다.

한 사내가 등뒤로 돌아가 두 팔을 위로 끌어당겼다. 그들의 비위를 거스르지 않도록 응대하고 있었지만, 사태가 심각하다기보다는 미묘하다는 생각이 앞서기 시작했다. 자물쇠를 소리 없이 따고 침입한 강도들이 복면을 하지 않았다는 대담성도 이해하기 어려웠고,

210

평상복 차림이긴 하였으나 입성들이 한결같이 말쑥하다는 것도 이상했다.

그들의 행태가 강도답지 않다는 것도 불안했지만 어떤 돌발사태가 벌어질지 예측할 수 없다는 것 또한 불안하기는 마찬가지였다. 예측할 수 없다는 태호의 어렴풋한 짐작은 비로소 구체성을 띠기 시작했다. 잠자던 사람을 들깨워 바닥에 꿇어앉혔다면, 민첩하게 뒷결박을 짓고 아갈잡이를 하고 난 다음, 현금이나 흉기 따위를 찾아내기 위해 몸부터 검색해야 할 것이었다. 그러나 그들은 아랑곳 않고 자질구레한 세간살이와 집구석 여기저기를 뒤지기 시작했다. 단출하기 짝이 없는 세간살이에 그들이 겨냥하고 있는 현금이 허술하게 숨겨져 있을 리 만무했다. 태호는 루블화와 런민폐, 그리고 달러화를 합쳐 한화로 환산하면 2천만 원 상당의 현금을 지니고 있었다. 그 현금은 물론 바로 그들이 뒤지고 있는 이 아파트 거실 안에 은닉되어 있었다.

현관에 들어서면, 거실의 전등 스위치가 오른쪽 벽면에 부착되어 있었는데, 그 스위치를 뽑아내면 담뱃갑만한 공간이 생겼다. 그 공간 왼쪽 벽면 사이의 시멘트를 긁어내어 홈을 만들고 꽁꽁 뭉친 현금을 보관하고 있었다. 그 비밀금고의 아이디어는 태호가 서울에서 앵벌이로 생활할 때 터득했던 은닉술의 한 가지였다.

어린 시절의 앵벌이 생활은 회상하기조차 어려울 정도로 희미한 옛추억이 되어버렸지만, 객지에 떨어져 난감한 지경이 되었을 때 곧잘 이런 기지를 마련해 주곤 하였다. 그들에게 사람의 손이 수시로 닿는 전등 스위치 안에 교묘하게 숨겨진 현금을 찾아낼 재간은 없을 것이었다.

집 안을 샅샅이 뒤지느라고 시간이 꽤나 흘러갔다. 그러나 그들은 시간 따위에는 구애를 받을 게 없다는 듯 답답할 정도로 느리게 움직였다. 그들이 찾아낸 현금이라곤 태호의 몸에 지녔던 런민폐 50 위안 정도였다. 낙심천만이 된 그들이 머리를 맞대고 무언가를 숙의한 뒤 태호에게 보여준 것은 한글로 갈겨쓴 증서 같은 것이었다.

증서에는 작성한 날짜와 손달근(孫達根)이란 이름이 적바림되어 있고, 지장(指章)까지 찍혀 있었다. 처음 찍은 것은 인주 자국이 희미했지만, 다시 가다듬고 덧찍어둔 지장은 손달근의 지문이 세필로 그린 듯 선명했다. 갈겨쓰다 말고 또박또박 박아쓴 두 가지 필적이나 지장을 두 번이나 찍은 흔적으로 보아 마지못해 작성한 차용증서인 것이 분명했다. 빌려쓴 금액은 1만 8천 위안이었는데, 달러로 환산하면 2천 달러를 웃도는 거액이었다. 그 돈을 빌려 판돈으로 탕진한 것 같았다.

강압에 못이겨 써준 차용증서였다 하더라도, 자필에 지장까지 찍은 증서라면 효력을 의심받을 하자는 없었다. 그제서야 그들이 한밤중에 가택 침입을 한 까닭이 강도짓 아닌 손달근에게 빌려준 노름판의 판돈을 변상하라는 협박인 것을 깨달았다.

바로 코앞에서 언제 발사될지 알 수 없는 총구가 파리채처럼 들까불고 있었으나, 태호가 보여줄 것은 아무것도 없었다. 시종 고개만 가로젓고 있을 뿐인데, 한 사내가 입술에 허연 버캐가 보일 정도로 흥분하며 화증을 터뜨렸다.

「저샤오쯔 상나얼취러 (그놈은 어디로 갔나)?」

그는 태호의 대답을 들을 수 없다는 것을 빤히 알고 있으면서도 다시 물었다.

「취한궈러, 하이스 짜이궈네이 뒈치라이러 (한국으로 갔느냐, 아

212

니면 중국 안에 숨어 있느냐)?」

중국어로 지껄이고 있는 품이, 태호와 언어 소통이 가능한 줄 알고 그러는 것인지 아니면 으름장에 불과한 것인지 종잡을 수가 없었다.

태호는 떠들고 있는 사내를 똑바로 쳐다보았다. 자신은 손달근의 사사로운 부채까지 책임질 입장이 아니라고 분명한 경계선을 긋고 싶었다. 그러나 속수무책이었다.

답답하긴 사내 역시 마찬가지인 것 같았다. 그 순간 사내의 눈빛에 독기가 서렸고, 뒷전에서 수수방관하고 있던 일행 중 한 사람을 턱짓으로 불렀다. 그리고 다짜고짜 사내의 면상을 주먹질해서 주질러앉혔다.

「니즈다오, 바니따이따오 저리라이더 위안인마(너를 여기까지 데려온 까닭을 모르느냐)?」

방바닥에 콧등을 박고 꼬꾸라진 사내의 입술에서 금세 피가 흘렀다. 예측할 수 없었던 상황이 벌어진 것이었다. 시종 태호에게 총구를 겨냥하고 있는 사내 역시 싸늘한 시선으로 사태를 바라볼 뿐 만류하는 기색이 아니었다.

아직은 확연히 드러난 것이 아니었지만, 패거리들 사이에도 서열이 있다는 것을 깨달았다. 서열이 있다는 것은 이들이 조직적인 폭력배라는 것을 증거하는 것이었다. 다혈질의 사내가 셋 중에선 우두머리 행세를 하고 있었다. 언어맞은 사내의 안색은 질려 있었고, 두 눈은 충혈되어 있었다. 다혈질의 사내가 다시 욕설을 퍼부었고, 언어맞은 사내는 자지러질 듯 놀라 흩어진 자세를 가다듬었다. 선불리 늑장을 부렸다간 또다시 발길질이 가해질 거라는 것을 익히 눈치채고 있음이었다.

쥐어박힌 사내가, 그때까지 두 팔을 뒷덜미에 둘러메고 쪼그리고 있는 태호에게 다가가서 말했다.

「선생, 사실은 나도 선생과 같은 조선족입네다.」

속으로는 가슴이 덜컥 내려앉도록 놀랐으나 겉으로는 전혀 동요의 빛을 보이지 않았다. 그가 조선족이란 본색을 밝힌 까닭이 어디에 있든 이 불한당들과 한통속인 것만은 틀림없었기에 실토정을 했다 해서 목숨을 구걸하기엔 자존심이 허락하지 않았다. 어디에 처박혀 있었는지 감감하기만 했던 자존심이란 응어리가 하필이면 이런 환난을 겪고 있는 찰나에 불쑥 고개를 내밀다니. 그러나 그의 실토정이 태호로 하여금 조금이나마 여유를 갖고 사태에 대처하게 만든 것은 사실이었다.

「선생은 웃고 있습네다만, 사태가 간단하지 않습네다. 손달근이란 사람을 비밀리에 한국으로 보낸 것은 선생의 실책이란 말입네다. 옌지를 떠나기 전에 빌려쓴 돈을 정산하기로 했던 약속을 쪼개버렸기 때문이디요. 손달근을 한국으로 돌려보낸 것을 사기극으로 믿는단 말입네다. 그런데 에, 노름판에서 빌린 판돈이든 사업자금으로 빌린 자금이든 이 사람들은 차별을 두지 않는단 말입네다. 어떤 난관이 닥치더라도 반드시 받아내고야 말 것이란 말입네다.」

「댁은 조선족이라면서 비겁하게 이 패거리들의 하수인 노릇이나 하고 있는 거요?」

「내막을 털어놓을 수는 없습네다만 나도 살림이 달리고 가정생활이 바쁘다 보니 어떻게 하겠습네까. 나도 이 사람들에게 부채를 진 형편이란 말입네다. 내 처지를 대강 짐작하겠디요? 한국 비자를 받아보겠다고 수시로 빌려쓴 돈 때문에 이런 망신을 당하고

214

있단 말입네다. 한국땅은 냄새도 맡아보지 못하고 갚지도 못할 부채만 안게 되었단 말입네다.」

「사기라도 당했다는 것입니까?」

「돈은 한족들에게 빌렸지만, 서울에 있는 동족들은 돈만 삼키고 초청장 아이 보냅디다.」

「손달근 씨가 이 패거리들에게 돈을 빌리고 차용증서를 쓸 때, 댁이 보증을 서주었거나 입체(立替)라도 서주었습니까?」

「나도 배고픈 고생 참지 못하고 있는 형편에 입체를 섰겠습네까. 이 차용증서는 나도 처음 본단 말입네다. 그런데 에, 차용증서 어디를 살펴봐도 하자를 찾아볼 수 없잖습네까. 이 사람들은 마누라를 팔아넘겨도 서류 한 장 작성하는 일이 없는 신용사회를 살아왔단 말입네다. 차용증서를 받은 것은 손달근이 외국인이기 때문이었겠디요.」

「당신도 끌려나온 처지라는 것은 알겠으나, 이런 차용증서는 나도 처음 보는 것일뿐더러 연대보증을 한 것도 아닌데 동업자라 해서 무턱대고 정산해 줄 수도 없는 일이잖습니까. 또 그만한 현금을 가지고 있다면 생각을 바꿔볼 수도 있겠지만, 당신네들이 내 불알 밑까지 뒤져서 찾아낸 현금이라 해보았자, 불과 오십 위안뿐이었잖습니까? 당장 가진 것이 없는데, 팔 잘라서 정산하란 얘깁니까?」

「그 동안 러시아로 드나들면서 벌어들인 이익금이나 장사 밑천이 아이 많습네까?」

「돈을 지니고 있기가 불안해서 손달근 씨 편에 모두 부쳐버렸어요. 거짓말이 아닙니다.」

「오십 위안밖에는 다른 사람에게 맡겨둔 돈도 없단 말입네까?」

「여기서 앉은 채로 맞아 죽을 각오하고 솔직히 말하지만, 그게 사실입니다.」

난감해 하는 기색이 역력했던 조선족 사내는, 두 사람에게서 눈을 떼지 않았던 사내들과 몇 마디 주고받은 뒤 다시 태호에게 다가왔다.

「선생의 말을 아이 믿습네다. 상거래를 계속하려고 남아 있는 선생의 주머니에 불과 오십 위안만 지니고 있다는 것도 개수작이란 것이고, 지금까지 돈 많이 벌어서 손달근이 편에 몽땅 들려보낸 것은 계획적으로 저지른 사기극이 분명하다고 본단 말입네다.」

「허튼수작 말아요. 마누라를 팔아먹어도 증서 한 장 없이 거래한다는 사람들이 내 말을 못 믿겠다는 것도 개수작 아니오.」

「변상만 하면 선생을 인차 놓아준단 말입네다.」

「날 얼간이로 보지 마시오. 내게 권총 들이대고 협박한다 해서 수중에 없는 돈이 하늘에서 쏟아지겠소? 차라리 날 쏴 죽이라 하시오.」

「그렇게 버티면 선생께 해롭단 말입네다. 이 사람들이 에, 장사 못하게 한단 말입네다.」

「저들이 억울한 일을 당했다면 한국대사관을 통해서 해결할 방도를 찾아야지 나를 사기꾼으로 몰아 코를 꿰려 들면 해결은커녕 일만 꼬인다는 것을 알아야지요.」

태호는 힐끔 현관문을 일별했다.

지금까지 단 한 번도 의자에 앉는 것을 보지 못했을 만치 긴장을 늦추지 않고 있던 사내들의 태도에서 동요를 느꼈기 때문이었다. 숨겨둔 돈을 꺼내 속시원하게 정산해 준다면 그를 놓아줄지 몰랐다. 억울하지만, 지금으로썬 가장 현명한 방법이란 것에 스스로 동

216

의하고 있었다. 그러나 그들이 협박의 빌미로 삼고 있는 차용증서의 진위 여부를 확인할 방법이 없었다. 한글은 분명했지만, 손달근의 필적 따위를 유심히 관찰했던 기억도 없었고, 지문은 더욱 확인해 볼 기회가 없었다. 옌지에서의 손달근의 행적으로 보아 그런 일을 저질렀을지도 모른다는 심증은 있었지만, 심증만 가지고 사태를 예단할 수도 없었다. 심증에만 의존한다면, 그 증서 자체가 가짜라는 결론도 가능했다. 게다가 앞으로 2시간만 버티면 김애린이 나타날 시각이었다.

숨겨둔 현금은 목숨이 위협을 당했을 때 마지막으로 쓸 카드로 남겨두자는 용기를 가질 수 있었던 것은 바로 그녀와의 약속 때문이었다. 사내들을 극도로 흥분시키지만 않는다면 더이상의 봉변은 당하지 않고 그녀가 나타날 때까지 시간을 끌어갈 수 있겠다는 막연한 자신감도 생겼다.

게다가 노상강도를 만났을 때도 배포 좋게 대처해서 살아난 경험이 태호에겐 있었다. 결코 호락호락한 사내가 아니라는 것, 평소에는 혐오스러웠던 애국심이란 것까지 터무니없이 뒤섞여들면서 점점 그를 태연자약한 모습으로 가라앉히는 것이었다.

까짓것, 한 번 죽지 두 번 죽을까. 단순하게 마음먹자 이상하게 두려움 따위는 사라지고 느글거리던 위장도 가라앉았다. 그러나 그것은 태호 혼자만의 생각일 뿐이었다.

숙의를 거듭하고 있는 세 사내의 거동에 시선을 떼지 않으면서 조선족 사내가 다시 접근하기를 기다렸다. 우선은 고집을 꺾는 척하면서 2시간을 무사히 버텨볼 빌미부터 탐색해 보자는 속셈이었다.

그러나 공교롭게도 조선족 사내는 등을 돌린 채 좀처럼 움직이지 않았다. 그러다 갑자기 세 사람의 시선이 일제히 태호에게 꽂혔다. 암내 난 당나귀처럼 날뛰었던 다혈질 사내의 입에서 알아들을 수 없는 한마디가 떨어졌다.

「바저샤오쯔 퉈따오츠어리취 (저놈을 차에 태워라).」

그들은 태호를 눈 깜짝할 사이에 아갈잡이하고 뒷결박지어 문밖으로 끌어냈다.

밖은 아직 어두웠다. 끌려나오기 전에 얼른 확인했던 시각은 새벽 3시였다. 1시간만 지나면 동이 틀 시각이었다. 아래의 도로변에 낡고 찌그러진 지프형 차량 한 대가 기다리고 있었다. 운전석에 오른 조선족 사내가 시동을 걸고 난 뒤, 난감하기 이를 데 없는 표정으로 두 사내의 겨드랑이 사이에 끼여앉은 태호를 뒤돌아보면서 재빨리 말했다.

「선생 고집 때문에 나까지 납치범이 되고 말았단 말입네. 지금이라도 늦지 않았으니 돈을 내놓겠다는 약속만 하시란 말입네다.」

그러나 태호는 미동도 않았다.

승희와 손달근을 서울로 돌려보낸 조처는 잘한 것이었다. 이런 변고가 닥칠 것을 예견한 것처럼 그들의 귀국 날짜는 절묘했다. 그것이 태호의 마음을 편안하게 만들었다.

자기 혼자라면 이 정도의 시련 따위는 감당할 자신이 있었다. 앵벌이 생활 때부터 장돌뱅이 생활 때까지 질곡이나 위기 들과 정면으로 마주서 왔던 것을 돌이켜보면, 맨손으로 바위 꼭대기 위로 올라가 천연덕스럽게 밥을 지어 먹은 형국과 다름아니었다. 그런 질곡을 이겨낸 경험이 어느덧 그로 하여금 위기 앞에서도 담담하게 버틸 수 있는 대담성을 갖게 만든 것인지도 몰랐다.

차는 요란한 엔진 소리를 토하며 시동이 걸렸다. 그리고 느린 속도로 아파트 앞길을 벗어났다. 다혈질의 사내가 욕설을 퍼부으며 운전석에 앉은 조선족 사내의 뒤통수를 쥐어박았다.

달리는 차에 가속이 붙기 시작했을 때, 그들은 안대로 태호의 눈까지 가려버렸다. 듣는 기능만 간신히 열려 있게 된 그는 보란 듯이 시트에 몸을 기댔다. 총기로 위협을 당했는데도 조금도 흐트러진 모습을 보이지 않았던 지금까지의 자신이 대견스러웠다. 이제 그들에게 굴복하거나 비굴하게 굴어야 할 빌미가 없어졌다는 것도 홀가분했다.

자동차는 오래 달리지 않아 말똥구리처럼 뒤뚱거리기 시작했다. 비포장길로 들어선 것이 분명했다. 좌석 안에 가득 고인 매연 냄새로 속이 메스꺼웠다. 어림잡아 30분 정도를 숨차게 달려온 것 같은데, 패거리들은 시종 말이 없었다. 문득 마지막일지 모른다는 불길한 생각도 스쳐갔다. 그런데도 이상하게 두려움을 느낄 수 없었다.

「마음이 변하면 이마로 앞의 시트를 찧어서 의사표시를 하란 말입네다. 그러면 이 사람들이 의사소통을 할 수 있도록 조처할 것입네다. 이게 무슨 망신입네까.」

물론 태호는 들은 척도 않았다. 오히려 혼란을 겪고 있는 조선족 사내의 처지가 측은했다. 그 역시 손달근처럼 주책없는 건달로 노름판을 전전하다가 이 폭력배들의 딴죽걸이에 걸려든 것이 틀림없을 것이었다. 말인즉슨 한국행 비자를 얻으려다 거금을 사기당했다지만, 둘러대는 핑계로만 보였다. 다만 어떤 봉변을 당하더라도 위협에 못이겨 울며 겨자 먹기로 끌려나왔을 뿐인 조선족 사내에게 앙갚음을 해서는 안된다는 생각을 하고 있었다.

옌지의 아파트를 벗어난 차가 비포장길을 어느덧 1시간 이상 달려왔을 때였다. 차가 갑자기 멈추어섰다. 우두머리격인 사내가 도어를 열고 밖으로 나섰다. 그리고 차에서 단 한 발짝도 떼어놓지 않고 열린 도어를 등지고 서서 시원스럽게 배설하는 소리가 들려왔다.

지금쯤이면 벌써 동이 터서 날이 밝아올 시각이었다. 김애린이 아파트에 도착할 시각이었다. 그녀는 당장 아파트의 도어 자물쇠가 망가진 것을 발견할 것이고, 태호가 없어진 것을 알게 될 것이었다. 그런 경우, 그녀는 어떤 조처를 취할 수 있을까? 그러나 막막했다. 그녀의 조처에 기대를 걸기엔 짧은 시간에 너무나 멀리까지 달려왔기 때문이었다.

배설을 마친 사내가 신경질적으로 도어를 닫는 것과 때를 같이하여 시동을 끄지 않고 기다렸던 자동차는 다시 속도를 내기 시작했다. 사내들의 심경이 초조해졌다는 것은 다혈질의 사내가 보여준 배설의 행태에서도 짐작할 수 있었다.

이를테면 그들이 겨냥하고 떠난 목적지에 가까워진 탓일 것이다. 그러나 아직까지는 동요의 빛을 보여선 안되었다. 목적지가 어딘지는 알 수 없으나 그곳에 도착하면 반드시 다시 한번 협상을 시도할 것이었다. 끝까지 배짱을 보이자는 심산이었다.

예상은 그대로 들어맞았다. 배설을 마친 곳에서 10분도 채 못가서 자동차는 파도 만난 돛단배처럼 심하게 요동치며 부대끼기 시작했다. 길이 아닌 데로 들어섰다는 증거였다.

핑촨 근처에 있는 잠행로 초입길인지도 몰랐다. 어쨌든 옌지를 떠난 자동차가 북동쪽으로 달리다가 다시 남쪽으로 방향을 바꾸었다는 짐작이 제대로 들어맞는다면, 중국과 러시아 국경선 부근까지 달려왔음직했다. 그러나 기왕에 납치당한 처지라면, 국경선 근처이거나 호젓한 두메 산속 어디이거나 그에겐 별다른 의미가 없었다.

뒤뚱거리며 시달림을 받던 자동차가 뚝 멈춰섰다.

두 사내가 태호를 밖으로 끌어내 등을 쳐서 걷게 만들었다. 바람에 스친 나뭇잎들의 떨림과 냇물 흐르는 소리가 귓가에 스산했다. 수림 깊숙한 곳까지 들어온 것 같았다. 가슴속으로부터 결연한 비장감이 엄습해 왔다.

세 사람을 하차시킨 자동차는 왔던 길을 되짚어 달려나가고 있었다. 자동차를 숲 바깥에 있는 한길까지 몰고 나가 초계(哨戒)를 펴겠다는 나름대로의 계획인지도 몰랐다. 그러나 겁에 질린 조선족 사내가 냅다 줄행랑을 놓은 것인지도 몰랐다. 그렇다면 이제 이들과 마지막 협상을 벌일 여지마저 없단 말인가. 그런 생각이 들자 자신도 모르게 눈에 눈물이 가득 고였다. 그러나 눈물이 오줌같이 흔하다 할지라도 자신을 불쌍하게 여겨줄 사람은 아무도 없었다.

그때 사내들은 태호의 걸음을 멈추게 하고 오금을 꿇렸다.

두 발짝쯤 뒤에서 인기척이 있었다. 그러나 다른 한 사람은 5~6미터 밖에서 서성거리고 있음이 분명했다. 그들은 이 숲속에서 무얼 찾으려 하고 있는 것일까. 그런 의문과 함께 태호는 진저리를 쳤다.

자동차를 운전했던 조선족 사내의 행방 때문이었다. 한길 쪽으로 차를 몰고 나간 그가 다시 돌아온 낌새가 없었다. 패거리와 협상을 벌이자면, 반드시 그가 곁에 있어주어야 했다. 그러나 시간이 꽤나 흘러간 뒤까지 그가 돌아왔다는 조짐은 없었다. 시종 근처를 배회하는 두 사람의 발길에 차이는 낙엽 소리만 들려왔다.

아주 차갑고 예리한 전율이 태호의 가슴속을 긋고 지났다. 자신의 예측과는 전혀 다른 일이 벌어지려 한다는 것을 직감했다. 두 사람의 관심이 태호에게 쏠려 있지 않고 다른 무엇에 있다는 것이 몸서리쳐지게 두려웠다. 그러나 조선족 사내가 되돌아올 때를 기다리는 것에 마지막 기대를 걸고 싶었다.

태호는 비로소 꿇어앉은 채로 땅에다 이마를 찧기 시작했다. 마음이 바뀌면 앞쪽의 시트를 이마로 찧으라던 조선족 사내의 말이 생각났기 때문이었다. 우선 눈을 가린 안대나마 풀어주기를 바랐다. 지금 당장 안대를 풀어준다면, 귓가를 스치며 흘러가는 작디작은 바람의 소자들까지 식별해 낼 수 있을 것 같았다. 제발 이 안대만은 풀어달라는 그의 애끓는 호소가 패거리들의 시선에 들기를 바랐다. 협상이고 자시고 할 것 없이 그대로 쏴버리겠다고 결정되었다 할지라도 안대만은 풀어주는 아량이 남아 있기를 바랐다. 그러나 두 사내로부터는 아무런 응대도 없었다. 저희들끼리 주고받는 말소리조차 없었다.

바로 그때였다.

순간 몸뚱이가 땅속 깊숙한 곳으로 스며든 것처럼 사위는 바람소리조차 자취를 감추어버렸다는 것을 깨달았다. 다시 가슴이 찢어질 것 같은 비장감에 태호는 몸서리쳤다. 그와 때를 같이하여 둔기로 잔허리를 얻어맞은 듯했다. 사뭇 꿇어앉은 자세를 유지하였던 그의 몸뚱이가 썩은 나무토막처럼 풀숲 위로 엎어졌다. 빽빽하게 들어선 자작나무 둥걸 뒤에서 태호를 겨냥하고 있었던 사내가 주저하던 발사를 해버렸기 때문이었다. 태호가 쓰러진 뒤에도 연달아 두 번의 확인 사살이 있었다.

시간이 흘렀으나 태호는 미동도 없이 풀숲에 콧등을 박은 채 쓰러져 있었다. 발포 당사자는 뒤도 돌아보지 않고 자작나무 사이를 빠져나가 한길 쪽으로 걸음을 옮기고 있었다. 그러나 사태를 지켜보던 다혈질의 사내는 그러지 않았다.

그는 확인 사살까지 끝낸 태호의 시신 가까이로 다가갔다. 그리고 한동안 미동도 없이 시신을 물끄러미 내려다보았다. 숲 바깥에 있는 한길에서는 트럭 한 대가 덜커덩거리며 멀리로 사라지고 있었다.

다혈질의 사내는 뭔가 주저하다가 단념한 듯 한길을 향해 걸음을 옮겨놓았다. 그러나 10여 미터를 걷다가 다시 시신 곁으로 되돌아왔다. 구둣발로 시신이 하늘로 향하도록 뒤집었다. 물끄러미 그리고 무표정하게 다시 한번 태호의 주검을 확인하는 듯했다. 태호로부터 반격당할 여지가 전혀 없다는 것까지 확인한 그는 비로소 안대와 아갈잡이한 끈을 풀어주었다. 그리고 다시 뒤집어 뒷결박을 풀고 난 다음, 시신을 사살 현장에서 20여 미터나 떨어진 후미진 곳까지 끌고 갔다.

권총을 발사한 다음 현장을 떠났던 사내가 비닐용기와 삽자루를 집어들고 다시 나타났다. 시신이 옮겨진 장소는 냇물이 흘러내리다가 유자형으로 푹 팬 지형을 만나 물머리가 소용돌이치며 머무는 곳이었다. 물살이 미치는 지점을 골라 삽질이 시작되었다. 작업은 별다른 어려움 없이 진행되고 있었다. 지반이 모두 뻘흙이기 때문이었다. 허리에 돌을 매달아 시신이 뻘 속에 반쯤 묻히도록 위치를 세심하게 조절하였다. 상류로부터 표류한 시신인 것처럼 위장하려는 것이었다.

재빨리 작업을 끝낸 그들은 상류 쪽으로 몇 걸음 옮겨가서 손과 구두에 묻은 흙과 삽자루를 말끔하게 씻어냈다. 그러나 치러야 할 작업은 아직 남아 있었다.

비닐용기 가녘이 넘치도록 물을 담아든 두 사람은 다시 사살 현장으로 돌아갔다. 그리고는 그곳에 남아 있는 핏자국들을 찾아내어 물로 씻어냈다. 심지어 낙엽에 묻어 있는 조그만 핏자국까지도 찾아내어 지웠다. 현장 주변에 쓰러진 잡초와 일년생 잡목들의 잎과 가지 들을 본래대로 일으켜 세웠다.

그런데도 만에 하나 범행의 꼬투리가 잡힐 흔적이라도 남았을까 봐 고치고 뒤돌아보기를 여러 번 거듭했다. 거의 완벽하다는 생각이 들었을 때, 까치걸음으로 한길가로 나섰다. 그곳에서 기다리고 있어야 할 자동차의 모습은 아직도 행방이 묘연하였다. 먼데로 귀를 기울이던 그들은 길가에 있는 넝쿨 숲 뒤쪽으로 몸을 숨기고 숨을 죽였다. 몸을 숨긴 지 10여 분이 흘러갔다. 피우던 담배를 비벼 끄며 다혈질의 사내가 곁에 쪼그리고 앉은 사내에게 중얼거렸다.

「넝샤위 찌오하오러 (비가 왔으면 좋겠구먼).」

사내는 대꾸 없이 고개만 끄덕였다. 그때 멀리서부터 자동차의 소음이 들려왔다. 모습을 드러낸 것은 그들이 타고 왔던 바로 그 자동차와 조선족 사내였다. 그들은 재빨리 차에 올라탔다. 자리를 잡자마자 사내가 말했다.

「카이만디얼 (좀 천천히 달려).」

뒷좌석을 힐끔 일별하는 조선족 사내의 신색은 무두질한 것처럼 하얗게 질려 있었다. 핸들을 잡고 있는 손조차 떨리고 있었다.

그는 현장에 있지 않고 가던 길을 내처 달려 시간이 제법 흐른 뒤에 현장 부근으로 되돌아왔던 것이었다.

그는 두 사람을 시스창 근처에 있는 주점 앞에 내려주었다. 손을 번쩍 들어 보이며 가게 안으로 사라지는 그들의 눈은 여전히 충혈되어 있었다.

다혈질이 바랐던 것처럼 가을 비가 추적추적 내리기 시작한 것은 이튿날 새벽이었다.

손달근은 무사히 안면도에 도착했다. 다친 데 없이 멀쩡한 허우대를 그대로 보전한 채 안면도 집에까지 도착했다는 것이 꿈만 같았다. 그랬기에 승희의 행방을 찾아내라는 태호의 당부만은 소홀히 할 수 없었다.

그러나 일주일 이상을 수소문했으나 알아낸 것은 한 가지도 없었다. 시늉만 하고 있을 게 아니라, 몸소 찾아나서야 할 것 같았다. 아내에겐 얼버무려 적당히 핑계하고 주문진으로 찾아가 보기로 하였다. 그곳 선창가에 있는 영동식당이 승희의 소유라는 얘기를 들은 기억이 났기 때문이었다.

올 들어 또다시 오징어가 잡히기 시작하면서 선착장과 부근의 천막 식당들은 오랜만에 북새통을 이루었다. 영동식당은 선창에서 멀지 않은 곳에 게딱지만하게 자리잡고 있었다.

첫눈에도 몰골이 남상지게 생긴 중년의 여자가 마침 식당을 비질하고 있었다. 대낮이기도 했지만, 단골 고객이 많지 않은 듯 식탁에 앉아 있는 술꾼들은 눈에 띄지 않았다. 불쑥 들어가 다짜고짜 승희의 행방을 물었다.

마침 삶은 옥수수를 우물우물 씹고 있던 중년 여자의 대답은 엉뚱했다.

「그 여자하고 소식 끊어진 지 너무 오래되었드래요.」

「보름 전도 오래 전 일이고 생각에 따라선 열흘 전도 오래될 수 있겠지요.」

그녀는 가물가물하다는 듯 눈시울을 치뜨고 천장만 응시할 뿐이었다.

「아니드래요. 지난 봄에 바람난 계집같이 문만 열고 고개만 삐죽 내밀고는 전화 한두 번 걸어온 것뿐이드래요. 전화가 걸려온 것도 벌써 두 달포가 넘었드래요…….」

구슬려보고 위협도 해보았지만, 승희의 행방에 대해선 시종 모르쇠로 버티었다.

뭍에 있는 사람 찾기가 바닷속에 있는 고래 찾기보다 어렵다는 생각이 갈수록 더 들었다. 남한땅이 아무리 협소하다 하더라도 사람을 찾겠다고 나선 사람에겐 까마득하게 가없는 땅이었다.

주저하던 손달근은 나선 김에 고흥까지 내려가 보기로 하였다. 버스와 택시를 번갈아 타가며 고흥에 당도한 것은 그날 저녁이었다. 이름만 들어서 알고 있었던 방극섭을 만난 것은 밤 10시를 넘긴 시각이었다. 그러나 승희의 행방에 대해선 그 역시 아는 것이 없었다.

「근디, 그 여자가 등 따시고 배부른 여길 두고 뭣 땜시 내빼뿌렸는지 여기가 안태 고향인 나가 모르고 있는디, 한 선생인들 알겄소? 그 여자 띠아뿔고 난 뒤 한 선생은 넋이 나간 사람 같았소. 대수롭잖은 여자 하나 땜시 멀쩡한 사람 버리겄다 싶어서 나가 몽니부려서 한동안은 외부와 연락 두절해 뿔고 수양이나 하라 했소. 집구석에 온들 아랫목에 따뜻하게 묻어둔 계집이 있겄소, 맨 궁뎅이로 아장아장 걸어나와 답삭 안기는 소생이 있겄소.」

손달근은 시치미를 뚝 떼고 넌지시 물었다.

「승희 씨는 곧 돌아올 거예유.」

「돌아올 여자였다면 집 나간 뒤로 안부전화 한번은 걸어줘야제. 그 여자가 겉보기에는 야물딱지게 생겼는디 소갈머리는 싸가지없고 버겁습디다. 한 선생과 부부처럼 지내던 사이였다면 엽때까지 거두어준 나는 그렇다 치고 한 선생한테는 전화라도 걸어줘야 사람의 대접을 받을 만하지 않겠소. 그런디 그때 집 나가고 난 뒤로는 감감무소식이지라이.」

「서울에 집이 있다는 얘기를 얼핏 들은 것 같은데유?」

「근디, 형씨는 뭣 땜시 승희 씨를 이토록 목메어 찾고 있으까이?」

방극섭은 승희뿐만 아니라, 창범의 행방에 대해서도 입을 다물었다. 두 번 다시 고흥 와서 창범을 찾는 싱거운 짓은 말라고 면박까지 주었다. 손달근도 이젠 진퇴양난이었다.

손달근은 안면도의 집으로 돌아가자마자 옌지의 아파트로 전화를 걸었다. 그러나 전화를 받을 리 없었다. 다시 김애린의 가게로 전화를 걸었다. 그녀는 오래 전 베이징으로 떠나고 없었다. 그제서야 가슴이 뜨끔했다. 혼자 속앓이하고 있을 계제가 아니라는 생각이 들었다.

이제 기동을 하게 된 봉환을 밖으로 불러냈다. 손달근은 그곳의 도박판에서 저질렀던 불미스러운 사건만 숨기고 자초지종을 털어놓았다. 봉환의 얼굴이 상기되었다.

「그런데 형님 안색을 보자카이, 그보다 더 심각한 일이 벌어진 거 아입니껴?」

「태호가 저지른 실수를 객관적으로다가 마무리짓자는 것인데, 뭐가 심각하단 말이여?」

「내가 형님 의도를 모르는 게 아입니다만, 그런 대수롭지 않은

일로 지금까지 형님이 혼자서만 속앓이했다는 게 이상하다는 이
바구가 아입니껴.」
「쥐뿔도 이상할 거 없네.」
「그렇다면, 내가 나서지 않으면 해결하기 곤란하겠네요. 하루빨
리 연길로 가봐야 안되겠습니껴? 김애린 씨가 어디로 내뺐는지
찾아내는 것도 연길에서부터 시작해야 두 번 실수가 없을 것 같
고, 그 여자와 정산해야 할 일도 있지 않겠습니껴? 형님도 내하
고 같이 갈랍니껴?」
손달근은 손사래를 쳤다.
「중국이라면 이젠 꿈에 보일까 겁나네.」
「태호가 마피아들한테 납치당해서 시뻘건 만주 벌판을 벌거벗고
이리저리 끌려다니지는 않는지 모르겠네요.」
봉환으로선 무심코 내뱉은 혼자소리였지만, 손달근에겐 내막을
얼추 짐작하고 넘겨짚는 말 같아 쿵 하고 간떨어지는 소리가 들리
는 것 같았다. 그래서 분수에 넘치도록 핏대를 곤두세우며 몰아붙
였다.
「그런 싸가지없는 소리는 뒀다 혀. 태호가 피칠갑되어서 만주 벌
판을 끌려다니면 꼴 보기 좋겠다.」
어쨌거나 사건의 실마리는 옌지에 도착해야 풀릴 것 같았다. 게
으름을 피웠다간 사람 놓치고 돈 놓치고 종자돈까지 까먹는 치명상
을 입을 조짐도 없지 않았다. 봉환은 그런 까닭으로 불안했고, 손
달근 또한 다른 까닭으로 안절부절못했다. 봉환이 옌지를 다녀오게
되면 손달근이 현지에서 저질러놓은 일들이 낱낱이 탄로날 판국이
었다. 그러나 비슷한 시기에 몇 사람이나 자취를 감춰버린 꼴이 결
코 심상치 않았기에, 내키지 않았지만 봉환의 중국행을 부추길 수

228

밖에 없었다.

그런데 서둘러 봉환을 중국으로 떠나보낸 바로 그날 밤, 공교롭게도 창범으로부터 전화가 걸려온 것이었다. 장성장터 근처에 있는 숙소에서 걸려온 전화였다. 손달근으로선 죽은 사람이 살아난 것처럼 반가웠다. 그는 옌지에서 겪었던 자초지종을 떨리는 목소리로 털어놓았다. 요점은 승희가 태호의 따돌림을 견디다 못해 감쪽같이 자취를 감추었다는 얘기였다. 그러나 창범의 반응은 예상외로 담담했다.

「태호가 나한테 혼찌검이 날까 봐서 승희 찾는 걸 비밀로 하려 했던 고충은 짐작하겠습니다만, 날 위해서라면 그렇게 걱정하지 않아도 될걸 그랬군요. 어쨌든 승희는 그렇게 호락호락한 여자가 아니에요. 삼 년 동안이나 타관을 떠돌며 오뉴월 뙤약볕 아래에서 숱한 고생을 치렀고, 언 땅 위에서 뒹굴며 기백을 길러온 여잡니다. 나름대로 계산이 있었기에 연길을 떠난 거지, 태호의 괄시에 샐쭉해서 자취를 감춰버릴 여자가 아닙니다. 귀국하지 않았다면 청도나 대련 같은 곳으로 가서 장사할 길을 찾고 있을지도 모르지요. 공연한 맘고생들 할 것 없습니다. 그건 그렇고 태호 숙소로 여러 번 전화를 걸어도 응답이 없는 까닭이나 알았으면 좋겠어요.」

「마침 오늘 동서가 중국으로 떠났어유. 그 김애린이라는 처녀하고 백두산 구경이라도 갔는지 모르지유.」

「밀입국으로 들락거리다간 어떤 횡액을 당할지 모릅니다. 변경의 치안 상태란 게 어딜 가나 엉망이잖습니까. 어쨌든 빨리 연락이 닿았으면 좋겠어요.」

봉환이 옌지에 도착한 것은 출발한 지 이틀 뒤였다. 기차에서 내리는 길로 곧장 김애린의 가게를 찾았다. 그녀의 어머니가 버려진 인형처럼 혼자 가게 구석을 지키고 있었다. 물건 보따리를 넘겨주고 보관하고 있던 아파트의 열쇠를 넘겨받았다.

아파트는 오래 비어 있었는데도 부엌의 주방기구들과 찬그릇들이 진열된 찬장은 먼지 하나 없이 천연덕스럽게 정돈되어 있었고, 거실의 의자와 침실의 이부자리들도 깨끗했다.

그는 거실의 의자에 두 다리를 쭉 뻗고 앉았다. 집 안 어느 곳을 살펴봐도 태호의 행방을 짐작할 수 있는 단서는 찾아낼 수 없었다. 다시 침실의 이부자리와 옷장 속을 꼼꼼하게 뒤져보았으나 이틀에 한 번 꼴로 청소를 해왔다는 김애린 모친의 말만 확인되었을 뿐, 태호의 흔적은 이미 냄새조차 날아가 버리고 없었다.

입 안의 침이 마르고 가슴이 두근거리기 시작했다. 부엌 찬장에서 마시다 만 소주병과 이젠 가시처럼 굳어버린 멸치 접시를 꺼내 들었다. 거실 바닥에 풀썩 주저앉아 자작을 하고 있는데, 난데없는 전화벨 소리가 울렸다. 받고 보니 손달근이었다. 전화를 건 장본인이 그라는 것을 알아챈 순간, 까닭 없이 울화가 울컥 치밀어올랐다.

「배 타고 오는 중에 인당수에 빠져 죽어뿐 줄 알고 속시원해서 전화했습니껴?」

「이봐 동서, 무슨 말을 그렇게 모질게 하나. 겨우 병석을 떨치고 일어난 사람을 먼 여행길 보내놓고 걱정되어 전화를 걸었는데 웬 뿔따구냐구?」

「아프고 쑤시는 데 없으니까 걱정 붙들어매이소.」

「후유증이 없다니까 다행인데, 태호는 아직 소식이 없지?」

「소식은 고사하고 방구석을 손바닥으로 쓸어봐도 털끝 하나 떨어진 게 없어요. 김애린 씨 가게에 들렀다가 아파트에 들어온 지가 반 시간도 안됐는데, 어디 가서 태호 냄새를 맡겠어요. 그렇게 목메어 찾을 사람을 왜 혼자 두고 귀국했습니껴?」

손달근은 말문이 막히고 말았던지 수화기를 곁에 있는 은실에게 얼른 바꾸고 말았다.

「자기야, 아픈 데 없어? 내가 형부더러 전화 걸어달라고 부탁했단 말이야.」

「무사히 도착했으니깐 걱정들 붙들어매라꼬. 내가 전쟁터에 나왔나?」

「아픈 데 없다는 자기가 왜 자꾸 화를 내구 그래?」

「아픈 데 없어도 니가 곁에 없으니까 공연히 울화가 치밀어서 그런다.」

「어머, 자기 날 너무 사랑하는가 봐. 내 반짝거리는 눈을 못 보니까 울적하지?」

「사랑이고 좆이고 나 지금 그런 거 더듬어볼 시간도 없고 정신도 없어.」

「자기 욕은 왜 해? 자기 그러면 나 잠도 못 잔단 말이야.」

「두메산골 농가집에서 혼자 집 지키는 똥개맨치로 텅 빈 집에서 술 마시고 앉았으이 모든 게 허망해서 죽고 싶기도 하고 개떡 같은 생각이 들어서 욕 한마디 했다. 감정 있나?」

「어머? 헷가닥한 사람같이 자기 갑자기 왜 그래? 옆에 여자 있지?」

「옆에 있는 거라고는 말라 비틀어진 멸치 몇 마리뿐이다. 멸치한테 뽀뽀라도 할까?」

「몸도 성치 않은 사람을 먼길 보내놓고 얼마나 속태웠는지 자긴 모르지? 그런데 욕이나 퍼붓고 농담인지 진담인지 모를 말만 듣고 있으려니깐 죽고 싶은 건 나란 말이야.」

「니는 몰라. 인구 13억이 득실거리고 산다는 나라에 와서 대작해 줄 친구 한 놈 없이 혼자 술 마신다는 게 얼매나 허망하고 쓸쓸한 일이겠노? 니 그 심정 짐작이나 하겠나?」

「그럼, 물건 처분하고 빨리 돌아와.」

「물건 처분은 둘째 문제고, 태호 행방을 알아야 가든지 오든지 할 거 아이가.」

수화기 저쪽 안면도 집에서 찔끔하고 눈물 짜내는 모습이 역력했다. 오래 통화하고 있다간 당장 옌지까지 달려오겠다고 앙탈을 부릴 것 같았다. 욕설 퍼부은 것을 사과하고 간신히 전화를 끊었다. 욕설이라도 퍼붓고 나니까 속이 다소나마 후련해졌다.

소주병을 마저 비우고 나서 또다시 좁은 집 안 여기저기를 서성거렸다. 아무리 살펴보아도 현관문의 자물쇠를 새것으로 갈아 끼운 것 외에 달라진 것이라곤 없었다. 그러나 그것은 봉환이 발견한 최초의 단서이기도 했다.

태호가 자취를 감춘 것이나 김애린이 베이징에서 돌아오지 않고 있는 이유가 수리한 자물쇠에 있다는 것을 깨달았기 때문이었다. 태호는 분명 납치당한 것이었다. 현관을 두리번거리던 그의 시선이 순간 전등 스위치에 머물렀을 때 비로소 아뿔싸 했다. 아파트에 들어와 2시간을 넘겼으면서도 미처 생각을 못한 것이었다. 그는 뛰는 가슴으로 얼른 전등 스위치를 뽑아냈다. 런민폐와 루블화 그리고 달러를 합쳐 한화로 2천여 만 원에 해당하는 현찰이 벽 속에 숨겨져 있었다.

그와 태호만 알고 있던 현금 은닉 장소였다. 화폐별로 분류해서 고무줄에 꽁꽁 묶어놓은 그 돈을 몇 번이나 헤아려보았다. 그 돈이 고스란히 보관되어 있다는 것은 태호가 납치당했다는 것을 여실히 증거하고 있었기 때문이었다. 남긴 메시지라도 있을까. 그러나 종이쪽지 같은 건 들어 있지 않았다.

이튿날, 그는 창링쯔 근처에 있는 조선족 마을로 찾아갔다. 안면 있는 마을 청년 두 사람을 만나 태호가 행방을 감춰버렸다는 것을 털어놓았다. 그러나 아무런 소득이 없었다. 태호가 창링쯔나 잠행로 근처를 드나들었을 때는 어떤 불상사도 겪지 않았기 때문이었다. 오히려 뻔질나게 드나들던 그가 어느 날 갑자기 모습을 드러내지 않고 있어 그들은 귀국한 줄로 알고 있었다.

테러나 납치를 당했을 수도 있다는 봉환의 짐작에 그들은 선뜻 동의하지 않았다. 러시아의 마피아들이 중국땅까지 숨어들어 테러나 납치 행각을 벌인 사례는 없었고, 잠행로의 노상 강도들에게나 혹은 변경시장에서 각축을 벌였던 다른 상인들에게 테러를 당했다 하더라도 진작 방면되었으리란 것이었다.

「죽지 않았다는 것만 확실하면 인차 돌아오겠지요. 변경시장 드나들면서 장사하는 상인들은 몇 개월은 물론이고 일 년 넘도록 집에 연락 않고 지내기를 보통으로 안단 말입네다. 그런 사람 숱합네다. 우리 마을에도 돈 벌러 간다고 집 나선 이후에 반 년째나 소식 끊고 지내는 사람이 한둘이 아니란 말입네다. 러시아에선 불법 체류자들을 혹독하게 다루지 않기 때문에 안심하고 돌아다닌단 말입니다.」

그러나 마을 사람들을 만나 소득이 전혀 없었던 것은 아니었다. 비슷한 시기에 베이징으로 자취를 감춰버린 김애린의 행적에 의심을 둘 만했기 때문이었다. 자물쇠를 수리한 것도 그녀였다. 옌지로 돌아가 그녀의 어머니를 설득해 보았으나 모르쇠로 버티는 것은 처음과 조금도 다르지 않았다.

한술 더 떠서 멀쩡해 보이던 귀까지 어두운 척하였다. 그러나 봉환은 늙은이의 그런 은폐술에 오히려 기대를 걸기 시작했다. 귀까지 어두운 척한다는 것은 그녀의 거처를 알고 있다는 증거였다. 희망을 갖고서, 태호가 자취를 감춘 사건에 만에 하나 그녀가 연루되었다 하더라도 전혀 책임을 묻지 않겠다고 설득했다. 계교 따위가 통하지 않는 늙은이를 아침저녁으로 만나 설득한 지 닷새 만에 드디어 김애린이 옌지에 모습을 드러냈다.

어머니와 함께 아파트로 찾아온 김애린의 안색은 수척하다 못해 파리했다. 그녀는 계속 울어대기만 했다. 모든 불찰이 자신에게 있다고 말하면서도 태호의 행방에 대해서는 아는 게 없다고 털어놓았다.

「그날 새벽에 찬거리를 가지고 아파트에 찾아왔지 않겠습네까. 그런데 아무리 벨을 눌러도 기척이 없잖겠습네까. 그래서 문을 당겨보았더니, 문이 저절로 열립디다. 불을 켜고 보니까, 거실 여기저기에 진흙 발자국이 어지럽게 널려 있잖겠습네까. 태호 씨가 어디로 끌려간 것 같기도 하지만, 남겨둔 흔적이 있거나 의심할 만한 상대가 있어야 알아보지 않겠습네까. 도대체 어찌할 바를 모르고 하루종일 벌벌 떨고만 있는데, 그날 밤에 집으로 전화가 걸려왔지 않겠습네까. 낯선 남자 목소린데, 태호 씨의 행방을 찾으려고 사방으로 설치고 다니면, 나를 가만두지 않겠다고 협박하고 일단 옌지를 떠나 있으라 하고는 인차 전화를 끊어버렸단 말입네다. 제가 어떻게 하겠습네까?」

「언제까지 북경에 있을 작정이었습니꺼?」

234

「태호 씨도 흔적 없이 사라지고 없는데, 제가 어떻게 하면 좋겠
습네까. 그 사람들이 시키는 대로 옌지를 떠나 있어야 태호 씨도
무사하리라는 생각이 들지 않겠습네까. 여기저기 알아보았지만,
도대체 그들이 누군지 정체를 알 수 없단 말입네다.」

「그 말도 내한테는 날벼락이네요. 태어나서 지금까지 살아온 곳
인데도 그 사람들의 정체가 감도 잡히지 않는다는 게 말이 됩니
껴?」

「옌지의 경기가 좋아지고부터 산둥 성에서 많은 한인들이 물밀듯
이 옌지로 들어와 살게 되었지만, 반대로 조선족들은 돈벌이를
하겠다고 중국 각지로 흩어져서 옌지의 분위기가 옛날과는 아이
같습네. 하루가 무섭게 변해가고 있단 말입네다. 누가 누군지
모르는 사람들이 너무 많아졌단 말입네다.」

김애린도 사태의 내막을 모른 채 태호의 안전에 실낱 같은 희망
을 걸고 베이징의 친척집에 숨어 지내는 고통을 겪고 있었다.

그녀와 헤어진 뒤 봉환은 창범에게 전화를 걸어 죄다 털어놓고
말았다.

30분 동안이나 계속되었던 국제전화를 끊는 창범의 안색은 심상
치 않았다. 팔짱 끼고 앉아 통화내용을 사뭇 듣고 있던 방극섭의
안색도 질려 있긴 마찬가지였다.

「워메, 이걸 워쩌까이. 일 나뿌렀네요이. 잇속을 좇는 장사꾼이
라면, 러시아 아니라 알라스카라도 찾아갈 수 없을까만, 국경선
에서 벌인 밀매 행위였다면 야그가 다르제. 겁도 없이 거그가 워
디라고 개 보지에 보리알 끼듯이 끼여들어 장사를 벌였으까이?
미련한 촌놈덜이 저그 집 앞마당 뒷마당에 지천으로 핀 진달래는
두고 꽃구경 간답시고 버스 대절해서 흥청망청하다가 사고 내고

피칠갑하고 돌아온다더니 시방 그 짝 났어라.」

「무조건 태호만 나무랄 수는 없어요. 제딴엔 그쪽의 상로를 남보다 먼저 개척하겠다는 꿈이 있었지 않습니까. 나도 성공하기를 은근히 기대하고 부추겼지요. 장삿속 한 가지로 보면 그 동안 수월찮은 잇속도 챙긴 것 같은데, 두루 살펴서 신중하게 대처하지 못했던 게 이런 불상사를 부른 것입니다.」

「문자에 쓰기는 신분증 붙어 있는 돈은 없다지만, 밀수해서 번 돈이란 것을 빤히 알게 되었다면 야그가 다르제. 과욕이 이런 화를 불렀당게. 그나저나 이 일을 어쩌까이?」

「공안국에 신고를 하거나 공개적으로 수배를 벌일 처지가 못된다는 것이 가슴 아플 뿐이지요. 태호의 여권이 가짜였다는 것도 이제서야 알았습니다. 가짜 여권을 갖게 된 까닭을 알면 눈물밖에 나올 게 없어요.」

「또 한 선생이 나서볼라요?」

「봉환이더러 냉큼 돌아오는 것이 좋겠다고 했으니까, 우선 만나봐야겠지요.」

「중국에도 마피아 조직이 있다는 야그는 못 들었는데?」

「바퀴벌레 같은 것이지요. 사람 사는 곳치고 그 벌레 없는 것 봤습니까.」

봉환의 전화를 받으면서 시작된 불길한 상념이 창범을 붙들고 놓아주지 않았다. 어쩐 셈인지 황량한 들판에 누워 있을 것 같은 태호의 모습이 뇌리에서 지워지지 않았다. 걱정이 태산 같은 방극섭을 돌려보내고 누웠으나, 싸늘한 채로 누워 있는 태호의 모습은 여전히 지워지지 않고 머릿속을 맴돌았다.

혼자라는 사실이 등골이 오싹하도록 처절했다. 헤어져서는 도저히 살 수 없을 것처럼 소중했고 결연하게 뭉쳐 있던 사람들이 어떻게 이처럼 뿔뿔이 흩어져 혼자들이 되어버린 것일까.

그는 방문을 열고 밖을 내다보았다. 달이 떠 있었다. 사람 냄새가 물씬 풍기는 곳이라면 고런내 나는 노숙자들 곁에라도 달려가고 싶었다.

그때 안채의 문이 열리며 방극섭이 얼굴을 내밀었다.

「한 선생, 독수공방으로 심란한 것 같은디, 나하고 갯가로 나가 쐬주 한잔 할라요?」

사람의 심지를 어떻게 저토록 꿰뚫어볼 수 있을까. 창범은 대답은 않고 입성을 가다듬었다. 잔허리를 비틀며 밭은기침을 토하던 방극섭은 가래침을 퉤악 뱉어내며 말했다.

「날씨가 갑자기 겁나게 추워져 뿌렀네요이. 하기사 추석 지난 지가 까마득한디 안 춥다면 야그가 안되제이. 가차운 곳에 햇고사리 넣어서 조구찌개 맛깔시럽게 끓여 내놓는 과부집이 있다는 소문 들었는디 그 집으로 가보드라고. 원래는 장바닥에 나가 바지락 장사하던 과분디 죙일 쪼그리고 앉어 바지락 까기 싫어서 가게를 냈다는 소문이 있어라.」

「과부집 찌개라 해서 유별난 맛이 있겠소.」

「성질 날 소리 그만 하시오이. 자고로 음식맛이란 게 별것이겠소. 임자 없는 엉덩이 손바닥으로 툭 쳐도 그 머신가 성희롱했다는 얄궂은 소리 안 듣고, 양념 애끼지 말고 폭폭 치라면 까탈스럽게 굴지 않고 시키는 대로 고분고분하게 끓여 내놓으면 됐지요이.」

몇 발자국 안 가면 닿는다던 식당은 제법 멀었다. 갯가로 나서면서 바람소리는 더욱 스산했다. 시멘트로 어설프게 포장한 마을 도로변에 듬성듬성 피어 있는 코스모스 꽃잎들도 이젠 지고 앙상한 줄기들만 남아 밤바람에 부대끼고 있었다. 잊으려 했던 승희의 모습이 떠올랐다.

갯나들 끝머리에 불이 환하게 켜진 식당이 바라보였다. 이제 갓 마흔을 넘겼을까. 가게 주인은 부엌 창문 너머 달빛 속으로 걸어오는 두 사람을 지켜보기라도 한 듯 냉큼 미닫이를 열어 그들을 맞이하였다.

「사납지만 어쩌겠소. 짠지에 소주 한 병 먼저 내놓으시오.」

깨끗하게 훔쳐놓은 식탁에 두 사람은 손바닥을 비비며 마주앉았다. 방극섭은 소주 한 잔을 게걸스럽게 입 속으로 털어넣었다.

「한 선생 괴로운 심사는 나가 짐작할 만하지만 어쩔라고 또 이러시오이? 추석 지나고부터 찬바람도 솔솔 불기 시작하는디, 쓴 소리 고운 소리 가릴 것 없이 울고 웃으며 동고동락하던 일행들은 삼베바지에 방구 새나가듯 뿔뿔이 흩어지고 코빼기도 보이지 않으니까 심란하기 그지없겠지요이. 그래서 한 선생도 어디든 홀쩍 떠나고 싶겠지요이. 나도 숙맥은 아닌디, 그 심정을 모르겠소. 그러나 생각해 보시오. 떠나면 반드시 도착하는 데가 있게 마련 아니겠소. 도착할 데가 있어야 떠나는 것도 명분이 있지 않겠소. 나는 새도 해 빠지고 어두워지면, 찾아갈 둥지가 있게 마련인디……. 주머니에 몇 푼 있어서 쇳소리가 난들 뭘 하겠소. 떠돌이에겐 돈이란 게 사실 별 소용이 없는 것 아니겠소. 그러고 보면 한 선생도 답답한 사람이오.」

창범이 숙소로 찾아든 것은 새벽 2시를 넘긴 시각이었다. 불이 켜진 방안으로 들어서는데, 눈을 빤히 뜨고 천장을 바라보고 누웠던 형식이 얼른 벽 쪽으로 돌아누웠다. 한마디 건넸으나 대꾸가 없

238

었다. 변씨가 수감생활을 시작한 이후부터 형식도 덩달아 예민해졌다는 것을 잠시 잊고 있었다. 밤이든 낮이든 혼자 있는 것이 두려운 것이었다.

술 냄새를 풍기면서 이미 깔아둔 이부자리 속으로 기어들어가 몸을 떨었다. 그와 때를 같이하여 형식이 벌떡 일어나더니 쏘아붙이듯 마른 코를 팽 소리나게 풀었다. 형식마저 곁에 없었더라면 누굴 의지하고 지탱해 왔을까. 벌떡 일어나 끌어안아 주고 싶었지만 주정 부린다는 핀잔이나 받을 것 같았다.

「내일은 정읍으로 떠난다.」

「두 시간도 못 자겠네요.」

「야 임마, 두 시간이면 됐지 뜨내기 행상꾼 주제에 밤마다 코가 삐뚤어지도록 잘래?」

난데없는 화를 벌컥 돋우고 정수리까지 이불을 뒤집어써 버렸다. 자신을 향해 입을 비쭉하는 형식의 모습이 눈에 선했다. 정읍은 처음 찾아가는 고장인데도 왜냐고 되묻지 않았다. 정읍장을 찾기로 작정한 것은 식당에서 들었던 방극섭의 이야기 때문이었다.

집에서 기르던 개를 데리고 정읍시장으로 나갔던 주인이 돌아오는 길에 술에 취해 산기슭에 쓰러져 잠이 들고 말았는데, 그 사이에 공교롭게도 산불이 일어났고 위험을 알아챈 개는 꼬리에 물을 축여 주인을 불길에서 구해내고 자신은 죽고 말았다는 의견(義犬)의 이야기였다. 그뿐 아니라, 행상길을 떠나 오랫동안 돌아오지 않는 남편의 밤길을 걱정해 백제의 아낙네가 지었다는 가사 「정읍사(井邑詞)」도 떠올랐다. 스산하고 허망한 가슴에 뭉클하게 다가오는 이야기들이 고여 있다는 정읍을 보고 싶었다.

취해서 잠이 든 창범을 깨운 것은 형식이었고, 선잠이 깬 창범에게 옷을 입혀준 것은 방극섭이었다. 이른 아침 정읍에 당도해 제방 아래에 있는 시장에서 짐을 풀었다. 어물시장을 휘돌아보았다. 영암이나 영산포에서 보았던 홍어나 어패류도 많았지만, 내륙시장답게 갈치나 고등어 같은 어물들도 좌판에 올라 있었다.

무엇보다 놀란 것은 고추전이었다. 호남의 고추시장으로선 임실의 관촌장과 영광의 영광장을 손꼽고 있지만, 충청도 상인들까지 모여들어 북새통을 이루는 고추전은 정읍장뿐이었다. 마침 성수기를 맞아 고추전은 이른 아침부터 발 디딜 틈이 없었다. 영양의 고추전을 경험했지만 규모에 있어선 정읍의 고추전을 따를 수 없었다.

지난해 영양 고추를 도매하여 잇속을 톡톡히 보았던 미련이 남은 터라 창범은 오전 내내 고추전 어름에서 시간을 보냈다. 그런데 방극섭과 형식이 좌판을 편 고흥산 마늘은 매기가 신통치 않았다. 점심시간이 임박해서야 좌판으로 돌아온 창범은 방극섭의 의향을 물었다.

「방형, 곧장 집으로 돌아갈 작정이오?」

「왜? 잇속 차릴 만한 구멍이라도 있었어라?」

「정읍에 숙소를 정하고 차떼기로 고추 장사나 벌여봅시다. 신태인과 칠보면이며 순창, 고창 같은 고추 산지에서 출하된 고추들이 정읍에서 거래되고 있어요. 마침 끝물 때여서 성수기가 오래 가진 않겠지만, 서너 장도막 동안 바쁘게 설치면 재미를 볼 것 같소.」

방극섭은 뜨악한 시선으로 창범을 한동안 바라만 보다가 어깃장을 놓았다.

「배아프면 약 사먹으면 되었지, 정읍에 주질러앉을 것까지는 없어라. 거그다가 정읍 고추전이 시절마다 들썩한다는 야그는 나도 들어서 낯설지는 않소. 그렇다면 여그서도 이십 년, 삼십 년 대물림으로 고추, 마늘만 취급해 온 도매상들이 많을 텐디 그 아사리판을 어떻게 뚫고 들어가려고 그러는지 모르겠네이?」

「지난해 경상도 영양에서 고추 차떼기로 한몫 챙긴 경험이 있어요. 나도 고추라는 상품에는 안목이 있다는 얘깁니다. 성수기라면 단골 도매상들과 충돌 없이 거래를 성사시킬 수도 있어요. 고흥의 마늘 거래 때도 텃세 때문에 고충을 겪었던 일은 없지 않았습니까.」

「그땐 토박이로 가근방에 안면이 도타웠고, 승희 씨도 사근사근해서 인심을 얻었지 않소. 여그만 해도 나한테는 객지라는 걸 빤히 알고 있으면서 그러시오.」

목이 메도록 쏘아붙이는 꼴이 설득하기가 쉽지 않을 것 같았다. 그러나 창범은 한술 더 떠서 옥죄고 들었다.

「방형과 입씨름이나 벌이고 있을 때가 아니에요. 할 거요 말 거요? 딱 잘라 말해보시오.」

방극섭은 담배연기를 훅 내뿜으며 말이 없다가 체념한 듯 이죽거렸다.

「나가 아무래도 물귀신한테 홀렸는개비여. 오늘 새벽에 집 나설 때부터 이상허게도 진작 돌아갈 것 같지가 않았어라. 나가 하루 운세는 족집게로 집어내듯 알과녘을 맞추는 놈인디, 오늘 이런 소리 들을 줄은 몰랐네요이.」

집으로 전화를 걸겠다고 떠난 방극섭은 기다리기 진력날 때쯤에야 돌아왔다. 정읍에서 지체되는 일로 아내에게 지청구깨나 들었는지 얼굴이 벌겋게 상기되어 있었으나 창범은 모른 척해버렸다.

「나가 신둥부러진 여편네 땜시로 일 년에 서너 번씩은 핑허니 내빼뿔고 싶당게. 자고로 내외간에 종사하는 일이 엄연하게 구분된 것인디, 이 피둥피둥한 여편네는 성질만 고약혀서 걸핏하면 뒤따라나서겠다고 난리 발광을 피우는 통에 가만있던 쓸개가 확 뒤집힌당게. 도라꾸를 타고도 네 시간 이상 줄창 달려야 할 거린디, 고흥서 여그가 워디라고 막바로 달려오겠다는 것인지, 그 싸가지 없는 소가지는 알다가도 모르겠네요이.」

「아주머니만 나무랄 수는 없겠지요……. 방형이 떴다 하면 가근방에 있던 과부들이 어떻게 알고 줄줄이 사탕으로 모여든다는 것을 아주머닌들 모르겠소. 그게 화근입니다. 게다가 아낙네들도 한번 외지로 나다니기 버릇하면 오금이 쑤셔서 집 안에 들어앉아 있기가 거북할 때가 많다는 것을 감안해야지요.」

「한 선생은 시방 누굴 역성들고 있어라? 나가 과부 좋아하는 것은 사실이지라. 그런디 막상 일 저지르는 것 봤소? 그러고 아무리 따져보고 살펴봐도 동업자는 한 선생하고 나뿐인디, 어째서 상관도 없는 기집년들이 안달 나서 숭어뜀을 하는지 모르겠소이.」

「그래서 오라고 허락을 했어요?」

「나가 그렇게 오줄없는 놈인 줄 아시오? 정읍장터에 코빼기만 내밀어도 다리몽둥이를 딱 소리나게 분질러놓겠다고 으름장을 놓았더니, 내 성질 더러운 건 금방 알아채려서 지 먼저 전화를 딸깍 끊어버립디다. 소리질러서 두 말 거듭 못하게 쥐어박은 게 당시에는 속시원했는디, 여그까지 오면서 생각허니 가슴은 쪼까 껄쩍지근하요. 여편네들이란 게 사소한 일에 발끈하지만, 원래는 나약하기 그지없는 인종 아니겠소. 그런디 나가 여편네하고 통화

242

하던 중에 요상헌 소리를 들었소.」

「요상한 소리라니요?」

「형식이가 우리 동네 처녀 앙가슴에다 칵 못을 박았는가 봅디다. 웬 처자가 오늘 하루만 해도 몇 곱빼기로 전화를 걸어 형식이를 찾더랍니다. 뉘 집 처잔지는 모르지만, 처자 가슴에 못을 박았다면 그게 보통 일이겠소? 야그는 우리가 모르는 사이에 하룻밤 데리고 잤다는 것인디, 요새는 마빡에 배냇물도 덜 마른 것들이 여자 속것 홀라당 벗기는 일이라면 가물치 등허리로 뱀장어 넘어가듯 매끄럽답디다. 나가 과부들 좋아하는 것은 뒤탈이 없응게 앞탈도 없어서지만, 어짤라꼬 사타리에서 젓국내 나는 처자를 건드렸는지 모르겄네요이?」

「아주머니도 잘 알고 있는 처녀랍니까?」

「글쎄, 집사람이 만나보자고 했지만 얼굴 내밀기는 뭣했는지 대꾸를 않더랍니다.」

「내 기억에는 단 하룻밤도 밖에 나가 잔 적이 없었는데?」

「한 선생도 참 답답해요. 우리도 알고 있다시피 그 일 한 번 치르는 데, 이십 분이 걸립니까 삽십 분이 걸립니까? 그라고 방에다 요때기 깔고 발딱 누워야 성사되는 일도 아니어라. 긍게로 요새 젊은 것들은 방이고 들판이고 판자때기 위고 간에 상관 두지 않지라이.」

듣고 보니 그럴싸해서 가슴이 덜컥 내려앉았다. 방극섭의 말에는 물론 과장이 있는 듯했지만, 어쨌든 형식이 마을 처녀와 사귀고 있었다는 사실을 까맣게 모르고 지냈다는 것이 겸연쩍었다. 형식은 지금도 저녁 먹은 뒤 어디로 훌쩍 나가버리고 방에 없었다. 그러나 방극섭의 말대로 마을 처녀의 가슴에 못을 박는 일을 저질렀다 할지라도 형식을 철부지 다루듯 할 수는 없는 노릇이었다.

아버지의 수감생활에서 오는 비애를 달래기 위해 몰래 또래의 여자를 사귀었다면, 그 또한 혹독하게 나무랄 수 없는 노릇이었다. 가장 현명한 것은 형식 스스로 자백하기를 기다리는 수밖에 없었다. 차근차근 얘기를 나누었더니 방극섭의 의견도 크게 다르지 않은 것 같았다. 잠시 덮어두기로 하고 이튿날은 고추 산지부터 찾기로 하였다.

정읍에서 한 장도막을 지낼 동안 모두 다섯 트럭분의 고추를 매수하는 데 성공했고, 도매상회에 넘겨준 뒤 계산해 본 이익금도 방극섭의 아내가 항상 남편에게 졸라댔던 번듯한 옷장 하나를 들여놓을 수 있을 만큼은 되었다.

이제 그와 헤어질 시간이 된 것이었다. 방극섭도 정읍장을 마지막으로 두 사람과 헤어져야 한다는 것을 눈치채고 있었다. 마지막 날 밤, 형식을 먼저 숙소로 들여보내고 주점으로 옮겨 둘이서만 마주앉은 자리에서 방극섭은 내내 울적한 얼굴이었다.

「내일이면 방형은 고흥으로 우리는 또 어디로 훌쩍 떠나야 하겠지만, 우리 일행이 고흥에 기거하면서 입은 은혜는 조금도 보답을 못하고 떠납니다.」

「나가 할말을 사돈이 하고 있어라. 손바닥만하게 좁은 나라에서도 언제 다시 만나자는 언약은 지키기 쪼까 어렵겠지요이?」

「정착을 하게 되면 방형을 찾아갈 수도 있고 방형이 찾아올 수도 있겠지만, 그게 언제가 될지 나도 모르는데 지금 약속을 할 수는 없겠지요. 그런데 형식이란 놈이 저질러놓았다는 짐까지 방형께 훌쩍 떠넘기고 떠난다는 것이 홀가분하지 않습니다. 정말 뭔가 일을 저질러버렸다면, 그런 낭패가 없겠는데…….」

244

「그렇지요. 낭패이긴 합니다만 그 일로 해서 형식이가 고흥을 들락거리게 되면, 한 선생과도 연락은 두절되지 않겠지요이. 나가 쪼까 생각해 보니까, 전화위복이란 말이 있다는디 바로 이런 것을 두고 하는 말이 아닌지 모르겠네요이.」

그날 두 사람은 억병으로 취하도록 마셔댔다.

이튿날 오전 9시경에야 겨우 잠에서 깨어났는데, 방극섭은 장황한 이별이 싫었던지 이미 고흥으로 떠나고 없었다.

형식을 주문진으로 보내고 창범은 혼자 길을 나섰다. 꽃게잡이는 거의 끝나고 대하잡이 철로 접어든 안면도엔 그날 해가 져서야 도착했다. 풍요로움와 황량함이 한데 어우러져 야릇한 분위기를 자아내는 선등(船燈) 빛이 물이랑을 따라 어지럽게 미끄러지는 포구에는 저녁인데도 많은 행인들이 북적거리고 있었다.

대하 소금구이를 내놓기 시작한 식당들이 늘어선 선착장 부근에는 어물 노점상들이 쭈그리고 앉아 호객하기에 바빴다. 일주일 전에 귀국한 봉환이 손달근과 함께 포구 초입까지 나와 창범이 나타나기를 기다리고 있었다. 한갓진 식당을 찾아들어 밤늦도록 숙의를 거듭했으나, 예측했던 대로 뾰족한 방책이 나올 리 만무했다.

제각기 중국을 다녀온 두 사람의 가리산지리산하는 말들을 듣고 있으려니 혼란만 가중될 뿐이었다. 두 사람 역시 나름대로 창범과 크게 다르지 않은 결론에 도달해 있는지도 몰랐다. 다만 발설을 두려워하고 있을 뿐이었다.

「꽃게는 한물이 갔지만서두 대하는 9월부터 시작해서 12월 하순까지 잡히지유. 지금은 중치들이지만 12월에 들어서면 한 자까지 자라서 건져올리기만 하면, 뉘 돈 쥘 줄을 몰라 쩔쩔매지유. 김이나 마늘, 생강도 안면도의 특산물로 손꼽히고 있지만서

두 황도의 앞장펄이며 쇠시랑펄이나 서금막펄의 바지락은 캐내는 대로 수출만 하는 안면도 효자 특산물이지유. 여북했으면 황도를 이구동성으로다가 황금도라 불렀겠어유. 안면도라는 문자만 보고 잠이나 자는 섬으로 아는 사람들이 많은데, 여그로 직접 와보면 깜짝 놀랄 게 한두 가지가 아니어유. 충청도 사람들이 천성적으로 입이 무거워서 말을 않고 있어서 그렇지, 황도 바지락이며 대하나 꽃게는 전국에서 최고로 쳐주는 해산물이란 것을 한 선생은 모를 테지유?」

거나해진 손달근이 왜 난데없는 안면도 자랑을 늘어놓고 있는지 속내를 진작부터 꿰뚫어보고 있던 봉환은 밸이 뒤틀렸던지 또다시 눈초리를 곱지 않게 뜨고 거들었다.

「그라면 황도 바지락이 지금 한물 때란 말입니껴?」

「지금은 끝물이 나갈 때유. 그러나 황도 바지락이 한 해만 캐고 마는감유. 내년 여름부터 11월까지는 또 캐먹을 수 있지유. 황도에 개펄농사가 잘되는 것은 모래와 개펄이 이상적으로다가 섞여 있기 때문이라고 서울의 교수님들이 내려와서 보고 이구동성으로다가 말하고 있다는 게유. 황도 바지락은 무식한 내가 봐도 껍데기가 단단하고 씹어보면 살이 차지고 낱알도 엄청나게 굵어유. 선도가 좋은 바지락은 밑동이 노란색을 띠어야 하는데, 황도 바지락을 보면 어째서 노란색을 띠는 것인지 알게 된다니까유.」

「형님이 무슨 속내로 구차시럽게 바지락을 들먹이고 나오는지, 말귀는 충분히 알아듣겠너만, 창범이 형님의 지금 심정이 어떤지 알고 바지락 장사하라고 꼬시고 있는 겁니껴?」

「장삿속 아니라면 한 선생이 안면도를 왜 찾아왔겠나? 동서 만나러 왔다면 자동차까지 몰고 왔을라? 그러니까 하는 말인데유,

바지락 장사는 끝물이 나가니까 당장 시작하기가 뭣하겠지만, 대하는 이제 출하되기 시작하는 시기니까 지금 시작하면 재미없지는 않을 것이어유. 동서도 알다시피 여기 중개인이 나하고는 너나들이로 지내는 사이가 아닌개비여. 장삿속이 있다면 한 선생도 한번 생각해 볼 만하지 않겠어유?」

「안면도에 유명한 것이 그것뿐만은 아니지요. 산대하소금구이, 꽃게탕, 장어통구이, 우럭회, 뱅어회, 세발낙지탕, 전복구이, 갱개미무침회, 해삼물회, 새조개되침구이 같은 맛깔스러운 먹거리들이 계절마다 흔전이란 걸 알고 있어요. 그런 먹거리들은 모두 안면도가 청정해역에 둘러싸여 있고, 손형 말대로 이상적인 개펄이 있기 때문 아니겠습니까. 안면도와 황도 사이의 연륙교 부근에서 숭어 낚시가 제철을 맞이하고 있는 것도 갈수록 오염도가 높아지고 있는 다른 지방 개펄 지역에선 흔치 않은 일이지요. 게다가 꽃지해수욕장의 낙조는 전국 어디서도 볼 수 없는 장관 아닙니까.」

「그것 보이소. 형님이 핏대 세우고 말 안해도 안면도를 줄줄이 사탕으로 꿰고 있지 않습니껴. 형님이 중국 가서 얼매나 혼찌검이 나뿌렀는지 돌아오는 즉시 전용 방석까지 있다는 노름판에는 발길을 딱 끊어버리고 다시 배를 탈라고 시방 어선을 수소문하고 있는기라요. 화투짝 몬 만지게 할라꼬 손가락을 잘라버리면 발가락 가지고 노름한다는 말도 있는데, 형님은 사족이 멀쩡한 채로 노름방에서 해방돼 뿌렀으이 이게 하늘의 은혜를 입지 않았으면 될 일입니껴?」

「하늘의 뜻이 아니라, 태호에게 은혜를 입은 거겠지. 내 눈에는 그게 보여요.」

봉환은 지나쳐 들어도 될 만한 말이었지만, 손달근에게는 가슴이 뜨끔한 말이었다.

손달근은 차제에 노름빚 때문에 태호가 대신 희생되었을지도 모른다는 사실을 파멸을 각오하더라도 고백해 버릴까 싶었다. 그런데 창범의 대화는 어느새 손달근의 마음을 더욱 어둡게 하고 말았다.

「위기가 닥치면 대담하게 부딪혀나가는 태호에게 배운 것이 많았기에 손형도 분연히 노름방과 인연을 끊을 수 있었던 게 아니겠소?」

「듣고 보이 창범이 형님 말씀이 맞심더. 나는 동서가 돈 놓고 돈 먹자는 아사리판에서 왕따당한 줄 알고 참말로 이상한 일로만 알고 있었는데, 동서가 올곧은 정신을 가지게 된 이면에 태호가 있었다는 것은 전적으로 눈치를 못 챘단 말입니더. 그러면 태호 그 자식을 위해서 한 잔씩 쭉 마십시더.」

우선 비어 있던 소주잔을 채우고 세 사람은 잔을 번쩍 들어올렸다. 그런데 바로 그때, 난데없는 소리가 손달근의 입에서 터져나오고 말았다. 맞부딪쳤던 소주잔을 쭉 들이켜던 손달근이 웩하고 소주를 토해내며, 비명 같은 울음소리를 터뜨렸기 때문이었다. 봉환은 계면쩍은 웃음을 흘리며 손달근의 괴춤을 잡아당겼다.

「형님, 또 와 이캅니껴? 나이 어린 태호한테 배운 게 많았다는 것이 형님 체통 깎이는 일이라서 시방 여러 사람 보는 앞에서 요상한 소리를 내고 있는 깁니껴?」

그러나 손달근은 콧등으로 식탁을 쓸듯이 깊숙하게 스리고 울음을 터뜨렸다. 그 울음소리는 입에서 흘러나오는 것이 아니라, 옆구리에서 흘러나오는 것처럼 느껴졌다.

식탁 맞은편에 앉아 있던 창범이 창피해서 어쩔 줄 모르는 봉환에게 나직하게 말했다.

「좀 울게 내버려둬.」

손달근은 한동안 그렇게 울고 나서 창범이 부어준 소주를 연거푸 들이켰다. 잠깐 사이였는데, 두 눈이 벌겋게 충혈되어 있었다. 봉환은 다른 식탁에 앉아 있는 사람들의 눈치를 흘끗거리다가 손달근이 울음을 그치자 휴지를 북 뽑아서 건네주었다.

「알다가도 모른다카디, 술 잘 마시고 있다가 불각시에 황소 우는 소리 내는 형님이야말로 참말로 알다가도 모를시더. 형님, 도대체 와 그캅니껴? 태호 때문에 운다카면 내가 울어야 옳을 낀데, 형님이 내 대신 울어주겠다 이깁니껴?」

겸연쩍고 구차해서 딴죽을 걸고 드는데, 대꾸는 창범이 가로챘다.

「잘했어요. 부박한 삶이지만, 고비를 넘길 때마다 한번 서럽게 울어버리는 것이 약 먹는 것보다 몇 배 더 효험 있을 때가 있어요. 그런데 봉환이도 잘 알겠지만, 난 그게 안돼요. 그런데 오늘은 이상해요. 오랜만에 바닷가에 닿고 보니, 잊어버렸던 생각들이 흡사 새 주화처럼 머릿속에서 반짝거리기 시작하는군요.」

북적거리는 식당을 나선 세 사람은 이제 불빛들이 사라져가는 선착장으로 발걸음을 옮겼다. 선착장 난간에 나란히 섰을 때 보니 손달근의 모습이 보이지 않았다.

「식당에서 동서가 왜 울었는지, 형님은 짐작하겠습니껴?」

창범의 시선은 먼데 머물러 있었다.

「봉환이는 알고 있어?」

「내가 모르이 형님한테 묻는 거 아이겠습니껴?」

그러나 창범은 말머리를 슬쩍 돌렸다.

「우리 두 사람 맨 처음 만났을 때 생각나? 나를 조수석에 태우고 직장에서 쫓겨나게 된 것을 한껏 조롱하고 면박 주던 걸 잊지 않고 있어. 그때 봉환이를 만나지 않았더라면, 그리고 잔뜩 주눅이 들어 있던 내 주제를 꾸짖지 않았더라면, 난 아마도 다시 서울로 되돌아가 노숙자 생활을 하는 처량한 신세로 전락하고 말았을 거야. 그때 내가 발견한 자네는, 전혀 거리낌이 없었고 일직선으로 날아가는 화살처럼 무서운 것을 모르는 사내였어. 나한텐 신선한 충격이었어. 지금 고백하지만, 그때로부터 지금까지 쉬지 않고 장거리의 먼지를 휩쓸고 다녔던 것은, 그것이 추락하는 내 자신을 가다듬고 혐오스러운 것밖에 없는 내 과거를 잊어버리는 최선의 방법이라 생각했기 때문이야. 떠나겠다는 봉환이나 태호를 가로막지 못했고 승희를 잡아둘 엄두를 못 냈던 것은, 내가 살아남았다는 자만심에 가소롭게도 흠뻑 도취되어 있었고 언제나 나 혼자일 수밖에 없다는 상념에 얽매여 있었던 탓이었어.」

「인제 보이 형님도 자기 심정을 솔직하게 털어놓을 줄 아는 사람이네요? 형님은 돈벌이밖에 모르는 맹물이나 목석인 줄 알았습니더. 어찌됐든 간에 속내를 속시원하게 털어놓는 걸 듣고 있을라카이 나도 눈물이 쑥 빠질라캅니더. 가슴속에 끼어 있던 찌꺼기도 싹 청소가 되는 것 같아서 홀가분하기도 하고요.」

「손달근이 갑자기 울음을 터뜨린 것도 그처럼 홀가분한 기분이 들어서일 거야.」

「알 만합니더만, 이제 형님은 우짤라캅니껴? 승희를 찾아야 안 되겠습니껴? 사실은 나도 관심이 없었던 것은 아이시더마는 내가 찾는답시고 설쳐대면 말 많은 세상에 또 무신 오해라도 생길까 가슴이 오민조민해서 일부러 관심 없는 척해왔거든요. 그런데 형님의 심정이 그마이 간절하다카면, 명색이 동기간인 내 처지에 가만있을 수 있겠습니껴. 사흘 뒤에 또 위해(威海)로 떠나야 되는데, 그때 물건 빨리 처분하고 승희를 본격적으로 찾아볼까요? 북한 사람들 식으로 형님이 명령만 하이소.」

혹할 것 같았던 창범은 그러나 대꾸가 없었다.

승희가 수감생활중인 변씨를 접견한 것은 그녀가 옌지를 떠난 지 40여 일이 지난 뒤였다.

면회실로 들어서는 변씨의 모습을 칸막이 너머로 발견하는 순간, 그녀는 야릇하게도 색 바랜 수의(囚衣)가 변씨에겐 썩 어울린다는 생각을 했다. 그녀는 칸막이를 사이에 두고 변씨와 마주앉았다. 두 사람은 한동안 약속이라도 한 듯 말을 찾아 서로의 눈길만 더듬고 있었다. 승희는 낡은 수의가 변씨에게 어울려보였던 까닭을 생각해 보았다. 그리고 그것은 그의 표정이 천연덕스러울 정도로 평온을 유지하고 있기 때문이란 걸 알아차렸다.

그는 무인도에서 살고 있었다. 그런데도 안절부절못하는 기색은 어디에서도 찾아볼 수 없었다. 깊은 바닷속 모래더미 위에 넙죽 하니 배를 깔고 육중한 수압을 대수롭지 않게 견뎌내고 있는 가오리처럼 그는 태연했다.

승희가 먼저 입을 열었다.

「흡사…… 여기에 교도소가 들어서기 훨씬 전부터 이곳을 지키며 살았던 이무기 같아요.」

변씨는 지난날처럼 야단스럽게 웃지 않았다. 빙긋이 웃으며 퉁명스럽게 쏘아붙였다.

「이무기가 어떻게 생겼는지 알기나 하나?」

「바로 제 앞에 넙죽 하니 앉아 있네요.」

「용이 되려다가 저주를 받아 승천하지 못하고 연못 속에 갇혀버린, 그래서 다시 용이 되려면 천년을 기다려야 하는 운세 사나운 구렁이야.」

「그럼, 바로 맞혔네요.」

「이런, 사람하구선. 용은커녕 용꿈 비스름한 것도 꿔본 적이 없는 사람이란 걸 잘 알 텐데……. 난 연못 위로 기어다니는 각다귀 정도였지. 그래, 어디 갔다가 인제 왔나?」

「제 소식 들으셨어요?」

「달포쯤 되었나? 형식이 놈이 면회 와서 그러데. 아줌마가 한 선생 혼자 두고 중국으로 내빼뿌렀다고. 그 얘길 듣고 내 예측이 들어맞았다는 생각을 했었지. 인정머리없고 역마살이 있는 여자가 옆에 꿀단지가 쌓여 있다 한들 진득하니 붙어 있을까 조마조마했으니까.」

좀도둑으로 들어갔다가 권총 강도로 돌변하여 출소하는 곳이 교도소라는 말이 얼른 뇌리를 스쳤다. 한낱 미물에 불과한 각다귀가 용이 되어 출소할지도 모른다는 생각을 하면서 승희는 실소했다. 공연한 말인 줄 알면서 물었다.

「언제까지 이러고 계실 거예요?」

이번엔 변씨가 실소를 하였다. 그러나 옛날처럼 말꼬리를 잡아채진 않았다.

「듣기에 따라선 미련한 사람이란 생각이 들 수 있겠지만, 날이 갈수록 마음은 편해져. 하루를 못 견딜 것 같았는데……, 지내 보니까 마음먹기 나름인 것 같아. 나 아주 편해.」

「차 마담 생각 안 나세요?」

「왜, 생각나지. 서로 미련 둔 것 없어서 다시 뭘 어쩌겠다는 생각은 멀리 갔지만, 출소하면 만나볼 수도 있어. 내가 사냥꾼 행세했던 것이 잘못이었지. 애초부터 고삐 풀린 망아지처럼 이리 뛰고 저리 뛰며 살아가는 여자를 사냥꾼처럼 쏘아 잡았다고 생각해서 이 나이를 먹고도 니 거 내 거 따졌다는 게 철없는 짓이었지. 나 그거 알어. 철없는 짓이었어. 내가 이렇게 말하니까 감방 후배가 그러데. 그런 걸 두고 철없는 짓이라고 말하는 게 아니라나.」

「그럼 뭐라고 해야 한대요?」

「몰지각한 행동이라고 말해야 한대. 난 무슨 뜻인지도 모르겠더군.」

그러면서 변씨는 또 빙긋이 웃었다. 문득 한기를 느낀 승희가 시선을 창밖으로 돌렸는데, 마침 비가 내리고 있었다.

변씨가 물었다.

「그 동안 어디로 돌아다녔어?」

대꾸를 미루고 입술 언저리를 손수건으로 훔치고 있는 그녀에게 변씨가 채근했다.

「물어볼 자격 있어. 난 일 년 가까이 연못 이무기처럼 한자리에서 꿈쩍 못하고 있었잖어.」

「꿈쩍 못하고 있었다는 걸 생색내고 있는 것 같아요.」

「예나 지금이나 당돌한 것은 변하지 않았군.」

「전 교도받은 적도 없잖아요.」

「옛날 생각나? 꼭두새벽에 영월장으로 내뺐던 거? 내가 그랬었지? 우리 두 사람, 흡사 불륜 저지르고 야반도주한 사람들 같다고.」

「이상해요, 사람들. 내 뺨엔 불륜의 윤활유 같은 게 묻어 있는 것처럼 보이나 봐요.」

「윤활유인지 들기름인지 그거 따질 건 없구, 승희 옷깃에 묻어 있는 바람 냄새 같은 거 때문이겠지. 바람에는 냄새가 없는 게 원칙인데, 내 나이쯤 되면 여기 들어앉아 있어도 그 냄새를 맡을 줄 알게 돼. 그건 어쩔 수 없는 거여. 훌쩍 집을 나서서 두 달포 가깝도록 승냥이 새끼처럼 혼자 쏘다니다가 시치미 뚝 떼고 불쑥 고개를 디밀 수 있는 재간, 아무 여자에게나 있을 것 같어?」

「연길 출발해서 위해며 대련 거쳐 북경까지 갔다가 내친김에 상해까지 갔었어요. 혼자 다니니까 신경 안 쓰이고 거치적거리는 것 없어서 속 편하데요. 그래도 귀국하면서 가만 생각해 보니까 나도 모르게 가는 곳마다 시장 구경만 하고 다녔지 뭐예요. 하지만 노상 장구경만 하고 돌아다닌 것은 아니었어요.」

「시장 구경만 하고 다닌 게 아니었다면 십중팔구 남자를 만났겠지.」

승희는 입에 손을 갖다 대며 혹 웃음을 흘렸다. 약간 일그러진 얼굴을 붉히긴 했지만, 승희는 구태여 숨기려 하지 않았다. 창범으로부터 완전히 탈출했다는 것을 과시하려는 속셈에서였는지 모르지만 변씨를 놀라게 한 고백임에는 틀림없었다.

「며칠만 같이 있었나, 아니면 지금까지 달고 다니나?」

「달고 있다니요? 한국 사람도 아닌데, 미련 없이 헤어졌죠. 남자와 그처럼 기분 좋게 헤어진 적도 없었어요. 그땐 너무 허탈했었어요. 발등만 내려다보면 언제나 낭떠러지 위에 위태롭게 서 있는 것 같았어요. 가슴속에 난데없이 커다란 바람 구멍이 생기기도 했구요. 그 공허함을 메워줄 수 있는 것을 찾아서 여비가 떨어질 때까지 북경으로 상해로 미친 듯이 헤매 다녔어요. 정말 내가 미친년은 아닌가, 그런 생각이 들기도 했어요. 아무하고나 시선이 마주치면 실성한 년처럼 자꾸 웃음이 나오데요. 중국에 있는 내내 그러고 다녔어요. 내가 할 수 있는 일은 오직 그것뿐인 것처럼. 그 사람도 내가 웃자 고개를 갸우뚱하면서 관심을 보였고, 그래서 부담 없이 어울렸던 것 같아요.」

「차 마담이 따로 없군. 그런데 그놈은 어느 나라 국기를 꽂아주던가?」

「중국 국기 같기도 했지만, 아닌 것 같기도 했어요. 그 사람도 여행 온 관광객이었거든요.」

「예끼, 이 망할 놈의 세상.」

옛날 같았으면 승희의 따귀를 때렸을 변씨의 손바닥이 자신의 허벅지를 내리치고 있었다. 그녀에게 능멸의 시선을 보내지는 않았으나 모멸감으로 상기되었던 변씨의 얼굴이 평온을 되찾은 것은 한동안의 침묵이 흐른 뒤였다.

「지금은 어디서 거처하고 있나?」

「결혼도 해보았고, 임신 못해 이혼도 해보았고, 바닷가에서 무작정 횟집도 열어보았고, 혼인신고 안한 기둥서방도 두어보았고, 먹물 먹었다는 남자가 나타나자 당장 바람이 나서 그 사람 따라 장돌뱅이 생활도 해보았고, 밀수꾼 따라서 중국 드나들며 하꼬비 노릇도 해보았고, 지금까지도 생각만 하면 눈물이 쑥 빠지는 연애도 어린 나이에 치러보았고, 길바닥에서 만난 남자랑 잠도 자보았고, 평생 동안 출입을 못할 것 같았던 교도소에 면회도 와보았고, 말 한마디 할 줄 모르면서 혼자 겁없이 중국여행도 해보았어요. 제 나이에는 과분할 정도로 경험한 게 많은 것 같은데, 처음 집 나설 적에 느꼈던 허전한 가슴은 여전하네요.」

「아직도 떠돌고만 있군. 그 바람기를 모두 어쩌려고 그러나? 어디 가서 점이라도 쳐보지 그래?」

「지금은 서울에 있어요. 그러나 친정은 아니에요. 서울에 있다는 것도 혼자만 알고 계세요.」

교도소를 나섰다. 길고 긴 담장 아래를 오래도록 걸어나오면서 그제서야 승희는 부끄럽고 후회스러웠다. 마지막이 될지 모를 그 면회가 변씨에게 고통만 안겨준 결과가 되어버렸다는 자책감 때문이었다. 갇혀 있는 사람의 고통은 아랑곳 않았던 것이다. 아무리 무간한 사이였다 할지라도 올곧은 행위는 아니었다. 그녀가 먼저 면회실을 나설 때까지 우두커니 서서 기다려주었던 변씨의 수척한 모습이 지워지지 않았다. 짧은 소매 밖으로 드러났던 변씨의 깡마른 손목이 뇌리에서 지워지지 않았다.

강릉 터미널에서 양양으로 가는 버스에 올랐다. 양양에서 한계령을 넘어 홍천으로 이어지는 국도를 따라 서울로 가는 여정을 선택하고 싶었다. 촘촘하게 박힌 정류장마다 들르는 완행버스는 머릿속에 맴도는 상념의 끄나풀을 곧잘 끊어놓았다. 문득 산주름 사이로 잠깐씩 스쳐가는 차창 밖의 바다도 보고 싶었다. 지긋지긋할 정도였던 그 바다가 문득 보고 싶다는 것이 이상했다. 바다란 그런 곳이었다. 그곳에 살고 있으면 떠나고 싶고 멀리 있으면 그리운 곳이었다. 버스는 곧장 강릉 시가지를 벗어나 해안도로를 달리기 시작했고, 그녀가 바랐던 대로 차창 밖으로는 바다가 펼쳐지기 시작했다.

베이징 천안문 광장에서 우연히 마주쳤던 그 남자의 모습이 떠올랐다. 여자들이 상투적으로 지칭하는 남자라는 어휘에는 은연중 그녀들 나름대로 생각하는 이상형이 포함되게 마련이었다. 그러나 승희가 만났던 그 남자는 그런 것들과는 단호하게 차단된 모습의 소유자였다.

첫눈에도 그가 현지인 아닌 여행자라는 것은 알 수 있었으나, 왜소한 외양부터 여자들의 시선을 끌 만한 건덕지가 없었다. 유심히 바라보지 않는다면, 그런 남자가 이 광장을 배회하고 있다는 것조차 느낄 수 없을 정도였다. 유난히 작달막한 키꼴은 그렇다 하더라도 옆으로 퍼진 얼굴에 눈과 귀와 코가 오종종하게 박혀 있었다. 얼른 봐서 사십대 초반의 나이로 짐작됐는데, 도수 높은 근시안경을 쓰고 있었다. 그렇다고 지적인 면모를 가진 것도 아니었고, 근육질의 사내로 보이거나 성깔이 당차보이는 것도 아니었다.

일행으로부터 낙오되었든 따돌림을 당했든 그다지 염두에 두지 않고, 나름대로 광장을 어슬렁거리고 있었던 게 분명했다. 그렇게 어슬렁거리고 있던 남자의 시선이 웃고 있는 승희의 시선과 문득 마주친 것이었다. 그가 승희의 얄궂은 웃음에 관심을 보여주었다. 그 남자는 웃음지으며 그녀에게 어떤 말인가 걸어왔다.

물론 한국말은 아니었기 때문에 승희 역시 계속 웃고 있을 수밖에 없었다. 말레이시아인가, 필리핀인가, 아니면 인도네시아인가. 그런데 이렇다 할 거부감은 느껴지지 않았다. 대꾸는 않았지만 그녀는 웃으면서 고개까지 끄덕였다. 승희가 짓고 있는 웃음의 의미를 알아챈 것처럼 그 남자가 손짓했다. 그 자리에 가만 멈춰 있으란 신호가 분명했다. 물론 삼엄하거나 위협적인 태도는 아니었다.

그 남자는 의구심이 가득한 시선으로 몇 번인가 그녀를 뒤돌아보면서 사람들이 둘러선 조그만 리어카 앞으로 다가갔다. 그의 행동을 보고, '우라질, 놀고 있네 정말.' 이런 생각을 하면서도 승희는 그 남자를 만났던 지점에서 단 한 발짝도 떼어놓지 않았다. 사내의 행동에 호기심이 생겼기 때문이었다.

리어카로 달려갔던 사내가 돌아왔다. 철 늦은 아이스크림이었다. 하나를 그녀에게 내밀면서 광장 가녘의 연석을 가리켰다. 두 사람은 깔때기 형의 과자컵에 넘치도록 담긴 아이스크림을 한 입 베어 물고 연석 위에 엉덩이를 붙이고 앉았다. 한결 편안했다. 광장을 오가는 사람들의 고단한 하반신들이 눈높이로 바라보였다.

입에 물고 있는 이 아이스크림을 다 먹고 나면 남자는 어떤 포즈를 보일까, 승희는 그것이 궁금해지기 시작했다. 그리고 아이스크림 먹기는 끝났다. 남자가 다 먹었다는 시늉으로 승희에게 두 팔을 벌려보이고 나서 곧장 옆구리에 차고 있던 여행가방을 열었다.

사내가 꺼내든 것은 중국 인형이었다. 그녀는 인형을 받아들었다. 흙으로 빚은 그 인형은, 신 깔개를 집어든 신기료장수의 형용을 본뜬 것이었다. 아주 짧은 순간이었으나 가슴 뭉클했고, 사내는 그녀 곁에서 움직이지 않았다. 줄곧 승희의 시선을 따라 광장을 바라보며 넋을 빼고 앉아 있었다.

그가 일행으로부터 낙오되고 말았다는 확신이 들기 시작한 것은 그때부터였다. 그는 창범을 떠나온 자신처럼 무료하고 허탈한 낙오자의 시간을 보내고 있음이 분명했다. 그녀는 힐끔힐끔 남자를 엿보기 시작했다.

화덕 속에서 익어가는 밀반죽처럼 미세하게나마 그의 형용이 처음보다 점점 부풀려지고 있었다. 물론 그를 선의의 시선으로 바라보려는 그녀의 의도적인 착시였다.

저녁 어스름이 광장 저편으로부터 스름스름 밀려들고 있었다. 광장을 메웠던 인파들도 어느새 줄어들어 썰렁했다. 승희가 일어섰

258

다. 그 남자도 당연한 것처럼 뒤따라 일어섰다. 광장을 가로질러 대로와 마주치는 지점에서 택시를 잡아탔다.

택시가 멎은 곳은 궈타이(國泰) 반점이란 저급 호텔이었다. 승희는 휘적휘적 걸었지만, 그 남자는 애완견처럼 바쁘게 현관으로 뒤따라왔다.

목욕을 마친 그들은 객실 한켠에 놓여 있는 낡은 소파에 마주앉았다. 아무런 두려움이나 부끄러움도 없이. 남자는 양해를 구한 뒤 어디론가 전화를 걸었다. 그리고 수화기를 놓고 그녀를 돌아다보며 두 팔을 크게 벌려 보였다.

승희는 하얀 시트 안으로 들어가 반듯이 누웠다.

천장에 바퀴벌레 한 마리가 잽싸게 기어가고 있었다. 저런 경우를 두고 기어가고 있다고 해야 할까 매달려가고 있다고 해야 할까. 남자도 알몸으로 시트 속에 들어와 누웠다. 그의 손이 가만히 젖무덤을 더듬고 있었고, 승희는 미동도 않고 그를 기다렸다.

그는 헌신적이면서 부드러웠다. 씨 없는 단감과 같은 사내라는 것을 발견하고부터 가슴 밑바닥에 희미하게 남아 있었던 꺼림칙함도 깨끗하게 가셔버렸다. 그 남자가 가슴을 벌려 안으니 몸뚱이 전체가 에누리 없이 안겨졌다.

그런 가슴이 아니면서도 남자들은 여자를 깡그리 안아주었다고 착각하는 경우가 많았다. 여자의 등에도 애틋한 애정의 감각이 실려 있고 춥고 더운 것을 미세하게 가늠하는 촉각이 있다는 것을 알고 있는 남자는 드물었다. 짧은 순간이었으나 그는 온몸으로 승희를 아껴주었다. 사랑한다는 게 별것일까, 아껴주고 있다는 것을 여자가 느끼게 만드는 것이겠지. 그래서 상하이까지 그 남자를 따라 갔는지 몰랐다.

왜 그랬을까, 장바닥에서 뒹굴던 여자라 해서 결벽성이 없었던 것도 아닌데. 그러나 그 몽환적이었던 행각 뒤에는 그녀 스스로 고개를 끄덕였던 명분이 있었다. 다분히 자학적이었지만, 그 남자와 벌인 행각에는 바로 창범에게 다시 돌아갈 수 없는 명분을 쌓으려는 그녀의 의도가 숨어 있었다.

그 외국인과의 만남으로 일행으로부터 완전히 격리되었다는 것을 깨닫게 된 것은 김포공항에 발을 들여놓았을 때였다. 아무리 따지고 살펴보아도 갈 곳이 없었다. 해방감은 잠시뿐, 살아남아야 한다는 현실이 다시 그녀를 기다리고 있었다.

차창 밖으로 가을의 끝자락에서 계절을 되돌리려고 몸부림치다 붉게 멍든 나무들이 스쳐가고 있었다. 그녀는 핸드백을 열고 손수건을 꺼내 눈 가장자리에 묻은 눈물을 훔쳤다.

강릉을 떠나 서울에 도착한 것은 어두워지려는 저녁 7시경이었다. 다시 지하철을 타고 대학 후문과 인접한 장충동 네거리에 도착했다. 이면도로에 촘촘하게 들어선 식당들과 포장마차들은 모두 불을 밝히고 있었다. 길지만 좁은 이면도로 끝자락에 그녀가 일하고 있는 청해식당이 자리잡고 있었다. 중국에서 귀국한 뒤 얻은 직장이었다. 횟거리를 다루고 해물탕을 끓여내는 솜씨가 범상하지 않았으므로 얻게 된 일자리였다.

바다와 멀리 떨어져 있는 서울 뒷골목에 숨어 있는 식당에서도 바닷가 사람들이 겪고 있는 애환은 끊임없이 들려왔다. 지금은 동해 연안은 물론이고 서해 연안에서까지 오징어가 무더기로 잡히고, 아르헨티나의 포클랜드 수역에서 잡혀 반입되는 오징어까지 급증해 갑자기 값이 폭락하고 있었다.

청해식당에 단골로 활어를 배달해 주는 해물 장수도 요사이는 오

260

징어만 가져왔다. 그 활어 장수가 식당으로 들어서면 가게 안은 온통 비린내로 가득 찼다. 말수가 적은 해물 장수가 잰걸음으로 가게를 가로질러 창가에 있는 수조에 활어를 콸콸 쏟아부을 때마다 역한 물비린내가 물씬 콧등을 스치곤 했다.

그녀는 주방장 대접을 받고 있는 청해식당으로 들어섰다. 이틀 동안 혼자 진땀을 흘렸던 주인이 꽥 소리를 지르며 반기었다. 탈의실로 들어가 옷을 갈아입고 조리대에 섰다. 활어들이 느릿느릿 움직이고 있는 수조의 유리에 초췌한 모습의 그녀가 흐릿하게 비춰지고 있었다. 먼길을 돌아 찾아온 곳은 결국 영동식당과 조금도 다를 바 없는 좁은 식당의 조리대 앞이었다. 그녀는 정갈하게 씻긴 도마 위에 가로누워 있는 회칼을 가만히 집어들었다.

저녁일을 끝낸 그녀는 혼자 누웠다. 청해식당 화장실 옆에 마련된 협소한 방이었다. 한쪽 벽 뒤로는 화장실을 두었고, 다른 한쪽 벽은 노래방으로 들어가는 골목을 두고 있었다.

아랫목에 밀쳐두었던 이부자리를 깔고 몸을 뉘니, 여자 때문에 감옥에 가 있는 늙은 변씨가 문득 떠올랐다. 변씨를 생각하고 있으니까 노래방 쪽의 골목길에서 끊임없이 들려오는 갖가지 천박스러운 소음들로부터 해방될 수 있었다. 아무런 기대를 걸 수 없는 무의미한 소리들, 세상의 온갖 잡다한 소리들이 집약되어 들려오는 그 골목길 골방에서도, 그녀는 견딜 만했다.

그러나 언젠가 여러 사람이 번갈아가며 그 벽에 대고 배설하는 소리가 들려왔던 날 밤에는 꼬박 잠을 설치고 말았다. 변씨를 찾아갈 말미를 얻어낸 것은 그 이틀 후의 일이었다.

주문진의 영동식당에는 의식적으로 들르지 않았다. 소유라는 것에서도 해방되고 싶었다. 남편과 헤어지면서 갖고 나온 아파트의 전세금으로 얻은 것이 영동식당이었다. 그런데 영동식당을 생각하자 과거의 기억이 현실로 다시 나타났기 때문이었다. 변씨를 찾아가고 싶다는 가슴 밑바닥 어딘가에는 가는 길에 주문진에 들러 영동식당도 보고 와야겠다는 욕구도 깔려 있었는지 몰랐다. 그러나 스스로를 시험하듯 그녀는 주문진으로 발길을 돌리지 않았다.

변씨로부터 편지가 날아든 것은 강릉에 다녀온 지 열흘 뒤의 일이었다. 편지를 받아든 승희는 너무나 놀랐다. 그에게 거처를 알려준 적이 없었는데, 그가 보낸 편지 겉봉에 쓰여진 주소지는 정확했다. 그러나 편지가 정확하게 배달된 까닭을 곧장 알아차렸다. 교도소에서 그와의 접견을 신청했을 때, 그녀가 무심코 청해식당의 주소를 남긴 때문이었다. 그러나 봉투를 뜯기까지 이틀 동안을 속 끓이며 벼렸다.

분명 창범에 대한 이야기가 적혀 있을 것이란 생각 때문이었다. 이틀이란 기간은, 편지가 던질 파문의 두려움을 씻어낼 자신감을 얻어내는 데 필요한 시간이었다. 그러나 막상 편지를 뜯어 읽었을 때 그녀가 받은 것은 실망뿐이었다. 그 편지 어디를 살펴보아도 창범에 대한 말은 단 한 줄도 없었다.

그녀는 드디어 두려움의 배면에 자리잡았던 자신의 진솔한 모습을 발견하고 오싹했다. 이틀 동안이나 뜯지 않고 초조한 마음으로 지냈던 것은 그로부터 받을 파문의 두려움을 씻어낼 시간을 벌자는 것이 아니었다. 오히려 편지에서 창범의 흔적을 찾아볼 수 있을지도 모른다는 기대를 키워온 것에 불과했다는 것과, 청해식당에 일자리를 얻어 시도하려 했던 침잠과 안정을 위한 기도도 무의미했다는 것을 깨달았다.

사탕처럼 달콤했던 기억도, 그리고 호비칼로 가슴을 도려내는 듯

한 애틋함도, 그의 곁을 떠나서는 안된다는 현실적 당위성도 없다는 것을 충분히 인지한 다음이었는데도, 가슴속으로부터 지울 수 없는 흔적은 끝내 존재하고 있었다. 그러나 그의 환영을 씻어내어야 한다는 의지력 역시 단념할 수는 없었다.

이튿날 밤 가게문을 닫고 난 뒤, 식당 주인과 근처의 호프집에 들렀다. 물론 질투심 많은 그의 아내도 동행이었다. 그녀를 따돌리고 주인과 담판하고 싶었으나 그녀는 처음부터 두 사람을 뒤따라나섰다. 떠돌이이기 때문에 받는 눈총과 제약이 한두 가지가 아니었다.

「저 가게일 그만두어야겠어요.」

불쑥 내뱉은 말이었기에 주인은 무심코 지나친 것 같았다.

「알아들으셨어요? 나 가게일 그만두어야겠어요.」

「그게 무슨 말이야?」

그제서야 심상찮은 말이라는 것을 알아차린 모양이었다. 그로선 식당 식구들끼리 호젓하게 앉아 맥주나 마시자는 제안을 받았을 때부터 뭔지 모를 불안감을 느꼈었다.

「될수록 오래 있으려 했는데……, 약속을 지키지 못하겠어요.」

진의를 알아차린 주인의 표정이 머쓱해졌다.

「내 이럴 줄 알았지. 어느 놈에게 스카우트당한 거야? 내 대접에 그렇게 불만이 많았나?」

「스카우트라뇨? 저는 그런 주변머리도 없고 또 몇 푼 더 준다고 보따리 홀딱 싸들고 자리 옮길 여자도 아니에요. 속속들이 말할 수 없어 안타깝지만, 돈 몇 푼 때문에 이러는 건 절대 아니에요.」

「그럴 필요 없어. 말 안해도 난 다 알아. 요리사가 돈 때문이 아니라면, 도대체 뭘 바라고 다른 데로 튀겠다는 거야? 그게 말이나 돼? 대접이 미진했다면 임금을 올려달라는 말이 나와야지, 어째서 다른 점포로 튀겠다는 말이 나와? 안 그래? 강릉 잠깐 갔다 온다던 사이에 사내새끼라도 꿰찼나?」

「아저씨 말대로 남자 때문이거나 스카우트받아서 그만두기로 결심했다면, 내 손에 장을 지지세요. 두고 보세요. 절대로 남자나 돈 때문이 아니에요.」

「헛소리하고 있네. 요리사들이란 게 입만 열었다 하면 떠드는 게 돈 문제밖에 더 있어?」

「내 딴에는 가게일을 계속할 수 없는 복잡한 문제가 생겼다는 걸 이해해 주세요.」

「두고 보라는 말도 헛소리야. 우리 가게 떠난 뒤에 어떻게 놀고 있나 매일 졸졸 따라다니며 정탐이라도 해달라는 거야, 뒷조사를 하고 다니란 거야 뭐야? 내가 인간적으로 푸대접하고 똥개 부리듯 내몬 적이 있었나? 누워 잘 방 한 칸이면 족하다고 손목 잡고 늘어진 게 바로 엊그제였는데, 난데없이 그만두겠다는 변덕은 대체 뭐야? 지내보니 우리 가게가 꼴같잖았거나, 아니면 우리를 망조 들게 만들겠다는 것밖에 더 돼? 이런 배은망덕이 어딨어?」

맥주를 마시고 있었던 탓인지는 몰라도 주인의 입가에는 거품까지 물려 있었다. 진심이 곡해로 변하는 것도 순식간이었다. 받아들이는 쪽의 마음먹기에 따라 얼마든지 오락가락할 수 있는 게 바로 진심이란 것이었다.

취직한 지 불과 한 달도 못되는 시점에 있었던 승희로선 변덕에 명분이 없었다. 그러나 자신이 겪고 있는 우여곡절을 시시콜콜 얘

264

기할 수도 없었다.

「배은망덕이란 말 나오게 생겼다는 것도 이해해요. 그러나 제 진심을 읽어주셨으면 해요. 일정한 주거지도 없는 제 사정을 따지지 않으셨던 아저씨의 배려를 잊은 것도 아니고, 짧은 기간 동안이었지만 고용주와 종업원이란 관계를 떠나 저한테 동기간처럼 잘해주셨던 것도 고맙게 생각하고 있어요.」

주인은 끓어오르는 배신감을 삭이느라 씩씩거렸다. 그런데 떠나겠다는 말이 떨어지고부터 승희에게 결코 시선을 뗀 적이 없었던 그의 아내가 가시 돋친 말로 거들었다.

「동기간처럼 잘해주어서 고맙다는 말은 구차스러운 호들갑이야. 그렇게 대접해 준 것이 그토록 고마웠다면, 우리 부부가 이해할 수 있도록 이렇고 저런 사정이 생겨서 식당을 그만두어야겠다고 말해주어야 하지 않어? 이건 투정도 아니고, 응석 부리는 것도 아니고, 그렇다고 우리가 일당을 지불하지 않겠다는 것도 아니고, 어딜 한바퀴 휙 다녀와선 아닌밤중에 홍두깨 내밀듯이 내일 당장 떠나야겠다면, 우릴 해코지하자는 심보밖에 더 돼?」

「아주머니 말씀도 맞아요…….」

눈을 부릅뜬 그녀가 대뜸 승희의 말을 가로챘다.

「아주머니고 나발이고 듣기 싫어. 우릴 해코지하자는 심보가 뭔지 알아나 보자구. 내 말 틀렸어?」

애당초 적의를 품고 쏟아내는 말이었기에 어떻게 대처해야 할지 혼란스러웠다. 주인은 이제 한발 물러선 듯 팔짱을 낀 채, 천장만 바라보고 있었다.

「제가 떠나야 하는 까닭을 속시원하게 말할 수 없다는 것이 저도 안타까워요. 제발 이해하세요.」

「뜨내기들이란 게 그렇지 뭐. 당신 봐, 처음에 내가 뭐랬어? 무턱대고 가게에 불쑥 들어와서 일자리를 찾는 여자에게 가게일을 맡겼다가 어떤 봉변을 당할지 모른다고 경고했었잖아. 한 달도 못되어 이런 덤터기를 쓰고 말았잖아? 난 몰라. 가게를 말아먹든지 구덩이를 파버리든지 당신 책임이야.」

「아주머니, 순리대로 하십시다. 그렇다면 한 보름 여유를 두고 후임자를 찾아보도록 하세요. 그 동안은 가게를 지키고 있겠습니다.」

「방금 뭐라고 했어? 가게를 지키고 있겠다고? 고양이한테 생선가게 맡긴다는 얘기 난 못 들은 줄 알아? 이봐, 애당초 니가 요리사니 뭐니 하는 게 모두 헛소리란 거 다 알고 있었어. 이 사람 꼬셔서 한 보따리 챙겨 튈 속셈이었지?」

「흥분되었다는 건 알고 있지만, 그렇다고 쓸어담지 못할 막말까지 해선 안되죠.」

「이년 봐라? 건방지게 지금 날 훈계하고 있잖아. 날 우습게 보지 마. 나도 이 나이 되도록 산전수전 다 겪으며 피눈물 흘리며 살아왔기 때문에 너 같은 년이 가면을 겹겹이 쓰고 알랑방귀를 뀐다 해도 내 눈은 못 속여. 나 참, 아니꼬워서 구역질이 다 나네.」

사태는 이미 수습의 단계를 넘어버렸다는 것을 깨달았다. 욕설과 삿대질로 맞대응할 수도 없었던 승희는 그제야 자리에서 일어나고 말았다. 계약서를 주고받은 것도 아닌데 그토록 혹독하게 매도당할 수는 없었다.

눈물이 쏟아지려는 것을 가까스로 참고 맥줏집을 나서는데, 뒤따라나온 주인이 곁으로 다가왔다.

266

「제 발로 나가겠다는데 말릴 수야 없겠지만, 벌써 새벽 한신데?」

「그래도 가야지요. 챙길 거라곤 가방 한 개뿐이지만…….」

가게로 돌아와서 방 정리를 하고 있는데, 일당으로 받기로 하였던 임금을 주인이 계산해서 건네주었다. 세어보지도 않고 가방 안의 옷가지 속에 끼워넣었다.

가게를 나설 적에는 어쩐 셈인지 주인도 그 아내의 모습도 보이지 않았다. 그나마 마지막 인사라도 나누고 떠나야 하겠기에 불 꺼진 문 앞에서 10여 분을 기다렸으나, 흡사 숨어버리기라도 한 것처럼 모습을 드러내지 않았다.

네거리 쪽으로 걸음을 옮겨놓았다. 네거리 부근의 밤은 아직도 잠들지 않고 있었다. 멀리 여관의 간판이 바라보였다. 지저분한 여관이었다. 객실로 들어서자마자, 그대로 쓰러져 잠이 들었다. 문을 노크하는 소리를 들은 것도 언제였는지 알 수 없었다.

문을 열었을 때, 복도에는 놀랍게도 두 사람의 임검 경관이 서 있었다. 그들의 요구대로 서둘러 주민등록증을 제시했다. 그들은 손전등으로 낡고 닳은 주민등록증을 한동안 비추었다. 그리고 그녀의 주민등록증을 자신의 주머니에 넣으면서 파출소까지 동행할 것을 요구했다. 물론 승희는 자다 말고 파출소까지 끌려가야 할 범죄는 저지른 적이 없다고 버텼다. 그녀가 버티기 시작하자, 그들은 수갑을 채워서 끌고 갈 수도 있다고 으름장을 놓았다. 그녀가 받고 있는 혐의를 분명하게 밝히지 않는 이상, 그녀 역시 버틸 수 있는 빌미가 없다는 것을 알아차렸다. 확실한 증거가 없다면, 양편의 입씨름은 공허할 수밖에 없었다.

파출소 안에는 사십대의 경관이 전화기 한 대만 휑뎅그렁하게 놓인 책상을 지키고 있었다. 그는 흡사 안면을 두고 있었던 사이처럼 파출소 안으로 들어서는 그녀를 바라보며 넉살좋게 웃고 있었다. 여관에서부터 그녀와 동행했던 경관이 승희의 신분증을 책상 위에 놓았다. 신분증과 승희의 얼굴을 번갈아 검색하던 경관이 혼자소리로 말했다.

「신고가 들어왔어요.」

새벽 공기가 차갑지 않은데도 그녀는 떨기 시작했다. 진정해야 한다는 의지와는 아무런 상관도 없었다.

「가방 좀 봐도 될까요?」

경관은 그녀가 끌어안고 있는 가방을 책상 너머로 가리켰다. 그녀는 얼른 가방을 책상 위에 올려놓으며 얼굴을 붉혔다. 남자들이 보기에는 민망스러운 물건들이 들어 있었지만 어쩔 수 없었다. 경관은 화장지를 뽑아 코를 풀었다. 그녀는 새벽 5시를 가리키고 있는 벽시계를 흘끗 보았다.

「가족이라든가……, 당신 신분을 보장해 줄 만한 보호자 있어요?」

그녀는 고개를 흔들었다.

「정말 보호자가 없어요? 가족이 없다는 말이에요?」

「없어요.」

「왜 없겠소. 가족 볼 면목 없이 살고 있다는 얘기겠지. 결혼도 안했소?」

「예.」

「거참, 골치 아픈 여자군.」

「무슨 일로 날 여기까지 데리고 왔는지 말씀해 주시겠어요?」

「가족도 없다는 사람이 어째서 신분증에는 본적이 있고 현주소가

268

반듯한 글씨로 적혀 있는 걸까? 신분증이 거짓으로 작성되었든
지 지금 나한테 한 말이 거짓말이든지 둘 중에 한 가지는 거짓
아냐? 어느쪽이 맞는 거야?」

「무슨 혐의를 받고 내가 여기에 앉아 있는지 그거나 알아야겠어
요.」

경관은 책상 위에 올려놓은 그녀의 가방을 끌어당겼다. 가방 속
에 들어 있던 내의와 양말 따위들이 한 가지씩 밖으로 모습을 드러
냈다. 밝은 전등빛 아래에선 혐오감을 안길 뿐인 그 옷가지들을 승
희는 처연히 바라볼 뿐이었다. 경관의 시선은 시종 가방 속에 꽂혀
있었다. 라이터 하나도 놓치지 않고 모두 꺼낸 뒤 마지막으로 꺼낸
것이 청해식당 주인으로부터 받은 일당이었다. 경관은 그 돈을 손
가락에 침까지 발라가며 느릿느릿 세더니, 물끄러미 바라보고 있는
그녀에게 말했다.

「이거 사십오만 원 맞아?」

그녀는 애매하게 웃었다.

「당신 직업이 청해식당 요리사였는데, 지난밤에 해고됐지?」

승희는 황급히 고개를 끄덕였다. 그러다 말고 문득 혼란을 느껴
고갯짓을 멈추었다. 자신의 기억으로는 이 경관과 식당에서 마주친
적은 없었다. 그러나 경관이 맨 처음 했던 혼잣소리를 기억해 냈
다. 승희는 재빨리 물었다.

「신고라뇨? 누가 신고를 했단 말이에요?」

「이 여자가? 신고를 누가 했든 무슨 상관이야? 당신, 이 돈 어
디서 났어?」

「임금으로 받은 겁니다.」

「임금 정산이라? 그거 말 한마디 딱 부러지네. 정신차려, 이 여

자야. 당신, 이 돈 임금으로 받은 돈인지 강도짓한 돈인지 증명할 수 있어? 강도짓한 것이 아니면 왜 꼭두새벽에 하직 인사도 없이 몰래 식당에서 도망쳐 나왔으며 경관들한테 임검당할 적에 왜 문도 빨리 열어주지 않았지? 그리고 죄 없다는 여자가 떨긴 왜 떨어? 저기 온도계 봐. 영상의 온도에 지금까지 떨고 있다는 거 알고 있어? 죄짓고는 못산다는 말 들어본 적 있겠지?」

「그 돈이 임금으로 정산해서 받은 돈인지 강도짓한 돈인지는 식당 업주를 불러 물어보면 당장 드러날 것입니다.」

「개수작 말어. 이 돈을 임금으로 주었다면, 업주가 미쳤다고 신고를 했겠어?」

「업주라니요?」

「업주도 몰라? 청해식당 주인 말이야.」

경관은 승희가 불리한 점들을 낱낱이 열거해 주었다. 그 돈을 임금으로 건네주었다는 흔적이 전혀 없는 것도 문제지만, 어째서 지불한 당사자가 현금을 털렸다고 신고할 수 있겠냐는 것이었다.

그렇다면 대질 심문이란 것도 아무런 소용이 없었다. 말을 바꾸면 곧바로 무고죄가 기다리고 있기 때문이었다. 그러나 그녀는 한 번이라도 좋으니 업주와의 대질 심문을 하게 해달라고 요구했다. 이 요구에 남편을 대신해서 나타난 여자는 그러나 놀라울 정도로 침착하고 착한 여자로 변신해 있었다.

그녀는 승희가 가게에 나타나서 취업이 결정될 때까지의 상황을 거울 속 들여다보며 엮어내듯 소상하게 그려냈다. 뜨내기라는 것이 너무나 꺼림칙했지만 활어를 횟감으로 빚어내는 솜씨가 탁월했으므로 고용을 결정하고 말았던 것이 불찰이었다고 오히려 자신을 탓하기까지 했다.

곱다시 도둑의 누명을 뒤집어쓰고 말았다. 그녀는 파출소에서 경찰서로 이송되었다. 형사 사건이었기 때문에 모든 절차는 삽시간에 이루어지고 만 것이었다. 그리고 경찰서의 구치소가 어느덧 그녀가 기거하는 장소가 되어버렸다.

궁여지책으로 전화를 건 사람이 고흥에 있는 방극섭이었다. 그는 곧장 서울로 뛰어 올라왔다.

「요상하네요이. 나가 전라도 고흥 촌구석에 살고 있는 촌놈이지만 산전수전 다 겪고 사는 놈인디, 가지 말라고 사정하는 사람 매몰차게 뿌리치고 떠난 사람을 경찰서 구치소에서 다시 만나게 될 줄은 몰랐네요이? 근디 워쩌다가 이 꼴이 돼뿌렀소?」

「이때까지 전부 설명을 해드렸는데, 또 물어요?」

「시상 인심이 아무리 각박하지만, 멀쩡한 여자를 무고로 덤터기를 씌우고 지들은 발 빼고 자는 고약한 심뽀가 정말인가 싶어서 다시 물어본 것이오. 요런 싸가지없는 시상이 어디 있겠소? 나가 이 씨발년놈들을 회칼로 싹 쓸어버려야 쓰겄당게.」

그 순간 승희는 핏대 오른 방극섭의 손을 잡아끌었다.

「어째 외간남자 손을 잡고 이러시오이? 그놈을 무고죄로 걸어 넣을 재간이 없었다면, 나가 서울로 뛰어 올라오지도 않았어라. 시상 인심이 아무리 개차반이라지만, 천사나 다름없는 승희 씨를 감방에다 집어넣고 네 활개 뻗고 자는 연놈들을 두고만 보자는 것잉가?」

교도소처럼 면회실이 따로 마련되어 있는 것도 아니었다. 장바닥처럼 번잡스러운 강력계 형사실에서 철제의자에 마주앉아 얘기를 나누고 있었다. 피의자들을 불러 앉히고 조서를 받고 있는 형사들의 위협적인 목청만 듣고 있어도 식은땀이 날 만치 두려운 장소였다. 그런데 방극섭의 고함 소리까지 겹쳐 귀가 윙윙거릴 지경이었다.

곁에서 피의자 조서를 꾸미고 있던 형사로부터 조용히 하라는 주의를 몇 번이나 들었는데도 그의 목청은 가라앉을 조짐을 보이지 않았다. 감당할 수 없었던 승희는 결국 울음을 터뜨리고 말았고, 방극섭도 그제서야 자제력을 보이기 시작했다.

제발 폭력을 쓰지 말아달라는 승희의 간곡한 청을 듣고 경찰서를 나섰다. 경찰서 정문 밖에는 안면도에서 달려온 봉환이 기다리고 있었다.

「우째……, 만나봤습니껴?」

「만났어라.」

「재주도 좋네요. 우째 면회가 됩디껴?」

「재주랄 것도 없어라. 무고로 억울하게 갇힌 사람인데, 면회까지 안 시키겠소.」

「억울하다카는 걸 형사들도 알고 있습디껴?」

「억울하다는 증거가 없다는 것이 낭패 아니겠소. 쩌그 뭣이냐, 그 싸가지없는 청해식당이 워디 있는지 저쪽으로 가봅시다.」

「어찌됐든 간에 그누마를 만나 담판을 해보는 수밖에 없겠습니더.」

「야그 듣자니, 그 집 여자가 불여우랍디다. 승희 씨가 거짓말은 안하제.」

「씨발년이 모사꾼이라카더라도 사나새끼도 뒷다리 정도는 들어줬을 낍니더. 그렇다면 말로는 해결될 일이 아인지도 모르지요.」

「식당으로 쳐들어가서 난동은 피우지 않기로 나가 승희 씨하고 약조를 해뿌렀소. 그렇게 되면 그 연놈들 입장만 유리해질 뿐이

272

어라. 우리까지 엮여 들어가 콩밥먹는 신세 돼뿔면 승희 씨 역성 들어 줄 사람은 어디 가서 찾겠소.」

「승희가 만류를 한다카이 우선 참기로 하고, 먼발치에서 가게 돌아가는 꼬라지나 한번 보시더.」

「안 가보고 어떻게 하게라우. 횟집에서 횟거리 팔고 있지, 인절미 팔고 있겠소만.」

「나도 한때는 용달 트럭 굴리면서 주문진 공판장에서 서울 강남까지 활어 운반해 주고 살았던 적이 있습니다. 그누마도 횟집을 경영한다면, 응당 단골 활어 장수가 붙어 있을 거 아입니껴. 우리가 머리만 잘 짜낸다카면, 그누마 뒤통시를 쳐서 당분간은 가게문을 닫지 않으면 안되도록 맹글 수도 있을 것 같은데…….」

「시방 단골로 거래하는 활어 장수라 했지요이? 그거 울고 싶던 김에 따귀 때려주는 야그 같은디?」

청해식당은 경찰서에서 불과 두 정류장 거리에 있었다. 이면도로에 자리잡고 있었지만, 먼발치에서 보아도 가게 치장에 돈을 들인 흔적이 역력했다.

어둑해지면서 좁은 거리는 풍선처럼 팽창하기 시작했다. 먹거리들을 팔고 있는 근처의 식당들에서 일제히 불을 켜기 시작했고, 내왕도 활기를 띠었다. 활어 운반 차량이 식당 앞에 도착한 것은 바로 그때였다.

운전석에서 내린 상인이 적재함에서 활어를 건져냈다. 그리고 식당에 설치된 수조에다 옮겨 넣기 시작했다. 산오징어가 많은 것으로 보아 동해쪽 포구에서 달려온 배달차가 분명했다. 운반 상인이 식당과 거래를 끝내고 운전석에 오를 때까지 두 사람은 줄곧 식당의 동정을 지켜보았다. 그리고 시동을 건 차가 식당 언저리를 벗어나는 순간을 놓치지 않고 달려가 손을 들었다.

활어를 사겠다는 말에 상인은 당장 차를 길가로 붙여 세웠다. 솔깃해 하는 눈치로 보아 그 역시 뜨내기 운반 상인임이 분명했다. 단골식당을 여럿 두었다면, 불쑥 나타난 뜨내기 구매자와 흥정을 벌일 까닭이 없었다.

상인을 상대로 숙덕거리던 두 사람이 운전석으로 올라 죄어앉았다. 퇴계로에 있는 횟집까지 활어 배달을 마친 세 사람은 근처의 소머리국밥집 앞에 차를 주차시켰다. 사십대 초반인 활어 운반 상인은, 친구의 권유로 공판장에서 활어를 떼다가 서울의 횟집으로 배달해 주는 활어 장사를 시작한 지 1년을 넘겼는데, 1년 동안 식당의 청소까지 해줘가며 거래를 튼 단골이 겨우 세 군데였다. 그나마 모두 골목길 안에 숨어 가까스로 명맥을 유지하는 식당들이어서 걸핏하면 외상이었다.

공판장에서 활어를 구입할 때는 에누리 없는 현금을 건네줘야 하는데, 그 활어를 수조에 실어 신주단지 모시듯 허위단심 서울까지 운반해서 외상으로 넘기고 있는 자신이 올곧은 정신 가진 사람인지 회의를 느낄 때가 한두 번이 아니란 하소연만 30분 이상 들어줘야 했다. 더욱이나 차까지 수조 적재함으로 개조했기 때문에 당장 손을 떼지 못하는 얼치기가 되어버린 것이었다.

봉환은 상인이 바라보는 앞에서 지난날 단골로 거래를 하였던 강남의 횟집으로 전화를 걸었다. 업주도 바뀌지 않았고, 종업원들도 그대로였다.

세 사람이 밥집을 나와 다시 차를 몰고 청해식당을 찾은 것은 밤 10시쯤이었다. 차를 식당 정문이 완전히 가려지도록 주차시킨 다음, 손에 건질채를 들고 운전석에서 내려온 사람은 식당 주인에겐 낯선 방극섭과 봉환이었다.

조리대를 지키던 주인 내외는 황당하지 않을 수 없었다. 문밖에 서 있는 자동차는 눈에 익은 활어 배달차임에 틀림없는데, 운전석에서 내려온 낯선 두 사람은 도대체 누구이며, 손에 들고 있는 건질채는 또 무엇이란 말인가. 방극섭은 주인에게 다가가 나직하게 말했다.

「쩌그 운전석에 앉은 최씨 보이지라? 당신한테 할말이 쪼까 있당게 싸게 가보시오이. 우리는 몇 달포 동안 감쪽같이 도둑맞았던 활어나 찾아가면 된당게.」

봉환은 벌써 식당으로 들어가 수조 안으로 건질채를 쑥 집어넣었다. 수조 안의 활어들이 기겁을 하고 놀라 발버둥치기 시작했다. 건질채를 세 번도 채 돌리지 않았는데, 식당 바닥은 어느새 넙치와 광어가 퍼덕거리고, 먹물을 찍찍 토해내는 오징어들의 발버둥으로 난장판이 되고 말았다.

영문을 모르는 종업원들과 고객들 역시 오징어들 못지않게 기겁해서 숨을 곳을 찾느라 정신없었다. 방극섭은 몇 마리 건져내지도 못한 건질채를 꼬나들고 차로 달려갔다. 흘끗 훔쳐보았더니, 주인은 상인과 운전석 도어를 사이에 두고 우는 소리를 내고 있었다. 오징어를 다시 적재함에 설치된 수조에 쏟아부었다. 수조 밖으로 튄 오징어가 길바닥에서 널뛰기를 하였다. 하얗게 질린 주인이 다시 식당으로 뛰어들었다. 봉환이 입에 거품을 물고 주인에게 쏘아붙였다.

「당신, 도둑질한 물건만 사는 어물 장물아비 맞제? 귀금속을 취급하는 장물아비가 있다는 말은 숱하게 들었지만, 활어까지 잡는 장물아비는 대가리에 털 나고 처음 보는구먼.」

눈앞이 아찔했던 주인은 봉환의 바짓가랑이를 잡고 늘어졌다.

「형씨, 우선 자리에 앉으세요.」

「절도범의 물건을 싼값으로 후려쳐서 비싼 값으로 팔아 넘기는 것이 장물아비 아이오?」

「물론 그렇겠지요. 그러나 나는 최씨가 훔친 고기를 팔고 있을 줄은 몰랐습니다.」

「최씨는 당신하고 공모했다카던데?」

「뒤집어씌우지 말아요. 난 깨끗해요.」

어느새 방극섭이 거들었다.

「공모 안했단 사람이 쫄때기 상인한테 이백만 원이나 되는 외상을 그었당가?」

그 순간 주인은 깨달았다.

이 작자와 입씨름을 벌이게 되면 불리한 것은 자기뿐이었다. 최씨라는 상인은 제 입으로 서울로 오는 도중에 휴게소에 주차시킨 다른 활어 차량에서 몰래 훔친 물건이라는 것을 실토했고, 그 절도한 물건을 자기가 산 것도 명백했다. 내일 쓸 채소를 사러 나갔던 여편네까지 돌아왔으나, 그녀로부터의 훈수도 기대할 건덕지는 없었다.

「형씨, 저놈이 상습 절도범이란 것은 알겠습니다만, 난 저놈과 한통속이 아닙니다. 장물아비라니, 내게 무슨 억하심정이 있어 누명을 씌운 건지 우선 그것부터 알아야겠어요.」

「야그가 안되네? 저놈이 절도범이란 것도 알고 있는데, 누명을 썼다는 것이어라?」

「그렇습니다.」

「싸가지없는 말 집어치우시오이. 절도범이란 것을 알고 그놈의 물건을 샀다면 그것이 장물아비 아니고 뭣이당가?」

「옛날부터 알았단 말이 아니라, 오늘에사 알아차렸단 말입니다.」

「옛날에 알았든 지금 알았든 무신 상관이어라? 절도범의 물건을 상습적으로 구입해 왔으면, 그것도 상습 장물아비 아니겠소? 절도범과 장물아비란 찰떡에 조청 궁합으로 소문난 것인디, 당신네 내외가 경찰서 잡혀가서도 누명 썼다고 소리칠 것인지 워디 두고 봅시다.」

그제서야 여편네가 파랗게 질려 방극섭을 노려보며 말했다.

「이이만 들어가면 됐지, 왜 나까지 들어가요? 난 정말 억울하잖아요.」

「아줌씨는 이때까지 남의 눈에 피눈물 나는 짓은 안 저질렀다고 장담할 수 있어라? 며칠 전에만 하드라도 여그서 일하던 종업원이 절도범 누명을 쓰고 경찰서에 잡혀갔다는 야그를 저 도둑놈이 자백했소. 당신네들이 장물아비가 아니라면 어째서 요 게딱지만 한 식당에 절도범들만 들끓고 있어라? 가재는 게 편이니까 저들끼리 모여서 들락거린 게 아니겠소. 그래도 장물아비 아니라고 어디 한번 버텨보실랑가? 그라고 고릿적부터 부부는 일심동체란 말이 있어라. 남편은 구치소에 들어가 사시나무 떨듯 하고 있는디, 여편네는 집에서 발 뻗고 자겠다는 싸가지없는 심뽀는 뭣이당가?」

찌그러진 상판이던 주인이 아내의 옆구리를 뚝 잡아떼면서 말했다.

「그 말은 맞어. 당신 말 잘못 했어.」

샐쭉한 여편네가 발딱 일어나 수도꼭지를 틀어 컵 가득히 물을 담아 벌컥대고 마셨다.

「형씨 말이 틀린 데가 없습니다. 내가 장물아비든 아니든 이미 근처에 소문이 퍼져 장사해 먹기도 글렀다는 것을 알고 있어요. 내가 어떻게 했으면 좋겠소?」

「그건 안되지라. 이렇게 떡 벌여놓은 가게를 하룻밤 사이에 말아 먹어야 쓰겠소.」

「우리 협상합시다. 좋은 게 좋다는 말이 있잖습니까.」

「두말할 것 없지라. 우리는 밖에 있는 저놈과 당신네 내외를 장물아비로 걸어서 집어넣어야 속이 시원하겠소. 나가 그렇게 작정한 것은, 저놈은 당신네가 도둑질한 물건이라는 것을 알고 거래해 왔다고 실토정을 해뿌렀는디, 당신네 내외는 아니라고 아득바득 우기고 있응게, 경찰서에 가서 양단간에 흑백을 가려야 쓰겠소. 저놈이 누명을 씌웠다면 당신네들은 저놈을 무고로 다시 고소하면 될 것이고이, 저놈 말대로 장물아비가 옳다면 머잖은 겨울에 내외가 시멘트 바닥에 코 박고 누워서 욕 좀 봐야 할 것이오이. 우리가 일 년 전부터 저놈한테 도둑질당한 활어가 얼매나 되는지 아시오? 공판장 가격으로 따져도 천만 원이 넘을 것이오이. 도둑질에 얼매나 시달렸으면, 달포가 넘도록 장사는 집어치우고 차량까지 동원해서 절도범 잡겠다고 나섰겠소. 일 년 동안 청해식당에서 팔아온 횟거리가 모두 우리가 운반하던 활어였다면, 소가 웃을 노릇 아니겠소. 사실은 나도 이 허우대에 창피시러워서 소문날까 껄쩍지근하요.」

「형씨네들이나 우리들이나 모두가 하루 벌어 하루 살아가는 처지들이 아니겠습니까. 물론 경찰서로 엮여 들어가면 모든 것이 명명백백하게 판명이 나겠지요. 그러나 그 동안 우리나 형씨네들은 증인이다 참고인이다 대질 심문이다 혐의가 있다 없다 해서 경찰서 문지방이 닳도록 들락거리며 시달림을 받아야 하지 않겠습니까. 그렇게 되면 가게는 가게대로, 형씨들은 형씨들대로 장사를 망치는 것 아닙니까?」

「난들 그걸 모르겠소. 그런디 당신네들은 경찰서 들락거리는 일쯤은 대수롭잖게 안다고 저놈이 야그했지라. 요리사를 누명 씌워 집어넣고 발 뻗고 자는 걸 보면, 횟집은 허울뿐인 것 아니겠소. 묵은 쌀독에 바구미 끓기 예사이고, 떡시루 만지다 보면 떡고물 손에 묻게 마련이고, 장물아비 주변에는 절도범들이 들끓어야 살판나지 않겠소이. 당신네들 가게에 도둑놈들만 들락거린다는 것은, 당신네들이 이 절도범을 비호하고 그네들과 암암리에 거래를 하고 있다는 것을 증명하는 것밖에 더 되겠소이?」

「이해합니다. 저놈에게 얼마나 당했으면, 장사 집어치우고 미행까지 했겠습니까. 나 역시 장물아비란 말을 들어도 변명의 여지가 없게 되었습니다. 그러나 보시다시피 우리 전재산이 이 콧구멍만한 가게 하나뿐입니다. 그나마 애면글면해서 일으킨 가게문을 닫게 되면, 그야말로 알거지 신세랍니다. 하늘이 무너져도 솟아날 구멍은 있다지 않았습니까. 내일 안으로 저놈한테 진 이백만 원은 변통해서 지불하고, 오늘 밤 안으로 경찰서 가서 솔직히 누명 쓰고 절도범이 되어 갇혀 있는 요리사도 석방되도록 주선하겠습니다.」

「구속되어 있는 여자를 금방 빼낼 수 있다고 장담하는 걸 보니까, 경찰서까지 연줄이 닿아 있는 장물아비가 아니오? 당신한테 잘난 척했다간 멀쩡한 코 다치겠네요이?」

「그게 아닙니다. 외상값은 현찰로 갚고, 구속된 요리사가 훔쳤다는 돈은 계산 잘못으로 빚어진 실수였다는 것을 알았으니까 혐의를 벗을 해명서를 수사과로 가져가겠습니다. 깨끗한 마음으로 새.
출발하겠습니다. 우리가 저지른 일인데 우리가 수습해야지요.」

「우리도 구태여 남의 눈에 피눈물 나는 꼴을 보자는 것은 아니어
라. 그렇게 하겠다면, 우리는 일단 저놈을 데리고 갔다가 그 두
가지가 해결되면 저놈만 집어넣기로 하겠소. 촌놈들이라고 호락
호락하게 보지 마시오이? 우리가 나눈 말은 소형 녹음기에 녹취
까지 되었응게, 내외가 밤사이에 요사시러운 공론은 안 짜는 게
좋을 것이오이.」

이튿날이었다. 청해식당 주인 내외가 경찰서를 풀방구리에 생쥐
드나들듯 하더니, 오후 해질녘이 되어서야 몰골 사나운 승희가 정
문을 나서는 것이 보였다. 길 건너편 가게 모퉁이에서 해바라기를
하며 담배를 피우고 있던 방극섭은 벌떡 몸을 일으켰다.

「나가 여그서 꼬박 다섯 시간을 기다리고 있었당게.」

기다리고 있었다는 방극섭을 발견하는 순간, 승희는 느닷없이 눈
물부터 흘러나왔다.

근처의 다방을 찾았다. 겨우 닷새 동안이었는데도 승희는 얼굴에
눈만 남았을 정도로 수척해 있었다. 그녀는 방극섭이 뜸도 들이지
않고 떠벌리는 석방되기까지의 경과를 애매한 얼굴로 듣고 있었다.
그의 얼굴을 바라보고 있는 것이 아니었다. 창문 너머 가로수에서
간간이 떨어지는 겨울 낙엽을 물끄러미 바라보고 있었다.

「승희 씨를 보자니, 며칠간은 맞춤한 장소 찾아가서 휴식을 취해
야 쓰겄소. 그렇다고 서울같이 야박하고 상스러운 곳에 머물 수
도 없는 것 아니겄소. 나하고 고흥으로 갑시다.」

고흥으로 가자는 말에 놀란 승희가 비로소 방극섭을 정면으로 바
라보았다. 그러나 고개를 가로저을 수는 없었다. 그의 말처럼 고흥

280

말고 또 어디로 갈 수 있단 말인가.

「같이 왔다는 봉환 씨는?」

「워메, 워쩌까이. 나가 그 야그를 빼먹어 뿌렀소이. 청해식당에
서 이백만 원 받아낸 최씨라는 상인을 옛날에 거래하던 강남 횟
집으로 데불고 갔소. 그 횟집은 박씨가 옛날에 두었던 거래처랍
디다. 최씨란 사람이 수더분하고 신실한 사람이니까, 횟집에 단
골로 물자를 대도록 주선해 줄 모양입디다. 그 사람 시난고난하
던 판국이었는데, 우리 만나서 꿩 먹고 알 먹게 돼뿌렀소. 승희
씨가 팔자에 없던 고상 겪는 동안 한밀천 옹골차게 까먹고 있던
상인 한 사람 구제한 꼴이 되었으니, 고상한 보람이 생판 없었다
고 할 수는 없제요이?」

커피는 식도록 두고 냉수 두 잔을 연거푸 마셨다.

봉환까지 달려와서 뒷수습에 매달렸다는 것이 가슴 아팠다. 방극
섭은 벌써 휴대폰으로 고흥 가는 버스 출발 시각을 문의하고 있었
다.

「봉환 씨 만나보지 않고 떠나버리려구요?」

「안되지요이. 내려가는 일은 내일로 미루더라도 인사는 차려야
도리가 아니겠소. 승희 씨 구속돼 뿌렀다니까, 박씨도 퍼렇게 실
색이 되어서 서울까지 동행했어라. 본래는 속내가 무덤덤한 사람
같던데, 얼매나 놀랐으면 한걸음에 달려왔겠소.」

강남 고속버스 터미널 근처에 있는 밥집에서 봉환을 만난 것은
저녁 8시경이었다. 그러나 고마움 이외에 어떤 애틋함도 가슴을
치진 않았다. 홀가분한 느낌은 봉환도 마찬가지였다. 그는 마치 연
기라도 하고 있는 것처럼 승희를 대하는 태도에 이상한 낌새를 보
이지 않았고, 곧장 안면도로 내려가야 한다는 말도 스스럼없이 꺼

냈다. 봉환이 안면도로 돌아가자, 두 사람은 고흥 가는 버스에 올랐다.

그러나 승희는 고흥에서 일주일을 보내고 또다시 안면도길에 올랐다. 방극섭이 그곳으로 가면 태호를 만날 수 있을 거란 말을 흘렸기 때문이었다.

고흥 집에 도착하고부터 안면도의 봉환과 수시로 통기를 주고받는 눈치였지만, 통화 내막을 승희에게 귀띔해 준 적은 없었다. 물어보면 역증 난 목소리로 얼버무리곤 하였다. 승희가 모를 꿍꿍이속이 있는 게 분명했으나 승희 역시 탐탁지 않아 아득바득 캐고 들지 않았다.

고흥에서 일주일을 지낸 날 저녁 무렵이었다. 한 집에서 기거하면서도 눈이 마주칠 기회를 좀처럼 주지 않았던 방극섭이 방으로 찾아와 불쑥 한마디를 던졌다.

「내일은 안면도까지 가봅시다. 아침에 박씨하고 통화를 했는디, 오라는 통기가 왔어라. 거그 가면, 태호란 사람을 만날 수 있을지 모르겠소. 난장도 한 번 벌일 겸사해서…….」

난처한 것은, 의지할 방 한 칸도 없는 주제에 방극섭의 아래채에서 기약 없이 죽치고 있을 핑계가 없다는 것이었다. 따라나설 수밖에 없었다.

안면도 백사장 포구는 대낮부터 북새통이었다.

본격적인 대하철은 11월 말로 마감됐지만, 포구에 찾아오는 관광객들의 수요만은 12월 초순까지 얼추 맞춰줄 수 있었다.

외지에서 찾아온 관광객들은 무턱대고 왕새우만을 찾게 마련이지만, 새우를 바로 알고 있는 사람들은 오히려 작은 것을 골라 잡는다. 암놈보다는 노란 빛깔인 수놈이 더 맛있기 때문이다.

방극섭과 승희가 포구에 당도한 것은 마침 조업을 나갔던 새우잡이 배들이 포구로 돌아오는 오후 3시경이었다. 포구의 어판장에서는 눈이 시뻘겋게 충혈된 봉환과 손달근이 수탉처럼 홰를 치고 있었다. 어선들이 조업을 나가기 전 이미 배떼기가 약속된 듯 잡어를 제외한 새우상자는 대개 두 사람이 몰아 사고 있었다. 난전꾼들과 외지인들이 두 사람의 매점(買占)에 부아가 끓어 삿대질을 해댔지만 코방귀조차 없었다. 방극섭도 구경꾼들 사이에 끼여 경매를 지켜보기만 하였다.

　　경매는 새우잡이 배들이 모두 포구로 돌아오는 오후 5시경에야 마감되었다. 그러나 한물 때와 비교하면, 수량은 보잘것이 없었다.

　　방극섭이 두 사람을 아는 체한 것은 경매를 마감한 뒤였고, 서문식당 앞에 난데없는 차일막이 있다는 것을 발견한 것도 뒤늦게였다. 승희는 한동안 그 차일막 앞에 꼼짝 않고 서 있었다. 순간, 승희는 가슴이 뭉클했다. 그러나 포구 근처 어디에서도 창범이나 태호의 모습은 찾아볼 수 없었다. 일행에 관여했던 다른 사람들은 모두 포구에 당도해 있었다. 봉환 내외, 손달근 내외, 승희와 방극섭, 심지어 대전에서 왔다는 배완호까지 있었다.

　　경매에서 사들인 새우들은 모두 차일막 앞에 상자째 쌓였다. 분명 야시장을 열 심산이었다. 방극섭이 몰고 온 자동차의 적재함에서 북을 꺼내 둘러멘 것은 저녁 7시경이었다. 그가 구성지게 부른 것은 전혀 들어본 적이 없었던 장타령 한마당이었다.

　　　어얼씨구 두른다
　　　저얼씨구 둘러요

엎어졌다 어파장
자빠졌다 잡화장
앉아보니 안주장
누웠다고 누머리장
순박하다 순천장
영명하다 영유장
만학천봉에 만선장
고고천봉에 고읍장
좌우청룡에 자산장
정처없다 정주장
가련하다 가련장
한이없어 한천장
둥글넓적 중교장
개편해서 개천장
운무중천에 운전장
기괴하다 기양장
허송세월 태평장
용이올라 용성장
황당하다 황주장
서쪽 강을 건너서니
여기바로 강서장
용마났다 용강장
서남포구 남포장
원풀었다 원암장
수양버들 수양장
이장저장 다버리고

매일보는 평양장
　　　불원천리 달려왔소……

　두 여자가 커다란 양동이 두 개를 들고 구경꾼들 앞에 나타났다.
은혜 씨와 은실이었다. 어느새 승희도 두 여자들 사이에 스스럼없
이 끼여들고 말았다.

　　　어얼씨구 넘어간다
　　　저얼씨구 넘어간다
　　　무슨 타령에 넘어가나
　　　물감타령으로 넘어간다
　　　지금 때는 어느때냐
　　　연산홍록의 봄바람
　　　시절좋다 만수춘
　　　여러분네 어서오소
　　　물감봉지들 사가소
　　　수줍었다 진달래
　　　점점웃어 연분홍
　　　금수산록에 살구꽃
　　　집집뜨락에 홍도화
　　　다롱다롱 다홍색
　　　마음깊은 심홍색은
　　　치맛감에도 좋구요
　　　사사록록에 풀색은
　　　어디에나 알맞구요

청청하늘에 담청색
나들이 치마에 좋구요
어얼씨구 잘한다
저얼씨구 잘한다
품바품바 잘한다
노변가에 개나리
금빛으로 물들어
황황색에 누르황
아름답다 담황색
진하다 진황색
적황이면 불노랑
불노랑 뒤에 연밤색
연밤색 뒤에 진밤색
가지가지 열렸네
청남변색에 가지색
소맷감에 돌리고
진심어려 진분홍
댕깃감으로 돌린다
저기 있는 아가씨
달님같이 생겼네
새별같은 두 눈에
앵두같은 두 입술
누굴 닮아서 예쁘나
명모호치 미소는
꽃이 피는 자태라
유구무언의 인품은

외유내강 분면타
어서어서 고르소
마음놓고 고르소
심심산천에 도라지
꽃이 한참 필 때는
남색치마가 제철이오
시내강변에 실버들
파릇파릇 필 때면
연녹색이 제격이라
감투망건 검은색
어디에다 드릴까
흰저고리 입자면
검은치마 제격이라
원앙금침 수놓아
정월송학 장수침
화중왕에 모란침
복분자에 만복침
매화점점 매화침
구월국화 국화침
각색물감 다 있소…….

　두 여자가 양동이에 담아온 것은 막걸리였다. 소금구이 새우 한 마리씩을 곁들여 공짜로 제공하는 것이었으니, 쑥스럽다고 사양할 것도 없었다. 게다가 포구에 정박한 어선들의 선등들도 모두 꺼진 뒤였으므로 달빛은 더욱 밝았다. 북 장단에 맞춰 춤사위가 간드러진 아낙네들도 없지 않았다.

　북소리 나고 장타령 구성지자, 구경꾼들은 물 묻은 손바닥에 깨엉키듯 꾀어들어 발길을 돌릴 줄 몰랐다. 이미 잠자리를 잡았던 외지인들까지 다시 옷을 꿰입고 난전 마당으로 모습을 드러냈다.

　방극섭의 등골에 땀이 흐르고 이마에 더운 김이 모락모락 날 즈음에는 난전 차일막 앞에 모여든 구경꾼들만 1백여 명을 헤아렸다.

　그때까지도 일행은 쌓아둔 새우상자를 헐지도 않았고, 팔아야 할 물건이란 낌새조차 보이지 않았다. 공짜 막걸리로 얼큰해진 사람들이 상자를 가리키며 언제 팔기 시작할 거냐고 성화를 부릴 때까지 일행은 어떤 조짐도 보이지 않았다. 그리고 시달림을 더이상 감당하기 어렵다 싶었을 때, 비로소 새우상자를 헐었다.

　전도금까지 건네주고 매점한 대하 서른 상자는 값의 고하를 따질 것도 없이 삽시간에 팔려나가고 말았다. 차일막 앞에 모였던 구경꾼들이 흩어진 것은 밤 12시를 넘긴 시각이었다. 일행은 모두 서문식당에 모였지만, 뒤풀이도 없이 제각기 맞춤한 방을 골라 잠자리에 들었다. 봉환 내외도 집으로 돌아가지 않았다. 그런 일행의 행동을 이해할 수 없는 것은 오직 승희 한 사람뿐이었다.

　이튿날 새벽, 일행이 잠자리에서 일어난 것은 조업 나갈 어선들이 출어하는 시각과 맞물려 있었다. 모두들 세수하고 서문식당 안방에 모여앉았다. 봉환이 보자기 하나를 꺼내놓았다. 그제서야 승희는 가슴이 덜컥 내려앉았다. 보자기 속에 놓인 것은 평소 태호가 입던 헌 옷 몇 가지들이었다.

　봉환은 가위를 꺼내어 자신의 머리카락 한 줌을 싹둑 잘랐다. 잘라낸 머리채를 보자기에 담았다. 손달근과 방극섭, 그리고 배완호와 두 여자까지 차례로 머리카락을 잘랐다. 침묵 속에서 진행되고 있는 낯선 의식에서 승희는 비로소 태호가 유명을 달리했다는 것을 깨달았다. 그리고 그들은 지금 태호를 위한 의식을 치르고 있는 것이었다. 모두들 진작에 알고 있었던 태호의 죽음을 이제야 알게 되다니, 가슴이 미어지는 것 같았으나 이상하게도 눈물은 나오지 않았다.

그의 죽음을 현실로 받아들일 어떤 근거도 그녀에겐 없었다. 그러나 방안에 감돌고 있는 비통하고 침울한 시선들이 승희를 겨냥한 채 움직일 줄 몰랐다. 비로소 가위를 건네받았다. 그리고 남들이 그랬던 것처럼 머리카락을 잘라 보자기에 담을 수밖에 없었다.

「태호를 무사히 저승으로 보내는 데 이승에 남아 있는 우리가 할 수 있는 보은은 이것밖에 없당게. 우리도 태호와 저승까지 동행해 주는 뜻이 담겨 있는 게지라. 그런디 안동 권씨네 가문에는 이런 야그가 전해오고 있어라. 권씨 집안의 선비가 장원급제하여 전라도 어느 산협고을에 관원으로 부임해서 선정을 베풀지 않았겠소이. 그런디 이분이 고을 백성들로부터 선관으로 인심을 얻긴 얻었는디, 어느 날 덜컥 병을 얻어 자리보전하게 돼뿌렀소. 고을의 백성들이 이분을 살려내려고 백방으로 애를 끓였으나, 정성이 부족했던지 결국은 허사가 되고 말아뿌렀소. 애통하기 그지없었던 고을 사람들은 선관의 장례를 머나먼 타관에서 치르게 할 수는 없다는 생각에서 전라도땅에서 경상도 안동까지 천리가 넘는 길이었지만 시신을 운구해 주기로 결심하고, 상두꾼들을 불러 모았지라. 너도나도 자원을 했어라. 그런디 천릿길을 달려온 날송장을 넘겨받은 그 댁의 형편을 살펴보니, 운구해 온 상두꾼들 끼니조차 대접을 할 수 없는 애옥살이로 견디고 있더란 말씀이지

라. 집 안 어디를 살펴보아도 곡식가마 쌓아둔 꼴은 보이지 않고, 방에 들어가도 사방의 벽이 혓바닥으로 핥아놓은 듯 휑뎅그렁하였으며, 마당에는 닭 한 마리조차 키우지 못하는 비길 데 없는 가난뱅이였지라. 오히려 운구해 간 상두꾼들이 딱할 지경이었어라. 사정이 이러했으니 천릿길을 운구해 와 집 안에서 장례를 치르게 만들어준 사람들을 끼니 대접조차 할 수 없는 그 댁 젊은 마나님의 심정은 어떠했겠습니까. 상두꾼들을 빈 입으로 돌려보낼 수밖에 없었던 그 댁 마나님은 생각 끝에 머리채를 잘랐어라. 가진 것이라곤 그것밖에 없었겠지요이. 그리고 그 머리채를 가지고 며칠 밤을 도와 짚신을 삼았더란 말이오. 그때 송장을 메고 찾아온 상두꾼들의 은혜에 보답하기 위한 것이었지요이. 그 짚신을 사람을 시켜 전라도에 있는 남편의 부임지로 보냈지 않았겠어라. 전라도에서 받고 보니 여상주가 신발차 대신 머리채를 잘라 삼은 짚신이 아니겠소이. 그런디 어떻게 그 애끊는 물건을 받을 수 있었겠소이. 도저히 받을 수 없다고 생각한 상두꾼들이 그 짚신을 다시 안동 권씨 댁으로 돌려보냈더란 말이오.」

이야기가 끝난 후, 보자기를 챙겨든 봉환이 벌떡 일어서자 모두 뒤따라 일어섰다. 엎어지면 코 닿을 거리에 선착장이 있었다.

선착장은 벌써 출어를 앞둔 어선들로 북적거리고 있었다. 새벽 바람이 싸늘했다. 작은 채낚기 어선 한 척이 일행을 기다리고 있었다.

배는 손달근이 몰았다. 배가 바다 가운데로 나가 백사장 포구가 멀리로 사라지는 순간, 좁은 선실에 쪼그리고 앉았던 승희는 비로소 참았던 울음을 터뜨리고 말았다. 배는 사뭇 시꺼먼 바다 가운데로 미끄러지고 있었다.

울고 있는 승희를 달래기 시작한 것은 방극섭이었다. 도대체 어인 내막으로 이런 이상한 장례까지 치르려 하느냐고 따지는 승희에게 둘러대는 방극섭의 말은 그럴싸했다.

한 사건이 있었다.

중국 산둥 성의 옌타이〔煙臺〕 항을 출발해서 랴오둥〔遼東〕 반도의 다롄으로 향하던 중국 여객선이 발해만 인근인 황해에서 강풍을 이기지 못하고 침몰해 3백 명 이상이 숨지고 실종된 사건을 방극섭은 들먹이고 있었다.

그 여객선이 출발한 옌타이 항이나 다롄은 우리나라의 군산항과 인천 터미널과 항로가 연결되어 있었다. 그렇기 때문에 옌타이 항이나 다롄은 중국을 왕래하는 한국의 보따리장수들이 수시로 드나드는 중요한 루트 중의 하나이기도 했다.

더욱이나 옌타이와 다롄 사이에는 쾌속선이 하루에도 몇 차례씩 운항하고 있어서 산둥 반도의 시장과 랴오둥 반도의 시장을 연결시키고 있었다. 중국 시장을 넘보는 보따리장수들이라면 이 항로를 자주 이용할 것이 틀림없었다. 태호가 실종된 것은 바로 옌타이 항을 출발해서 침몰하고 말았던 다순〔大順〕 호에 탑승했던 탓이었다. 옌지를 출발한 태호가 옌타이까지 나갔다가 다시 옌지로 되돌아가기 위해 다롄으로 가는 여객선을 탑승했다가 변을 당했다는 것이었다. 통보를 받은 사람은 창범이었고, 당국에서 확인까지 받아냈다는 것이었다.

그러나 그걸 곧이곧대로 믿을 승희는 아니었다. 시장을 찾아 헤매는 태호가 침몰 여객선에 탑승했을 수는 있겠지만, 그의 사망 소식이 창범에게 전달되었다는 것은 새빨간 거짓말이란 것을 알아챘기 때문이었다. 그의 사망 소식이 그토록 삽시간에 창범에게 전달

될 수는 없었다. 사망 소식이 사내들끼리 얽어매인 의리를 찾아다
닌다는 말은 들어본 적이 없었다. 차라리 태호의 양부 행세를 하고
있는 앵벌이 소굴로 통지가 갔다면 그럭저럭 믿어줄 수도 있었다.
그런데도 승희는 그런 허위에 자신이 대항할 수 없다는 걸 깨달았
다.

　태호의 죽음을 현실화시키려는 일행의 의식이 너무나 담담하고
숙연했기 때문이었다. 모순이 있더라도 그의 죽음을 곧이곧대로 받
아들여야 한다는 위압적인 분위기가 바다를 가르고 있는 작은 어선
안에 팽배해 있었다.

　그녀는 이제 자꾸만 울대를 타고 넘어오는 울음을 삼키기 시작했
다. 울음을 터뜨리고 있을 반죽이 없었다. 그녀 자신뿐만 아니라,
이 배를 타고 있는 모든 사람들은 태호의 죽음에 일조를 한 사람들
이었다. 봉환이나 손달근도 그 문제에선 전혀 자유로울 수 없었다.
물론 태호의 중국행을 부추겨왔던 창범도 마찬가지였다.

　머리채를 자를 때까지도 믿어지지 않았던 그의 죽음이 세찬 바닷
바람이 살갗을 파고드는 바다 한가운데 와서야 비로소 명료해지는
것이었다. 밀수에 몸을 던진 그를 설득할 수 없었다 해서, 그리고
몇 마디 괄시의 말을 들었다 해서 그를 두고 훌쩍 옌지를 떠나와
버린 행동이 너무나 경솔했다는 후회가 가슴을 쥐어뜯고 있었으나,
지금에 와서 도대체 무엇을 돌이킬 수 있단 말인가. 그때 일행의
배는 엔진 소리를 죽이며 바다 한가운데서 스르르 멈추었다.

　뱃머리께가 파도의 물길을 따라 한바퀴 휘그르르 돌자, 선실 밖
으로 고개를 내민 손달근이 봉환에게 눈짓하였다. 재빨리 닻을 내
려 선수를 고정시킨 봉환이 옆구리에 소중하게 끼고 있던 보자기를
선창에 내려놓고 매듭을 풀었다. 그리고 윗도리 안주머니에서 지폐

한 뭉치를 꺼냈다.

지난밤에 대하난전으로 벌어들인 현금이었다. 얼추 50만 원 정도 되었다. 태호의 헐벗은 영혼을 저승 문턱까지 무사히 도착시켜 줄 노자돈을 벌자는 것이 지난밤에 있었던 난전풀이였다는 것을 비로소 깨달았다. 태호의 헌 옷과 일행들이 잘라준 머리채와 지폐가 불길에 한데 휩싸이고 있었다. 봉환은 일행을 불길 가로 불렀다. 불길이 흩어지지 않고 고스란히 타도록 하기 위함이었다. 이제 시신 없는 태호의 주검은 한줌의 재로 온전하게 남았다.

재를 뿌리기 시작했다. 바닷바람 속으로 온몸을 드러낸 미세한 잿가루는 갈기갈기 흩어져 날았다. 멀리 날아가지도 못하고 어선 주위를 맴돌거나 선창으로 떨어지기도 했다. 태호의 죽음에 모두 일조를 했던 것처럼 어느 누구 할 것 없이 사양 않고 어선 주위에 재를 뿌렸고, 마지막으로 봉환이 승희에게 꽃다발 한 개를 건네주었다. 그녀는 떠내려간 물보라 위로 꽃을 던져주었다. 흘리지 않으려 했던 눈물이 또다시 얼굴을 적셨다. 멀리로 백사장 포구가 희미하게 떠오르는 곳에 이르러서야 승희는 다시 선실로 들어가 앉았다. 은실이 곁에 쪼그리고 앉았다.

「이건 비밀인데요, 그분 중국에서 칼 맞아 죽었대요.」

둘러대었던 방극섭의 말보다 그녀가 슬쩍 흘린 말이 오히려 믿을 만했다. 밀입국에 밀수까지 일삼았다면, 칼에 맞았다는 말이 훨씬 설득력 있었다. 그렇다면, 안면도에 있었던 사람들은 그의 죽음에 대한 공허감을 소화하고 용해할 수 있는 말미를 가졌던 셈이었다. 오로지 승희만 그의 죽음과 느닷없이 정면으로 마주친 셈이었다. 그러나 그의 죽음에 대한 확신 없이는 이토록 숙연한 의식을 치를 엄두를 못 냈을 것이었다.

「누구도 현장을 본 사람은 없지만, 십중팔구 그래서 죽었을 것이라고 한 선생이 얘기했대요. 그분도 백방으로 수소문해서 알아낸 것이랍니다.」

선착장에 도착한 일행은 배에서 내리자마자 선걸음에 횟집으로 몰려가고 있었다.

엉거주춤한 승희에게 동행할 것을 권유한 사람은 봉환이었다. 한 여자에게 귀속되어 버린 무기력한 몰골이 바람처럼 떠돌았던 그의 얼굴에도 역력하게 묻어 있었다. 그는 앙증스러운 아내가 종종걸음으로 집으로 달려간 뒤에야 그녀에게 동행을 권유했다.

소주를 마신다기보다 목구멍 속으로 털어넣는다는 표현이 옳을 것 같은 침통한 술좌석을 뒤로하고 승희는 혼자 선착장으로 나섰다. 정박한 채낚기나 통발 어선들을 눈대중으로 헤아려보았으나 불과 10여 척을 헤아릴 만했다. 어선들의 불이 모두 꺼진 선착장은 황량하고 을씨년스러웠다. 그녀는 얼른 옷깃을 여미며 몸을 떨었다.

아내로부터 여러 번 채근을 받았던 방극섭은 그래도 곧장 고흥으로 내려갈 조짐이 아니었다. 승희의 낌새를 눈여겨보고 있는 것이 분명했다. 그녀는 힐끔 횟집거리를 뒤돌아보았다. 불을 밝힌 횟집의 2층 거실이 대형유리창을 통해 환하게 바라보였다. 창가에 자리잡은 일행들의 좌석까지도 확연하게 분별할 수 있었다. 그들 역시 승희의 거동을 바라보고 있을 것이었다. 이상한 것은, 안면도에 당도한 이래로 누구의 입에서도 창범의 행방에 대한 얘기를 들을 수 없다는 것이었다. 결단코 있어야 할 자리에 그의 모습이 보이지 않는데도 한 입에서 난 듯 그에 대해 궁금해 하는 말을 듣지 못했다. 그들만의 꿍꿍이속이 있기 때문이라는 것을 모르는 것은 아니었다. 그런데 모두가 알고 있을 것 같은 그 꿍꿍이속이란 것을 어째서 승희에게만은 숨기고 있는 것일까. 아무리 따져보아도 그 내막만은 알 수 없었다.

「여기서 시방 뭣 하고 있어라?」

선착장이 끝나는 곳에 서 있던 그녀를 방극섭이 찾아나선 것이었다.

「갯바람이 산지사방으로 흩어져 갈개를 치는디, 춥지도 않소?」

「몸뚱이는 춥지 않지만, 따돌림을 받아서인지 가슴속이 춥네요.」

「쩌그 방에서 내려다보니까, 반 시간 이상이나 꼼짝 않고 있어서 강시 난 줄 알았당게.」

「언제 내려갈 거예요? 수복이 엄마가 재촉하는 것 같던데?」

「나 말이오? 고흥길 들어서려면, 아직 며칠 걸릴 것 같어라.」

「며칠 걸릴 것 같은 그 내막을 나만 모르고 다른 사람들은 모조리 알고 있는 것 같던데요? 그렇게 따돌려도 되는 거예요?」

방극섭은 서 있는 승희 앞에 쪼그리고 앉았다. 그리고 담배를 피워물었다.

「그 야그는 따지지 않는 게 좋겠는디. 우리끼리 약조한 일이 있어서 그러지요이.」

「나만 따돌리겠다는 거예요?」

「어째 만사를 꽈배기처럼 배배 꼬기만 하요? 시방 우리가 승희 씨를 따돌리고 있는 것은 부인할 수 없는 사실이제. 하지만 승희 씨를 업어다 난장맞힐 일은 추호도 없을 것잉게, 그렇게 알고 맘 편하게 가지시오이. 나도 승희 씨가 탐탁잖게 여기고 있다는 눈치는 빤하요. 하지만 약조가 그렇게 됐응게 자발없이 털어놓을 수가 없어라.」

「어쨌든 섭섭하네요.」

「섭섭해도 딴 도리가 없응게, 사시나무처럼 떨지 말고 따뜻한 방으로 들어갑시다.」

「정말 말할 수 없어요?」

「승희 씨가 역증을 내고 의절을 한다 해도 말할 수는 없지라. 그런디 며칠 못 가서 나가 왜 비밀을 지켜야 했는지 거울 속같이 알게 될 것인디, 그 단새를 못 참겠소?」

방극섭은 막무가내로 승희를 잡아당겼다. 돌아와 보니 배완호란 사람은 벌써 술좌석 뒤에 쪼그리고 누워 코를 골고 있었다. 돌아오는 그녀를 힐끔하는 봉환과 손달근의 눈은 벌겋게 상기되어 있었다.

승희는 연거푸 석 잔을 숨 가쁘게 들이켰다. 막연한 대로 본때를 보여줘야겠다고 작심을 한 까닭이었다. 충혈된 눈으로 내내 고개를 떨구고 있던 손달근이 승희의 난잡한 잔돌림에 충격받은 것이 분명했다. 느닷없이 고개를 쳐들고 벌떡 일어난 그는 창문을 거칠게 열어젖히고 바다를 향해 소리쳤다.

「태호는 내가 죽였어.」

그때였다. 흐릿한 시선으로 손달근의 거동을 우두망찰하고 있던 봉환이 벌떡 몸을 일으켰다. 식탁 한가운데를 지근지근 밟고 건너간 그는 선착장을 향해 복장을 쥐어뜯고 있는 손달근의 뒷덜미를 잡아챘다. 그리고는 이미 일어설 때부터 들고 있던 회접시로 그의 정수리를 박이 터져라 하고 내리쪽었다.

손달근은 식탁 모서리에 얼굴을 박으며 나동그라졌고, 봉환은 황소 영각 켜는 소리로 울부짖었다.

「이누무 새끼, 살아 있기로 한 태호를 니가 죽였다고 우기는 까

296

닭이 뭐꼬?」

가게는 난장판이 되고 말았다.

잠들었던 배완호까지 일어나 쓰러진 손달근을 콱 밟으려 드는 봉환의 다리를 잡고 늘어졌다. 아래층에서 수발하던 종업원들이 한달음에 달려와 술상 위의 흩어진 접시들을 다르륵 거두며 장사 끝났으니 나가달라고 악다구니를 퍼부어댔다. 그러나 쑤셔놓은 벌집 같았던 가게의 북새통은 어느새 가라앉았다. 조용히 하자는 방극섭의 대성일갈이 주효했기 때문이었다.

「형님이 시방 우리 일행 상대로 한풀이하자는 거라요 뭐라요? 한풀이도 정도가 있어야지, 그기 적반하장이라는 거 아입니껴?」

「아무리 시비 분간이 분명한 사람이라 하드라도 손윗 동서를 손찌검한 것이 소문나면 안되지라. 치고 보니 삼촌이라는 말은 있지만, 그건 나중 알아챈 것을 두고 하는 말인디, 박씨는 치기 전에 손윗동서라는 것을 빤히 알고 있었응께 손아랫동서가 사과해야 아귀가 맞아떨어지제.」

「사과합니다, 형님.」

「목구멍에 새우가시 걸렸는가? 사과한다는 소리가 달갑지 못하고 어째 껄쩍지근하요?」

「진심으로 사과합니다. 하지만, 태호 이바구는 두 번 다시 꺼내지 않기로 철석같이 약속을 했는데도 술상 밑에 처박고 있던 이마빼기를 쳐들고 태호는 내가 죽였다고 고래고래 발광을 피워대니, 열딱지 안 나게 됐습니껴?」

그때 방극섭이 손달근에게 물었다

「손형, 나가 물어볼 텡께 대답 잘하시오이? 증말 태호를 손형이 직접 쏴 죽여뿌렀당가?」

눈이 시뻘게진 손달근은 고개만 설레설레 저었다.

「그럼 손형 소임도 아닌디, 어째 태호는 나가 죽였다고 조석으로 소리지르고 다닌당가?」

손달근은 방극섭을 흘끗하며 쓴웃음만 지었다.

「두 번 다시 거론 않기로 굳은 약조를 나누었으면, 모가지에 식칼이 들어와도 더이상 야그 않는 게 좋지라우. 얼간이로 괄시당하기 일쑤인 우리네 개털 같은 인생이라고 신의까지 통시 뒤에 싸놓은 개똥 취급하면 쓰겄소.」

식당에서 벌어진 북새통은 어느새 각자의 집으로 득달같이 통기가 닿은 모양이었다. 두 아내가 식당으로 달려와 손달근의 정수리에 된장을 찍어바르는 일변, 행패 부린 놈의 혀를 뽑아버리겠다고 앙앙불락이었으나 바로 코앞에 있는 봉환을 지목하는 사람은 아무도 없었다. 태호의 죽음을 위한 침통하고 숙연한 의식은 손달근의 골통이 찢어지는 불상사로 결말이 났다.

이튿날이었다. 겨울답지 않게 사뭇 포근하던 날씨가 갑자기 추워졌다. 뿐만 아니라, 위판장의 슬레이트 지붕이 찢겨 날아갈 정도로 바람도 드세게 불었다. 선착장 부근을 하릴없이 궁싯거렸던 관광객들의 모습도 빗자루로 쓸어버린 듯했고, 조업을 나가지 못해 발이 묶인 초췌한 어선들만 방파제를 때리며 부서지는 파도에 부대껴 이물께와 고물께를 번갈아가며 쉴새없이 깝죽거리고 있었다.

신안 전장포에서 왔다는 새우젓 차 한 대가 신안염에 절인 동백하를 사라고 혼자 공허하게 떠들어대며 휑뎅그렁한 선착장거리를 바람에 떼밀리듯 쉬엄쉬엄 가로지르고 있었다.

창녀들의 거리가 그런 것처럼 밤에 화려해 보이던 것일수록 낮엔 더없이 초라해 보인다. 지난밤에 휘황하게 붉을 밝혀 현란스럽기까지 했던 횟집들의 넓은 창문들과 붉게 도료를 칠한 간판들조차 해안을 휩쓸고 지나온 뿌연 모래바람으로 금방 더럽혀지고 있었다.

선착장에서 뒹구는 어구들과 널려 있는 낡은 그물들, 녹슬고 망가져 삐딱하게 흐느적거리는 채낚기 어선들 역시 스산하고 을씨년스러운 포구의 정경을 그려내는 데 없어선 안될 소도구들이었다.

배가 들어오지 않아도 언제나 어판장 한 모퉁이를 차지하고 함지박의 잡어를 팔며 소일하던 몇몇 늙은 아낙네들도 오늘은 모습을 드러내지 않았고, 뚜껑을 뜯어낸 드럼통에 화톳불을 피워두고 구멍난 그물을 깁던 장화 신은 남자들의 모습도 보이지 않았다. 싸구려를 목메어 불러대던 새우젓 차가 어디론가로 멀리 사라진 오전 10시를 넘긴 시각에 백사장 포구에 비로소 사람의 모습이 보이기 시작했다.

「싸게 안 나오고 뭣들 하고 있는 겨 시방.」

서문식당 뒷문을 바라보며 탐탁잖은 한마디를 던지고 있는 사람은 방극섭이었다. 그리고 뒤껼으로 난 쪽문을 열고 삐쭘하게 얼굴만 내민 사람은 뜻밖에도 은실이었다. 그녀는 남편 아닌 방극섭에게 앙탈 부리듯 쏘아붙였다.

「그렇게 깝치지 마세요. 곧장 나갈 거예요.」

「곧장 나오겠다는 사람들이 시방 난데없는 구들장 농사 짓자는 겨?」

「해가 중천에 뜬 대낮에 난데없는 구들장 농사가 웬 말이에요?」

「그럼 어째 싸게 안 나오고 굼벵이들처럼 굼실대고 있는 겨?」

한참 뒤에 쪽문을 열고 일행이 모습을 드러내기 시작했다. 승희와 배완호, 손달근 내외, 그리고 마지막으로 봉환과 은실이 나타났는데, 은실의 차림새는 근래에 보기 어려울 만치 요란 뻑적지근했다. 아래위가 온통 꽃무늬투성이인 투피스로 차려 입은 것도 심에 차지 않았던지 위에 껴입은 외투까지 온통 꽃무늬치레였다. 게다가 금반지와 귀고리에 굽 높은 구두를 신고 있었다. 머리는 금방 미장원에 다녀왔다는 소문을 내느라고 구름처럼 부풀려 있었다. 봉환이 안고 있는 젖먹이는 차렵이불로 얼마나 싸 동였는지 아이는 보이지 않고 역시 꽃무늬치레인 차렵이불만 보였다.

트럭에서 기다리고 있던 방극섭이 조수석에 오르는 승희에게 물었다.

「갈 길이 쉴찮다는 것을 빤히 알고 있는 사람들이 어째 이렇게 늦었소이? 누가 가지 않을라고 앙탈이라도 부렸소?」

「미장원 갔던 은실 씨가 늦게 나타난 때문이지요.」

「젊은 각시가 미장원에 머리 만지러 갔다가 늦었다면, 야그가 되네요.」

「그건 얘기가 될지 모르겠지만, 두 눈 멀쩡하게 뜨고 장님 행세 해보긴 처음이에요.」

「시계도 없이 사는 사람들이니까, 아침에 눈떠지면 새벽 된 줄 알고 텃밭으로 약초 농사 지으러 나가고, 해 떨어지면 함석집 단칸방에 누워서 찍찍거리는 라지오로 세상 돌아가는 야그 듬성듬성 건너뛰면서 대충 듣고, 뒷산 기슭에 박힌 자갈돌이 놀라 구르도록 기운껏 코골며 잠이 드는 모양이어라.」

「왜 방씨가 앞장서지 않고 뒤따라가요?」

「한 선생이 살고 있는 곳을 알고 있는 사람은 박봉환 씨뿐이지라.」

「별소리 다 듣겠네요.」

그때 조수석 옆 자리로 올라와 끼여앉은 사람은 손달근이었다.

앞에서 선도하고 있는 승용차에는 은혜 씨와 봉환 내외 그리고 배완호가 타고 있었다.

차가 선착장을 벗어나자, 손달근이 거들었다.

「어차피 중도에서 하룻밤 묵어야겠지유?」

「그러자고 느지막이 떠난 것 아닌게라?」

「요사이 산골 사람들은 어떻게 살아가고 있는지 모르겠네유.」

「봄이 되면 찌르레기, 꾀꼬리며 휘파람새 들이 목청 뽑아 다투고, 산딸기며 머루가 지천이라지만, 우리가 어렸을 때처럼 따먹는 사람이 없어 저 혼자 왕창 피었다 왕창 진답디다. 의지하고 살던 집간을 버리고 대처로 떠난 화전민이며 농사꾼 들이 부지기수여서, 썩을 대로 썩은 추녀는 땅에 질질 끌리고 용마루까지 내려앉아 부엌 아궁이에는 노래기만 들끓고 있답디다. 사람이 살던 집에 멧돼지가 들어와서 새끼를 치고 꿩이 알을 품고 있다니, 이게 잘된 일인지 잘못된 일인지 분간을 못하겠소.」

「갯나들에 살고 있다는 방씨가 산간오지 썰렁한 풍속을 곶감 꼬치 꿰듯 하네유.」

「손바닥만한 땅에 살고 있는데, 갯가 것들이라고 산골 풍속을 짐작도 못하겠소.」

8시간을 쉴새없이 줄곧 달려 주문진에 당도한 것은 그날 밤 8시경이었다. 태안, 서산, 당진, 평택, 이천, 여주를 지나 원주에서 영동고속도로를 타고 강릉을 지나 주문진에 닿은 길고 긴 여정이었다.

주문진 변씨의 집에는 놀랍게도 형식 혼자 집을 지키고 있었다. 일행이 당도할 것을 미리 알고 있었기에 집 안팎을 깨끗하게 청소하고 걸레질까지 해놓고 기다리고 있었다. 형식과 구면인 사람은 봉환과 방극섭과 승희뿐이었다.

먼 여정에 시달린 여자들은 해안도로를 벗어나 언덕바지에 있는 변씨 집에 닿은 것만으로도 녹초가 되어버렸다. 애성바른 은실은 따끈하게 데워놓은 안방으로 들어서자마자, 젖먹이를 핑계하고 턱 하니 아랫목을 차지하고 앉았다.

안면도 집에 있을 땐 하루종일 쉴새없이 빽빽거리던 젖먹이가 어쩐 셈인지 출발 당시부터 쥐죽은듯 곯아떨어져 깨어날 줄 몰랐다. 떠돌지 않으면 좀이 쑤셨던 제 아비의 팔자를 쏙 빼닮아서 길을 떠나야 보채지 않는다는 은실의 말이 농담이 아닌 것 같았다. 변씨 집에 도착해서 서둘러 아랫목에 뉘었는데, 무슨 눈치를 챘는지 엉덩이가 송곳에라도 찔린 것처럼 울어댔다. 은실이 서둘러 윗도리를 벗고 아이에게 젖을 물리는 광경을 곁에서 바라보던 승희는 얼른 시선을 돌려버렸다. 자신의 쓰라린 과거가 뇌리를 스쳐갔기 때문이었다.

형식은 신기한 것이라도 발견한 듯, 박속같이 흰 가슴을 넉살좋게 드러낸 채 아이에게 젖꼭지를 물리고 있는 은실에게서 시선을 떼지 않았다. 봉환과 은실의 관계도 얼추 꿰고 있던 그로선 천연덕스럽게 바라보고 있는 승희가 혼란스러우리라 짐작하고 있었다. 봉환을 사로잡은 것이 바로 저 희디흰 속살 때문이라는 생각을 떠올리며 형식은 혼자 빙긋이 웃고 있었다. 그때 안방문이 노크도 없이 벌컥 열리며 넓적한 방극섭의 얼굴이 나타났다.

「이봐, 여자들만 있는 방에서 싸게 나오지 않고 워째 실없이 웃고만 있어라?」

승희도 형식을 뒤따라 밖으로 나섰다. 영동식당에는 가지 않겠다고 손사래를 치는 봉환을 드잡이로 잡아끌고 집을 나섰다.

묵호댁은 표정 관리에 혼란을 느낀 것이 분명했다. 봉환과 승희가 한다리로 가게에 들어섰기 때문이었다. 승희를 바라보곤 울듯하다가 봉환을 발견하고는 새파랗게 질린 기색이었다. 그러나 낯선 남자인 배완호와 방극섭을 보고는 애매한 표정을 지을 수밖에 없었다.

조리대에는 형식이 이미 주문해 둔 찌개가 끓고 있었다. 묵호댁은 곧장 승희를 잡아끌고 방으로 들어갔다. 그리고 마음만 먹으면 언제 어디서나 자유자재로 짜낼 수 있는 눈물을 찍어내기 시작했다.

「안색이 왜 그래요? 어디 아파요?」

인사치레로 훌쩍거리고 있는 줄 알았는데, 승희가 그렇게 말하는 순간 묵호댁의 눈에서는 닭똥 같은 눈물이 뚝뚝 떨어지기 시작했다.

묵호댁은 화장지를 뽑아 콩죽 같은 콧물을 팽하고 풀었다. 뭔가를 주저하는 듯하더니 마침내 발설하고 싶었던 한마디를 떨구었다.

「임신하고 나니까, 지옥이 따로 없드래요.」

「다른 여자 아닌 바로 묵호댁이 임신을 했단 말이에요?」

「아마 그랬을 거래요.」

「남의 말 하듯 말고 속시원하게 털어놓으세요. 묵호댁 나이가 몇이에요? 젊지도 않을뿐더러 이제 단풍이 노릇노릇하게 들어가는 나이에 임신이란 게 말이나 돼요?」

「단풍이 노릇노릇한 나이에도 코는 개코나 다름없어서, 남자 냄새가 났다 하면 아랫도리가 비비 꼬여서 가만히 살지는 못할 거래요.」

「누구 아인데요?」

「어느 놈 핏덩이인지 알 도리가 없드래요.」

「낳을 거예요?」

「어느 놈 아인지도 모르는데 낳기는요. 강릉 나가서 잡아떼 버릴 거래요.」

「산달은 언제쯤이에요?」

「이 육시를 할 도둑놈들……. 그거나 알고 있으면, 속이나 편할 거래요. 오 개월이 되었는지 육 개월이 되었는지 알쏭달쏭하드래요.」

「임신한 거 알고 있는 사람이 또 있어요?」

「알고 있는 사람 따로 없을 거래요.」

식사를 마친 일행이 잠잘 곳으로 떠나간 이후까지 승희는 묵호댁과 담판을 벌이고 있었다. 자신이 묵호댁에게 매달리고 있는 까닭을 알 수 없다는 생각도 들었다. 그러나 그녀를 설복시키는 일만은 단념할 수 없었다. 그럭저럭 양해가 되어간다는 조짐이 보였을 때, 미닫이가 열리면서 세 명의 어부가 가게로 들어섰다. 모두 낯설지 않은 얼굴들이었다.

그녀가 돌아왔다는 소문이 공판장 근처에 퍼진 것이 분명했다. 눈두덩이 벌겋게 상기된 묵호댁은 그들이 몰려온 것을 개운치 않아 했으므로, 승희가 가게로 나서서 식탁을 훔쳐주었다. 수인사가 끝나기 바쁘게 거북한 농담이 거침없었으나 그녀는 가타부타 응대는 않고 시종 웃는 얼굴이었다. 그들의 희롱 따위는 한마디도 귀에 들어오지 않았다.

그제서야 승희는 가게 창문에 쓰여 있는 식단들이 변해 있음을 깨달았다. 활어들로 조리되는 식단들은 간 곳 없고, 국수나 라면류의 식단들로 바뀌어 있었다. 포구의 경기가 바닥권을 헤매고 있다는 것을 말해주는 것이었다.

불경기의 징후들은 주문진으로 달려오던 길에서도 충분히 읽을 수 있었다. 용대리의 황태 덕장을 지나던 해질녘이었다. 한창 명태들이 걸려 있어야 할 덕장에 난데없는 오징어들이 하얗게 걸려 겨울 해바라기를 하고 있는 진풍경을 발견했다. 오징어는 난류성 어류이고 명태는 한류성 어류였다. 명태가 잡히든 오징어가 잡히든 바다에서 푸짐하게 건져올릴 것이 있다면 다행이라는 생각도 가질 수 있겠지만, 그런 생태계의 혼란은 어민들의 생활 기반을 통째로 뒤흔들어놓기 때문에 전혀 반가운 현상이 아니었다. 명태가 잡혀야 할 시절에는 명태가 잡혀야 하고 오징어가 잡혀야 할 시절에는 또한 그 시절에 맞춰 오징어가 잡혀야 어민들의 가계에 주름살이 지지 않는 법이었다.

제주도와 흑산도 사이의 해역에는 차가운 연안수와 따뜻한 외해수가 서로 만나면서 수온 전선이 형성되었고, 그래서 갈고(작은 고등어)와 삼치와 방어 들이 몰려들어 그 해역은 물 반 고기 반이란 소문이 주문진 포구에까지 파다하였다. 그러나 이 또한 겨울인데도 수온이 내려가지 않고 있는 이상 기후에서 얻어진 의미심장한 소득일 뿐이었다.

그런 이상 기후를 2년째 내리 겪고 있는 포구는 그토록 걸쭉했던 익살과 북새통이 밀려나고, 어느새 헐뜯는 비아냥거림과 시름으로 채워지고 있었다. 가난뱅이들의 상징이 되어버린 라면으로 당장의 허기는 모면해 갈지 모르지만, 라면으로 주린 배를 달래는 자식들의 모습을 바라보는 것은 시름이었다.

소주 두 병에 라면 한 냄비를 식탁에 올려놓은 낯익은 어부들은 그래서 빈창자가 얼큰해질 때까지 별다른 말이 없었다. 그 식탁을 차지하고 앉은 어부들 중 한 사람은 전쟁도 겪지 않은 이산가족 신세로 1년째 지내고 있었다. 아내와 자식들이 모두 뿔뿔이 흩어지고 자신도 시큼한 비린내가 일 년 내내 가시지 않는 뒷골목 여인숙에서 라면으로 끼니를 때워가고 있었다.

승희가 가게를 꾸려가고 있을 땐, 변씨 집 이웃에서 전셋집을 지키고 살았던 멀쩡한 어부였다. 가게를 묵호댁에게 맡기고 떠나갈 때에도 그리고 돌아왔을 때에도 울적하고 스산했던 포구의 경기는 달라진 게 없었다. 이토록 협소하고 보잘것없는 작은 식당에서도 가슴속까지 썰렁한 포구의 시름을 금방 알아챌 수 있었다.

「요사이 조업은 어때요?」

「빈창자에서 퉁소 소리가 들려도 부둣가를 떠나지 못하는 게 우리네 신세여. 며칠 전엔 조업 나갔다가 그물질도 못하고 어업 지도 선 놈들 만나서 칼부림 날 뻔했어. 일본 해역에서 내쫓긴 대형들이 하루 건져 하루 먹는 우리네 조업권에 들어와서 대목장터 저리 가라 할 정도로 바다에서 북새통을 피우고 있다면, 살아남기 급급한 우리네 통통배는 저인망으로 대처할 수밖에 더 있겠나. 우리도 라면이나마 끓여야 목숨 부지할 거 아녀. 우리네들 보고 바다 밑의 자갈까지 싹 쓸어가는 깡패들이라 하지만, 배를 곯아서 눈깔만 커지는 자식새끼들 바라보고 있으면 눈이 뒤집혀 대형만 만났다 하면 그물질은 고사하고 뛰어들어 회를 뜨고 싶은 심정이여. 애당초 그림만 좋았던 생존권조차 박탈당한 지금에 바다 밑을 긁어 아직 눈도 제대로 못 뜨는 일 년치 갈고나 노가리를 코 꿰어 잡아 올리고 있는 우리네 심정은 오죽 쓰릴까. 제 살 깎아먹고 있다는 것을 무식한 뱃놈들이라 해서 모르고 있을까. 하지만 그거라도 잡아야 당장 입에 풀칠이라도 할 거 아녀. 그런

데 제 살 깎아먹기도 한술 더 떠서 우리네 통통배들끼리도 안면
몰수한 지 오래됐어. 채낚기 드리운 걸 빤히 바라보면서도 그 위
에 통발을 치는 놈들은 예사로 볼 수 있게 되었고, 가자미 잡던
놈들이 오징어로 뛰어들어도 삿대질 한 번 못하게 됐어. 매년 이
맘때면 물때가 다시 열리는 풍어기여. 그런데 이제나저제나 바닷
물은 개좆같이 넘실거리는데, 아무리 그물질을 해도 고기는 간데
없어. 그것이 우리네 소형들의 싹쓸이 그물질 때문이라고 헐뜯고
있는가 본데, 우리네 생각으로는 말도 안되는 개수작들이여. 그
렇게 만든 놈들은 따로 있는데, 어째 탓을 우리네들에게 돌리는
거여, 비겁한 놈들.」

「늦었으니 소득도 없는 넋두리들 그만 하고 일어들 서세요. 남의
탓만 하면 뭘 해요. 고기를 잡고 싶으면 강가에 나가 서 있지 말
고 집으로 가서 그물을 짜라 했어요.」

「방파제로 나가봐. 켜켜로 쌓여 썩어빠지는 게 그물이여.」

묵호댁은 처음부터 가게에는 코빼기도 내밀지 않아 승희 혼자서
술꾼들 바라지를 감당해야 했다.

출산하면 아이를 승희가 받아 양육하기로 약속한 것은 불과 몇십
분 전 일인데, 대뜸 응석이 불거져나오고 생색을 부리려는 것이었
다. 그러나 거동이 수상하고 야릇해진 것은 승희도 마찬가지였다.
까닭 없이 아랫배가 더부룩한 느낌이 들었다. 그리고 조리대와 식
탁을 오갈 때, 식탁의 어부들이 수상쩍은 눈길로 바라볼 정도로 배
를 내밀고 오리처럼 뒤뚱거렸다. 어쩐 셈인지 승희는 그런 자신이
대견스럽기까지 했다.

어부들은 자꾸만 주문진으로 돌아온 까닭을 물었으나, 끝내 대답
하지 않았다. 그녀로 하여금 주문진까지 별다른 앙탈 부리지 않고

당도하게 만든 사람은 감옥에 있는 변씨였다.

안부 이외엔 아무런 메시지가 없었던 그 한 장의 편지가 아니었다면, 승희는 그토록 빨리 청해식당을 떠날 엄두는 내지 않았을 것이었다. 편지를 받은 그녀는, 창범이 행여 그녀의 소재지를 눈치채지 못하도록 서울이나 혹은 다른 지방으로 떠날 결심을 하리라는 것을 스스로 예견하고 있었다. 그러나 창범으로부터 달아나려 했던 여정은 승희 자신도 모르게 결국 그를 찾아가는 여정으로 바뀌어버렸다.

변씨가 승희의 내심을 복기(復碁)하듯 사려 깊게 반추하고 참을성 있게 꿰뚫어보지 않았다면, 지금 그녀가 서 있는 자리는 달랐을 것이었다.

변씨가 묵호댁의 임신까지는 모르고 있었겠지만, 조만간 승희가 주문진에 당도하게 되리라는 것만은 분명히 믿고 있었을 것이었다. 변씨가 예견하고 있는 여정을 지금 그녀는 자로 잰 듯 잰 걸음으로 밟아가고 있는 셈이었다. 사람의 운명이란 그처럼 덧없는 것이면서도 낯설거나 낯익은 이웃들과 실타래처럼 엉켜 있다는 것을 그녀는 섬뜩하게 터득하고 있었다.

그리고 일행은 또다시 출발했다.

출발 당일 변씨 집에서는 다시 한번 북새통이 벌어졌다. 언제나 늑장을 부리는 것은 봉환 내외였고, 까닭은 신주단지 모시듯 하는 젖먹이 때문이었다. 뿐만 아니라, 은실은 주문진에서도 다시 미장원엘 다녀왔다.

주문진을 나선 일행은 남쪽으로 내려가지 않고 북쪽인 양양에 이르는 7번 도로를 타고 오르기 시작했다. 양양에서 다시 외설악의 오색 가는 국도를 타는가 하였더니, 오래지 않아 왼쪽으로 트인 56

번 국도로 들어섰다. 일행 중 대부분은 그들이 강원도 내륙 어디쯤을 달리고 있는 것인지 몰라서 남의 뒤통수만 바라볼 수밖에 없었고, 봉환과 승희만 얼추 길눈을 꿰고 있었다.

남쪽으로 사뭇 달리면 창촌과 홍천에 닿게 되는 그 국도는, 포장작업을 끝낸 지 3년밖에 안되는 도로인 데다가 워낙 오지에 숨어 있어서 휴가철에도 이용하는 여행객들이 드물었다.

외설악길을 버리고 왼편으로 들어서자, 금방 길 아래로 깊숙하게 바라보이는 공수전계곡과 용소골계곡 같은 절경과 만났다. 더 내려가자 왼편으로 선림원 절터와 약수터를 끼고 있는 갈천리라는 작은 산협마을과 마주쳤다. 산은 높고 계곡은 깊어 산 이름에도 약수산이 있고 계곡에도 약수계곡이 있을 만치 약수터가 흔한 곳이었다. 갈천리까지는 비교적 시야가 트인 곧은 길이지만, 갈천리에서 구룡령이 시야에 들어오고부터 강원도 물안개의 원산지로 일컫는 계방천을 만나기까지 8킬로 정도는 양의 창자처럼 굽은 길만 달려야 했다.

주문진에서 보면 설악산 국립공원 쪽으로 올랐다가 다시 오대산 국립공원 쪽으로 내려온 셈이었다.

어쨌든 일행은 구룡령을 벗어나고부터 그때마다 산코숭이를 물고 늘어지는 계방천의 지류를 요리조리 비켜 명개리의 삼봉약수터를 지나 월둔골 들머리에 이르렀다. 외설악 들머리에서부터 40킬로 정도를 줄곧 달려온 셈이었다. 이 산협 오지를 두고 사람들은 삼둔 사거리로 불렀다. 방대산, 구룡덕봉, 개인산, 침석봉, 가칠봉, 갈전곡봉, 맹현봉같이 사람의 어깨 너머로만 높다랗게 바라보이는 준봉들은 모두 1천 미터가 넘는 고봉들이었다.

그처럼 험준한 산 아래에 놀랍게도 살둔, 월둔, 달둔으로 부르는 세 둔덕이 자리잡고 있었다. 사가리는 그들 삼둔 기슭에 닭장 같은 집을 짓고 매미처럼 붙어 살고 있는 뜸마을인 아침가리, 연가리, 적가리, 명지거리를 합쳐 부르는 이름이었다. 그 사가리 뜸마을에 흐르는 계방천 지류, 강원도의 물안개는 모두 그곳에서 길러지고 스러졌다.

일행은 주섬주섬 차에서 내려섰다. 모두들 말이 없었다. 사방에 둘러친 준봉들에 기가 질린 탓이었다. 그러나 아직도 창범이 살고 있는 곳까지는 길이 멀었다. 벌써 기가 막힐 지경인데, 또다시 산속으로만 가야 한다는 것은 모두가 내키지 않는 모양이었다.

오는 차 안에서 줄곧 휘파람을 불어제끼던 방극섭도 사방의 산등성이를 휘둘러보고 난 뒤부턴 꿀 먹은 벙어리처럼 입을 열지 않았다. 일행은 모두 방극섭이 몰고 온 트럭에 느릿느릿 옮겨 타기 시작했다.

창범이 자리잡았다는 월둔골까지는 시늉뿐인 비포장도로였기 때문이었다. 삼둔 사가리 중에서 그나마 사람이 살고 있는 곳은 살둔과 명지거리뿐이었다. 방극섭은 돌니가 박힌 비포장길을 땀을 흘려가며 운전하고 있었다. 비로소 그는 창범이 왜 구태여 강원도 내륙 오지 중에서도 으뜸으로 손꼽히는 이곳에 터전을 잡았는지 염치를 알 수 없다고 투덜거리기 시작했다.

간혹 승희에게 동의를 구하는 눈치였으나 그녀는 그때마다 외면해 버리곤 하였다.

차가 몹시 요동을 칠 때면, 승희는 차를 당장 멈추게 하고 묵호댁을 데리고 차에서 내려 걸었다. 행여나 묵호댁 배 안에 있는 핏덩이가 탯줄을 놓아버리는 불상사를 겪을까 걱정된 탓이었다. 깊은 속내를 모르고 있는 은실은, 승희가 내준 조수석에 버티고 앉아 차

를 내려서 걷곤 하는 두 여자를 향해 곤댓짓 하며 철부지처럼 즐거
워했다.

　나란히 앉은 은혜 씨에게 젖먹이를 건네준 은실은 아침에 미장원
에서 매만진 머리가 흐트러질까 봐 스카프로 싸매고 있었다.

　일행 모두가 차에서 내려 걸어야 할 지점에 이르렀다. 칡소폭포
를 만나자 비포장길은 명지거리로 향하고 있었기 때문이었다. 그곳
에서부터 달구지길 2킬로 정도를 걸었을 때였다.

　산기슭 사이로 손바닥만한 개활지가 나타났고, 개활지 뒤쪽 멀리
로 검은 곰처럼 웅크린 구룡덕봉의 산주름이 우쭐거리며 펼쳐져 있
었다. 약속이나 한 듯 일행이 걸음을 멈춘 곳은 그 지점이었다.

　산기슭을 등지고 있는 그 개활지 한켠에 2층으로 빚어 올린 큰
귀틀집 한 채가 마침 계곡으로 찾아든 오후의 잔광을 해바라기하며
너부죽하게 앉아 있었다.

　그 순간 승희는 안개 낀 장마당으로 들어설 때처럼 가슴이 두근
거리기 시작했다. 귀틀집 마당을 사이에 두고 새로운 가역을 벌이
고 있는 일꾼들 네댓의 모습이 멀리서도 역력했다.

　허둥지둥 오솔길을 내려가는 일행들의 걸음걸이가 뒤숭숭했다.
귀틀집 앞마당에 서서 장작을 패고 있던 한 사내가 그들을 향해 손
을 흔들고 있었다. 멀리서 보아도 지난날의 변씨처럼 구레나룻을
더부룩하게 기른 창범이었다.

「워메, 뭣 땜시 이 산간 오지로 들어와서 이 야단을 피우고 있당
가?」

「계방천 안개 걷어다가 수출하려고 여기까지 찾아왔지요.」

「장돌뱅이 버릇 개 줘뿌렀는 줄 알았는데, 또 그 소리요?」

　방극섭은 창범의 손에 들려 있던 도끼를 잽싸게 낚아챘다. 그리

고 모탕 위에 가로놓인 장작 둥치 한가운데를 단매로 내리쳐 속시
원하게 두 동강을 내었다.

창범은 나중에 당도한 일행과 마주칠 때마다 덥석덥석 포옹를 나
누었다. 산기슭을 타고 내려온 구룡덕봉의 매운 바람에 떨고 있는
일행을 미세기로 올려 황토 비린내가 물씬 나는 안방으로 안내하였
다. 집 안 어디를 둘러봐도 허드렛일 바라지를 하는 아낙네는 찾아
볼 수 없었다.

잠시 한기를 가다듬은 여편네들이 부리나케 부엌으로 들어갔다.
은실은 젖먹이를 핑계하고 설설 끓는 아랫목에서 꿈쩍도 하지 않았
지만, 언제 풀어 던졌는지 머리를 싸 동였던 스카프는 보이지 않았
다.

밖에서는 도끼를 겨끔내기로 건네며 손바꿈으로 장작 패는 소리
에 구들장이 들썩거렸다. 힘자랑을 해대는 그들의 고함 소리가 구
룡덕봉 산주름에 이마를 박고 금방 메아리로 되돌아와 바람벽을 흔
들어댔다.

부엌 살림은 조촐했지만, 당장 소용될 것은 그런대로 얼추 갖춘
셈이었다. 그러나 막상 쓰려고 들면 상표조차 뜯지 않고 보관된 것
들이 많았다. 그런 가운데 예기치 못했던 광경이 벌어지고 있었다.

묵호댁이나 은혜 씨나 세간살이를 쓸 때는 승희의 동의를 받는
것이었다. 뿐만 아니라, 승희 또한 은연중에 조리하는 음식을 이것
저것 간섭하고 있었지만, 자신이 이 집의 주부 노릇 하고 있다는
것은 미처 의식하지 못했다.

어느덧 남정네들이 팬 장작 더미가 귀틀집 서쪽 바람벽 위로 높
다랗게 쌓였고, 기름기 빼고 삶은 돼지고기가 가마솥에서 토실토실
하게 익었다.

312

해가 지자마자 산그늘이 앞마당으로 성큼 들어섰고, 사방에는 스멀스멀 땅거미가 내렸다. 귀틀집 귀퉁이에는 어느새 고콜불이 켜졌다. 잔뜩 껴입었던 방한복을 벗어부친 남정네들이 목로 주위로 죄어앉았다. 일행이 당도하는 날짜에 맞춰 걸러 먹도록 담가두었던 막걸리가 동이째 목로 가에 놓여졌다.

봉환이 질끔 흐르는 눈물을 소매로 훔쳤다. 손달근이 봉환의 옆구리를 툭 쳤다.

막사발 가녁이 넘치도록 창범에게 막걸리를 부어준 봉환은 곧장 너부죽이 엎드려 절을 올렸다. 창범은 정말 구룡덕봉 산채의 두령이라도 된 것처럼 사발 막걸리를 숨 한차례 가다듬지 않고 단숨에 들이켜고 난 후, 사발을 봉환에게 다시 건넸다. 그렇게 해서 배완호까지 한 순배가 돌았다. 오늘 밤은 여자들도 예외를 두지 않고 모두 한 사발씩 마시기로 하였다.

방은 문을 열어두어야 할 정도로 더웠다. 젖먹이와 은실을 윗방으로 보내고 방문을 활짝 열기로 하였다. 시린 달빛이 밀물처럼 방 안으로 휩쓸려들었다.

「한 선생, 저 아래채는 누구 주려고 짓고 있어라?」

「형님 출소하면 살 집입니다.」

좌석이 갑자기 숙연해졌다.

어색한 분위기가 자신이 불쑥 꺼낸 말 때문이라는 것을 깨달은 창범은 얼른 일행을 데리고 밖으로 나섰다. 문밖에 펼쳐진 개활지는 무두질한 포목들이 널려 있는 냇가처럼 온통 희디흰 달밭이었다. 그래서 옛날부터 월둔(月遁)으로 이름한 것인지도 몰랐다. 구릉으로 밀려든 달빛은 밖으로 나선 일행의 가슴속까지 파리하게 적셔내어 헹구는 듯했다.

산주름을 휘둘러보던 방극섭이 물었다.

「몇 평이나 사들였소?」

「산기슭의 따비밭까지 합치면 만 평은 넘을 것이오. 월둔에도 화전민들이 살았다는데, 십여 년 전부터 빈터로 버려져 있었답니다. 올 초부터 그걸 알고 지주들을 일일이 찾아다니며 조금씩 사들였지요. 땅은 넓지만 많은 돈이 들진 않았어요. 유기농으로 고랭지 채소를 재배하려고 농군학교 선생까지 모셔와서 농사가 될 땅인지 봐달라고 했지요. 지금은 사방을 둘러봐도 삭막하고 울적한 풍경만 보이겠지만, 여기가 고지대이면서도 분지라는 것을 그분이 일깨워주었어요. 가마솥 같은 지형이지만, 해가 지는 서쪽 산허리가 잘록해서 일조량이 많고 낮에 뜨거워진 땅이 해진 뒤에도 진작 식지 않는 명당입니다.」

「듣고 보니 농사짓기에는 딱 좋은 땅을 혼자 차지했어라.」

「혼자 가진 땅이 아닙니다. 우리 일행 공동명의로 산 땅이에요.」

「그렇다면 나도 땅 임자로 등재되어 있어라?」

「물론이지요. 나 혼자 이 많은 땅을 가져서 얻다 쓰겠소.」

방으로 들어간 손달근의 얘기를 귀띔받은 은혜 씨의 태도가 하룻밤 사이에 싹 달라지고 말았다. 일행 중에서 가장 내키지 않는 걸음을 한 그녀였다. 그녀는 주문진에 닿고부터 남편이 마다하면 혼자서라도 안면도로 돌아갈 작심이었다. 그러나 월둔이 공동명의로 등재되어 있다는 말을 남편으로부터 귀띔받고 난 뒤 속내를 바꾸었다. 얼른 되돌아가자고 짓조르고 들었던 말이 쑥 들어가 버린 것이었다.

그녀는 자욱한 안개로 한발짝 앞도 분간하기 어려운 꼭두새벽에 일어나 월둔을 한바퀴 돌아보았다. 그런데 남이 눈치챌까 신새벽에 몰래 깨어난 사람은 그녀 혼자뿐이 아니었다. 안개 속을 헤매다가 만난 사람 중에는 남편 손달근도 있었고, 은실도 있었다. 그들 모두 남 몰래 일찍 일어나 제각기 집 근처를 배회하고 있었다. 그러나 서로 묻고 대답하기는 새벽바람을 쐬러 나왔다는 것이었다. 서로가 내심을 환히 꿰뚫어보고 있었지만, 겉으로는 한결같이 딴청이었다.

이튿날에도 월둔골을 떠나는 사람은 없었다.

창범의 관심 끌기에만 안달이 난 은실을 제외한 일행 모두는 일꾼들과 함께 가역에 투입되었다. 여섯 개나 되는 황토방이 여인숙처럼 나란히 연결되는 통자집이었다. 방과 부엌만 있는 집에 미세기를 올리고, 아궁이를 만들고, 산기슭에서 주워온 섬돌로 계단석을 깔고, 개집을 짓는 일들이었기 때문에 구태여 목수를 고용해서 간섭받을 것도 없었다.

모여앉으면 침울하던 밤시간도 깜빡 졸다 보면 한두 시간은 일같잖게 지나갔다. 먼저 지은 귀틀집에는 달빛을 퍼올린다는 뜻을 가진 급월당(汲月堂)이란 현판도 달았다. 그러나 집 주위에 담은 쌓지 않았다. 일행들이 체류하고 있을 동안, 먹을 것을 찾아 산을 내려왔던 멧돼지 가족이 별채의 잿간에 두었던 감자 가마니를 거덜내고 말았으나, 담을 쌓는 일은 거론 않기로 하였다.

급월당 뒤란으로는 옛날에 살았던 화전민들이 심어놓은 산뽕나무와 산딸기나무가 무너진 밭둑을 따라 길게 늘어서 있었다. 산뽕나무길을 따라 오르면, 주인 잃은 호두나무와 앵두나무도 몇 그루 서 있었다. 6월이 되면 뽕나무에선 진보라색의 오디가 열리고, 산딸기나무에선 복분자나 능매수로 불려지는 산딸기맛을 흠뻑 볼 수 있을 것이었다. 묵호댁은 오디가 나면 따서 술을 담그라고 몇 번인가 승희에게 일깨워주었다.

일행이 월둔에 체류하기 시작한 지 닷새째 되는 날 아침이었다. 일행 사이에서 주문진 총각이란 별명을 가진 형식이 나타났다. 변씨가 다음달에 출소하게 되었다는 것과 부동산 중개소에 내놓았던 집이 팔렸다는 두 가지 소식을 가지고 달려온 것이었다.

변씨가 출소하면 월둔 별채를 지키며 살게 될 것이었다. 형식은 밥 세 그릇을 게눈 감추듯 하고 나서 배완호 혼자서 씨름하던 장작을 패기 시작했다.

형식이 장작 패는 모습을 섬돌에 엉덩이를 붙이고 앉아 물끄러미 바라보던 방극섭이 곁에 앉은 창범에게 물었다.

「승희 씨하고 야그를 쪼깐 해봤어라?」

「지난밤 늦게까지 마주앉아 많은 얘기를 나눴어요.」

「한 선생 안색이 밝은 걸 보니 야그가 좋게 된 모양이어라?」

「헤어져선 살 수 없다는 것을 서로 확인하느라고 밤을 꼬박 지새운 셈입니다. 결혼식은 우리 일행끼리 저녁을 같이 나누는 것으로 대신하고, 형님 출소하면 가까운 인제나 양양 시내에 있는 사진관 찾아가서 예복 빌려 입고 사진이나 몇 장 찍어 걸어놓을랍니다.」

「워메, 야그가 거그까지 치고 들어가 뿌렀네요이? 나 소원도 이루어졌으니 이런 경사는 내 평생 처음이어라. 승희 씨가 그리하자고 합디까? 일행에게 공표해야 쓰지 않겠소?」

「형식이 오는 길에 잔치 음식으로 횟감을 조금 가지고 온 모양입디다.」

「고흥에서는 결혼식이든 장례식이든 홍어가 잔칫상에 오르지 않으면, 황우를 잡고 돼지를 몇 마리나 잡아도 소문난 잔치로 쳐주

316

지를 않지라. 그거 알고 있당가?」

「어쩌겠어요. 이빨 없으면 잇몸이라고, 가오리로 대신 해야지요.」

그 이튿날 아침이었다. 일행 모두가 급월당을 나섰다. 창범이 아침부터 젖먹이를 건네받아 보듬어 안고 있었다. 자동차를 세워둔 길목까지 동행할 동안 은실은 병아리처럼 사뭇 창범의 뒤만 좇았다.

「텔레비전도 없고, 전화도 없고, 전기도 안 들어오고, 신문도 안 들어오는 세상을 어떻게 살아갈지 걱정이 앞서네요.」

「그것들이 없는 대신 구룡덕봉 산자락의 절경이며 안개와 짐승들과 새소리까지 모두 내 것이 되었고, 철마다 다투어 피는 꽃이며 열매를 모두 가지게 되었지 않습니까. 그뿐입니까. 나는 구룡덕봉 산채 두령이 되었어요. 전화며 텔레비전을 가지려면 이것들을 모두 포기해야 되겠는데, 장사꾼 속내로 따져봐도 어느것을 가지는 게 이익이겠어요?」

차가 기다리고 있는 지점에서 창범은 젖먹이를 은실에게 건네주었다. 아낙네들 눈 언저리에 눈물이 맺히었다.

「형님 여기 두고 갑니다.」

봉환이 먼저 창범을 덥석 끌어안았다.

「자동차가 집 앞까지 들어올 수 있도록 길 닦아놓을 테니, 내년 봄에 다시 와. 약초 씨는 같이 뿌려야지.」

「여부가 있겠습니껴.」

떠나야 할 일행은 바지를 걷고 치맛자락을 거두며 주섬주섬 차에 오르기 시작했다. 차는 좁다란 달구지길을 뒤뚱거리며 계곡 아래로 멀어져 갔다.

남아서 손을 흔들고 있는 사람은 창범과 승희, 그리고 묵호댁과 형식이었다. 그런데 차가 산코숭이를 돌아서려다 말고 문득 멈추어 섰다. 운전석에서 내린 사내는 방극섭이었다. 그는 두 손을 입에 모으고 언덕 위에 나란히 서 있는 일행을 향해 소리질렀다.

　　「한 두령, 내년 봄에는 우리 식구들도 모두 데불고 올라요. 기다리시오이.」

아라리난장 3

초판 1쇄 발행일 · 2000년 6월 20일
초판 9쇄 발행일 · 2003년 1월 25일
지은이 · 김주영
펴낸이 · 임성규
펴낸곳 · 문이당

등록 · 1988. 11. 5. 제 1-832호
주소 · 서울시 성북구 동소문동 4가 111번지
전화 · 928-8741~3(영) 927-4991~2(편)
팩스 · 925-5406
ⓒ 김주영, 2000

홈페이지 http://www.munidang.com
전자우편 webmaster@munidang.com

ISBN 89-7456-211-1 04810
ISBN 89-7456-208-1 04810(전3권)
